東洋文庫 886

周作人読書雑記 1

中島長文 訳注

平凡社

装幀　原　弘

凡例

一、本書は周作人の全著作から、彼の読書およびそれに関連する書物についての文章を選択し、翻訳したものである。文章の選択に際しては、すでに先行する鍾叔河編『知堂書話』上下二巻（二〇〇四年九月第一版、中国人民大学出版社）を参考に、編訳者によって適宜増補編成した。

二、著作は訳者の考えによりテーマごとの一応の分類を試みた。しかし言及が多岐にわたる文章もあり、あくまで便宜的なものにすぎない。そして各セクションの中でも比較的まとまりがあるとか、どこにも分類しかねる文章をひとまとめにして、目次では＊をつけて区切り、その上で著作の年代順に並べた。

三、周作人が書いた「序跋」類は、彼が見た書物の現物に関わる部分が多く、それを見ることにはかなりの困難が伴うので、原則として採らなかった。

四、日本書については、すでに木山英雄氏編訳の『日本談義集』（二〇〇二年平凡社東洋文庫）に収録されたものは重複を避けたので、当該書をご覧いただきたい。

五、本書の翻訳の底本には、著者の自編文集（香港の影印版を含む）に収録のものは、各自編文集を用い、また適宜左記の総集を参照した。そしてそれぞれの文末に初出の年月日および掲載誌名および収録の文集名を記した。

自編文集に未収録のものは、

『周作人文類編』全十巻、鍾叔河編、一九九八年九月第一版、湖南文芸出版社（文類編と略称）

『周作人散文全集』全十四巻・索引一巻、鍾叔河編、二〇〇九年四月第一版、広西師範大学出版社（散文全集と略称）

『周作人訳文全集』全十一巻、止庵編、二〇一二年三月第一版、上海人民出版社（訳文全集と略称）を用いて底本とし、それぞれの文末に、自編文集の場合と同様、初出の年月日および掲載誌名、あるいは著作の時期とともに翻訳の底本名をも注記した。

六、文中（　）内は原注、〔　〕をつけた部分は訳者による補訂・補注である。

七、著者が引用する日本語の文章は、原則として仮名づかいを含めて原文のままを引用し、文意が異なる場合に限り、その旨注記した。英文の文章についてもできるだけ原文と対照し、引用箇所を注記した。

八、文中に出る西洋人の人名・書名はできるだけ原文の標記に近いものとした。

九、各文章には巻ごとに通し番号を付し、最終巻に予定する書名索引の索引番号とし、検索の便を計った。

十、周作人の全著作のリストは、『周作人著訳編目繋年目録補正』第二版（孫郁・黄喬生原編、中島長文補正、『飈風』資料庫　biaofeng.info）に見られる。また『周作人散文全集』索引巻も参照に値する。

目次

凡例

わたしの雑学

1 はしがき……14
2 漢文……15
3 小説と読書……18
4 古典文学……22
5 ヨーロッパ文学……25
6 ギリシアの神話……28
7 神話学……31
8 民俗研究……34
9 〔博物〕……36
10 児童学……40
11 性心理学……42
12 エリスの思想……46
13 医術と巫術……48
14 日本の郷土研究……51
15 浮世絵……54
16 川柳……57
17 俗曲とおもちゃ……60
18 外国語を学ぶことと翻訳……63
19 仏教精神……67
20 〔愚者の自白〕……71

読書論

21 広学会の出版した書物……76
22 読書論……78
23 北京の外国書の値段……81
24 書名の統一……85
25 古書は読むべきかどうかの問題……86
26 毛辺書を語る……88
＊
27 廠甸……90
28 廠甸の二……96
29 厠で書を読む……106
30 東京の書店……112
31 老年の書……120
32 書物の用紙……127
33 『毛詩多識』……128
34 『輶軒語』……130
35 旗人の著作……132
36 『四史疑年録』……133
37 読書の経験……135
38 灯下読書論……140
39 小説の回憶……148
40 『読書疑』……162
41 『四庫全書』漫談……171
42 『四庫全書』……174
43 古い書物を読む……177
44 巻を開いて益あり……181
45 本を賃借りして読む……182
46 『康熙字典』……183
47 『康熙字典』を語る……185
＊
48 店頭の監獄の書物を見ての所感……186

49 『神州天子国』……189
50 『政治工作大綱』を紹介する……191
＊
51 青年必読書十部……194
52 一九三四年にわたしが愛読した本……196
53 民国二十四年のわたしの愛読書……196
54 民国二十五年のわたしの愛読書……197

禁書

55 使用禁止用語……200
56 禁書を談ず……204
57 『書法精言』……209
58 『南堂詩鈔』……216
59 『帯経堂詩話』を読む……225
60 『清初詩集』……226
61 『河渭間集選』……227

書誌

62 『憶』の装丁……232
63 『扶桑両月記』……235
64 『文章縁起』……236
65 『唐才子伝』……238
66 『柳如是事輯』……240
67 『圭盦詩録』……241
68 『和陶詩』……243
69 陶集小記……245
70 『謫麐堂遺集』……254
71 『恒言録』……255
72 『爾雅義疏』楊氏刊本……257
73 『爾雅義疏』……258
74 『山海経釈義』……260
75 『章氏叢書』について……263

76 銭玄同と『章氏叢書』……265
77 『太炎文録』の刊行……267
78 『守常全集』に関する旧聞一点……270

科挙

79 『顔氏学記』……274
80 試帖について……278
81 再び試帖について……287
82 『東萊左氏博議』……294

歴史・地理

83 『京華碧血録』を読む……306
84 『巡礼行記』……311
85 『煮薬漫抄』……316
86 『日本雑事詩』……321
87 『茨村新楽府』……330
88 『談史志奇』……338
89 『列仙伝』……345
90 『宋瑣語』……347
91 「武蔵山なし」……349
92 『日本国志』……352

神話伝説・宗教

93 ホーマーの史詩……356
94 神話の弁護……358
95 続神話の弁護……362
96 神話の典故……365
97 『習俗と神話』……370
98 『古代ギリシアの神と英雄と人』……382

＊

99 『遵主聖範』……388
100 黒いチョッキ……392

101 アダムのへそ……399

＊

102 『蓮花筏』……403
103 『太上感応篇』……415
104 戒律を読む……417
105 『経律異相』を読む……426
106 仏経……427
107 「鬼神論」を読む……431

第一巻あとがき……439

周作人読書雑記 1

中島長文 訳注

わたしの雑学

1　はしがき

小さいころ『儒林外史』を読んだが、後になってもまだいろいろ覚えているのは、特に馬二先生を批評する話である。第四十九回で高翰林が、「もし模倣ということが分からなければ、聖人といえども受かりはしない。かの馬先生は半生やったが、やったのはどれも受かりもしない科挙試験だ」と言う。また第十八回では挙人の衛体善、衛先生は言う。

「彼が日がな一日やっているのは雑学だ。雑読するのはよい事だが、文章の理法について彼はまったく何も知らん、ずっと無茶苦茶で、どれだけの答案がダメにされたことか」。ここに言う文章とは八股文であり、雑学は普通の詩文である。馬二先生の事はもともとわたしとは何の関係もないが、読むとどうしても感ずるところがある、まるでそれはまさしくわたしのことを言っているように思われるのだ。わたしはふだん専門の職業というものがなく、ただ暇つぶしの書物を漁るのが好きだ。これが本当の雑学ではないだろうか。しかもまた受かりもしない科挙試験ときている。おそらくこの点は疑いようがない。自分自身が書く物のよし悪しは自分で分かっているが、世間の是非褒貶を聞くと往々にして全部が全部一致するわけではない。針小棒大の感があって、いささかおかしいと思うが、後になって明らかになる。他人が不満なのは、もともと至極当然のことで、やるのが受かりもしない科挙試験で、模倣ということも分からず、聖人でさえ役に立たないのに、ましていわんや吾輩のような凡人ではである。よい事だと言われるについては、むろん感謝しなければならない。しかしまたどうして本当にどこかよいところがあろうか、せいぜいがあまりデタラメを言わない、それと多くは常識に基づいているぐらいのところだろう。もしこの常識なるものが長所になるなら、これこそまさしく雑読のありうべき結果であって、やはり当然のことである。断章取義的に衛先生の言葉を借用するなら、いわゆる雑読は結局よい事になる。そこでわたしは自分の雑学を簡単に記録しておこうと思う、決して蕎麦屋の風鈴ではなく、実際読書の回想のようなものにすぎない。民国甲申〔一九四四〕四月末日。

2　漢文

日本の古本屋の看板にはたいてい和漢洋書籍云々と書いてある。これはもちろんその店にある商品であって、だいたいが読書人が読むのはこの範囲を出ないから、これはなかなかうまくひっくるめてあると言える。さてそれではこの意味に倣って、漢文から始めよう。わたしが漢文を習い始めたのは、やはり甲午〔一八九四〕以前で、いまを隔たることすでに五十余年である。そのころの読書はもっぱら科挙の試験を受けるための準備であって、ひねもす四書五経を唸って八股文を作るのに備えた。午後は習字で、夕方は対句の稽古で試帖詩を作る準備だ。魯迅は辛亥の年〔一九一二〕に戯作小説を書いたが、仮に題を「懐旧」としておき、そこでざっと塾の状況を述べた。先生が『論語』の学に志すの章を教え、対句の作り方を教え、紅花という題だと、青桐と対にしてもダメで、先生が代わって緑草と対にする、また、紅は平声、花は平声、緑は入声、草は上声だと言って、四声の区別を教える。こうした事はもともとごく当たり前なのだが、ただ今となっては持ち出しても、すでに知る人は少ないから、やはり記録に値する好材料たるを失しないのである。わたしは運の良いことに、塾ではそうした書物を叩き込まれなかった。確か十一歳の時にはまだ上中、つまり『中庸』の前半分を読んでいて、それから次々と無理やり経書を読み終え、八股文も三、四百字はでっち上げられたが、秀才にも合格しなかったから、成績は推して知るべきである。ことわざに「禍は福の拠るべ」と言う。挙業の文は成功しなかったが、わたしはそれによってかなりの漢字を知り、次第に本が読めるようになり、文章が書けるようになった。つまり漢文が理解できるようになったのである。漢文の理解はごく当たり前、あるいは中国人ならまさしく当然の事だとも言えよう。だがこれがもし挙業の文から転化してきたなら、それには二つの臭味がくっついているはずで、一つは道学者臭、一つは八大家臭で、これらはいずれもわたしの嫌いなものである。もともと道学というものは何のよいところもないが、この世に見られる道学者は、往々にして偽が多く本物の少ないことは、世間ではとっくにご承知、わたしもいろいろ見聞きしたが、むろん好感は持たない。家には前から浙江官書局が刻した方東樹の『漢学商兌（しょうたい）』があり、読んでとても不愉快になった。これによって激発され漢学に行き、宋学に対して反感を持つようになったのでは決してないけれども、こんなに思想としての度量が狭く、性質が苛酷では、たとい真の道学であっても何の貴いことがあろう、やっぱりやらないほうがよいと思った。もう一つ、わたしにはどうしても清朝の宋学ぶりは、科挙と密接な関係があって、読書人が道学を標榜するのは富貴を求める手段であって、跪拝や称揚と形式はさまざまだが働きは同じだと思われたことであった。こうしたことはいずれも個人の偏見かもしれないが、要するにこうしてわたしは軛を脱することになり、のちのちいくつもの事柄についての思索の上で少なからぬ利点をもたらした。八大家の古文はわたしの感覚ではやはり八股文の直系の親で、それが世人に尊重される最大の理由はつまりここにあるのだと思われる。わたしは塾で古文を唸ることを学ばなかったから、頭を振り振り芝居の歌を唱うように朗誦する真似はできない。最初は自分で『古文析義』を読んだだけだから、何年も経ってほとんど全部忘れてしまった。近日、安越堂平氏校本の『古文観止』を引っ張り出して読んでみて、唐以降の文はダメだということをはっきりと感じた。このように言うと明七子の口吻に似ているけれども、事実だから仕方がない。韓愈・柳宗元の文章で少なくとも選本に収められたものは、いずれも『宦郷要則（かんきょう）』の中の資料であって、士人が策論を書き、幕客が章奏や書啓を作るには、とても有用であるが、文学を以て論ずるならどこがよいのか分からない。声を上げて読んでみて声調がよいのは、事実であるが、思うのだがこれこそまさに八股文であることの証拠であろう。前六巻のいわゆる周秦文から漢文に至るまでを読み、総じて花実兼備で、態度も穏やかで沈着、己が己がという競争心がない。この競争の気風はたぶん科挙制度の時代特有のもので、韓・柳文が唐に勃興し、今日に至るまで盛行したのは、つまりこのためであろう。これもまた一段落したのである。わたくしは塾の教育が足りなかったので、この関門は逃れ、今でも思い出すたびにとても僥倖であったと思う。仮にわたしが八家文を読んで道学を教えていたら、それこそ本物の正統になっていて、この雑学を語る小文も書きようがなかっただろう。

3　小説と読書

わたしが国文を学んだ経験は、十八、九年前にかつて一文を書いて、ざっと述べたことがある。そこでは、経は読んだのも少なくはないことになろう、多くはないけれども。しかしわたしは文は書けないし、書も読んで分からない、礼教の精義に至っては特に漠然としていて、あっさり一言でいうと、以前読んだ経はわたしにとって何の役にも立たず、後になっていささか文が書け、道徳観念を養うようになったのは、まったく別の面から来たものだ、と言った。道徳・思想については又にするとして、今は読書についてだけ話そう。つまり紙の上の文字を見てそれが表現している意味を理解する、この能力をどうして学んだのかということである。簡単に言えば、これは小説から読み取ったのである。だいたい十三から十五ぐらいまでに、少なからぬ小説を読み、良いのも悪いのもみなあった。こうして本を読むことを学んだ。『鏡花縁』『儒林外史』『西遊記』『水滸伝』などから次第に『三国演義』に行き、転じては『聊斎志異』に行ったが、これが白話から文言に入る経路であった。わたしに文言を理解させ、併せて文言の趣味を分からせたのは、実にこの『聊斎』であり、決して経書やあるいは『古文析義』などの類ではなかった。『聊斎志異』の後は、自然と『夜談随録』や『淞隠漫録』などの偽聊斎、一変して『閲微草堂筆記』に入る、こうして、旧派の文言小説の二派にはいずれも入門を果たし、そこで自ずと『唐代叢書』に入った。こうした経験はたぶんごく普通だろう。嘉慶時代〔一七九六―一八二〇〕の人鄭守庭の『燕窗閑話』にも似たような記録があり、その一節に云う。「わたしは小さいころ書物は理解しやすいようにと、脇門から入った。思えば十歳のころ祖母について西郷の顧氏宅で誕生祝いをした時、長雨が十日ばかりも続き、机上に『列国志』があったので、開いて見たが数語しか解らない、三、四冊見ているうちに解る言葉がだんだん多くなって、又初めから読み直してみると、大半が解った。家に帰ってから小説の解りやすいのを借りて読むと、八、九割がた解った。除夜に祖母のお供で年越しをして、一晩かかって『封神伝』半分、『三国志』半分を読んだが、細かい評語は詳しく見る暇がなかった。のちに『左伝』を読むと、その事柄はすでに知っていた。ただ解らない字句については、講義の時に集中して聴いた。こうしてほかの書物を読んでもますます理解しやすくなった」。だがわたし自身の経験は、文の意味を理解させたばかりか、読書の方向をも引っ張ることになったので、関係するところはもっと大きくなる。『唐代叢書』は版が欠けていてよくないので、今以てちゃんとしたのを買っていないが、わたしはそれに対してすこぶる好感を持っていて、中のいくつかの書はまだ覚えていて、わたしの雑読はそこから起こったと言うことができる。小さいころ読んだ本は、もともとは偶然だけれども、往々にして深い印象を残しており、大きな影響を与えている。『爾雅音図』『毛詩品物図考』『毛詩草木疏』『花鏡』『篤素堂外集』『金石存』『剡(せん)録(ろく)』、これらの本はたいていが決して精本ではなく、あるものは石印であったが、今でも覚えていて、後になっても収集架蔵しており、興味も相変わらずある。幼年の書物はみなこうした力があると言えば、必ずしもそうではないが、そこにはもともと別の選択があることが分かる。『聊斎』と『閲微草堂』はわたしを古文の書を読むように導いたが、後になると前者についてはその文章が鼻につき、後者はその義理が嫌いになり、大いにその魚を得て筌(やな)を忘るという気味がある。『唐代叢書』は雑学入門の教科書だが、今ではもう好きだったいくつかの書名を挙げることができない、あるいは上に挙げた『爾雅音図』などの書が数を満たしているためであろうか。それらは叢書にはない。だがもし『唐代叢書』によって養われた読書の興味は、叢書以外の別に選んだ気に入った本の中に生きていると言うならば、そういう言い方も可能だろう。

この非正統的な選択法はずっと維持されてきて、わたしの蒐書読書の基準となっているのである。この大要は八類ある。一は『詩経』『論語』に関する類。二は小学の書、つまり『説文』『爾雅』『方言』の類。三は文化史料の類、歴史の志書ではない地誌、特に歳時・風土・物産に関するもの、『夢憶』『清嘉録』など、また変乱に関する『思痛記』など、倡優に関する『板橋雑記』などなど。四は年譜・日記・遊記・家訓・尺牘（せきとく）類、最も著しい例は『顔氏家訓』『入蜀記』など。五は博物書の類、すなわち『農書』『本草』、『詩疏』『爾雅』の各本もこれと関係がある。六は筆記類、範囲は非常に広く、子部雑家の大部分はここに入る。七は仏経の一部、特に旧訳の『譬喩（ひゆ）』『因縁』『本生』の各経、大小乗の戒律、代表的な語録。八は郷土の先賢の著作。わたしは以前よく閑書を読んで煙草に代えると言ってきた、これは半分本当、半分嘘の言葉である。わたしの言う閑書とは、〔半分は〕新旧各式の八股文に対して言うのであって、世間が八股はまともな文章であると尊重するからは、わたしにはそれらは当然閑書でしかない。〔もう半分について〕わたしは世人に順応してこんなに遠慮深く言うが、実はわたしからすればもともとこれらはいずれもとても重要なきわめて真面目なものである。重ねて言うと、わたしの読書は非正統的である。したがって常に世人の嫌悪し憎むところである、だが自分ではそれが意義がある所以も又ここにあると確信する。

4　古典文学

古典文学では『詩経』が好きだが、本当を言うと国風が主なだけで、小雅は一部にすぎない。詩を説くには必ずしも小序や集伝に固執しないが、普段遣いの良い本はなかなか得難い。早印の掃葉山荘陳氏〔陳奐（ちんかん）〕本『詩毛氏伝疏』が気に入っていて、いつも取り出しては開いて見る。陶淵明の詩は昔から好きで、文は多くないがみなきわめて良く、安化の陶氏本が最も便利である、二種の刊本はどちらも精善を欠くけれども。このほかの詩、および詞曲も、よく翻読するが、自分で詩が解らないことを知っているから、それほど多くを見たり、言ったりする勇気はない。駢文もなかなか愛好はするが、詩に比べてずっとよく解るかはもともと疑問なのだけれども、孫隘菴の『六朝麗指』を読むとなかなか同感する点が多い、もとより多くは貪らず、『六朝文絜』および『黎氏箋注』をいつも座右に備えているだけだ。伍紹棠は『南北朝文抄』に跋す」という文に、南北朝の人の著した書は多くが駢儷体で書かれ、またみな質朴文雅で誦するにたると言うが、その言葉は本当である。ただ諸書の中でわたしが好きなのは『洛陽伽藍記』、『顔氏家訓』である。このほかみな篇章の珠沢、文采の鄧林ではあるけれども、『文心雕龍』と『水経注』は、結局そのあまりに専門的なのが苦手で、暇つぶしに見るには適当でない。以上唐以前の書物についていくつか例を挙げて、個人の偏向した好みを表明したが、たいていは文のほかに表現された気象や性情を重視した。韓愈の文が八代の衰を起こして以後、こうした文はなくなり、科挙の影響もあって、後になると、たとい佳作はあっても、要するに生地が薄く、分量も軽く、明らかに病後の体質である。思想の面については、わたしが受けた影響は又別の来源がある。一概に言うと、わたし自身は儒家の思想に属することを認めてはいるが、この儒家という名称はわたしが自分で決めたもので、内容の解説となるとおそらく一般の意見とはかなり違うところがあろう。思うのだが中国人の思想は然るべくふさわしい人になることに重きを置いている、儒家で仁を言い中庸を言うのはまさにこれと同じであって、この名称を使っても合わないことはないように思う。しかしこれはまさに孔子が中国人であるから、こうなのであって、決して孔子が教えを設け伝道したから、中国人はそこで儒教徒に変わったのではない。儒家が最も重んじるのは仁であるが、智と勇の二者も重要である。特に後世儒生が道士化し、禅和子化し、下っ端役人化して、思想が混乱する時には、智によって弁別し、勇によって決断してこそ、初めて盲流を断ち切り、しっかりと立つことができる。こうした人が中国でなかなか見つからないのは、国家と民族の前途にきわめて大きな価値を持つにもかかわらず、それと君師の正統思想*とが往々にして合わず、不利な立場に立っているからである。古今上下、漢から清に至るまで、わたしは三人を見つけた。それは王充、李贄（りし）、兪正燮（ゆせいしょう）である。王仲任の虚妄を憎む精神は、最も顕著に『論衡』に表れているが、他の二人もまた同様で、李卓吾が『焚書』と『初潭集』に、兪理初が『癸巳類稿』『癸巳存稿』に表したものはまさに同じ精神である。彼らは本当のことを言うことの危険を知らなかったのではない。ただ物理人情に通達しており、世間の多くの事柄の錯誤不実があまりにもはっきりと見えたがために、黙ってはおれず、結果はロクでもないことになったが、意に介さなかった。こうした真理を愛する態度は最も貴重なもので、学術思想の前進はこの力によるが、ただ残念なことに中国の歴史ではそれほど多く見かけない。わたしはかつて彼らを中国思想界の三つの灯火だと言ったことがある。とても遠く微弱ではあるけれども、後人にとっては貴重な導きの標識である。太史公は言った。「高山は仰ぎ、景行は行う、至る能わずと雖も、然れども心にこれを嚮往る」と。こうした先賢たちに対してはわたしもまさにそうであって、学んでも学び至らないが、虚妄を憎み、情理を重んずるのは、要するにわれわれの理想であって、いつも注意し、あえて怠らない。古今の筆記は少なからず見たが、砂金を拾うようなもので、千に一つも得られない、苦労というほどではないが、寂寞に苦しむ。民国以来思想革命を唱えたが、実はやはり成績は上がらない。わたしの知るところではただ蔡元培・銭玄同の二先生がその選に入るだろうが、多くは筆墨に著さず、清言は絶えてしまって、もう調べようもないのは、痛惜すべきことである。

＊　君師の正統思想　「天地君親師」を無上のものとし、すべてそれに従わなければならないとする超保守主義。君師主義ともいう。

5　ヨーロッパ文学

わたしが外国語を学んだのはずっと遅く、それでうまくマスターできず、たいていはただ本を読むだけである。光緒辛丑〔一九〇一〕江南水師学堂に入って、やっと英語を学び始めた。その時は年すでに十八、丙辰〔一九一六。これは丙午、一九〇六の間違い〕になって日本留学に派遣され、また日本語をやらざるをえなかったのは、その五年後である。われわれが英語を学んだ目的は一般的な物理・化学および機械の書物を読むことであったから、使ったテキストの最初は『華英初階』でそれから『進階』まで、参考書は薄い雁皮紙に印刷した華英辞典で、その幼稚さは推して知るべしであった。このほか英語で読めるどんな書物があるのかもまったく知らなかった。多くの先輩同学たちは卒業するとこれら何冊かの古本はきれいさっぱり捨ててしまって、英語は口を離れなかったけれども、もう二度と横文字の本を読まなかったのは、まさに怪しむべきことではない。わたしの幸運はそのころ新小説を愛読していて、林〔紓〕氏の訳本によって外国にはスコットやハガードなどという人がいて、彼らが書いた本が珍しく面白いことを知り、後で東京に行ってまた西洋の書物が手に入りやすいのを見て、手始めに少し買って読み、そこから少なからぬ利益を得たことだった。だがわたしが読んだのは別に英文学ではなく、ただこの言葉の媒介を借りていささかの書物を乱読したのである。その一部はヨーロッパの弱小民族の文学であった。当時日本には長谷川二葉亭と昇曙夢とがもっぱらロシアの作品を訳し、馬場孤蝶が多く大陸の文学を紹介していて、わたしは特に興味を持った。一方また『民報』が東京で発刊され、中国の革命運動がちょうど動き始めていて、われわれも民族思想の影響を受け、いわゆる圧迫され侮辱された国民の文学に対して強国よりもずっと尊重と親近感を示したのであった。その中では、ポーランド、フィンランド、ハンガリー、新ギリシアなどが最も重要で、ロシアもその時はちょうど専制に反抗していて、弱小ではなかったけれども、範囲に入った。その時の影響が今になってもまだ残っている、つまりわたしの何人かの作家への愛好である。ロシアのゴーゴリとガルシン、ポーランドのシェンキエヴィッチは、時には十年も読まないけれども、いつまで経っても忘れようにも忘れられない。ドストエフスキーもとても敬服しているが、いささか畏敬するところがあって、今までなかなか軽々しくは繙けず、それでやや疎遠になっている。モーフィルの『スラヴ文学小史』*、クロポトキンの『ロシア文学史』、ブランデスの『ポーランド印象記』、ライヒの『ハンガリー文学史論』、これらはいずれも四、五十年前の古本だが、わたしにとってはなかなか誼(よしみ)があって、そのころの読書の感激を思い返すとありありと昨日のようで、わたしにくれた恩恵はついに滅びることがない。ただ残念なのはわたしが十分に利用しなかったことで、小説は前後三十何篇かを訳して、二つの短篇集に収めたが、史伝や批評は多くが読んでひとり悦に入っただけである。しかしそれもやはり徒労ではない、民国六年〔一九一七〕北京大学に来て、命によってヨーロッパ文学史を講じたが、それらを基礎にした。それ以後七、八年間の講義は、反復して文学史の資料を調べることになったが、これもまたわたしには一種の訓練となった。最初は古代ギリシアと十九世紀のヨーロッパ文学の一部分について僅かな知識があったにすぎないが、後からは講義でプリントを編まなければならないので、その他の部分も何とかして補充しなければならず、それで初めの二年は六時間の授業を担当するだけだったが、まったく時間がなく、本を調べ原稿を書くほかにはほとんど何もできなかった。しかし結果は決して満足できるものでなく、プリントは一冊印刷したものの、十九世紀の一冊はついに印刷せずに、この授業も何年かのちにはやめになった。だいたい文学史というものはやりにくく、ましてヨーロッパのはなおさらである。その何年かわたしは自分でも誤り人をも誤ったことが確かに浅くなかったことを知っていたので、早く中止になったのはまだよかったのである。わたし自身にとっては実はそれでもやはり利益があった。たぶんそれによって無理やりたくさんの本を読み、一般の文学史の常識を手に入れ、今でも役に立っている。軍事教練のようなもので、真意は前線に出ることにあるのだが、後でやらなくなっても、こうした軍事教練が体質と精神にとどめた影響は長く残留し、時にはすこぶる感謝すべきものとも思うのである。

＊　モーフィルの『スラヴ文学小史』他　William Richard Morfill（1834–1909）, *Slavonic Literature*, Society for promoting Christian Knowledge, London & New York, 1883. クロポトキンのは『ロシ

ア文学の理想と現実』。ブランデスとライヒについては本書「『黄色いバラ』」「『マジャール人の詩』」を参照。

6　ギリシアの神話

西洋の書物から得た知識は、このほかにギリシア神話がある。言うも不思議だが、わたしは学校で何年かギリシア語をやったことがあり、最近ではアポロドーロスの神話集を翻訳し、それが自分の主要な仕事の一つだと思っている、しかしギリシア神話への最初の認識と理解は全部英語の著書から来たものである。東京に行ったその年、ゲイレイの『英文学の中の古典神話』を買い、それからまたアンドリュー・ラングの二冊の『神話、儀式と宗教』を手に入れて、こうしてわたしと神話との関係が生まれた。当初は西洋文学を理解するには少しはギリシア神話を知らねばならないと言われたので、一、二参考書を探して読んだのだが、後から神話そのものについての興味が湧き、別の方面を探してみて、そこで神話集の方ではアポロドーロスの原典があり、フォックスとローズの専著があり、論考の面ではハリスン女史の『ギリシア神話論』および宗教の各著、アンドリュー・ラングのは神話の人類学派の解説で、そこからもまた文化人類学に対する趣味を引き出した。世間では誰も古代ギリシアには美しい神話があると言う、これはむろん事実であって、少し読みさえすれば分かる。しかしそれがそうであるのもまた自ずからその理由があるのであって、それを述べればもっと意味がある。古代エジプトとインドにも特殊な神話がある、その神は多くが鳥頭牛首で、あるものは三頭六臂、恐ろしい形状で、事柄もまた多くは怪異、終始宗教の領域を脱せず、芸術とは一層の隔たりがある。ギリシアの神話の起源も元は同じであるが、次第に変化して、ハリスン女史の言うように、ギリシア民族は祭司の支配を受けず詩人の支配を受けたから、その結果彼らによってそれらはすべて美しい影像に形作られたのである。「これはギリシアの美術家と詩人の職務であり、宗教の中の恐怖の分子を洗い流した。これはわれわれがギリシア神話の作者に対して負う最大の債務である」。われわれ中国人は以前はギリシアに対してこのような債務を負っていないけれども、いまは奮起して少しは引き受けるべきであろう。なぜならこうしたギリシアの精神はたとい起死回生はできなくとも、若返りの力を持っていることは、ヨーロッパ文化史には明らかに見て取れるし、今の中国に対しても、多年の専制と科挙の重圧によって、人の心には醜悪と恐怖とが充満し日々に萎縮に向かっているから、こうした一陣の清風にも似た一掃力は欠くことができないし、また大いに有益でもあるからだ。わたしがハリスン女史の著書からギリシア神話の意義を理解したのは、実に大幸であった。ただ恨むらくはいまだ紹介に力を尽くせないことである。アポロドーロスの書の本文を訳し終われば、注釈はおそらく三倍になるだろうが、今に至るもまだ書き継げていない。このほか一冊通俗的な物語があって、自分では書けないが、翻訳はさらに容易ではない。ローズ博士は一九三四年に『ギリシアの神と英雄と人』を著した。彼はもともと古典学者で、文章になかなか風趣があり、一八九七年新ギリシアの小説集を訳したことがあって、序文に名づけて「ギリシア諸島」と言い、古い民間の習俗にすこぶる理解があり、最も適任な作者だと言える。しかしわたしはどうしてだかどうもキリスト教国の人が書いた書物は、特に通俗的な児童向けのものは、専門書と違って、あまり相応しくないように思われ、まだ翻訳の決心がつかず、しばらくほっておくしかない。わたしは必ずしもギリシアの多神教がよいとは思わないが、どうしてもその改宗を残念に思う。もしギリシアが中国や日本のように、元の宗教道徳を保存しながら、時とともに必要な新しい分子を加え、仏教やキリスト教が東方においてしたように、調和的に発展したなら、もっと面白かったであろうに。だが過ぎ去ったことは仕方がない、今の状況から言うならば、本国にはまだ生活の伝統が残り、劫余の学問や芸文は外国で宝物のように重んじられ、ずっと研究が続けられてきたのは、要するによいことであった。われわれが教えを請おうとすれば、キリスト教国の仲介に由らざるを得ないのは、考えてみればしっくりこないが、ギリシアと中国のためにもう一度考え直せば、今そのようにできるだけでもすでに幸いな事である。

7　神話学

アンドリュー・ラングは多方面の学者文人で、彼の著書は非常に多く、わたしはその中で文学史と評論の類、古典の翻訳紹介の類、童話・児歌の類、最も重要なのは神話学の類、を持っているにすぎない、このほかにも雑文がある。しかし『垂釣漫録』や『詩集』は結局まだ蒐集していない。この中でわたしにとって最も影響が多いのは神話学の類の『習俗と神話』『神話、儀式と宗教』の二部の書である。というのはわたしはこれによって神話の正当な解釈を知り、伝説と童話の研究にも道筋がついたからである。十九世紀中頃のヨーロッパの学者は言語の病によって神話を解釈したが、これには疑問があって、もしアーリア族の神話の起源がアーリア族の言語の病に由来するとなると、それはとても奇怪なことで、なぜ非アーリア族の言語が通行するところでも似たような神話が存在するのか。言語系統が違う民族の中でもどこにも類似の神話伝説があり、その神話の起源がみな言語の訛伝に由ると言うのは、事実上不可能である。言語学派の方法では神話の中の荒唐無稽で不合理な事件を解釈できないので、人類学派がそれに代わって起こり、類似した心理状態が類似した行為を起こさせると解説し、だいたいは合理的な解決を得ることができる。これは最初民俗学的な方法と言われ、『習俗と神話』でかつて説明されたことがある。その方法は、もしある国で顕著に見られる荒唐怪異な習俗は、他の国に探せば、そこにも類似した習俗がある、ただしそこでは決して荒唐怪異でないばかりか、ちょうどその人民の礼儀思想と符合している。古代ギリシアの神話についても同様の方法が用いられ、別の民族の類似した物語で比較して、現在なお残存する信仰によって古代のすでに忘れられた意味を推測すると、大旨を明らかにすることができる。けだし古代ギリシア人と今のある種の土着人とではその心理状態に類似した所があり、つまりそれによって類似した神話伝説の意味を解くことができる。『神話、儀式と宗教』第三章以下では野蛮人の心理状態を論じ、その特徴を五つ挙げている。一は万物同等で、みな生命と知識を持つ。二は魔術を信じる。三は鬼魂を信じる。四は奇を好む。五は軽々しく信じる。ここの解説によれば、われわれはすでに神話伝説および童話の意味を理解するのは難しくない。だがこれは入門でしかない。もしもっと詳しく知ろうとするならやはり別の二種の書物が頼りになる。すなわちハートランドの『童話の科学』とマックロックの『小説の童年』である。『童話の科学』第二章は野蛮人の思想を論じ、ほとんど大意は同じだが、全書を五部九章に分けて詳細に述べている。『小説の童年』は副題を「民間の物語と原始思想の研究」と言い、四類十四部に分け、さらに詳しい。一九〇五年に出版されたけれども、やはりこの種の本の中では白眉であって、イアスレー*が二十年後に著した『童話の民俗学』でも、その範囲を超えられない。神話と伝説、童話はもともと一つの元から出て、時間に従って転化したから、その一は宗教的なもの、その二は史地類、その三は芸文に属し、性質はやや異なるが、その解釈はやはり同じである、だから神話が読めれば童話にも通じるのは、まさにきわめて自然なことである。マックロックがその書を『小説の童年』と言ったのは、つまり民間の物語を原始人の小説と考えたからで、それはラングが説明的な神話を野蛮人の科学と言ったように、なかなか筋の通った言い方である。われわれはそうした物語を読んで、考証癖によってその意味を考察しようとするのを免れないが、同時に芸術作品として読めば、相当の楽しさを得ることができる。こうしてわたしはまたいろんな童話を蒐めた、だがここでの目的はやはり後者に偏る。野蛮民族のものにも価値はあるけれども、蒐集したのは多くはヨーロッパ・アジア諸国で、自然と珍しいものが貴重で、トルコ・コサック・ロシアなどである。フランスのペロー、ドイツのグリム兄弟が編纂した物語集は、権威的な著作で、わたしが持っているものにはまたアンドリュー・ラングの長篇のイントロダクションがついていて、とても有用であるのだが、友人に借りられて、南方に持って行かれ、今では返してもらう当てがない。

＊　イアスレー　Macleod Yearsley（1867–1951），イギリスの外科医。*The Folklore of Fairytale*, Watts, London, 1924.

8　民俗研究

わたしはアンドリュー・ラングの人類学派の解説によって、神話およびその同類の物語が解ったただけでなく、文化人類学、これはまた社会人類学とも称する、をも知った。それ自身は一つの専門の学問であるが、この方面での知識は読書人にとってとても有益で、やはりすこぶる興味のあるものだと思う。イギリスの祖師はテイラーとラボックで、著した『原始文明』と『文明の起源』はいずれも権威的な書である。テイラーにはまた『人類学』があり、やはりとてもよい入門書である。一八八一年の初版だけれども、最近また翻印され、中国の広学会でかつて訳したことがあり、わたしは光緒丙午〔一九〇六〕に上海で一部を買った、なぜだか分からないが『進化論』と改名され、しかもエナメルペーパーに印刷されたのは残念であったが、それからはたぶん早く絶版になったのだろう。しかしわたしにとって最も影響があったのはやはりかの『金枝篇』の有名な著者フレイザー博士である。社会人類学はもっぱら礼教・習俗の類を研究する学問であり、彼によれば研究には二つの面があり、その一つは野蛮人の風俗思想で、二つは文明国の民俗である。けだし現代文明国の民俗はほとんどが古代の蛮風の遺留であって、つまりまた現今の野蛮な風俗の変相である。なぜなら大多数の文明の衣冠をまとった人物は心の中では相変わらず野蛮であるからだ。したがってこれは神話学よりも応用がずっと広く、それが問題にするのは神話をも含んで、さらに広大で、われわれがふだん最も不可解とする神聖や猥褻といったことも、それで説明されると、神秘なヴェールもたちまち剥げ落ちて、解れば思わず微笑してしまう。これは感情を同じくする理解であるが、威嚇的な圧迫をも消し去ってしまう。これはわれわれにとってとても有益であって、偽道学の伝統においてはいささか不利であるけれども、こうした学問が偽善で以て著名な西洋で発達し、なんの障碍もみあたらない。だからわれわれ中庸の国民の中でも、多くは受け入れられることは至極当然であろう。フレイザーの著作は『金枝篇』のような大部の著書五部のほかに、まだ若干の単行および雑文集がある。彼は文人ではないけれども文章はうまい、これはすこぶるアンドリュー・ラングに似ており、われわれ非専門家で彼の書を読もうとする者にとって大きな便宜である。彼には一冊『プシケの仕事』というのがあり、四篇の講義はもっぱら迷信を講じたものでとても面白い。のちに『悪魔の弁護』と名を変えたが、日本ではすでに訳本が岩波文庫に入っており、そのまま原名を使っている。また『金枝篇』の節本も訳されている。フレイザー夫人が編んだ『金枝の葉』も啓蒙的なテキストで、読めば面白くまた有益でもあり、わたしは『夜読抄』に一篇紹介の文を書いたが、結局翻訳はできずじまいで、今ではすでに十年前の事になる。このほかにもう一人、原籍はフィンランドだがイギリスに寄居したウエスターマーク教授がいる。彼の大著『道徳観念の起源と発達史』二冊も、わたしへの影響は深い。フレイザーが『金枝篇』第二部の序言で各民族の道徳と法律は常に変動していて、土地が違い民族が違えば言うまでもなく、たとい同じ土地同じ民族であっても、今と昔と時が違えば、その道徳観念と行為も違ってしまうと述べたことがある。ウエスターマークの書はすなわちこの道徳の流動性を闡明（せんめい）した専著であって、われわれは確実明瞭に道徳の真相を知ることができる。したがって五色の玻璃のような偽道学の置物は打ち砕かれてしまうけれども、生と生生〔繁殖〕とによって生まれる道徳の本義は、ひとかけの水晶のように、すべて透徹してはっきりと見えてくる。わたしは文章を書いてしばしば道徳に触れるが、こうした書物の影響が原因の一部だと言うことができる。その基本部分はやっぱり中国とわたし自身のものではあるけれども。ウエスターマークの専門の巨著にはもう一部『人類結婚史』があり、わたしが持っているのは一冊の小史で、六ペンス叢書の中の『結婚』という一種、八十葉ほどの小冊子でしかないが、なかなか要領を得ている。同叢書の中にはハリスン女史の『ギリシア・ローマ神話』もあり、おそらく『ギリシア神話論』に基づいて改作したものだろう。

9　〔博物〕

人類学に対するわたしの興味は、その理由は決して学問のためではなく、たいていはただ人間のためであって、この人間ということももともとは文化の起源と発達を主としている。しかし人間の自然の中における地位は、厳幾道の古雅な訳語に言う〝化中人位〟[*1]のように、われわれも非常に知りたく思うが、そうなるとこの道は一度角を曲がると又そのまま真っ直ぐに進化論と生物学に行き着く。生物学についてはわたしは完全に乱読の程度で、少し格好をつければ渉猟であって、自分の見積もりでは普通教育を受けた学生が持つべき知識であって、このほかにいくらか雑読したバラバラの資料が加わるにすぎない。しかしわたしのこの方面への愛好は、その原因を言えば遠く、決して単純な化中人位の問題から起こったものではない。上文でも触れ、以前書いた何篇かの文章で述べたが、わたしの好きな古書の中の一部は自然の名物に関するもので、『毛詩草木疏』および『広要』、『毛詩品物図考』、『爾雅音図』および郝〔懿行〕氏の『義疏』、汪日楨の『湖雅』、『本草綱目』、『野菜譜』、『花鏡』、『百廿虫吟』などである。時代から言うと、『毛詩』『爾雅』の図のほかは最も早く見たのは『花鏡』で、今ではもう五十年になろうとする。愛好心は終始変わらず、康熙の原刊のほか日本の翻刻本まで買い、今でも時々は引っ張り出して見る。『花鏡』を見る趣味は、花を育てるためではなく、また作文の参考としては不足であり、いま人に言ってもなかなか解ってはくれず、同感するなど言うまでもない。最初そんな興味があって、のちに芋づる式に繋がって、思想問題に応用することになった。でなければたとい化中人位を理解するためにも、生物学の知識はとても重要だが、面倒でもあって、手を着けるのを渋っている始末である。外国の方ではホワイトの博物学の通信集を知ったのが最も早い。つまり世間で熟知されるいわゆる『セルボーンの自然史』である。この書が初めて出版されたのはまだ清の乾隆五十四年〔一七八九〕であって、今に至るも重版されて途絶えず、イギリスの古典の中で唯一の博物書となっている。しかし近代の書物はもちろんもっとわれわれに新しい知識を提供してくれ、目下の問題とも深い関わりがある。ここではトムスンとファーブルの二人を挙げることができる。というのは彼らは学問のほかにともによい文章を書けるからである。これは素人の読者にとってすこぶる便利である。トムスンの英語の本は何種かを集め、ファーブルの『昆虫記』は『全集』の日本語訳本が三種、英訳の分類本が七、八冊あるだけだ。民国八年〔一九一九〕に「祖先崇拝」という文を書いたが、その中で言った。世間に一部の経典があって、千百年もの間人類の教訓になるなどとは信じない、ただ生物の生活現象を記載したビオロジーだけがわれわれの参考になり、人類の行為の基準を定めることができる、と。これも、経典が教訓になるのは、それが物理人情に合致する、つまり生物学を通過した人生哲学であるから、貴重なのだと言い換えることができる。われわれはファーブルが昆虫の本能の奇異を語るのを聞いて、思わず驚嘆を禁じえない。だがまたそれによって焦理堂〔循〕が生と生生の理は、聖人も易(か)えられないと言い、そして人道最高の仁も又すなわちここから出るのだと言うことが分かる。さらにトムスンが落葉を語った文章[*2]を読むと、樹の葉が落ちる前には、必ずあらゆる糖分・葉緑素など貴重な成分を樹身に返し、地上に落ちるとまたミミズが土中に運び入れ、植物性土壌に変え、後代の用に当てる。この自然の経済の中に別の意義を、つまり樹の葉の尽忠を見て取ることができる、もし教訓の話をしたいならば。

『論語』に〝小子何ぞ夫の詩を学ばざるや〟という一章を、わたしはとても好きだが、今ひっくり返して、多く鳥獣草木の名を識り、以て興すべく、以て観るべく、以て群すべく、以て怨むべく、これを邇うして父に事え、これを遠くして君に事う、と言えば、また新たな意義があり、しかも事理にも合うように思う。ただ君に事うは国事に尽力すと読むべきである。ここまで言うといささか話が硬くなったようだ。しかしこれはただ極端に推して言ったまでで、もし普通にただ暇つぶしとして読むならば、パイクラフトの書いた『動物の求婚』と『動物の幼年』の二書[*3]がとても面白いと思う。必ずしも何か教訓を見つけようというのではないけれども。

＊1　化中人位　厳復が『天演論』でハックスレーの"Man's place in Nature"に与えた訳語。進化における人間の位置という意味。

＊2　トムスンの文章　本書「科学小品」参照。

＊3　パイクラフトの書　W. P. Pycraft (1868–1942), イギリスの動物学者。*The Courtship of Animals*, Hutchinson, 1900. *Infancy of Animals*, Hutchinson, 1912.

10　児童学

民国十六年〔一九二七〕の春、わたしはある小文の中で言ったことがある。少し知りたいのはみな野蛮人に関する事である。一つは古代の野蛮、二つは小さい野蛮、三つは現代の野蛮である、と。一と三は文化人類学に属することで、上文でざっと言及したが、その二のいわゆる小さな野蛮とはすなわち児童である。なぜなら進化論に従えば、人類の個体発生はもともと系統発生の過程と同じで、胚胎の時代は生物進化の歴程を経て、児童の時代はまた文明発達の歴程を経る、だから幼稚という一段落はまさに人生の野蛮期であり、われわれの児童学についての興味という問題は、ほとんど人類学から連なって出てくるのである。むろん大人は子どもに対して天然の情愛を持っており、時にはとても痛切で、日本語に子煩悩という言葉があるのは、最も意味深い、荘子はまた聖王の心遣いは、孺子を嘉(よみ)し婦人を哀れむことだと言ったから、地位の高下に関わらず人間はこの心を持っていることが分かる。だがこの主観的な慈愛の上に客観的な理解が加わって、それによって児童学という部門が成立するのは、きわめて後の事で、すでに十九世紀の後半になってからである。わたしは東京にいたころ高島平三郎の『児童を謳へる文学』および彼の著である『児童研究』を手に入れ、ようやくこの方面に興味を感じたのであった。その時児童学は日本でも始まったばかりで、スタンレー・ホール博士が西洋ではこの学問の祖師であるので、のちに参考にした書物は多くが英語のものであった。サリーの『児童時期の研究』はすでに古びた書物であるけれども、わたしはとても珍重していて、今でもよく思い出す。以前の人は児童に対して多くが正当な理解ができなかった、彼を小型の成人と見なして、少年に老成を期待するのでなければ、彼を不完全な小人と見なして、子どもに何が解るかと、一筆で抹殺して、取り合わなかった。今でこそ児童は生理・心理上いささか大人とは違うけれども、彼は立派な個人であり、彼自身の内外両面の生活があることが分かった。これはわれわれが児童学から得た一つの常識であって、もし子どもを救えと言うならば、たいがいはこれを出発点とすべきである。自分でも経済・政治などにあまり知識がないのが恥ずかしく、ちょうど婦女問題を論じる時と同様、余計なことを言う勇気はあまりない。ここではわたしと関係があるのは児童教育の一部、つまり童話とわらべ歌でしかない。二十何年か前「児童の文学」[*1]という文を書いて、外国の学者の主張を引用し、児童は文学の作品を読むべきで、単に商人たちが編んだ教科書を読むだけではいけない、教科書を読み終わって文字を知ったところで、読書はできない、というのは読書の趣味がないからである、と言ったことがある。幼い児童は名人の詩文はわからないが、童話は読め、わらべ歌は歌える。これがすなわち児童の文学である。まさに『小説の童年』に言うように、伝説物語は文化の幼稚な時期の小説であり、古人が喜び、今の野蛮民族と田舎者が喜ぶものである。したがってやはり子どもたちが喜ぶもので、彼らの共通の文学である。これは確かに疑いのないことである。こうなると話はまた戻る、当初述べた小さな野蛮という問題に戻ってくるが、これはもともとわたしが知りたいと思った事であって、いささか神経を使って少々調査考証するに値すると思う。わたしはここでせいぜいが小さな友人を紅色インディアンに擬える[なぞら]しかないが、確かホール派の論文で、子どもが毛のふさふさしたものと大きな目を恐れるのは、森林生活のときの恐怖の遺留であると言った人がいるが、なかなか新鮮に感じられた。また子どもが水遊びが好きなのは水棲生活の名残であると言う人もいるが、本当はどうか分からない。フロイトの心理分析を児童心理に応用して、すこぶる成績が上がった。かつてスイスのボードアンの書いたものを読み、[*2]いくつかの所でとても意義があると思った、ギリシアの腫足王[オイディプス]の神話を説明して最も確かである、この神話は今まで難解で知られ、人類学派の方法によってもまだはっきりと解釈できなかったからである。

＊1　「児童の文学」　一九二〇年十月、散文全集第二巻に収録。
＊2　ボードアン（波都安）の書　未詳。

11　性心理学

『性の心理』、これはわたしにとって大いに役立ち、いつも取り上げては感謝を示すのを惜しまないものである。以前自分の文章を論じた文の中で次のように言ったことがある。

「わたしの道徳観はやはり儒家だと言っていいであろう。だが左右の道家と法家もいずれも少しは混ざっていて、外側にはさらに現代の科学常識が加わる、生物学・人類学および『性の心理』などで、この点はわたしにとってさらに重要である。古人には面壁して悟る者もあれば、蛇が戦い蛙が跳ねるのを見て字を書く道理を会得した者もいるが、わたしは〝妖精の喧嘩＊〟から道徳を考え出したから、おそらくは傻大姐（シアダアジエ）に笑われるに違いなかろう」。もともと中国の思想はこの方面では健全であった。たとえば『礼記』では、飲食男女は、人の大欲存すと言っている。また荘子は堯舜の問答を設けて、孺子を嘉し婦人を哀れむは、聖王の心を用うる所と言って、気宇がとても壮大である。しかしのちの文人は堕落して、ますます話にもならず、わたしはかつて武断的に評定して、その人の女性と仏教に関する意見を見さえすればよい、もし通順で欠陥がなければ、審査合格としてよいとしたが、これはなんとも容易ではない。近四百年には李贄・王文禄・兪正燮などがいて、情理に合う言葉を吐くことができたが、結局は社会の容認するところとならなかった。兪君は近世に生まれて、比較的運がよく、たいして罵倒もされず、李越縵がただ彼を嘲笑して、すこぶる好んで婦人の肩を持ち、その言葉はみな不公平で狭く、謝夫人の言う周公のかみさんから出たものに似ていると言うだけだ。こうした周公のかみさんから出たという意見は実際にはきわめて得がたい、栄啓期は男に生まれたことを、ただそれを自分の幸せだとしたが、もし婦人を哀れみそのために代言することを知っていたなら、すでに聖王の心得を手にしているのであり、その賢明さは周公を下らなかったはずである。われらは現代の民国に生まれて、自由に性心理の新知識を受け入れることができるのは、あたかも一節の新しい枝を持ってきて原有の思想の幹に継木するようなもので、それが強くなり、自然に発育できるよう希望する。その前途は遼遠ですぐには予知しがたいが、ただわたし個人としてはすこぶるそのお蔭を被っていると思う。この主要な著作は当然エリスの『性の心理の研究』である。この書の第一冊は一八九八年に出版され、一九一〇年になって第六冊が出て、全書が完成したということになるが、一九二八年続けて第七冊が刊行され、補遺の性質を持つようである。一九三三年つまり民国二十二年に、エリスはまた一冊簡本『性の心理』を刊行した。「現代思想の新方面叢書」の一つであって、その時著者はたぶんすでに七十四歳であったろう。わたしは英語を学んだが、シェイクスピアは読まないから、何かの役に立つとは思われなかったが、エリスの原著を読むことができ、その時になってようやく、当時南京での何年かの英語の授業が決して無駄ではなかったのだと気がついた。『性の心理』がわれわれに与えてくれた多くの事実と理論は、これは他の性学の大家、フォレル、ブロッホ、バウエル、ヴァンデヴェルデなどの書物でも得ることができるが、その明浄な観照から出た意見と論断は、ほかにはないものであり、わたしが特に心服するのはここにある。以前『夜読抄』で例に挙げて、エリスの意見を叙述して、性欲の事はどんなに異常ないし嫌悪すべき事でも、非難したり干渉したりする必要はない、二つの状況を除いては、一つは医学に関係し、一つは法律に関係する場合は、と考えた。これはつまり、仮にこの異常な行為が自己の健康を損なうなら、それは医薬あるいは精神治療の措置が必要であり、その次に仮にそれが相手の健康あるいは権利を損なうなら、法律が干渉を加えるべきであるということである。こうした意見はきわめて道理があると思う。保守ではないし、急進でもなく、わたしから見ればやはりとても中庸に合ったものである。中庸ということになれば、それはすこぶる中国に近づく、わたしは本当に、もし中国が原有の思想の健全性を保持しているなら、こうした意味についての理解は自ずと容易になると信ずる。われわれは現在でもまさにこれのお蔭で、思想があまりにも烏煙瘴気〔真黒な煙と毒気が充満して秩序も何もなく混乱した情況を言う熟語。以下にも頻出する〕化せずにいられることを願うのである。

＊　妖精の喧嘩　『紅楼夢』第七十三回。傻大姐は『紅楼夢』に登場する、賈母付きの下女。年若く肥っちょで天足の無知な女だが、大観園に大波瀾を引き起こすキーパーソン。傻とは、バカ、アホの意。

12　エリスの思想

エリスの思想をわたしは中庸だと言ったが、これは決して根拠がないわけではなく、たいていのものは適合できる。というのは西洋にももともと中庸思想はあるのであって、ギリシアでも、中庸は節度と言われ、原意は健康な心を言い、反対は過度であって、原意は狂恣と言う。エリスの文章には多くこうした表現があり、たとえば聖フランシスコを論じた中で、人によっては禁欲あるいは耽溺をその生活の唯一の目的とする者があるが、その人は生活をする前にとっくに死んでいるだろうと言う。また、生活の芸術は、その方法はただ微妙に取捨の二つを混ぜることにしかないとも言う。『性の心理』第六冊の末尾に跋があり、最後の二節に言う。

「多くの人がわたしの評論・意見を受け入れることができないことをわたしはよく分かっている。特に最後の巻で示したことには。わたしの意見をあまりに保守的だとする人々がいるかと思えば、あまりに過激だとする人々もいる。世間にはいつも熱心に過去にしがみつこうとする人もいるし、また熱心に彼らが想像する未来を摑もうとする人もいる。しかし明智を持つ人は二者の間に立って、彼らに同情ができ、われわれは永遠に過渡の時代にあることを知っている。いかなる時も、現在は一つの交点であって、過去と未来が出会う場所であり、われわれは二者に対して何の怨恨も持ち得ない。世界があれば伝統がないわけはなく、また生命があればわれわれは活動がないわけはない。まさにヘラクレイトスが現代哲学の初期に述べたように[*1]、われわれは同じ川の流れに二度と浸かる事はできない、われわれが今日にあって知るように、川の流れはもとより已むことなく流れてはいるけれども。一時として新しい朝の光が地上にない時はなく、また一時として日没がないこともない。最もよいのは静かにほのかな朝の光を招くことで、むやみと前に進むことも要らないし、また落日に対してそれがかつて朝の光であったのが今や死なんとしている光であることに感謝を忘れてもならない。

道徳の世界では、われわれ自身がその光の使者であって、宇宙の歴程はすなわちわれわれの身の上に実現しているのである。短い時間の中で、もしわれわれが願うなら、光によってわれわれの路程の周囲にある暗闇を照らすことができるのである。ちょうど古代の松明競走（たいまつ）――これはルクレティウスから見ればすべての生活の象徴であるようである――におけるように、われわれは手に松明を持ち、道に沿って前へと走る。間もなく誰かが後ろから来て、われわれを追い越すであろう。われわれが持つ技巧は、どのようにしてその光を固定した松明を彼の手に手渡すかにある。その時われわれ自身は暗闇の中に沈んでしまうのである」。この二節の言葉がわたしは好きで、とてもよい人生観だと思う。現代叢書本の『新精神』の巻首はこれを題詞としており、わたしはよく引用して、今度で三度目である。エリスの専門は医師である。しかし彼はまた思想家でもある。このほかにまた文学批評家でもあり、この方面でも彼の業績は忘れがたい。彼は三十の時に『新精神』を出し、中間に『断言』集を挟んで、『ルソーからプルーストまで』が出た時にはすでに年七十六であった。みな文学論集で、前後四十余年にして精神はひとえに変わらない。なかでもホイットマン、カサノヴァ、聖フランシスコ、『ニコラ先生』[*2]の著者レチフを論じた諸篇は、独自の見識を備えて、いずれも他の人の書では見ることのできないものである。わたしはかつて言ったことがある。精密な研究はほかにもできる人があるかもしれないが、このような豊かで広い眼光、深く厚い思想は、実にきわめて二度とは得がたい、と。事実当然ながらこうした精神を持っていたからこそ、あのような性心理の研究という仕事ができたのであるが、われわれはまた性心理から優れた精神を養成できるよう希望する。これはいささか我田引水を免れないけれども、誠実な願望である。

＊1　ヘラクレイトス……　エリスの原文には“at the outset of modern philosophy”とあり、彼はギリシア哲学を近代哲学の範疇にありと考えたのであろう。
＊2　『ニコラ先生』　Restif de la Bretonne, *Monsieur Nicolas*.

13　医術と巫術

医学に関してわたしが持っているのは普通人の普通の常識であるが、医学史についてはとても興味がある。医学史でいま持っている英語版の八冊では、シンガー博士のが最もよいと思う。日本語の三冊では、富士川〔游〕著の『日本医学史』は一部の大著であるが、『〔日本医学史〕綱要』の方がもっと使いやすく、閲覧に便利なようである。医療あるいは生物の本能は、犬猫が自らその傷を舐めるのがそうである。だがそれが発展すると人を生かす術となる。むろん魔術あるいは薬剤を使うのは、要するに人類文化の特色で、刃物と同じく発明ではあるけれども、意義ははるかに違う。中国では蚩尤が五つの兵器を作り、神農が薬を舐めてその性を弁別し、人間の皇帝となったと称することに、現れている。医学史で記されるのは多くがこうした仁人の心遣いであるが、その大小にやや違いがある。わたしは二つの小史を繙いて、フランスのパスツールと日本の杉田玄白の事跡については、いつも感嘆を禁じえない。思うのだがもし人類が自ら誇るに足る文明の証拠を一つ探すとするなら、たぶんこの方面に求められるだろう。わたしが旧書回想記でそう述べたのは、もう四、五年前のことである。近日エリオット・スミスの『世界のはじめ』[*1]を読むと、農耕灌漑を始めた人は最初の王となり、その死後は崇められて最初の神となると言い、まだ五千年前のエジプトの石刻画までついていて、古の聖王が溝渠を掘削しているところを示していて、とても意味があると感じた。案ずるに神農氏が中国ではまさに格好の例で、彼は民に農作を教え、又医薬を発明した。農はもとより神となるべきで、古語に、良相とならざれば、すなわち良医となれと云うから、医が尊いことがわかり、良相と云うのはつまり王と云うのを避けたのである。いつも思うのだが、パスツールはビールの研究から黴菌(ばいきん)の伝染を知ったが、これは人類の福利になんと大きな影響をもたらしたことか、単に外科産科について言っても、消毒の実行によって、一年でどれだけの人命を救えることか。功徳を以て論ずれば、おそらく十九世紀の帝王将相の中には彼に及ぶものはあるまい。一時期わたしは本当に黴菌学史を渉猟しようと思ったものだ。相当大きな感激を受け、これと人生および人道とはきわめて大きな関係があると思ったからだが、しかし結局のところ読んでも解らないかと心配で、そうする決心がつかなかったのである。しかし今度はまた反対の方向に発展し、妖術史に少なからぬ関心を起こした。マレー女史の著した『西欧の魔術』[*2]などの書によれば、いわゆる妖術とは古代の土着の宗教の残留で、たいていが古代ギリシアの地母祭と近く、ただのちにキリスト教に圧倒され、秘密結社に変わり、サタンの徒と目され、根こそぎにされた。これがつまり中世の有名な神聖審問(しゅうきょうさいばん)で、十七世紀の末になってようやく停止された。この妖術の説明の論理は文化人類学に属し、本来区別する必要はないのだが、わたしの注意はそれ自身にはなく、審問によって追跡されるという段落にあり、だからここでの名称も正しく妖術と言うのである。それらの念仏三昧のばあさんたちはもともと何の政見もあるわけではないが、一旦捕まり拷問されると、でたらめで顚倒した供述をし、その結果、実際彼女たちは箒に乗って空を飛べるのだという罪で、宗旨のよくない異端者たちと一緒に焚刑に処せられたのは、まことに濡れ衣であった。確か中国の楊惲(ようらん)以来の文字の獄と孔融以来の思想の獄とは、時に恐怖を感じ、したがって西洋の神聖審問も切実な感じがするのだが、審問史は神学の問題に関係することが多く、わたしのように信仰がない者には深い解釈ができない、それで転じて妖術という一部分を切り取ると、理解はやや容易になる。わたしの読書は本来とても乱雑なもので、別の方面ではあるいはまだ見当がつくかもしれないが、妖術となるとおそらく何か言ってもぼんやりしたものになるだろう。だがわたしにとってはとても真面目な事で、ずいぶん苦心して資料を集めた。サマーズ[*3]の四大著作、つまり『妖術史』と『妖術地理』『僵尸（きょうし）』『人狼』などは、いずれも寒斎の珍本である。

＊1　『世界のはじめ』G. E. Smith, *In the Beginning, the Origin of Civilization*, 1934. 日本語訳には西村朝日太郎訳、角川文庫版（一九五三年）がある。

＊2　マレー女史『西欧の魔術』Margaret Alice Murray（1863-1963）, *Witch-Cult in Western Europe*, 1921.

＊3　サマーズ　著書は本書「妖術史」参照。

14　日本の郷土研究

わたしの雑読は日本方面から得たものも決して少なくはない。これはたいてい日本に関する事で、少なくとも日本を背景としている。つまりいくつもの場所の色彩が、西洋のものがただ学問に関係するだけなのとはやや違うのである。たとえば民俗学はもともと西欧に源を発し、神話伝説の研究と文化人類学を渉猟する時には、いくつもの交差する所に出会うのだが、いま日本の郷土研究を取り上げることにするのは、単に二者の学風がやや異なるためではなく、別に理由があるのである。『郷土研究』が発刊された初期には、南方熊楠らの論文のように、古今内外の引証で、もともと古い民俗学の道であったが、柳田国男氏の主張が次第に確立し、国民生活の史的研究となり、名称もまた民間伝承に帰結した。われわれが日本について興味を感じ、その事情を理解しようとして、文学芸術面で長らく模索した後、仕事は倍で効果は半分しかなく、国民の感情生活に着手せねば、入りようがないと思う。わたしは宗教が最も重要で、急には直かに入ることができなければ、まずその上下四方に注意すべきで、それには民間伝承がまさに絶好の一本道であると考える。いつも中国人民の感情と思想は鬼に集中すると思うが、日本は神に集中する、だから中国を理解しようとすれば礼俗を研究しなければならないし、日本を理解しようとすれば宗教を研究しなければならない。柳田氏の著書はきわめて豊富で、宗教に関するものは多くないけれども、『日本の祭』一書など、わたしに多くの利益を与えてくれる。このほかの諸書もみな多くが参証とすることができる。『遠野物語』が出版された時は、ちょうど本郷に寄宿していたので、発行所に駆け込んで一冊手に入れた。全部で三百五十部の刊行で、わたしのは第二百九十一号であった。表紙に墨の跡がついていたので、別のに換えてもらおうとしたが、書店の人はこれはナンバーが打ってあるので、順番にしか売れないと言った。この事は今でもはっきりと覚えている。これと『石神問答』(しゃくじん)はいずれも明治庚戌〔四十三年、一九一〇〕の出版で、『郷土研究』創刊の三年前で、柳田氏の最も早い著作である。それ以前には『後狩詞記』(のちのかりことばのき)一冊があるきりだが、ついに蒐集できなかった。『郷土研究』の学問についてはわたしは終始門外漢で、いくらも知らないが、柳田氏の学識と文章には欽佩しており、彼の多くの書物から少なからぬ利益と愉楽を得ている。これと同様の状況なのにまだ日本の民芸運動と柳宗悦氏とがある。柳氏は元『白樺』の同人で、最初書いたのは多くが宗教に関する文章であって、大部分は『宗教とその本質』という一冊に収められている。わたしはもともと宗教はあまり解らない。だが柳氏の諸文はたいてい読んだことがある、これは意志が誠実で、文章が豊かであるからだけでなく、実は言うところが神秘道つまり神秘主義で、中世のキリスト教と仏教・道教の各分子を融合して貫通しているので、門外だけれども興味がないわけではないのである。柳氏にはまた『朝鮮とその芸術』という書物があり、その後も『信と美』という文集があって、宗教と芸術に関する論文を収めた合集である。民芸運動は二十年ほど前に始まり、『什器の美』という論集と柳氏の著『工芸の道』にその意味が最も明白に説かれている。だいたいがモリスのラファエル前派の主張と似ていて、美を日常用具と、集団の工芸の中に求める、その敬虔な態度は前後一致しており、「信と美」という一語はまことに柳氏の学問と事業の全貌を包括するに足るものである。民芸博物館は数年前に成立したが、残念ながらまだ見るには及ばない。だが図録などは見ることができるので、それだけでも人の心を楽しませるには十分である。柳氏の著『初期の大津絵』、浅井巧の著『朝鮮の食卓』は、民芸叢書の一冊で、浅井氏にはまた『朝鮮陶器名彙』があり、いずれも寒斎珍蔵の書である。また柳氏の近著『和紙の美』は、中にサンプルが二十二種ついていて、これを見れば良い紙に対する貪惜の念を増すばかりである。寿岳文章は手漉き紙の工業を調査していて、その数種の著書を手に入れた、近く『紙漉村旅日記』を刊行、サンプル百三十四、写真百九十九を付け、大観と言うことができる。式場隆三郎は精神病院長であるが、民芸博物館と『民芸』月刊を管理経営し、数種の著書もある。最近その大判の随筆『民芸と生活』の私家版を手に入れたが、ただ百部印刷しただけで、和紙印刷、芹沢銈介の挿絵百五十、染め絵法で製作したのち製版し、それからいちいち着色して、本文よりも見応えがある。中国の道学者が聞けばおそらく玩物喪志と言うだろうが、ただわたしにとってはもとよりただ感激あるのみである。

15　浮世絵

わたしがふだん好きなのは地理類の雑地誌の類の書で、もし比較的長く住んでいる場所だとすれば、自然と特に注意が向く。たとえば紹興、北京、東京は外国だけれども、やはりその一つということになろう。東京と明治時代についてはわたしはまるで相当の誼がありそうで、したがってその人物景色を知ろうとすれば、少し先まで行って江戸と徳川幕府時代に入るが、その上の戦国時代となるとやや遠すぎて、お呼びではない。維新前後の事情を最もよく語れるのは三田村鳶魚（えんぎょ）を推さねばならない。しかしわたしは馬場孤蝶の『明治の東京』の方が好きだ。ただ残念なことに彼はそれほど書いていないのだ。絵を見るのはむろんもっと面白い。最も芸術および学問の味わいがあるのは戸塚正幸すなわち東東亭主人の編んだ『江戸の今昔』に、福原信三の編んだ『武蔵野風物』である。前者は図版が百八枚あり、たいていは旧東京府下の今昔の史跡であり、その中にはまた民間の用具六十余点が収められ、民芸にも及んでいる。後者は日本写真会会員の合作で、ようやく滅びゆく武蔵野および郷土の風物を課題として、全部で千点以上の写真を集め、その中から百四十四枚を選んで編集印刷して写真集とし、柳田氏の序がある。武蔵野一帯を描写するのは、国木田独歩・徳富蘆花以後はとても少ないが、わたしが最も面白いと思うのは永井荷風の『日和下駄』で、かつて何度も読んだことがあるが、こうした写真集を繙く時にはいつも思わず本の中の話を思い出すのである。さらに遡るとこうした資料は当然徳川時代の浮世絵ということになる。小島烏水の『浮世絵と風景画』は専門書である。広重の『東海道五十三次』、北斎の『富嶽三十六景』などは、ほとんど世界に聞こえている。われわれが浮世絵の復刻本を見ても十分趣味がある、というのはこれは風景を描いているばかりか、また特殊な彩色木版画であり、中国のものとはずいぶん違うからである。しかし浮世絵の重要な特色は風景にあるのではなく、市井の風俗にある、というこの面をわれわれはやはり見なければならない。背景は市井であり、人物は多くが婦人である、一部の俳優の顔を除いては。そして婦人はまた多くが妓女を主とする。したがって浮世絵を語るとどうしてもすぐ吉原の遊郭に繋がってゆく。事実この二者は確かにきわめて密接な関係がある。画面はとても豊麗で、色彩もとても艶美である、しかしここには常に一抹の暗影がある。あるいは東洋の色と言えるかもしれない。中国の芸と文を読んで、道に至るとどうしてもこの感があるのだが、この絵では自然ともっとはっきりしている。永井荷風は『江戸芸術論』を著し第一章でかつて次のように言った。

「余は今自己の何たるかを反省すれば、余はヴェルハアレンの如く白耳義人にあらずして日本人なりき。生まれながらにして其の運命と境遇とを異にする東洋人なり。恋愛の至情はいふも更なり。異性に対する凡ての性欲的感覚を以て社会的最大の罪悪となされたる法制を戴くものたり。泣く児と地頭には勝つ可からざる事を教へられたる人間たり。物云へば唇寒きを知る国民たり。ヴェルハアレンを感奮せしめたる生血滴る羊の肉と芳醇の葡萄酒と逞しき婦女の画も何かはせん。嗚呼余は浮世絵を愛す。苦界十年親の為めに身を売りたる遊女が絵姿はわれを泣かしむ。竹格子の窓によりて唯だ茫然と流るる水を眺むる芸者の姿はわれを喜ばしむ。夜蕎麦売の行灯淋し気に残る川端の夜景はわれを酔はしむ。雨夜の月に啼く時鳥、時雨に散る秋の木の葉、落花の風にかすれ行く鐘の音、行き暮るる山路の雪、およそ果敢なく頼りなく望みなく、この世は唯だ夢とのみ訳もなく嗟嘆せしむるもの悉くわれには親し、われには懐し」。この一節をわたしが引用するのはたぶん三度に止まらないだろう。われわれは外国人であるから、感想は必ずしも完全に永井氏と同じではないだろう、しかし同じように持っているのは東洋人の悲哀であり、だから風俗画として見る以外に、やはりいつも悵然たる感慨を引き起こす。古人が清い歌を聴いていかんせんと叫んだのは、こういう意味ではなかったろうか。

16 川柳

浮世絵を風俗画と言うなら、川柳は風俗詩と言えるだろう。言うも不思議だが、浮世絵を語る人は後になるととても多くなる、しかしわたしが最初浮世絵を識ったのは宮武外骨の雑誌『此花』によってであり、それによってまた川柳への興味も起こした。外骨は明治大正時代の著述界の一奇人で、多くの定期あるいは単行本を発行して、多く官僚政治および偽道学にぶち当たって三十余度の多きにわたって拘禁を食らう。その刊行物はみな和紙に活字、木版の挿絵で、関係する分野はすこぶる広範、なかでも『筆禍史』『私刑類纂』『賭博史』『猥褻風俗史』など、『笑ふ女、一名売春婦異名集』『川柳語彙』などいずれもユニークで、たいそう意義もある。『此花』は専門は研究というより浮世絵の紹介のための月刊誌と言った方がよく、二年継続して出、またかなりの画集も編纂した。その後同様に川柳を紹介し、雑誌の名を『変態知識』と言う。前に出た『語彙』が入門の書であれば、それ以後まだもっと良いのは現れていない。川柳はたった十七字の音で作る諷刺詩で、うまいのは物理人情を摑んで、直写し、読む者を破顔一笑させ、時には淡々とした哀愁を感じさせる。これはいわゆる情のある滑稽で、最高の作品である。その次は人生の欠陥を探し出し、針でちくりとやるように、痛いと声は上げるが、血が出るまでには至らない。こうした詩は読んでとても面白いが、ちょうど笑い話とよく似ていて、人情風俗を材料とするので、詩を理解しようとすればまずそれらのことを知らなければならないが、これはなかなか容易な事ではない。川柳の名家や史家選者などは役に立たず、やはり考証家が肝心で、特に前の時代の古句については、江戸の生活の研究と切り離せない。この方面には西原柳雨がいて、われわれに参考書を書いてくれており、大正丙辰〔一九一六〕の年に佐々醒雪と共著で出した『川柳吉原志』が最も早く、十年後に補訂版が出た。このほかにまだ何種かの類書がある。ただ残念なのは『川柳風俗志』は上巻は出たが、完成できなかったことである。わたしは東京でただ一度だけ妻と親戚の夫婦で吉原に行き夜桜を見物したことがあった、そこの習俗についてはまずまず識っていたが、それは西原およびそのほかの本から得たものである。そうした知識はもともと役に立つもので、江戸の平民文学には花魁というのがいつも出てくるから、彼女を知らなければどうしても雲を摑むような認識になりがちである。たとえば民間の娯楽である落語では、最初は何句か笑い話をすればそれでよかったのだが、後になってだんだん長くなり、明治以来寄席つまり高座でやるのは、だいたい十分そこらになって、話題にもちろん限定はないが、遊里を言うものが多い。森鷗外はある小説[*]で落語の状況を述べたことがある。「入り替つて第二の話家が出て来る。「替りあひまして替り栄も致しません」と謙遜する。「殿方のお道楽はお女郎買でございます」と破題を置く。それから職人がうぶな男を連れて吉原へ行くといふ話をする。これは吉原入門ともいふべき講義である」。言葉はユーモラスだが、また実情でもあって、ちょうど中国の笑い話にももともとぼんくらや不具者の類もあるのだが、結局は閨房や差し障りの物が多くなるようなもので、ただ特定の遊里がないから、表立たないだけだ。江戸文学には滑稽本があり、わたしも好きで、一九の『東海道中膝栗毛』、三馬の『浮世風呂』と『浮世床』が代表である、これは一種の滑稽小説で、中国にはないものである。前者は二人の旅人を借りて彼らの道中での遭遇を書き、特別な事件に重きを置いているので、まだそれほど難しくはないが、後者は風呂屋と床屋でのお客の言動を書き、普通の人の平凡な事を書き、いずれもみな一場の小喜劇にしてしまっているので、殊に面白く思われる。中国は文学でも生活でも滑稽の分子が欠けているのは、健康な徴ではない、あるいはこれは偽道学が蒔(ま)いた病根だろうか。

＊　ある小説　『キタ・セクスアリス』。

17　俗曲とおもちゃ

わたしは芝居が解らない、しかしよく戯曲史を渉猟する。ちょうどギリシア悲劇の起源と発達の史料を読んで、いくらかの知識を手に入れるように、日本の戯曲発達の道筋を見ても興味を覚えるのである。この面では二人の本がわたしにとってたいそう有益であった。それは佐々醒雪と高野斑山である。高野の演劇を述べた本はずっと後に出たが、わたしが最も影響を受けたのはやはり佐々の一冊『近世国文学史』である。佐々氏は明治二十二年〔一八八九〕戊戌に『うづら衣評釈』を刊行し、庚子〔一九〇〇。実際は辛丑、一九〇一〕に『近松評釈天の網島』を刊行、辛亥〔一九一一〕に『国文学史』を出し、そのころちょうどわたしは東京におり、すぐに一読、その中で歌舞伎と浄瑠璃との二者の発達の跡を述べた二章が、とても簡単明瞭で、今になっても全部は忘れられない。也有の俳文集『鶉衣』はもちろん好きだが、近松の世話浄瑠璃も知りたいと思った。この『評釈』は絶好の入門書となって、事実わたしが丁寧に細かく読んだのはこの『天の網島』だけで、読後もずっと深い印象をとどめている。この類の脚本はたいていが情死をテーマとしていて、日本では心中と云う、『沢瀉集』にそれを論じた一文を収めた。「東京を想う」で、俗曲では恋愛と死を礼賛し、至る所で人情と義理の衝突が現れ、たまたま義太夫を聞いていると、紙治に出会うことがあると書いた。それは『天の網島』の俗名で、中の主人公が紙屋の治兵衛と妓女の小春だからである。日本の平民芸術は優美な形式に深く切実な悲哀苦衷を包み込むのがうまいようである、これは中国とはかなり違う点であるようだ。佐々はまた『俗曲評釈』を著し江戸の長唄から端唄に至る全五冊は、みな抒情的な歌曲で、叙事とは違い、民謡と繫がっている。高野は『俚謡集拾遺』を編集刊行した時は斑山と号したが、のちには本名辰之を使い、その専門は歌謡にあって、著書には『日本歌謡史』があり、『歌謡集成』全十二冊を編集し、みないずれも大部な巨著である。このほか湯浅竹山人があって、小唄に関する著述が多い、寒斎が集めたのは十五種ある、やや書巻の気が少ないが、勤勉労苦だとは言えるだろう。民国十年〔一九二二〕の時に俗歌六十首を訳した、たいていは遊女蕩婦の哀怨を書いたもので、木下杢太郎の言うように、かの鄙俗ではあるが目にいっぱい涙をためた江戸平民の芸術に耽ることを以て楽しみとなすもので、この感情は三十年来一日の如く、今日読んでも相変わらず感慨をもたらすところが多いのである。歌謡の中の一部分は子どもの歌で、別に天真爛漫な趣があり、いたって喜ばしいが、ただ比較的良い総集がまだ多くは見られない。手許にあるのは村尾節三が編んだ一冊の『童謡』で、大正己未〔一九一九〕の年の刊行である。童謡と関係するものに別に玩具があり、やはりわたしの好きなものである。ただしわたしは別に実物を蒐集するのではないから、たまに見かけて少しは買う時もあるが、ふだん捲って見るのはやはり図録や年代と場所の記録である。この方面で最も努力をしたのは有坂与太郎で、近二十年に、いくつもの図録を刊行し、著書には『日本玩具史』前後編、『郷土玩具集大成』や『郷土玩具展望』があるが、残念なことに『大成』は一巻が出て、『展望』は下巻がまだ出ていない。刊行した本の中に『江都二色』という一冊があり、毎葉玩具が二つ描かれ、俳諧詩一首が題されてそれを詠んでいる。木版多色摺りで、原本は安永癸巳〔一七七三〕の刊、すなわち清の乾隆三十八年である。わたしはかつて感嘆して言ったことがある。そのころ中国はまさしく大々的に四庫館を開き、皇侃の『論語疏』を改竄していたが、日本では江戸平民文学の爛熟期で、浮世絵と狂歌の発達は極点に達し、二つが並んでこの一巻の玩具図詠になった、いたって珍重すべきだと。現代の画家で玩具を描いて著名な人も少なくなく、画集は概ね木版かあるいはコロタイプで、少しは蒐集した。清水晴風の『うなゐの友』、川崎巨泉の『玩具画譜』、各十集、西沢笛畝の『雛十種』などである。西沢は自らひなや主人と号し、また『玩具雑画』をも作って、雛と人形をその専門とする。故赤間君の紹介で、かつて大著『日本人形集』と『人形大類聚』とを寄贈されたことがあり、深く感謝している。また菅野新一編の『蔵王東のきぼこ』木版画十二枚、解説一冊、菊風会編の『古計志加々美』を手に入れたが、菅野氏の寄贈で、いずれも日本東北地方の木製の人形について述べたものである。『古計志加々美』は漢字に直すと「小芥子鑑」となる、コロタイプで百八十四名の職人が作った木偶三百三十余個が列挙されていて、大観と言える。この木偶をこけしと言うが、実は長さ五寸から一尺まで、丸く削った棒を体にして、上に頭をつけ、額髪の少女の絵を描き、簡単に着色して、質朴愛すべく、きぼことも言う。菅野氏の著書は非売品で、『加々美』は三百部刊行しただけだから、みな記念すべき品である。三年前北京在住の国府氏にこけし二体を贈られ、誹諧詩を書いて報いたことがある。その詩に云う。芥子人形も亦妙なる哉、出身は応（まさ）に埴輪より来たるべし、小児望見して嘻嘻として笑い、何の処の娃娃（あかご）か棒槌に似たり。『江都二色』の例によって狂詩を以て玩具に題するも、亦未だ週当ならずとなさざるに似たり、ただ是れ草々にして相称（かな）うこと能わざるを愧となすのみ、と。

18　外国語を学ぶことと翻訳

わたしの雑学は上に述べたように、大部分は外国から得たもので、英語と日本語を媒介として、だいたいは西洋からのは知の方面に属し、日本からのは情の方面に属するものが多く、わたしにとっては同じように有益であった。英語を学んだのは当初学校の教科書を読まねばならぬためであって、もともと門を敲（たた）くかわらけであって、後で江南水師を出てしまえば、何の役にも立たないのであったが、しばらく中学程度の常識の一部として、時には利用して少し本を読んだりして、いささか現代の知識を得たにせよ、やっぱりかわらけの作用に変わりなく、結局は英文学の門に入ることはなかった。このことをわたしは少しも後悔していない。というのは自分の力はほんのちょっとしたもので、入門にさえ不足だったからである。日本語は英語に比べてもっといい加減で、本当のところ丙午丁未〔一九〇六・〇七〕の際に、駿河台の留学生会館で菊池勉先生について半年の授業を受けたほかは、怠けている時間が多く、ただ東京に住んでいた関係から耳に聴き目に馴染んでゆっくりと覚えていった。その来源はたいてい家庭での会話であり、小説を見たり新聞を読んだり、落語や笑い話を聞くことで、教室での厳格な訓練はなかった。しかし後ろに社会的な背景があったので、まだ比較的学習は容易であったようだ。こうして学んだ言語は、一本の草花のように、たといなでしこの花であっても、根のある盆栽であって、瓶に挿した大輪の菊の花とは違い、その用途もそれほど同じではない。わたしが日本語の書物を読むのは、別にその言葉を通してその中の知識を得んがためではなく、その事物や感覚についていささか興味を感じたからで、言葉でさえ賞味すれば、時にはその言葉も佳味の一分子であって、分離できない。われわれが外国語に対してこのように弁別しようとするのは、少し妄想に近くて容易ではないけれども、これも事実には違いない。わたしの日本に関する雑読は多くが情趣を基としており、自然その態度は知識を求めるのとはやや趣を異にする。言葉はもとより門を敲くかわらけの欠片であろうが、かわらけにしたところで模様や様式を見ることができるし、用が済んだらすぐにそこらにほうり投げてよいとも思われない。わたしは日本語の訳しにくいのを深く感じている。これは必ずしも客観的事実でないかもしれないが、ただわたし個人の経験では、英語に比べて多少多くは知っているためかもしれないが、往々にして字義と語気とが微妙なところで両方がピタリと合うのが難しいように思う。それがたぶん一つの証拠になるだろう。明治大正時代の日本文学は、かつて小説と随筆を読んだことがあり、今でもまだかなりの作品が好きで、時には取り出して読む。雑誌の名で流派を代表させると、だいたい『ホトトギス』『昴（すばる）』『三田文学』『新思潮』『白樺』などで、その中の作家には敬服する人が多いが、今はもう列挙しない。生存者がなお多いから、しばらくは謹慎する。このほかの外国語は、まだ古代ギリシア語とエスペラントを学んだことがある。最初ギリシア語を学んだ目的は、仏経と比較できるように、『新約聖書』少なくとも四福音書を古文に改訳しようとしたことであるが、帰国後はまた官話〔公用の北京口語〕の訳本でもう十分で、重訳することもないと思い、そこで計画は頓挫した。何年も経った後で、ヘーローンダースの『擬曲』を訳し、それに何篇かの牧歌を加えて、上海で出版したが、残念ながら版式が悪く、細字長行の大判で、とても無様になった。ユーリピデスの悲劇『トロイの女たち』を訳したいのだが、躊躇してまだ手を着けられないでいる。民国二十六、七年〔一九三七、八〕の間にアポロドーロスの神話集を訳し、本文は幸いにしてすでに完成したが、注釈がようやく二章できたばかりで、擱筆した次の日が二十八年の元日*で、仕事は頓挫して現在に至っており、まだ続けることができないでいる。しかしこれはとても意義のある事なので、やはりなんとかやり遂げたいと思う。エスペラントは自学自習で得たもので、もともと一冊英語で解釈した本を、夏休みに暇つぶしで寝転んで読んで、二年かかっても読み切れず、みんな無用に帰したが、三年目に決心して五十課を一気に学び終えて、後は辞書の助けを借りてだんだんと本が読めるようになった。そのころエスペラントの原書はとても手に入れにくく、パリのある書店が発行していることだけしか知らず、ちょうど蔡孑民(さいげつみん)先生がヨーロッパに避けておられたので、手紙で購入を頼み、たぶん七、八種を送ってもらった。その中に『エスペラント文選』と『ポーランド小説選集』があり今でも収蔵している。民国十年〔一九二一〕西山で療養していた時、そこから何篇かポーランドの短篇小説を訳したことがあり、当時の苦労した学習の記念となっている。エスペラントの理想はとてもよい、それが実現できるかどうかは分からないが、どうせ事の成敗と理想の良し悪しとは必ずしも関係しない。わたしのエスペラントに対する批評はあまりにもヨーロッパ語を基本としすぎるということだが、これがザメンホフの考えだとしたらやはりどうしようもない。その欠点はただ少しもヨーロッパ語を学んだことのない中国人にはやっぱり会得するのが容易ではないことだろう。わたしの雑学はもともと手本とするには足りない。老友がかつて批評して横通〔系統立たない知識〕だと言った。だがわたしは現代の青年に勧めたい、機会があればできるだけ外国語を学べと、それは益こそあれ損はないと確信する。俗語に云う、門を開けたら、風が多い、と。これはもともと人に謹慎を勧める言葉だが、借用して言えば、一つ外国語を学ぶと一つ窓や門を開けたように、風や日光を入れられるし、景色も見られる。ほかの事はさておき、要するにとても面白い事ではないか。

＊　民国二十八年元日〔一九三九〕周作人狙撃事件が起こった日。周作人の傀儡政府教育督辦出馬

の消息を聞いた抗日学生たちが周宅に闖入し、彼に発砲した。彼は拳銃の弾が着物のボタンに弾かれて軽傷で済んだが、車夫が死亡、弟子の沈啓无が重傷を負った。

19　仏教精神

わたしの雑学の中でごくありきたりの部分は、おそらく仏経ということになろう。しかしこでもちょうど漢文方面と同じように、やはり正統ではない。だから仏経を読む多くの人とは道が違ってしまう。四十年前南京にいた時、かつて楊仁山居士の門を叩いて、浄土を修めるがよいとの教えを蒙ったことがある。『阿弥陀経』の各種の訳本を読んでいて、安養楽土の描写はとても面白いと思ったけれども、又まず浄土に行ってから修行するという本意に対しては、まるで租界に落ち着いてからよく勉強するよう求められているように思えて、よく分かりはしたが、そうする興味は湧かなかった。禅宗の語録も読んで面白いとは思ったが、実際はまだ解っておらず、参証の本意に至っては、本に書いてある俗僧が渓水の深浅を問うと、橋の上から水中に突き落とされたなどと云うのも、理解はできてとても敬服したが、自分ではまだ跳び下りる考えはなく、単に語録を読むだけではなんだか振り売りでもするようで、慚愧を免れず、したがってそうした類の本は少しは買ったことは買ったけれども、みな書架に束ねたままである。仏教の高深な学理という面では、読めばみな心理学・哲学に属するもので、読み終わっても必ずしも解ったとは限らず、したがって法相宗などいずれも津を問う勇気がない。こうして数えてみると、幾筋かの大道は歩まず、仏教の中には入れていない。わたしはただ仏経を本として読むだけで、しかもこれは漢文の書であるから、得たものは自然ただ文章と思想という二点に限られる。『四十二章経』と『仏遺教経』はまるで子部の書の文筆のようで、儒者でも多く好んで口にする。両晋六朝の訳本は多くが文情ともに優れたものを持っており、鳩摩羅什師が最も有名、その駢散併用の文体は当然新しい需要によって起こったのだが、うまく旧い言葉の能力を利用して新しい意味を表現できており、実にとても有意義な成功であった。これはもちろん翻訳史上の一つの輝きであるが、国文学史上の意味も小さくはなく、六朝の散文の著作と仏経とはとても因縁があり、相互の作用は、誰かが疎通証明する値打ちがあり、漢文学の前途にもきわめて大きな関係がある。十年余り前わたしは北京大学で何年か六朝散文の講義をしたことがあり、後になって仏経の部分を講じようとし、学校の規定で名前を仏典文学とし、課程綱要もちゃんと書いて送ったのだが、七月に盧溝橋の変が起こって、沙汰止みになった。課程綱要の原稿は今でもあって、ここに再録する。

「六朝時の仏経の翻訳はきわめて盛んで、文もまたよいところが多い。漢末の訳文は諸子を模倣して、別にそれほど新しい意味はなかったし、唐代には又信を求めたために、質が文に勝った。ただ六朝に訳されたのは当時の文詞をよく運用でき、変化を加えたから普通の駢散文の外に一種新しい文体を作り出し、それがのちの文章に与えた影響もまた少なくはない。今数種を選って、少々講読し、訳経の文学的価値に注意し、また併せて古代の翻訳文学として見ようとするものである」。この面から見て取れる思想については、当然仏教精神であるが、上文で述べたように、これはそれほど深い義諦ではない、実はただインドの古の聖賢の人生に対する、特に入世法に近い一種広大重厚な態度は、根本的に儒家と通じさらに徹底している、これはおそらく彼らが中国に欠けている宗教性を持っていたからであろう。わたしは二十歳のころ『大乗起信論』を読んで得るところがなかったが、『菩薩投身飼餓虎経』を見て、そこにある美しく偉大な精神と文章を今でも時々思い出しては、感激するのである。わたしは大禹と墨子もこうした精神を持っていたと言えると思う。ただ中国ではこうした情熱は人間世界に対してだけに限られている。また『布施度無極経』に云う。

「衆生擾擾たり、其の苦無量、吾は当に地と為るべし。旱の為に潤いと作り、湿の為に筏と為らん。飢えたるに食わせ渇えたるに漿ませ、寒きに衣せ熱きを涼やさん。病みたるが為に医と作り、冥きが為に光と作らん。若し濁世に在りて顚倒する時には、吾は当に中に於いて仏と作り、彼の衆生を度うべし」。この一節はわたしもとても好きだ。本来はただ衆生無辺誓願度という意味だけなのだが、言い方がよい。理と美を述べて一緒に和合させているのは、得がたい作である。経論の外に、わたしはまだかなりの戒律を読んだ。大乗のもあれば小乗のもある。元来小乗の律は在家の人は見るべからずと註記してあるのだけれども、わたしはそれができなくて、戒に背いて戒律を読んだ。これもすこぶる面白い事である。わたしは『梵網経菩薩戒本』およびその他を読み、とても感動した、特に『賢首戒疏』はわたしの最も好きな書である。かつて「食肉戒」の言葉を挙げて、一切の衆生の肉は食うを得ず、夫れ肉を食う者は大慈悲仏性の種子を断つ、一切衆生は見て捨てて去る、是の故に一切菩薩は一切衆生の肉を食うを得ず、肉を食らえば無量の罪を得ん。そして説明を加えて言った。『旧約』の「利未記」を読んで、それから大小乗の律を見ると、その中に述べられた言葉の方がずっと合理的だと思う、そして上の「食肉戒」の措辞はわたしが特に喜びとするもので、実に明智通達、古今及ぶものとてない。また「盗戒」の下の注疏に云う。

「善見云う、空中の鳥を盗み、左翅から右翅に至り、尾より顛きに至る、上下もまた爾り、倶に重罪を得ん。此の戒に准えば、縦い主無くとも、鳥身自ら主為り、盗むは皆重〔罪〕なり、と」。鳥の身自身が主である、この言葉の精神はなんと博大で深厚であろう。わたしは何度も賛嘆の意を呈した。賢首は中国の僧である、これもまた人の意を強うする事である。青年にあえて仏書を読むようみだりに勧めはしない。もし三十以上で、国文に根底があり、常識を備えた人なら、適宜に読めば、きっとよい処があるだろう。これはわたくしがはっきりと答えられるところである。

20〔愚者の自白〕

わたしがこの文章を書いたのはもともとまったくの偶然からである。『儒林外史』の中に雑読雑学という名前を見つけて、面白いと思い、手始めにはしがきを書き、それからまた三節を加えて第一部分とし、雑誌に発表した。しかし自分ではどうも気が乗らなかったので、もう止めようと思ったのだが、発表してしまったから続稿を催促されて、また書かないと都合の悪いことになり、無理やり筆をとった。まるで秀才がその年の試験を受けて、腹にありったけの数百字を掻き集めて答案を出すようにして、なんとかその場をしのいだ。これはまったくの鶏肋で、捨てても別に惜しくはないし、食べても味がないがそれはまったく問題にならない。こうしたゴタゴタした事どもは、どんなに順序立て、叙述に詳略のバランスをとろうとしたって、とても容易ではない。しかも書いた時に気が乗っていないから、それ以上書いてもよいはずはなく、いよいよ無味乾燥に、いい加減になる。わたしはこれが自画自賛になることを最も恐れる。罵倒はまだよいが、賛となると当を得ないばかりか特に気持ちが悪い。ましてや自賛ときては。なんとかそれを避けようと力を尽くしたから、あちこちであまりに簡略になりすぎたように思う。これもどうしようもない事だが、もっと話せばよくなったかは分からない。総括して一通り見ると、わたしの雑読の概ねはざっと述べて、何か自己賛美をしているところもないから、褒めるとすると、せいぜいが〝国文に粗通し、常識を略具す〟と八字程度のところでしかない。わたしは古今中外それぞれの面からさまざまな影響を受けている。分析してみると、概ねは上に述べたように、知と情の面では別々に西洋と日本から受けた影響が多いが、意の面ではもっぱら中国的であって、まだ外来の感化を受けて変動を起こすには至っていないばかりか、ずっとこれを基準に、異国の影響を酌量し受容してきた。これをわたしは以前から儒家精神と言っている。いささか曖昧のようで、漢以後とりわけ宋以後の儒教とは明らかに違うけれども、中国人の持つ生の意志を根本とする人生観を表し得ているから、この名を利用して悪いことはなかろう。神農・大禹の伝説はここから発生し、積極的な面では墨子と商・韓二つの道があり、消極的な面では荘・楊の道があり、孔・孟はその中間にあって、適宜に進もうとする。これは平凡だが実現の難しい理想であって、わたしはとても面白いと思う。以前から何度も自ら儒家と号したのはつまりこれによるのである。仏教は異域の宗教だが中国の思想上に大きな勢力を占めることができたのは、もちろんそれなりに多くの理由がある。たとえば清談を好む時代には道書とともに尊ばれ、理学を講ずる時には儒生の参考とされたが、その大乗の思想の入世の精神は儒家と似ていて、しかももっと深く徹底している。これがおそらく最大の理由であろう。この中心の考えが確定してしまえば、外側に加わったものは自然と付属的なものになり、その考えをさらに強化し深化させこそすれ、必ずしもその方向を変えることはできない。わたし自身はこうした頑固な人間であるから、わたしの雑学の大部分は実はすべて身につけた付属品であり、腕時計や眼鏡および帽子のようなもの、あるいは口にする滋養品のミルクキャラメルの類だと思う、これらの助けを借りてもっと気持ちよく健全にしはするが、決して自分を高鼻深目にしたり牛のような存在にしようとしたことはない。わたしも儒家の中庸を偏愛することは癖や好みによることは知っているし、そこには又熱と動が欠けていて、美中の不足であることも承認する。儒家が「どうするか」を言ったことがないのは、ユダヤ人とスラヴ人とに似て、その証拠である。各民族の古の聖人の画像を見てとても意味があると思うのは、ユダヤ人の目は上を向いて祈禱し、インドは手を伸ばして衆生を接待しようとし、中国はいつも手を組んだり拱手している。わたしは儒家は要するに大禹から始まると言ったが、つまり彼は道義の事功化を実行した、儒家の理想を実現した人であるからである。最近わたしは中国の現今に緊要としている事は二つある、一つは倫理の自然化であり、二つは道義の事功化であると述べた。前者は現代人類の知識に基づいて中国固有の思想を調整し、後者は自己の持つ理想を実践して中国の現在の需要に適合させる、いずれも必要な事である。これがすなわちわたしの雑学の帰結点であって、以前のいろいろな話はどんなに直説であれ曲説であれ、正説であれ反説であれ、結局詰まるところの意見はここにしかない。ただ表現が十分でなく、読者がすぐには要領を摑みかねるのを恐れて、ここに一言贅言した次第である。わたしはふだんから仏頂面をして物を言うのが好きではない。今回はしなくも二万字余りを書いてしまった。真面目だが無味乾燥で、まるで自供のような文章であるのは、自分でも不満どころか無意味だとさえ思う。

こうした思想経路の簡略図は、わたしを攻撃する人に提供して、わたしの拠点のありかを知らせ、進攻するための参考と準備に当てるには十分だと思うが、わたしの友人にしてみればこれはおそらく何の役にも立たない。ここまで書いてきて、ふと思った。この文章の題目は「愚人の自白」とすべきだと、だが残念ながら前文をすでに発表してしまっているので、いまさら改正するには間に合わない。民国三十三年七月五日。

「わたしの雑学」
一九四四年四月三十日至七月五日作、署名知堂。全二十篇、その中一から十二までは一九四四年五月一日から八月二十六日の『華北晨報』「文学」第一—第十二期に連載され、全文は又一九四四年六月一日—九月十六日『古今』第四十八・五十・五十一・五十二・五十五期に連載された。『苦口甘口』。

読書論

21　広学会の出版した書物

上海の広学会[*1]が承天学校で書籍展覧会を開いたので、行ってみた。委託販売の英文の書にいいものが多かったが、一シリングにつき洋銀七角というのは少し高い。ほかはみなその会が出版したもので、『進化論』『観物博異』などみなよい。去年出した本は、みな洋装本になっていて、とりわけ優れていると思った。訳文は達かつ雅で、読めば大いに知識を増す。外国の一教会の事業であるのに、全中国の書店の仕事に比べて、とりわけ優れている。

『格物概論』　トムスン[*2]著、原名は『科学入門』、価五角、イギリスの〝家庭大学叢書〟の最初の一冊である。中は八章に分かれていて、科学の観念、目的、法則、分類、および哲学、美術、宗教との関係を論じ、最後にその効用を総論していて、これを読めば学術の大要を知ることができる。かつわれわれふだんの思想の誤り、観察の顚倒など、今この書によって得られる教訓は少なくない。また『宇宙進化論』もトムスン氏の原著を訳したものである。価三角。

『生命の世界』　英国ウォレス[*3]著。ウォ氏が進化の理を発見したのは、ダーウィンと同時であったが、その説はもっぱら物質に重きを置くのではなく、精神を主とした。ハックスリー、クロトー一派には猛烈に攻撃されたけれども、ウォ氏が自説を堅持したのにはもとより訳があって、別に自ら一幟を立てた。この書は全部で二十章に分かれ、生物進化の理を通論し、もとより先の自説を守っている。一九一〇年の著書で、晩年にその意見を自ら表明した作であろう。価五角。

このほかにも〝家庭大学叢書〟の訳本がとても多く、マイルスの『史源』[*4]、ディクスンの『気象学』[*5]など、いずれもよい。

『托氏宗教小説』　トルストイはロシアの文人で、晩年は篤く宗教を信じ、世俗を教化することを務めとしたので、彼の短篇小説には、多くその意が籠められている。この集はそのうちのよいものを訳したので、多く教旨が含まれているが、文章が優れているので、読めば感情をなごませ人間性を養うことができる。ただ訳文が少し生硬で、聖書のような文体であるのは、訳者が西洋人だから、怪しむに足りない。しかし文章が『史記』『漢書』のようでも、その元の意味を顚倒錯誤して失っているものに比べれば、まだましである。価四角。

一九一四年六月刊『紹興県教育会月刊』九号　散文全集第一巻

*1　広学会　中国に滞在のプロテスタント宣教師により一八八七年（光緒十三）、上海に設立され

た啓蒙団体。機関誌に月刊の『万国公報』を持ち、キリスト教のみならず広く西洋の文明思想を紹介するために、宣教師自らが自然科学から社会思想の類に至る西洋の書物を中国語に翻訳し出版した。その数は百数十種にのぼる。これらの書物は変法自彊運動に大きな影響を与えたとされる。

＊2　トムスン　John Arthur Thomson（1868–1933），イギリスの生物学者。*Introduction to Science*, Williams and Norgate, Home university library of modern knowledge, 1911.『宇宙進化論』は同叢書の *Evolution*, 1912, Patrick Geddes との共著だと思われる。

＊3　ウォレス　Alfred Russel Wallace（1823–1913），イギリスの自然科学者。*The World of Life*, 1910. 日本語訳に中瀬古六郎・吉村大次郎訳『生物の世界』（大日本文明協会叢書、一九一三）がある。

＊4　『史源』　Sir John L. Myres, *The Dawn of History*, 1911.

＊5　『気象学』　H. N. Dickson, *Climate and Weather*, 1912.

22　読書論

中国最近の新出の書籍は、読んでも読むに堪えず、又読む値打ちもない。ドイツ人ショーペンハウアーの『読書論』[＊1]は、考慮に値するもので、その言論を摘訳してこの篇を述べる。

天下の文章は二つに分かれ、道を殊にして併進し、両方とも関知しない。一つは真で一つは幻である。真なるものは賢哲の士が文章学術のために生きて書いたもので、その普及は漸進である。ヨーロッパ全体を統一し、百年の間にわずか十部が出るばかりであるが、みな天下の至文であって永久に伝わる。幻なるものは凡庸な人々が文章学術を生業として書いたもので、その普及は急激である。呼号絶叫して、一世を震撼させ、一年のうちに千部余りも出るが、十年も経たずして、その書のありかを尋ねても、昔日の大名（たいめい）今いずこ、すでに昔の話で、その亡ぶや忽ちのうちである。真と幻とは、一つは久しく一つは暫しで、ちょうど正反対なること、かくの如しである。

昔ギリシアの歴史家ヘロドトスは書いている。クセルクセスがかつて閲兵したが、その数が数えられないほどであったので、潸然（さんぜん）と涙を流して言った。想うにこの千万人、百年に及ばずして、一も存することはないだろうと。今もし通行の書目を繙くに、その中の書物は十年もすればことごとく亡ぶだろう。そのことを考えると、何で涙が流れないことがあろうかと。

文章の領域が蕪雑なのは人間世界と変わらない。人がこの世に足を踏み入れるや、当然頑愚な群衆が至る所に群れ集まって、まるで夏の青蝿のように万物を損なっているのを眼にするだろう。悪書もそうで、それは著作の林の中で、蔓草が作物の苗の水分や養分を奪ってその成長を妨げているようなものである。これはまた天下の人々の財貨・時間・精神・知力を壟断して、ことごとく己に集め、他の書物を読む暇を奪っているのだ。だから凡庸陋劣の書物は、無用なばかりか、大きな害をなすものである。ためしに近ごろの書物を見るに、十中の九はみなそうである。その理由を推察するに、ただ金が欲しいからにすぎない。文士と本屋はぐるになって悪事をなし、世人を欺く。さらにひどいのは書写売文の徒で、美しい趣味と時代の文明を理解せず、あたかも文壇の領袖の如き顔をして、世人に流行を追わせ、最新の書物を読ませて、社交の種とし、自分はそれによってひそかにその志を遂げる。スピンドラー、リットン、シュー[*2]のやからは、浩瀚な著述で、一時に名を馳せているが、みなその類である。己は利をあげるが、読者は流行に迫られて、日々凡庸な書物を読ませられ、息つく暇もない。これは大いに悲しむべきことだ。著者がみな凡庸であるからは、又金にも眼がくらむ。だからその数はいたって多い。天下の人はそんな書物を読むせいで、古今の傑作には疎く、ただその名を知るのみだ。

そういう弊害を免れるには、読まぬという法が最も肝要。つまり独立した識見によって、みだりに書物を読まぬことだ。政治・宗教・詩歌・小説にかかわらず、大衆が鑑賞し、名が一時に奮い、一年にしてしばしば版を換えるような書物は読んではならない。俗悪な書物は、愚人のために書かれ、常に多くの賛美を得ることを知らねばならない。しかし賢哲の著作は誦習すべきである。その思想感情は古今を超越し、永久に不朽である。それでこそ益があるというもの。吾人が書物を読むに、常に悪書に逢うこと多く、善本に出会うこと少なきを憂う。悪書は、精神のアヘンであり、その害は心にまで及ぶ。良書を読もうとすれば、当然悪書を読まぬことから始めねばならない。なぜか？　けだし人生は実に短く、しかも時間と精力には限りがあるからである。

一九一四年十一月刊『紹興教育雑誌』一期　文類編第三巻　散文全集第一巻

＊1　ショーペンハウアーの『読書論』　ショウペンハウエル『読書について』斎藤忍随訳、岩波文庫版。

＊2　スピンドラー、リットン、シュー　この三人はショウペンハウアーの原文では、“Spindler, Bulwer, Eugen Sue”であり、英訳はいま一九一四年 Bohn's Libraries の *Selected essays of Schopenhauer* によると、“Spindler, Bulwer, Eugene Sue”である。Karl Spindler（1796–1855）ドイツの小説家。リットンは Bulwer-Lytton（1807–73）イギリスの政治家・通俗小説家。その『アーネスト・マルトラヴァース』と『アリス』は明治に『花柳春話』として、『ポンペイ最後の日』は『寄想春史』と訳され、一定の読者を獲得した。Eugene Sue（1804–57）フランスの小説家。『パリの秘密』などがある。

23　北京の外国書の値段

庚子〔一九〇〇年、義和団事件〕の時は地図を持っていると、二毛子（ちゅうごくじんのけとう）と指差され、生命の危険があり、たといそれを焼いて時に僥倖で免れたとしても、やはり魂消るほどショックだったということだ。それから今まで二十何年かにすぎないが、情況は大きく変わった。地図の類のみならず、外国書の原版を持っている人も多い。これはきわめて大きな進歩だと言わざるをえない。この事実は、北京で外国書を売る店舗が年を追って増えるのを見ただけで、明らかである。六年前わたしは初めて北京に来たが、灯市口、台吉厰と琉璃厰にしか英文書を売るところがなかった。それが今では少なくとも十二ヵ所はあり、そのほかに知らないのがたぶんまだあるだろう。

しかし書店の数は多くなったけれども、共通の欠点が二つある。その一は品物の欠乏。たいてい店の書物は二類に分けられる。一つは学生用に供給する教科書、一つは上京の商人に供給する通俗小説、このほかに少し学問芸術上の名著を探そうと思っても容易なことではない。その二は値段が高すぎること。一シリングの定価が洋銀七角になり、一アメリカドルが二元半になるのが、普通の相場である。以前金の値段が比較的安かった時もそうであったから、今はむろん言うまでもない。上海の伊文思書店の定価は別にここより安くはなく、北京の商人だけを非難するわけにはいかないけれども、われわれ本を買う側の人間にとってはどうしても不満でかつすこぶる苦痛を感ずる事である。

北京の何軒かの書店について言うと、東交民巷の万国図書公司が比較的公平である。たとえば二アメリカドルの『ゲーテ伝』の売価は四元、一・七五アメリカドルの黒人小説『バトナラ（*Batonala*）』の売価は三元七角で、まだ高いとは言えない。そこで売っている現代叢書と「トウクニッツ（Tauchnitz）版」の書はよそよりも少し高いけれども。かつて台吉厰で二元七角を出して一冊三シリング半のチェーホフの小説集を買ったことがあるが、最高記録と言えるだろう。他の同じ値段の本はたいてい二元一角から五角までだ。各書店はこんな換算だから、少し恥ずかしいと思うのか、往々にして本のカヴァーの書価を消しゴムで消したり、ナイフで削ったりしてある。このやり方はもちろん詐欺に近く、あんまりまっとうではないが、それでも強硬に言い張るよりはまだましだ。そういう態度は人を不快にさせるから。灯市口の西の端のある本屋でサリーの『児童時代の研究』*1を見つけて、いくらかと訊くと、八元四角六分と答えた。本に定価二・五アメリカドルと書いてあるので、どうしてこんなに換算が高いのかと訊くと、その答えが振るっていた。「わたしどもはそんなことは知りません。伝票にいくらで売れと書いてあるので、いくらで売るだけです」。またある時、灯市口の別の本屋で、モウルトン著の『世界文学』の売価はどうかと訊いたが、伊文思の定価に一割を加えた四元一角三分と書いてあるのをはっきり見たのに、相手は目の前で鉛筆で五元という整数にしてしまった。こうした時は理屈で争っても無駄であり、道は二つしかない。回れ右して出るか、ぐっと堪えて（あわせていくらかの損失も堪えて）買って帰るしかない。その児童研究の書は実際見つけて嬉しかったので、遂に買ってしまった。しかし一ドルが三元四角弱に換算され、おそらくアメリカドルあって以来未曾有の高値だろう。ある友人は大商店（書店ではない）に買い物（眼鏡？）に行って、もう少し安いのがないかと言うと、そこの店員は「あっちにあるよ」と言って、扉を開けて彼を追い出した。商業道徳のない中国では、こうした事はどうってこともないのかもしれない。今はただ話の種にするしかない。
　現在新しい学問芸術に触れようとするなら、外国語の本を読まざるをえない。しかし中国では容易に買えないし、しかも値段がまた異常に高く、読書界が大きな障碍を受けているのは、自明の事実である。この欠点を補うには、教育界の熱心な人々が乗り出して資金を出し合い書店を組織して、各国の良書を販売し、文化を灌輸したいものだ。読者の便宜を第一の目的とし、営利は二の次である。こうした事業は決して軽視すべきではない。その効力は実に五分間の文化運動[*2]よりももっと大きくしかも堅実で、やるに値する。北京の外国書を売る店舗がすべて商人なのかどうか、それとも教育界の分子がそこに入っているのか、わたしはまったく知らない。しかし彼らの高い売価から見るに、いずれも文化を灌輸し読者の便宜を図ることを第一の目的にしたものではない、ということは断言できる。われわれはそれがいささか救急の食料を間に合わせてくれることに感謝するけれども、日常の供給は、別の来源を望まざるをえない。豊富でかつ公平な分配はわれわれに精神の糧を供給する。民国十二年一月。

一九二三年一月三十日『晨報副鐫』『談虎集』

＊1　サリー『児童時代の研究』James Sully（1842–1923），イギリスの心理学・哲学者。*Studies of Childhood*, Longmans, Green Co., London. 1895. 翌一八九六年にはアメリカの Appleton 版も出て、どちらも版を重ねている。

＊2　五分間の文化運動　五四運動以来さまざまな運動があるが、声をあげただけで長続きしないので、中国人自身自嘲気味に「五分間の情熱」と言った。

24　書名の統一

張資珙（ちょうしきょう）先生が『学灯』に文章を発表し、訳名の統一を主張したのは、それ相当の理由があるが、彼は最初の訳名に従うべきで、後人の訂正を許さないと考えているのは、いささか妥当でないと思う。彼は〝Charles Dickens の（*David*）*Copperfield* は『説部叢書』に明らかに『塊肉余生録』とあるのに、謝先生が（『西洋小説発達史』で）又『大韋考貝菲爾（ディヴィッド・コパーフィールド）』を替玉にした〟と言う。彼の考えでは、林琴南の『塊肉余生録』しか原書名の正訳はなく、謝六逸の『大韋考貝菲爾』は偽物ということになる。それでは『莎氏楽府（がふ）本事』（それだけで十分いやらしい〔ラムの『シェイクスピア物語』のこと〕）は『吟辺燕語』と改称すべきだし、アーヴィングの『見聞雑記』も『拊掌録』と訂正しなければならない。たとえば誰かが『伊索寓言（イソップものがたり）』を『愛索坡思（アイソーポス）物語』と改訳したとすると、分かっている人は余計な事だと言うかもしれないが、実は改訳が正しいのだ。もし先人を主とすれば、林氏の『伊索寓言』以前の一八四〇年に広東で出版された『意拾蒙引』があり、それこそが正統だということになる。しかし今いったい誰がそんな名称を使うだろうか。
音訳を改訂するのはよい。意訳となるとそんなに容易く決められるものではない。もし統一しようとすればかえって面倒なことになるから、自分からかき混ぜることもない。訳者の方はただ誠実さを求めることを目的とすれば、どのように改訳しようがすべて正しい（旧訳を付注とすれば、もっと読者に便利である）。だがこれはもちろん粗忽な訳者が口実にして間違いをごまかす手段ではない。

一九二四年二月二十五日刊『晨報副鐫』　文類編第八巻　散文全集第三巻

25　古書は読むべきかどうかの問題

わたしは古書は絶対に読むべきだと考える、ただ読む人間が〝開明通達〟でありさえすれば。わたしは古書は絶対読んではならないと考える、もし強制されて読まされるのであれば。思想の書を読むのは裁判を傍聴するようなもので、読者は事理の曲直を判断しなければならない。文芸の書を読むのは酒を飲むようなもので、読者は味の清濁を弁別しなければならない。この責任はすべてこちらにはなくあちらにある。人にもしこのような事理を判断したり味を弁別する力がなければ、曲直を顚倒したり清濁を混淆することになる。そうなるとこの欠陥は彼自身にあることになる、つまり彼の知識趣味にいずれも欠けるところがあって、まだ〝開明通達〟していず、書物が悪いのではないことになる。こうした未開通の人に、新しい書物を見せたところで、――レーニン、マルクス、ストープス、エロシェンコ、……やはり欠陥をさらけ出すだろう。われわれが第一に肝要とするのは自分を〝開明通達〟にすることである。そうすればどんな書物でも読んでよい。その罠にはまらないばかりか、いたるところで利益を得ることができる。古人は〝開巻益あり〟と言ったが、まことにわれを欺かない。

ある人は、古書は伝統の結晶だ、読めばすぐ惑わされると考える。ちょうど某君が淫書に反対して〝『金瓶梅』の三字を見ただけで手淫する〟と言うようなもので、だから深く秘して硬く拒否しなければならない。まことに、淫書が淫念を引き起こすことがあるように、旧い書物は旧い観念を引き起こすかもしれない。しかしこの責任を無知な書物になすり付けるのは、エリスの言うように〝自己を客観とする〟ことを免れず、けつまずいたからといって石を殴るだろうか。古書が人を保守的にすると恨むのは、淫書が風化を損ない、共産主義が治安を攪乱すると恨むのと同様、ともに同じような原始思想である。禁書は、どんな書物を禁ずるかにかかわらず、要するに最も愚劣な方法であり、子ども、きちがい、野蛮人の考えるやり方である。

しかしながら人を〝開明通達〟にする教育は、今の中国にあるだろうか。たぶん誰でもあると言う勇気はなかろう。

某君が公表した通信に引く『群強報』のニュースによれば、某地では新しい学制を施行したが、そのやり方は論理、心理、博物、英語等の科目を廃止して、四書五経を読ませるという。某地はここから一日の行程もないのに、どうして北京の大新聞にはどこにも記載がないのだろう。だが『群強』は市民が第一に愛読する信用ある新聞だ。言うことはきっと間違ってないだろう。となると、みんなでお上の教えを奉じて古書を読む時期がやってくるようだ。しかしながら、今この時、わたしは主張する。みんなまさに絶対に古書を読むことに反対すべきだと。

（民国十四年四月）

一九二五年四月五日刊『京報副刊』『談虎集』

26　毛辺書を語る

一

豈明（がいめい）〔周作人の別号の一〕案ずるに、毛辺（アンカット）書[*1]の理由は、わたしからすればとても簡単だ。たぶん上に述べられた第一項[*2]とよく似ている。ただし利は読者の側にある。

第一、毛辺は本をあまり汚さないで済む、――汚れるのはどうしても汚れるが、裁断したのに比べてそれほど目立たない。

第二、毛辺は書物の〝天地〟が少し広めになるので、見栄えがする。線装本の天地に限らず、洋装本でも周りに余裕があると見栄えがする。最もよいのはむろん大きな紙に印刷することだが、それには費用がかかりすぎる。だから毛辺を利用して少し広くするしかない。

このほかに著者および書店にとってどんな意図があるのか、わたしは知らない。あるのもあろうが、ないのもあろう。自分の書物をよく見せるためには、小刀で切るのも、書物を愛する人にとっては、それほど嫌なことでもなかろうからである。手間がかかるということについては、それは仕方がない。本来読書というものはとても手間がかかるのである。読者に少し辛抱してもらうしかない。〝時は金なり〟(Time is money) ——を信奉するアメリカなら、それはむろん大きな損失だろうが、中国ではまだそれほど痛切には感じられていないようだ。(四月十日北京にて)

二

豈明案ずるに、毛辺が要る人もいれば、要らない人もいる。これは個人の嗜好の問題であって、理論が解決できる問題ではない。書店の唯一の方法は毛辺とそうでないものの二種を作って、顧客に自由に選ばせることだが、経験の教訓によるらしく、今ではたいていの書店が毛辺でない書物にして売り出し、以前のように毛辺を買いたい人は捜しようがないということになっている。実に申し訳ないことだ。これが現代のデモクラシーの原則で、多数の意見がどうで

あろうと、少数は多数に従わねばならないのだけれども。（八月十三日）

一九二七年四月十日・八月十三日『語絲』第一二九・一四九期　文類編第九巻　散文全集第五巻

＊1　毛辺書　いわゆるフランス装の書、ページをペーパーナイフで切ると毛羽が立つからそう言うのであろう。

＊2　上に述べられた第一項　方伝宗という人の『語絲』への投書で、毛辺書装幀の理として三つを挙げる。その一は、損失を防ぐというもので、客が本を弄り回すと汚れたり皺になったりして損失を被るが、アンカットだと買うまでペーパーナイフを入れることができないとする。

27　廠甸（チャンディエン）

琉璃廠はよく知った街である。たくさんの本屋、紙屋、印章墨盒を売る店があり、中間の東角には信遠斎があって、もっぱら蜜漬けの果物や砂糖菓子を売っている。かの有名な酸梅湯（スワンメイタン）は十何年かまだ飲んだことはない。だが杏の干したのや蜜漬けの棗はときどき買って食べるが、やっぱり悪くない。だがここは実に遠い、少なくとも十華里はあろう。それでわたしも琉璃廠にはそうしょっちゅうは行かない。よく知っているとは言っても、一月に一回か三月に二回ほどでしかない。しかしながら廠甸はまた別である。廠甸というのは、陰暦元旦から上元の十五日まで琉璃廠一帯で開かれる市である。遊山の人が多く、南京の夫子廟や、わがふるさと〔紹興〕の大善寺のようである。南新華街は和平門から琉璃廠の中間までの一段で、東西の路傍はみな本の露店で、西側の土地祠の中も本の露店だがこちらは少しきちんとしている。東側の海王村公園は子どもの食べ物やおもちゃなどごちゃごちゃ売っていて、最も特別なのは長さ四、五尺もある糖胡盧（タンフールー）、それに数十の群れをなした風車で、廠甸に遊んで帰る女子どもの手にはほとんどみな一本にぎられている。琉璃廠の中間から南の一段は骨董屋が店を並べ、廠東門内には火神廟があって、高級骨董屋と本屋の露店が集まっている。琉璃廠そのものは東から西まで平日と変わりないが、ただ各店舗は店を閉め五日間の休みを取っている。廠甸の情景はそれこそ色とりどりで、遊山の人もさまざまなんでもいて、露店を出すのもそれぞれに違い、お客の需要に応じている。童謡はうまく歌っている。

新年になれば、糖瓜（あめ）を供えて灶（かまど）を祭る。
娘は花を欲しがり、子どもは爆竹。
おやじ欲しがる新しいラシャの帽、
かみさん欲しがる大きな花糕（かざりむしがし）。

わたしはといえば、自分ではぼろ本を何冊か見てみたいだけだから、うろちょろするのは南新華街の北半分だけで、南側一帯は行かないし、火神廟ともなればまるで十里洋場（シャンハイバンド）で、むろん訪ねてみる勇気もない。

　厰(ちょう)徊といえば、当然旧暦の新年になったことに気づく。旧暦の新年は世に嫌われ者となって久しい。維新の志士たちには撃ちてし已まんの概があったが、卑見ではそうまでしなくともよいと思う。これにどれほどの害があるかと問えば、たいてい返ってくるのは時間と金の無駄遣いに怠けぐせである。しかし最も旧新年を享受するのは農工商で、彼らは中国では最も勤勉な人たちである。ふだんは官吏教員学生のように七日に一日の休みに浴さない、まことにいわゆる終歳苦を作すのであって、この時期に何日か遊んだとしても行き過ぎということはない。それに小商人たちもこの賑わいに乗じて一稼ぎをするだろうから、そうなれば彼らの仕事に最も力が入る時ということになる。年越しの消費は人の統計によると何万かで、そのうち神馬儀仗などわたしから見てもいささかくだらなく思われるもののほか、ほとんどは食べるもの、着るもの、見るもの、遊ぶもので、一方では需要する者がそれらの銭をはたいて快楽と交換したいと願い、一方では供給するものが品物を売りに出していささかの利潤を得、交易が終われば、それぞれその所を得る。どこか間違っているとは思えない。仮にこの金の使い方が間尺に合わないと言うのなら、一年のうちに人は千回余りの飯を食う、一飯十銭とすると全部で大洋百元ということになるのに、その結果はただいくつかの大甕に糞をひったただけとなれば、それは無駄遣いも極まれりではないか。飯は命を繋ぐものである。だからみんなは食べなければと思う、しかし生命のほかにまだいくらかの楽しみが必要だ。それでこそ生活に意味があると感じられる。娘たちは木綿の着物を着ているがなお花の髪飾りをつけたいと思う、おかみさんは昼ごはんを食べたがなお大きな花模様のついた蒸菓子を買いたいと思うのは、つまりこのためである。旧新年が正朔と合わないことのほかには別に何の害もない。万民のいささかの楽しみを保存するため、やはり当然残しておくべきで、以前のように春節と言ってもよいし、民間は一切お構いなしで、役所と学校はすべて三日から七日の休みにすべきである。――話がずいぶん遠くまで行った。やはり厰甸で本を買う話に戻ろう。

厰甸への道はやっぱり遠いが、半月のうちに四度行った。これは〔銭〕玄同・劉復諸公の横綱級に比べると序二段の力士みたいなものだが、わたしとしては要するに一年のうちの最高記録である。二月十四日は旧の元旦で、午後一度見に行き、十八、十九、二十五の三日にも行った。歩いたのはいわゆる本の露店の東側と西側、それに土地祠だけだが、たぶん毎回ぐるっと一回りするのに三時間以上かかったろう。挙げた成果は決してよくない。理由は近年少し大きい本屋はみな自重して、店を拡げに来ない。露店の本は少なく値が高く、わたしのような〝田螺舟を漕ぐ〟漁師は網の打ちようがない。それでも何冊か小書を手に入れたのは、いささかもって慰めとするに足るように思う。

その一は『戴氏注論語』二十巻合訂一冊、たぶん戴子高が譚仲修に贈ったものだろう、上に〝復堂所蔵〟および〝譚献〟という二つの四角の印がある。この書は東側の南端の露店にあった。わたしは店員にいくらかと訊いた。彼は本の後ろに貼ってある紙切れに〝美元〟と書いてあるのを調べて、五元だと答えた。わたしは高いと思った、彼は自分も少し高いと思うが、定価は五元だと言う。わたしは二元半だと言うと、彼は四元半まで譲ったが、その場はそのまま帰った。後でこのことを玄同に知らせて、見て回る時にちょっと訊いてくれないかと頼んだ。彼は買うとすぐ送ってくれ、本の後に次のような題跋を書いてよこした。

　民国二十三年二月二十日　啓明旧都廠甸の肆に遊び、東莞倫氏の通学斎書攤において此の譚仲修丈所蔵の戴子高先生『論語注』を見、之を悦び、以て玄同に告ぐ、翌日二十一玄同往きて遊び、遂に購いて啓明に奉贈す。

跋の二十日は実は十九日で、二十日はわたしが玄同に手紙を書いた日だろう。

その二は『白華絳柎閣詩』*1十巻、二冊一函。この書はすでに持っているが、いま偶然目に入って、訊けば値段も高くなく、かくて一元で手に入れた。『越縵堂詩話』の編者はかつて〝清季の詩家は吾が越の李蒓客先生を以て冠となす、『白華絳柎閣集』は近百年来与に輩たる者無し〟と言ったけれども、わたしは旧詩には門外漢で、作者自身〝誇詡〔誇ること〕殆ど絶す〟る七言古詩はどこがよいのか分からない。今この集を買ったのも郷曲の見〔郷土びいき〕にすぎない。詩中多くは故郷の景物に言及していて、殊のほか面白い。たとえば巻二「夏日柯山裏の村を行く」の一首。

渓橋才かに渡る庳篷船、村落陰陰として天を見ず。
両岸の屛山　濃緑の底、家家の涼閣　鳴蟬を聴く。

よく山郷水村の風景を写し出している、しかし行ったことのない者にはやはりよさが分からないだろう。

その三は二冊の叢書のバラ本、いずれも陸氏の『草木鳥獣虫魚疏』[*2]に関するもの、すなわち焦循の『詩陸氏疏疏』の南菁叢刻本、それと趙佑の『毛詩陸疏校正』聚学軒本である。わたしは昔から陸氏の虫魚疏が好きだったが、ただいい版本が得られず、持っているのは毛晋の『陸疏広要』と羅振玉の新校正本である。ところが羅本はこれまたあまり見栄えのしない倣宋活字本で、とても美中に不足を感じていた。趙本は『郘亭(りょてい)書目』によればよいと言い、焦本は引用書名が列挙してあり、順序も『詩経』によって並べ替えてあって、それなりの特徴がある。ただ大部の叢書に収められているので、抜き取りようがない。それが今回そろって手に入ったのは、まさしくめったに出会えぬ偶然である。繰っていて〝流離の子〟の条になると、趙氏の案語に言う。

> 窃(ひそ)かに以(おも)うに鴞(きょう)と梟(きょう)は自ずから是れ一物なり、今俗に所謂猫頭鷹(ふくろう)なり……其の子を哺して既に長ずれば、母老いて食を取りて以て子の求めに応ずる能わず、則ち身を樹上に掛くるに、子争いて之を啖(くら)い飛び去り、其の頭を枝に懸着す。故に字は木上の鳥に従い、而して梟首の象は之を取る。

ふくろうの誣いらるるや千余年に渉る。近世の学者でもまだ旧説を承け、上文がさらにその様態を見てきたように詳細に述べるのは、なんとも可笑しい。学者が経文に注釈をつけるのは勤勉苦心しないわけではないのに、格物に力を入れないで、往々にして耳を以て眼に代える。趙書は乾隆の末にでき、今から百五十年前だから、怪しむに足りないかもしれないが、今はどうか。梟が母を食らうだのカラスが反哺するだのを信じている者が今でもかなりいるだろう。

（民国二十三年三月）

一九三四年四月刊『人間世』二十期　『夜読抄』

＊1　『白華絳柎閣詩集』　清・李慈銘撰、蔣瑞藻輯。民国十四年上海商務印書館排印本がある。今では『越縵堂詩文集』（二〇〇八年上海古籍出版社、中国近代文学叢書）に収録。

＊2　陸氏の『草木鳥獣虫魚疏』　陸璣の『毛詩草木鳥獣虫魚疏』二巻。『詩経』に見える動植物について注釈した書。陸璣は三国呉の人。本書「『毛詩草木疏』を読む」参照。

28　廠甸（チャンディエン）の二

新年に廠甸をぶらついて、露店で二、三冊ぼろ本を買った。その一は『詩廬詩文鈔』。胡詩廬君はわたしの同窓の先輩であり、辛丑の年〔一九〇一〕わたしが江南水師に入ると、機関科に二人の有名人がいた。すなわち鉛山の胡朝梁と侯官の翁曾固で、わたしは翁君について初めて『新民叢報』を読み、胡君の所では彼が作った古詩を読んだ。民国六年〔一九一七〕北京に来ると、胡君はちょうど教育部におり、江西派の詩と桐城派の文を作っていた。そういうものにわたしは何の興味もなかったので、あまり付き合わなかった。十年辛酉〔一九二一〕胡君が亡くなり、十一年壬戌遺稿集が出版され、陳師曾の小序があったのが、すなわちこれである。いま初めて読むことができたが、もうすでに十二、三年も前のことで、胡君の墓の木も抱えるほどに太くなったことであろう。詩稿の前に名流たちの題辞があるが、最も面白いのは厳幾道の第二首である。というのは署名の下に長方形の印章があり、朱文の二行行三字で、〝天演宗哲学家〟とあり、これは不肖わたくしのいまだ知らなかったものだからである。

旧書の二は何と呼ぶべきか分からない。露店では『名山叢書』のバラ本と銘打っていたが、原書には巻末の明の張佳図『江陰節義略』一巻の前小口に〝名山叢書〟とあるだけで[*1]、そのほかは『讁星説詩』一巻、『讁星筆談』三巻、『讁星詞』一巻で、みな陽湖の銭振鍠の著と題し、叢書とは言わない。わたしがこの本を買った理由は完全にこれが木活字で印刷されていて、やはり面白いからである。持って帰って開けてみると、中に儀の字が欠筆してあり、『節義略』の跋に癸亥九月とあるから、民国十二年の印本だと知れるが、全書で何種あり、何という書名なのかは分からずじまいである。『讁星詞』の第三首、「金縷曲　亡弟杏保を憶う」を読んで、ふと銭鶴岑の『望杏楼志痛編補』もその息子杏保を記念して作ったものであることを思い出し、取り出して調べてみると、果たして「求仙始末」に、〝丙申冬十二月長男振鍠その友婿卜君寿章の処に於いて扶乩の術を得たり、是月二十有一日因りて望杏楼に之を試む〞と言い、巻後の詩文にも振鍠の詩七首詞一首があるが、金縷曲だけは未収で、のちの作なのかもしれない。去年の春節に厰甸で『志痛編補』を手に入れて、少なからぬ資料が手に入ったので「鬼の生長」[*2]という文を書いた。今年またこれを手に入れたのは偶然の巡り合わせとはいえ、たいそう喜ばしい。つまり木活字のほかにもまた別の面白さがあるわけである。

『讁星説詩』は六十条余りしかないけれども、なかなか新意に富んでいて、それほど人が言うから俺も言う式ではなく、たいていは大胆にものを言っているが、時には辻褄の合わぬ所もある。

滄浪〔厳羽〕は東野〔孟郊〕の詩は読めば人を不機嫌にすると言うが、わたしは不機嫌でもかまわないと思う。滄浪は『離騒』を読むには涙の襟を濡らすまでにならなければならぬと言ったではないか。どうして『離騒』は尊重して、孟東野は貶めるのか。東坡は東野を寒〔貧乏臭い〕だと言うが、それはべつに詩の欠点とするには足りない。東坡の〝夜孟郊の詩を読む〟はいい加減なもので、細字牛毛の如しと言うのなど、その字が細かいことを憎むだけであって、その詩と何のかかわりがあるか。

王〔王世貞〕・李〔李于鱗〕はいろいろ悪語で以て謝茂秦を罵ったが、まったく腹の立つことだ。両眼がそろっている人間が片目の人を嘲るのはそれだけでもう人格者ではない。役人の地位にある者が庶民を仇とするのも、かつて学問をしたことのある者のようではない。盧柟が陥れられたとき、茂秦は彼のために冤罪を都中に訴えて潔白を証明されるまで止めなかった。王・李たちは茂秦がちょっと気に食わないだけで深く彼を憎んだ。王弇州など早く死ねと罵ることさえした。その品格を論ずるに、王・李は茂秦と交わりながら、茂秦を侮辱した。青藤（徐渭）がその結社に入らなかったのはもっともだ。

このほかにも王弇州を非難したものはまだいくつもあるが、みな筋が通っている。だが賈島を批評した一条など、考えはとてもよいのだけれども、実際にはたぶん障碍があるだろう。その文には言う。

詩は真を求めるべきである。賈閬仙の推敲のことは、その当時の光景を問題とすべきで、推を是とするなら推、敲を是とするなら敲でよい。どうしてその真境を捨てて無駄に一字に拘り、科挙の詩を作るようなことに陥ったのか。一句がこうだから、その他の詩は真でないことが知れよう。これが賈島が詩の上乗に入らない理由である。韓退之はこの道理を教えることができず、敲の字がよいといったのは、誤りである。

わたしが障碍があると言うのは、詩人は時に単に意境によるだけで、必ずしも真にそういう事があるわけではないからである。だから真かそうでないかを言おうとしてもなかなか容易なことではない。賈上人が驢馬の背に乗っていたのもそういう境界であったのだろう。

『摘星筆談』と『説詩』はもともとほとんど違わないが、一つは詩といくらかは関係があり、一つは必ずしも関係がないだけで、多くのところでみな同じような考えが述べられている。最もいいのはやはり多くは他人を批評した文章である。巻二に言う。

韓退之が時の貴顕に送った手紙では、昇進を求め、金品をせびり、品格をひけらかし、才能学問を売り出し、騙したり賺したり、何でもありだが、結局蘇秦・張儀らの遊説の風気が変じてこんなものが出てきたのだ。陶淵明は乞食をするほど困窮したが、憤懣不平の言葉はいまだかつて一言も漏らさず、施しをしてくれないからこんな状態になったのだと人を責めたことは一度だってない。その品格を退之と比べると、まったく月とすっぽんである。『釈言』一首は、得失を気にする心が紙上にありありと表れており、宰相に讒言する時は一篇の文章をでっち上げ、天子に讒言する時は万言の書を奉ろうというわけだ。

この一節にはまったく同意する。まことに人の言いにくいことを言ってのけたと言えよう。わたしは韓退之という人全体が好きではない。器量、識見、文章いずれも取るべきものがない。彼は古今読書人の模範だろうが、中国の事は多くこういう読書人の手によって悪くなる。彼らはただ文章が書け、道統を語ることができるだけで、虚驕頑固で、しかも卑陋で勢利に敏い、大奸雄となって大乱を引き起こすことはできないけれども、こせこせと引っ掻き回し最も物事をぶち壊しにする。韓文についてはわたしは根っからそのよさが分からない。だがわたしは虚心に〝古文〟を読んでおり、もし『左伝』『国語』、司馬遷および『荘子』『韓非子』などのようないい古文を読んだなら、分かるという自信はある。わたしはまた、それがいったいどんなものかを見てみようと思って、いわゆる唐宋八家と明清八家の古文も読んでいる。だが時間不足でまだ結果が出ない。今はただ韓文だけについて述べよう。これもまた精読できないでいる。かつて『韓昌黎文集』を取り出してきて机の上に置いてはみたのだけれども。しかし一つは時間が足りないのと、二つは全部読んだら却って注意が分散してしまうかもしれないと思ったので、方針を変えて選集から始めることにした。わたしが使ったのは編集態度の違う二つの選集であった。一つは金聖歎の『天下才子必読の書』、一つは呉闓生の『古文範』である。『才子必読の書』の第十・十一巻はみな韓愈の文で、全部で三十篇、『古文範』下編の一に選ばれた韓文は十八篇、二者の批評選択の手眼はそれぞれに違うが、わたしはこの三十篇と十八篇の文章を読んで、どれもよいとは思わなかった。せいぜいが「董邵南を送る」や「李愿の序」が読めるくらいで、それもなにか旧劇を見ているような印象を受けた。品格を論じて韓退之が陶公に及ばないばかりか、文章でさえ孟嘉の伝[*3]と比べられるようなのが一篇でもあろうか。朱子は陶淵明の詩の平淡はその自然さに由ると言ったが、わたしは文もまさしくそのとおりだと思う。韓文は賛美する者の言葉を帰納しても、ただ呉闓生が偉岸奇縦たりと云い、金聖歎が曲折して蕩漾たりと云うにすぎない。わたしには却って勿体を付けたり、しなを作ったりするのが見えるだけで、まさに策士の文である。近ごろ袁中郎はまた世間から大いに非難を受けており、ある人はやっぱり古文を読むべきだと考えている。中郎はまことに文章の模範たるには足りないし、もともと誰も公安派の文章を作れなどとは提唱してないが、たといそうであっても韓文よりは優れている。袁を学ぶのは閑散の文士で、韓を学ぶのは縦横の策士である。文士は乱世の音を発揮するにすぎないが、策士は乱世の音を作ることができるものである。

『筆談』巻三は桐城派について語っている。当派を中興させた曾滌生〔国藩〕に対してははなはだ辛辣不敬である。文に言う。

桐城の名は方〔苞〕・劉〔大魁〕に始まり、姚〔鼐〕に完成して曾〔滌生〕に盛んとなる。しかしながら曾が桐城の指導者となるや、方・劉をあまり認めず、ただ姚鼐だけを桐城の正宗だとし、その父を敬してその祖先を廟から移すのは、道理なきもはなはだしい。当世の人についてはその人たちの意志も聞かず、ことごとく桐城に帰属させたので、呉南屏はそれを不服として彼を誹った。たとえば子どもがたまたま泥人形を手にし、神だと思って、その近所の子ども連中を引っ張ってきてそれを拝ませる、拝もうとしなかったらけんかになる。まったくお笑い種だ。

謝章鋌の『賭棋山荘筆記』『課余偶録』巻二にも一条あるが、言葉はさらにずばりと徹底している。

近ごろ古文を論じて桐城を推して派閥をなし、もし持論が少しそれと食い違うと、まるで大きな間違いを犯したような有様だから、ましておおっぴらにそれを排撃する勇気などあろうか。わたしは文は巧くないが、たまに作ることがある。それを読んだ者は桐城に似てないと思うが、わたしはただはいはいと抗弁しない。ひそかに思うのだが、文のまだ体をなさないものは冗長蕪雑で、その気は清んでない、桐城はその場合まことに対症薬となる。しかし桐城は身近なものを述べて境界が狭く、その美もまたほとんど尽きようとしている。なのにくだくだぐずぐずしていて、その流れは八股文と合流しそうだ。たぶん桐城派の初めは帰震川であろう。震川は八股文の名手であった。その始めは五子の精華を取り、欧〔陽脩〕・曾〔鞏〕の格律を運用し、それを八股文に入れ、八股文は傲然と高級になった。それが古文となるに及んで、そのままこの手腕によって、その字句の音調を変えた。またちょうど王・李の贋古の時だったので、その文は声色に眼もくれず、澄んだ水のように清らかだったので、人の心を動かし、かくて文学の正宗に推された。正宗でないわけではない。しかしその根底は八股文にある。だから震川以来、方望渓、劉才甫、姚惜抱、梅伯言などは、みな八股に巧みであり、みな世に伝わる刊本がある。そして呉仲倫〔徳旋〕の『初月楼集』の末にも八股文が二、三篇付いている。もし八股文が巧くなければ古文の嫡流たる資格はないというのであれば、ああ、なんという弊害であろう。

謝君は林琴南の先生である。しかるにその言論がこのように明確達旨であるのは、はなはだ敬服すべきである。しかし古文と八股文の関係は桐城派においてそうであるばかりか、唐宋八大家が伝誦する古文でもそうでないものはない。韓退之らはもとより八股時文の試験を受けたことはないが、文を作るのに音調気勢を偏重すれば、その音楽的方向は必然的に八股に接近する。少なくとも後世に流伝する模倣の文はこの類である。『摘星説詩』に云う。

同年の王鹿鳴はすこぶる曲学に長けている。たまたま律のことについて尋ねると、鹿鳴は言った、君は八股を作らないのかね。そこにも律はあるよと。これで八股は音楽と通じていることが分かる。『古文範』は韓退之の「董邵南の河北に遊ぶを送る序」を採っていて、首句の〝燕趙　古より称す感慨悲歌の士多し〟に、選者の注は云う。

故老の伝えるところでは、姚姫伝〔姚鼐（ようだい）〕先生はいつもこの句を誦するたびに、必ずしばしばその気を変えてようやく声を出された、古人の苦心の工夫が分かるというものだ。これによって古文が音楽と通じていることが分かる。つまり後世の人は八股を読む方法で古文を読んだのである。韓退之が頭を振り振り膝を打ちながら文を作ったかどうかは分からないけれども。要するにこれは旧劇を聞く方法でもって文章を鑑賞したり書いたりするという旧弊を根こそぎ断ち切らない限り、八股宗風の古文に対する迷妄執着は改まらない。つまり本当によい古文の長所も理解できないのである。われわれがいま文を書くには、まず初めに何か言いたいことがあって、その後に適当な字句を捜して適当な順序でもって書く。この方法はとても簡単なようでいて、却ってなかなか容易なことではない。古文の中毒者にとっては断じてそうはならない。これが偶成と賦得の違いである。『謫星説詩』に云う。

凡そ事を述べ理を説き情状を写すには、その事理情状のようにするだけだ。鏡が物を映すように、その形のように現し、楽器を奏でるように、その音のように鳴らす、一毫の造作も加える必要がない。そのようにできれば気が充実して、行き届かないところはない。凡そ天下古今の事理情状は、みなわが文章詩詞である。奇巧精工を求める必要はなく、奇巧精工が向こうからやって来るのを待つのである。古はただ蘇家の父子のみがよくこの境地をうかがうことができ、後は陸放翁である。文章はもともと天成のものであり、上手がたまたまそうなり、純粋で瑕疵がない、どうしてまた人為を用いることがあろう。それでこそ真を表したと言えるだろう。

これは老生の常談に似ているけれども、その取るべき所もまたここにある。けだし常談も人の言いにくいものである。上に引いた賈島に対する評語と同じ意であるが、この方がずっと辻褄が合う。推敲の問題はあまりに具体的に過ぎて、あのように一句で断定するのは都合が悪いようだ。『筆談』の中にはまだ面白いのがいくつかあるが、あまりたくさん引くのも具合が悪いので、これでお終いとする。

民国二十四年一月十五日、北平西北城の苦茶庵にて。

〔付記〕

今日唐晏（民国以前の名は震鈞）の『渉江先生文鈔』を読んでいて、その「韓を砭(おとし)める」という文の中に、〝この一派は、唐に盛んになり、宋に凋落し、流れて近世科挙の時文となったが、みな昌黎がこれを始めたのである〟とある。上に引いたそれぞれの語と補い合って互いに事を明らかにするものである。

十七日記す。

銭君の著書はのちにまた『名山続集』九巻、『語類』二巻、『名山小言』十巻、『名山叢書』

七巻を蒐めたが、やはりみな木活字本である。ただし優れた言葉があまり見られないのは、どうしてだろう。四月に蚌埠の陸君が銭君に扇面を書いてくれるよう頼んでくれて送ってくれた。それでその墨跡を見ることができた。陸君のご厚意には感激の極みである。

五月二十四日また記す。

一九三五年二月刊『人間世』二十一期　『苦茶随筆』

＊1　『名山叢書』のバラ本『陽湖銭氏家集』に『謫星文』初編一巻、二編二巻、三編二巻、『謫星詩草』四巻、『名山文改』一巻、『乩詩録』一巻が入っている。

＊2　「鬼の生長」『夜読抄』に収録。

＊3　孟嘉の伝　七巻本『陶淵明集』巻六「晋故征西大将軍長史孟府君伝」。

29　厠で書を読む

郝懿行の『曬書堂筆録』巻四に「厠で書を読む」という一条がある。

言い伝えではある婦人が篤く仏経を奉じ、厠に入ったときも読経してやまなかった、のち善果を得たが結局厠で亡くなったという。そのことが戒めとして伝えられている。釈氏が人を教え導くための話だから、必ずしも信じるわけにはいかないが、また汚い場所は、読経にふさわしい所ではないこともよく示している。『帰田録』[*1]には銭思公が、平生読書が好きで、坐せば経史を読み、臥せば小説を読み、厠に入れば小詞を見ると言ったことを、謝希深もまた宋公垂が厠に行くのに必ず書物を小脇に抱えて、朗誦の声が遠近に響き渡ったと述べたことを載せている。わたしはこれを読んで笑った。厠に入れば下着を脱ぐ、手に書物を持っていれば、ずいぶん汚いばかりか、大いに忙しいだろう。たといどんなに篤学であっても、どうしてここまでしなければならんのか。欧公〔欧陽脩〕が、〔謝〕希深に自分が平生作る文章はたいていが三上、すなわち馬上、枕上、厠上においてであるが、ただこれだけは特に考えものだろう、と言ったについては、この言葉は確かに妙だが、その妙は切実で浮ついていないところにある。

郝君の文章はなかなか面白い。だがわたしにはいささか異議がある。わたしは厠で本を読むことに賛成だからである。小さいころ祖父の話では、北京の従僕には、旦那の飯は早く、子どもの糞は早いという口訣がある、従僕の言葉にはうまい汁を吸おうという腹があるということだったが、たぶん事実だろう。一人の人間が厠にいる時間はもともと定めがたいが、必ずしも短くはないだろう。しかも飯を食うこととは違い、どんなに短くとも無駄に思えるもので、何とかして利用しようとする。たとえばわが故郷の百姓たちは掘っ立て便所に腰掛ける時たいていはついでに煙草を一服ふかすか、誰かが川べりの石段下で米を研いだり洗濯をしていたりする、あるいは誰かが天秤を担いで通り過ぎると、声高に話しかけ、この米は一升何銭だとかどこへ行くのかなどと訊いたりする。本を読むというのは、煙草を吸うということに他ならないのだ。

　話はそういうことだが、場所によってはもともと煙草を飲むしかなく、本を読むには向いてない所もある。上に述べた浙江の某処一帯の川沿いの掘っ立て便所はその一つだ。以前南京で湖南の友人の所に寄寓したことがあるが、その友達は劉という姓で、わたしは趙伯先の所で知り合った。その年は郷試があって、彼は花牌楼の近くで本屋を開いていた。わたしは病気になって学校の宿舎にいるのが辛かったので、彼は自分のところに呼んでくれ、わたしのために薬を煮たり粥を作ったりしてくれた。郷試受験の秀才たちを相手に本を売って、ひそかに革命を画策していた。彼の精神は実に敬服すべきものであった。わたしは帳場の中の本棚の後ろで寝起きし、薬を飲み粥を食べるのもみなそこでやったが、便所は外にあって、店の門を出て、二、三軒向こうの空き地まで歩かねばならず、塀の根元のごみの山の上であった。そこに行くのは非常に苦痛だった。半ばはむろん病気で動けなかったせいでもあるが、健康であっても行きたくない所だ。これがその二である。民国八年〔一九一九〕の夏日本の日向（ひゅうが）に友人を訪ね、木城（きじょう）という山村にいた。そこの便所は普通のと同様屋根があり、周囲は板塀で扉も窓もあったが、それは住まいから十丈ほど離れていて、田んぼの中にぽつんとあり、宵には提灯を下げて行かねばならず、雨が降れば傘を差さねばならず、しかもそこは雨が特に多いようで、わたしがいた五日のうち四日は雨だった。これがその三である。最後は北京の厠である。ただ穴が一つと二枚のレンガがあるきりで、雨が降ろうが風が吹こうが日が照ろうがまったくお構いなし。去年定州へ〔孫〕伏園を訪ねたが、そこの厠は琉球式で、人は土手の上にいて豚は下の穴の中におり、ぶーぶー鳴いている。慣れない人にはどうにも恐ろしく、本など読んでいる暇があろうか。これがその四。『語林』には、石崇の厠には赤い紗（しゃ）の帳と大きなベッドがあり、とてもきれいな布団が敷いてあり、二人の侍女が錦の香嚢（こうのう）を持っているとある。これはこれであまりに贅沢すぎて、やはり相応しくない。だがわたしの考えはとても簡単だ。屋根と壁と窓と扉がありさえすればよい、夜には灯が点り、電灯がなければ蠟燭を点してもよい。住まいからは二、三十歩離れていても構わない。雨傘が要るかもしれないが、幸い北方ではそんなに雨は降らない。もしこんな便所があれば、厠に行くときに手近の本を持っていって読むのはちっとも構わないと思う。

谷崎潤一郎の『摂陽随筆』に「陰翳礼賛」[*2]という一篇がある。その第二節で日本建築の厠の長所を述べている。京都・奈良の寺院では便所はみな旧式で、薄暗いが掃除が行き届いていて、緑の葉の匂い、苔の匂いがする草木の茂る中に設けられている。住まいとは隔離されて、板廊下で繋がっている。この薄暗い光の中にしゃがんで、ほのかな障子の反射を受けて、瞑想に耽ったり、窓外の庭の景色を眺めたりする、こうした感覚はなんとも言いようなくよい。彼はまた言う。

繰り返して云ふが、或る程度の薄暗さと、徹底的に清潔であることゝ、蚊の呻りさへ耳につくやうな静かさとが、必須の条件なのである。私はさう云ふ厠にあつて、しとしと降る雨の音を聴くのを好む。殊に関東の厠には、床に細長い掃き出し窓がついてゐるので、軒端や木の葉からしたゝり落ちる点滴が、石灯籠の根を洗ひ苔を湿ほしつゝ土に沁み入るしめやかな音を、ひとしほ身に近く聴くことが出来る。まことに厠は虫の音によく、鳥の声によく、月夜にも亦ふさはしく、四季をりをりの物のあはれを味はふのに最も適した場所であつて、恐らく古来の俳人は此処から無数の題材を得てゐるであらう。されば日本の建築の中で、一番風流に出来てゐるのは厠であるとも云へなくはない。

谷崎は根っからの詩人であるから、そんなにうまく言う。いくらかは修飾であるかもしれないが、それも言葉の上だけであって、言っていることには間違いがない。日本の近古である戦国時代の前後は、文化の保存と創造はほとんどすべてが五山の寺院で行われ、これは風気を一変し、たとえば細密の院画から水墨の枯山水へと転じた。建築も自ずとそうなり、茶室がその代表で、厠の風流化はまさにその余波である。

仏教徒は便所について昔からとても凝り性だったようだ。たまたま大小乗の戒律を読んで、インドの先賢は十分綿密に人生のさまざまな方面について気を配ったと思われ、非常に感服した。厠に入ることだけについて言っても、後漢の訳である『大比丘三千威儀』には〝舎後に至る者に二十五事あり〟と列挙しているし、劉宋の訳『薩婆多部毘尼摩得勒伽（さつばたぶびにまとろが）』の六には〝風下（おなら）は云何（いかん）？〟から〝籌草〔糞かきべらと尻拭きわら〕は云何？〟まで全部で十三条、唐の義浄の著

『南海寄帰内法伝』二には第十八〝大小便の事〟一章があり、いずれも細かい規定がある。あるものは厳粛ならちにユーモアがあり、読んで思わず五体投地したくなる。われわれはまた『水滸伝』で、魯智深が菜頭〔野菜畑管理の僧〕をやってから浄頭〔便所管理の僧〕に上れるのを見る。中国の寺でも昔はやはりこの事に気を遣ったことが分かる。しかし、少なくとも今はどこもそうではない。民国十年〔一九二一〕わたしは西山で半年ばかり療養して、碧雲寺の十方堂にいたが、どこへ行っても様になった便所は見当たらず、『山中雑信』の五で述べたような所でしかなかった。

わたしの行動範囲は近ごろ東側の泉にまで及んだ。ここは確かにまだましだ。毎朝遊客が来ない間に出かけて、山水の美を愛でる。残念ながらあまりきれいでなく、道々とても臭いのである。——というのは『本草』に云う人中黄〔人間の糞便〕が至るところに陳列されているからである。思うのだが中国はまことに奇妙な国である。そこでは人々がまともな栄養も手に入れにくいし、その人々の排泄物を処理する方法もないのである。こうした状況の下では、中国の寺院に普通の便所があることそれだけでも大いに結構なことであり、瞑想のできる、あるいは読書のできる場所を探そうとしても、とても得られたものではない。出家の人間がそういう風に汚く排泄するのだから、平民は責められない。

しかしもしきれいな便所があったら、厠に入る時にはちょっと本を読むくらいのことはできるだろうが、文章を書こうとなるとこれはいかん。本は経史子集などと分ける必要はなく、何を読んでもよい。わたしは一つ決まりがあって、善本や難しい本は持っていかない。文法の本を読むのはいつものことだが。わたしの経験では、随筆の類が一番よく、最もいけないのは小説である。朗誦となると、われわれは今では八大家の文を読まないから、むろんやることもなかろう。

一九三五年十一月刊『宇宙風』一巻五期　『苦竹雑記』

＊1　『帰田録』二巻、宋・欧陽脩撰。引用の文は巻二に見える。郝懿行『曬書堂筆録』は『郝懿行集』第七冊（二〇一〇年斉魯書社）に見える。
＊2　「陰翳礼賛」いま『谷崎潤一郎全集』（昭和四十三年中央公論社）第二十巻所収による。

30　東京の書店

東京の書店と言うとまず最初に思い出すのはなんといっても丸善である。その本名は丸善株式会社、翻訳すれば丸善有限公司、われわれと関係あるのは実はその一部書籍部でしかない。最初は個人が開いた店舗であって、丸屋善七と言った。でもその店をわたしは見たことがない。一九〇六年、最初に見たのは日本橋通三丁目の丸善である。床板を張ってはあったが旧式の建物であった。民国以後に火事を出し再建され、民国八年〔一九一九〕に東京に行った時にはすでにビルになっていた。その後大地震で全壊し、おととし行った時はビルは元の場所に建てられていたが、地名は日本橋通二丁目に変わっていた。わたしが丸善で本を買うのは前後すでに三十年になるから、商売は微々たるものではあるけれども、古いお得意さんということになろう。のちに又和書と中国の古書を買うようになって、財力は更に分散したが、その僅かな洋書はわたしに何とも大きな影響を与えたのだ。だから丸善は法人ではあるがわたしには師友の誼がある者と言える。

わたしは一九〇六年八月に東京に行き、丸善で最初に買ったのはセインツベリー（G. Saintsbury）の『英文学小史』とテーヌの英訳本四冊であった。書架には今もこの二部はあるが、すでにその時の原書ではない。わたしが江南水師学堂で学んだ外国語は英語で、当初の専門は機関であったが、のちに督練公所〔清末、各省に置かれた新設軍隊の統治機構〕の命を奉じて土木工学に宗旨替えをした。自分の興味は文学の方にあったから、英文学史を一冊や二冊買って読むのは、ごく当たり前のことであった。しかし本当は全部が全部そうでもなかった。わたしの英語は終始門を敲く瓦である。それはむろん英国十八世紀以後の散文の豊かな美しさを教えてくれ、アディスン、スウィフト、ラム、スティヴンスン、ミルン、リンドなどの小品文は今でも愛読している。そのころのわたしの志向はいわゆる大陸文学、あるいは弱小民族の文学にあって、英語は中継ぎとしてのとりもち女でしかなかった。一九〇九年に出した『域外小説集』二巻に訳した作品はポーランド、ロシア、ボスニア、フィンランドを主とし、フランスは摩波商（つまりモーパッサン）一篇、英米もそれぞれ一篇だが、これは犯罪者の淮爾特（つまりワイルド）でなければアル中のアラン・ポーである。ロシアは弱小国ではないが、そのころはちょうど専制と革命が対抗していた時期で、中国人は自然と同病の友人扱いした。弱小民族とは後で付けられた名称で、実はわれわれが好んだのは圧迫された民族の文学であった。こうした材料はみな丸善で手に入れたものだ。日本の文壇ではそのころ馬場孤蝶などが大陸文学を談じていたが、英訳本は本屋にはまだ少なかったから、探すのはとてものことではなかった。ロシア・フランスの小説がいくつか手に入るほかは、東欧北欧のものは見るのさえ難しく、英訳本はもともと寥々たるものであった。わたしは英国のベイカー（E. Baker）の『小説指南』（*A Guide to Best Fictions*）から書名を書き出しては、丸善に頼んで注文してもらい、たくさんの気力と時間をかけて、ようやくポーランドやブルガリア、ボスニア、フィンランド、ハンガリー、新ギリシアの作品をいくつか手に入れることができた。ここで特に取り上げたいのはヨーカイ・モル（Jokai Mor）の小説である。ものがうまく書けていて、〝ハンガリーのスコット〟の称があるばかりか、しかもまた革命家でもあった。英訳本の印刷装丁はずいぶん凝っており、今でもわたしの蔵書の中では佳品のうちに入るが、残念ながら紹興に四年も置いておいたので、表紙が湿気てたくさん黴の斑点が着いた。このほかにもう一部挿絵本のツルゲーネフ（Turgeniev）の小説集がある。全十五冊、ガーネット夫人訳、定価三ポンド。この本はごく普通ので、値段もそんなに高くなく、各冊四シリングしかしないが、当時普通留学の官費は毎月三十三円しかなかったから、このような大部の本を買おうとするのは、なかなか容易なことではなかった。幸い蔡谷清君の紹介でハガードとアンドリュー・ラングの共著『紅星佚史』の訳稿を商務印書館に売って、全十万余字で洋銀二百元が手に入り、そこでなんとか買うことができた。同時に注文したものにブランデス（Georg Brandes）の一冊『ポーランド印象記』があって、これはわたしに深い印象を与え、ポーランドとブランデス博士はわたしにとって同じく忘れがたいものとなった。わたしの文学店はとうとう店じまいをし、『水滸伝』『ドン・キホーテ』のほかはもう中外の小説を読まなくなった。しかし閑書は雑読し、デンマークのアンデルセンの童話、英国のアンドリュー・ラングの雑文、また別の面ではウエスターマークの『道徳観念発達史』、ブチャーのギリシアに関する諸講義などは、いずれも愉快な暇つぶしと切実な教えを与えてくれる。それらのほとんどすべては丸善から手に入れたものである。最後に最も重要なのはエリスの『性の心理の研究』七冊で、これはわたしの啓蒙の書である。わたしはそれを読んで目の中の鱗がたちまちにして落ち、人生と社会について一つの見解を打ち立てたのである。古人の学芸が往々にして一つの事柄によって突如悟りを開いたのは、道を学ぶのと同様であって、たとえば文字を学ぶ者が路上の蛇やあるいは柳に跳びつく蛙を見たりして悟るのは、そうである。わたくしには本来悟るべき道などないのだが、〝妖精の喧嘩〟によって自然と人生について少しく理解するところがあったと言えば、そう言えるかもしれない。卍字派の同胞が聞けばやっつけるべきだと思うかもしれないが。『資本論』は読んでも分からないが（のちに北京大学経済学部の元学生の杜君に差し上げたが、残念ながら今では彼の墓の木は一抱えほどにもなった！）、婦人問題を考えても、結局は社会制度の改革になるとは、『愛の成年』の著者〔カーペンター〕がすでに述べたところだ。エリスの意見はたぶんラッセルのと似ていて、社会主義に賛成するが〝共産ファシスト〟には反対するものだろう。エリスの著書は『新精神』から『現代の諸問題』に至るまで、すべて丸善で買ったものだ。今日スペインの反革命運動のニュースから連想して彼の『スペインの魂』をもう一度取り出して読んでみたら、特に「ドン・キホーテ」と「スペインの女」の二章には改めて感嘆した。スペインとエリスと丸善に対して思わずそれぞれに一種の好意を持ったのである。

人は恋愛の経験上、特に初恋を忘れがたく思う。別の事でもおそらくはそうであろう。だから最初の印象がとても重要なのだ。丸善の店構えは何度も変わったが、わたしが覚えているのはあの最初の古い建物である。二階はそれほど広くはなく、四壁はみな書架で、真ん中のかなり長いテーブルには新着の本が並べてあり、お客が自由に披いて見られた。時には隅っこの書架の後ろに立ってかなりの間本を調べていても、誰も気にしなかった。一冊か二冊本を選んでお金を払おうとしても人が見つからず、大声で店員を呼ばねばならなかったり、場合によっては足の悪い下田君を煩わせて応対してもらわねばならなかった。こうしたあまりお客を監視しない態度は愉快なことであった。後で改築されてからも自ずとこれは変わらなかった。だがわたしが回想するのはどうしても古い店の風景である。確か新聞記者が尋ねたことがあった。これでは書籍がなくならないかと。答えは、なくなりはしますが、たいていは小冊子で、一年で四百円ぐらいです。人を雇って監視するほうが却って不経済です、とのことであった。当時神田には一軒洋書を売る中西屋があった。住まいからは丸善よりもずっと近かったが、あまりしょっちゅうは行かなかった。というのはそこの店員がとてもしつこくくっついて来るのだ。聞くところではある時有名な文人が店に入って本を見ていて、監視されるのに腹を立て、おまえたちはお客を泥棒と思っとるのか、と大喝したそうだ。これでもう一つ別の不経済が分かる。しかし間もなく中西屋はつぶれ丸善に身売りして、神田支店となった。そうした事情はたぶん改まったのだろうが、民国以来東京には二、三度行ったばかりだから、そこには終に行かなかったように思う。だから結局どうなったかは分からない。

丸善から連想が及ぶのは本郷真砂町の相模屋古書店である。ここはわたしの本の購買ととても関係がある。一九〇六年の秋、わたしは初めてこの書店に入って一冊の旧小説を買った。ハンガリーのヨーカイ原作、アメリカのボッグス訳で、書名を『髑髏は語る』（*Told by Death's Head*）と言い、巻首にローマ字でK. Tokutomi. Tokio Japan. Jun 27th. 1904. とある。一見して『不如帰』の著者徳富健次郎の本だと分かり、宝物のように思ったが、辛亥の年〔一九一一〕に帰国する時になってふとそれを他の古本と一緒に売り払ってしまった。どういうわけか分からないが、あるいはヨーカイの長篇伝奇小説は翻訳の可能性がなかったからか、それとも徳富氏の晩年の保守的傾向にいささか飽き足らぬものがあったからか。しかし後で追想してみればやはりいささか惜しい気がする。民国八年〔一九一九〕の春と秋に二度東京に行ったが、大学前の南陽堂の書架の上でふと出遇った。それはそこに八、九年もの間直立していたようで、急いで買って帰り、以来今まで寒斎に蔵され、ヨーカイの別の小説『黄薔薇』などと連れになっている。相模屋の主人は名を小沢民三郎と言う。以前丸善で店員をしたことがあり、代わりに本を取ってきてもよいと言うので、ゲイレイの『英文学の中の古典神話』、セカムとニコル共編の『英文学史』絵入本第一冊を取ってくるよう頼んだ。後者は十二冊で完結、今もまだある。ただ『古典神話』の背革が裂けたので、とっくに売り払って青灰色の布装のと取り替えた。それ以後相模屋とはしょっちゅう行き来して、辛亥に故郷に帰ってからは、すべての和洋書と雑誌の購買は全部彼に任せ、民国五年小沢君が亡くなり、次の年に書店が店を閉めるまで続き、そこでようやく縁が切れた。思えばずいぶん残念なことで、彼以外にこのような話のできる古本屋に逢ったことがない。本郷にはもう一軒、古本屋郁文堂があり、洋書を売るので有名だった。店の人とは知り合いにはならなかったけれども、よく見に行き、今でも好きな本をかなり買ったことがあるから覚えている。手許に一冊ブランデスの『十九世紀名人論』があり、勝弥という楕円の朱文の小印と、孤蝶という白文の方形の印が押してあるから、馬場氏の旧蔵であることが分かる。もう一冊『スカンジナビア文学論集』、デンマークのボイエセン（H. H. Boyesen）が英語で著したもの、巻首にローマ字で November 8th. 08. M. Abe. とある。どの阿部君のものかは分からない。二冊にはともにアンデルセン論があり、わたしがアンデルセンを少しでも理解できたのはほとんどすべてこの二篇の文章のお蔭である。別の面ではアンドリュー・ラング（Andrew Lang）の人類学派の神話研究も大きな助けになったが、以前はグリム兄弟が集録した童話の価値しか知らず、アンデルセンの創作童話が別の価値を持つことなどここに至って初めて知ったのであった。論文集にはまたブランデス論もあって、著者の意見は右傾しているようだが、ここでは論ずる対象の本当の姿を表している。わたし個人としてはブランデスが好きで、よい参考になると思った。一昨年東京に行って、酷暑の中を徐君と一緒に一度出かけ、英詩人『クラッブ伝』（*Crabbe*）という小冊子を買っただけ、丸善でさえざっと見ただけで、ワグナーの『ロンドンのホテルとバー』を一冊買っただけだった。近ごろは洋書が高すぎて、とても買えない。以前六シリングか一ドル半の書物でも立派で、日本円なら三円で済んだが、今ではどうしても三倍は出さなければ様になった本は買えない。これが新書の容易くは買えない理由である。

本郷神田一帯の古本屋はまだ多い。一軒ごとに見てゆくと往々にして半日はつぶれるが、それも暇つぶしの一妙法である。庚戌辛亥〔一九一〇・一一〕のころ麻布区に住んでいたので、晩飯の後ぶらりと出かけ、何軒か古本屋を廻ったらたちまち道行く人もまばらになり、直通の電車に乗って赤羽橋まで帰ってくると、たいていもう十一時か十二時だ。そういう事を思い出すのも愉しいが、本屋の店員が帳場の向こうに虎のように蹲って炯炯と両眼を見開いて睨みつけ、お客を半分は泥棒のように半分は肥えた豚のように見ているのは、やはり恐ろしい。だからふだんは見るだけで、本当に好きな本に出会わぬ限りは値段を訊かないことに決めていた。しかしそういう事はそれほど多いわけではなかった。民国二十五年八月二十七日、北平にて。

一九三六年十月刊『宇宙風』二十六期『瓜豆集』

31　老年の書

谷崎潤一郎の文章はわたしの好きなものだ。だがそれはたいていが随筆で、小説は最近の『春琴抄』『芦刈』『武州公秘話』など何篇かのほかは、多く読んでいない。昭和八年（一九三三）に出版された『青春物語』全八章は、谷崎の前半生の自叙伝で、後ろに「芸談」[*1]という一篇が付いていて、文芸と演芸を並べ論じていて、非常に面白い。その一節に云う。

私は、かう云ふ風な考へ方が現代の芸術観と根本的に相容れないことを感じ、日一日とその方へ傾いて行く自分と云ふものを、多少は恐ろしいと思ふ。正直のところ、自分でも此れが動脈硬化の証拠でないと云ふ確信はないのであるが、しかし飜つて考へるに、現代の日本には大人の読む文学、或は老人の読む文学と云ふものが殆んどないと云つてよい。日本の政治家は概して文芸の素養に乏しく、文壇の情勢に暗いと云ふ誹りを受けるが、それは文壇の方にも幾分の罪がありはしないか。と云ふのは、彼らと雖も必ずしも文芸に冷淡なのではない、犬養木堂翁の如きは云ふ迄もないとして、浜口雄幸氏のやうな無趣味らしい人でさへ碧巌録を愛誦したと云ひ、若槻前首相なども下手な漢詩をひねくり廻す癖があり、その他老政治家の閑地にある者で読書三昧に日を送る人々は定めし少なくないことであらう。ただ彼等の嗜むものは多く漢文学、でなければ日本の古典類であつて、毫も現代の文学に及ばない。日本の現代文学、――殊に所謂純文学を読むのは十八九から三十前後に至る文学青年共であつて、極端に云へば作家志望の人たちのみである。

私は評論家諸君の月評や文芸論が新聞紙上を賑はしてゐるのを見る毎に、われわれ同業以外の読者が果たして幾人あれを読むだらうかと、いつも不思議に思ふのであるが、事実、今日文壇のトップを切つてゐる創作や評論は、われわれの仲間うちの者が互ひに作つたり読んだり評判したりしてゐる以外に、誰が注意してゐるであらうか。尤も現下の日本には地位を得られない不平な青年が充ち満ちてゐるから、勢ひ文学志望者の数も多いので、大新聞迄があゝ云ふものを載せるのでもあらうが、それにしても文壇と云ふものが全く若い者相手の特別な世界であることは、自然主義の昔から今日に至る迄変りがない。政治組織や社会状態に関心を持つてゐる筈のプロ作家と雖も、一たび「文士」として「文壇」の仲間入りをして、「月評」に取り上げられるやうになると、彼等の読者は純文学のそれとあまり違はない狭い範囲に限られてしまひ、広く天下の労働者や農民をファンに持つと云ふ人はめつたにゐない。これは日本の芸術のうちで、文学だけが特にさう云ふセセコマシイ天地に跼蹐してゐるのであつて、演劇は勿論のこと、音楽や絵画などでも、ずつと広汎な愛好者を持つてゐることは人のよく知る通りである。但し、大衆文学だけは文壇の月評から疎外されてゐる代りに、却つて社会の各方面に読者層を有するらしいが、此れとても恐らくファンの大部分は三十歳ぐらゐ迄の男女であらう。

なるほど、大衆文学には文学青年臭味がなく、多く日本の歴史や伝統に立脚してゐるから、その中の優秀なものは「大人の読む文学」と云ふ感じがしないでもないが、しかし老境に達した者に心の糧を与へるやうな文学が、ああいふ所から生れて来ようとも思はれない。要するに現時の文学なるものは、若い者相手の読み物であつて、作家の方でも四十歳以上の「大人」共を勘定に入れてゐないのである。打ち明けて云ふと、私なんぞは文壇の一隅に席を占めてゐる仲間の一人でありながら、月々の雑誌の他の欄には眼を通しても、創作欄は大概読まずにしまふと云ふのが、偽りのない事実である。蓋し何れの時代、何れの国に於いても、文学を愛好する者は多く青春期の人々であるから、彼らを読者に持つことこそ文芸作家の本懐であつて、老人などはどうでもいいのかも知れないが、私のやうに五十近くにもなつて自分の書くものが若い人たちだけにしか読んで貰へないかと思ふと、淋しい気持ちがしないでもない。又、自分を読者の側に置いてみて、古典より外に読むに堪へるものがないと云ふことは、何かしら現代の文学に欠陥があるやうに思へてならない。

なぜなら、青年期から老年期に至るまで、ときどき灯下に繙いては慰安を求め、一生の伴侶として飽きないやうな書物こそ、真の文学と云へるからである。人は修養時代にも書物を読むが、老来閑日月を得るに及んでは特にしみじみと滋味のある読み物が欲しくなる。さう云ふ時、彼等が読みたいと思ふものは、わが半生の辛労をねぎらひ老後の悔恨を忘れさせてくれるやうな、まあ云つてみれば過去の生涯を清算し、何も彼も此れでよかつたのだ、世の中の事は苦しみも悲しみも皆面白いと云つたやうな、一種の安心と信仰とを与へてくれる文学である。私の所謂「心の故郷を見出す文学」とは、さう云ふものを指すのである。

わたしがこの短い文章をここに訳したのは、決して全部を引用したいと思ったからではない。文学上の情況はもともとよく似ており、谷崎の言うところもすこぶる面白いのではあるけれども。いま言いたいのは、大人や老人が読むための書物が欠けているという言葉を見て、強く意を同じうしたからにすぎない。だから引き写して、その上に少し考えを述べようというわけだ。文学の世界は要するに青年のものだ。しかしながら世界は単に文学ではなく、人生も常に青年ではない。文学青年が大人になり（この言葉は第二義に解されても構わない）、物事を執り行うようになると、その教養（あるいは無教養）もほとんど昔の人間と変わらない。たぶんいま大人が読む本がないのは、日本と同じであるが、昔の人間が読んだ本もたいていそれほど優れたものでなかったからだろう。

日本の老人には『碧巌録』を愛読する者があるが、中国の仏陀を信ずる者はおそらく浄土を慕い真言を唸るだけで、信徒でなければどうして仏・老二氏の書など読もうとしようか。わたくしは数年前に『揞黒豆集』*2を買った。面白いと思ったがやはり理解できないので、数には入らない。わたしの妄測によれば、中国の昔の人間の愛読したものはたいがい次の三類にほかならない。つまり香艶、道学、応報である。しかし香艶にも好い詩文があるが、ただ俗で醜いきらいがある。道学も一種の思想ではあるが、偽であり矯であることが欠点だ。ただ応報だけは何の取るべきところもない。いつも想像するのだが中年や老年の机上には『感応篇』『明聖経』が置かれ、暇つぶしは『地上草堂勧戒録』、筆墨で最も好いのは『坐花志果』となろう。こうした情況は人を意気沮喪させないでおれようか。これは日本の事情とは違い、われわれが必要とするのは、同じく心の故郷から出た文学ではあるけれども、必ずしも安心と信仰を与えるものではなく、人情物理に通暁し、知恵を増しはするが、性情を涵養するような文章である。何であれ、人間を最も損なうものは情理を弁えないものである。応報と道学から香艶に至るまですべてこの欠点を免れない。わたくしは聖賢や才子になる野心などなく、他の面にはあまり注意を払わないが、近ごろいくつか筆記の類を読んで、そういう不満を感じた。これはまだしも麻痺させられて損なわれるよりはよいと思う。元来の読書の楽しみはとうに失われてはいるけれども。今はまだ自分から老年と思うのは不都合だが、要するにすでに中年にはなって、青年の興味とはいささか違ってきて、他の良書を見たいと思うのは当然のこと、だがきわめて容易ではない。『詩経』特に「国風」、陶淵明の詩は読むといつも面白いが、しかし、読書するのに千年前の古典に求めなければならないというのは、少々寂しいではないか。おそらく近代という時間が短いせいだろうが、本を探すのはまことに難しい。現代は二十世紀ということで言えばたったの三十七年しかない。近日たまたま牛空山[*3]の『詩志』を読み、「豳風」〝東山〟の詩の後に次のような批注があるのを見た。

情艶の事は軍人とは関係がないが、軍人を慰めるにはもってこいである。虫鳥果蔬の事は情艶とは関係がないが、情艶を描写するにはもってこいである。凱旋の軍を労うのは何という大きな山場であろう。その妙は一字として公事に言及しない所にある。一篇の悲喜離合は、すべて家庭の男女の愛情から始まる。始まりの〝敦たる彼の独宿、亦車下に在り〟は、暗黙のうちに人の長い離別の感情を動かし労う。後の〝婦は室に嘆ず〟、〝其の新たなる孔だ嘉し〟とあって、ここに三度までもその意を表現している。人間の感情の収めることができないことについては聖人さえ禁じていない。東征の戦士の誰に父母がなく、兄弟がないことがあろうか。しかし夫婦の間の私情ほどわけても離れがたく切実なものはない。この詩は人間の感情の隈々まで、顕さないものはなく、直ちに三軍の兵士の肺腑を打ち、しかも温順婉曲で、人を感激させ、喜んで民を使役させ、民にその死を忘れさせる。

まことに周公でなければ作れないものだ。

これらの言葉は牛空山としてはただ詩を読んだ時に感じたことを欄外に記しただけだが、きわめてうまく言っており、情も理もある。普通の儒者、経学者、詩人や批評家ならこの境地まで至ることはできず、きわめて得がたいことである。こういう言葉を引用して一つの例としたのは、こうした見識と情趣があってこそ、本を書く資格があるのだということを示そうとしたのである。ただ残念ながら彼らはあまり書こうとしないし、更に重要なことは彼らのような人が実に少ないということである。青年に読ませる文学の書が足りているか否かは、あえて妄言すまい。いわゆる大人の読む書物となればいいものは実に少ない。若干の古典のほかはほとんどない。しからば中年老年が教養を欠いているのは又何の怪しむことがあろう。

最近本を読もうとして、良書の得がたいことに深く感じ、それでこの小文を書いた。まるきり読者の側の立場に立っているからであろう。もしおまえはダメだ、俺がやるということなら、どうしてしゃしゃり出ることがあろうか。昨日ざんばら髪の狂夫が午門の外に長跪して皇帝になりに来たと自称したそうだが、わたくしは自大かもしれないが何でそこまでやることがあろう。

民国二十六年五月四日北平にて。

一九三七年五月　『秉燭后談』

＊1　「芸談」　いま『谷崎潤一郎全集』（昭和四十三年中央公論社）第二十巻による。ただし段落分けは周作人の訳文による。『青春物語』昭和八年中央公論社刊。

＊2　『揞黒豆集』　九巻、清・心円居士撰。乾隆刊本、卍続蔵本、金陵刻経処本などがある。『五灯

会元』に倣い、宋から清までの僧侶の伝を集めたもの。
＊3 牛空山　清初の詩人、牛運震。『詩志』八巻。族従孫の黄承吉編撰の『空山堂全集』に収める。

32　書物の用紙

怡谷（いこく）老人から、桐城の黄君の『論衡校釈』＊がもう出たというのを聞いたので、先日琉璃廠に行ったついでに、一部買った。王仲任〔充〕はわが故郷の先賢で、ふだんから景仰する人である。かつて明の李卓吾、清の兪理初とともに中国思想界不滅の三灯だと言ったことがあり、『論衡』の九虚三増は今に至るも光焔万丈の感がある。残念ながら昔から善本が少なく、いつも読みにくい感じがしたものである。黄君のこの書は後学に少なからぬ効果を及ぼし、わたしも大いに恩恵を受け、数章を読んで、豁然として意が通じるところがあった。ただ用紙が悪い。紙質が滑らかで重く、かつはなはだ脆い。しかしこれほど高値で売るなら、竹紙を使ってもよかったようだ。

こうした紙は微かに黄色味を帯びて艶々していて、亜鉛版の印刷に向いている。日本から発祥したものだが、向こうでは書物の印刷には使わず、広告のビラ用にしかならない。中国に入って以後どうしてこんなに尊重されるのか分からない。米色紙と称して、ハードカヴァーの本に使われる。これはたぶん開明書店に始まり、たちまちのうちに全国に氾濫したのだろう。中国は書物印刷の最も早い国である。今ではその経験をすっかり忘れて、一枚の紙の良し悪しさえ分からない。まことに奇怪な事である。

一九三九年一月五日刊『実報』『書房一角』

＊『論衡校釈』三十巻、民国・黄暉撰。民国二十七年長沙商務印書館排印本。近年では一九九〇年北京中華書局排印新編諸子集成本がある。

33　『毛詩多識』

たまたま『毛詩多識』[*1]を見ると、表紙に昔の題記があった。

この書は十年前の刻本、ただ印本が多くないようで、本屋はかくて奇貨とした。廿五年五月二十一日邃雅斎から買うを得たり、価格とりわけ高し。

『毛詩多識』は上下二巻、この刻は〝求恕斎叢書〟の一つで、乙丑の劉承幹の序がある、時に民国十四年（一九二五）である。序に多隆阿、姓は舒穆録氏、字は文希、乾隆・嘉慶年間の経学の名家と称している。事績は未詳である。案ずるに王菉友（おうりよくゆう）[*2]の『蛾術編』巻下に「多雯渓（たぶんけい）先生に致す書」があり、注に先生名は隆阿と云う。書簡では『毛詩多識』の事を言い、王君は書物は板刻して売るべしと言ったが、多はできないとしたので、書簡をやって重ねてその意を述べたのである。いま劉序によれば書物は遂に刊刻されなかったようで、巻上に王棻友の識語が十数条あって、少し痕跡を留めているだけである。王の書簡は年月を記さないので、書簡の中の言葉から考えると、郷寧県を去った後のものであろう。その時期を計ると咸豊壬子〔二年、一八五二〕の夏の後で、乾隆を去ることすでに五十七年になる。多隆阿は嘉慶・道光年間の人であったことが分かる。王棻友とは同じ年代の人であったのだろう。

一九三九年一月十二日刊『実報』『書房一角』

＊1 『毛詩多識』 南林劉氏求恕斎叢書本は二巻、遼海叢書に入るのは十二巻本である。

＊2 王棻友 すなわち王筠（おういん）（一七八四―一八五四）。文字学者。『説文』関係の著書があり、周作人の推奨する『文字蒙求』はこの人の著作。王鳴盛の『蛾術編』と区別して『棻友蛾術編』と呼ばれる。全二巻、息子の彦侗（げんどう）による咸豊十年（一八六〇）の刊本がある。

34　『輶軒語』

かつて張之洞の著『輶軒語（ゆうけんご）』[*1]を見て、その名があまりにも陳腐なのを嫌って、一度も読まなかった。丁丑〔一九三七〕の旧上元の日廠甸（チャンディエン）に遊んで、湖北重刊本を見つけ、値が安かったので一冊買って帰って読んだ。すると平易質実で新見に富んでいる。どうしてそのまま〝発語〟と称して、人の誤解を避けなかったのか分からない。『復堂日記』[*2]巻三庚辰の年〔一八八〇〕に次のような一条がある。〝『輶軒語』を読んだ。必ずしも高邁幽深を極めているわけではないが、要するに一字千金である〟。知言と言うことができる。六十年来世事変転したが、ついに新しい学術指南書で、平易で誠実、これに拮抗するに足るものを見ない。それを思えば慨嘆を増すのみである。

張氏は神霊果報、『陰隲文（いんしつぶん）』『感応篇』文昌魁星の諸事を言うことを喜ばなかった。この点だけでも、読書人の中にはなかなか得がたいのである。彼がわたしの気に入るのもその点によってである。彼が学を語り文を語るにももとより理に合い情に近い発言は乏しくないが、それは二の次である。最近よく『閲微草堂筆記』を褒める人があるが、賢者といえどもあるいは免れないのかもしれない。わたくしの意見はまったく違う。紀氏の文筆はもとよりすこぶる清潔であるが、ただ彼が狐や鬼を借りて説教するのは、教えとするに足りない。まだしもその著『我法集』を読むほうが無害でよい。わたしが張香濤を褒めるのは、意識下に紀暁嵐があるからで、それでついでに言及した。二人はともに南京人で、みなすこぶる見識があるのに、この違いがある。今の学生は『輶軒語』を読むのは構わないが、『閲微草堂』は知識の不足した少年の読むべきものではない。

一九三九年三月三十一日刊『実報』『書房一角』

＊1　『輶軒語』「輶軒」は天子の使臣の車を言い、漢の揚雄が『方言』を著す際「輶軒使者」と自称した。「発落」は処置とか指南を言う。張之洞（一八三七―一九〇九）、字は孝達。号は香濤、ほか。直隷南皮の人。高級官僚で、清末洋務派の代表的人物、文襄という諡をもらった。その詩文を集めた『広雅堂詩集』をもとに校訂増補した『張之洞詩文集』（上海古籍出版社）中国近代文学叢書本がある。また本書「『文字蒙求』を読む」参照。

＊2　復堂　譚献（一八三二―一九〇一）、字は仲修、号は復堂。浙江仁和の人。地方官を歴任。学問上では章学誠を推奨するなど、清末民初の知識人たちに一定の影響力があった。文学では詞に詳しく清代の詞を選集した『篋中詞（きょうちゅうし）』が有名。

35　旗人の著作

金息侯*の著作を見たいと思って、友人から『瓜圃述異』など三、四種を借り受け、満足した。これらの書は鉛印であることはまだ構わないのだが、みな洋粉連紙に印刷しているので、収蔵しようとは思わない。その言うところは誇大装飾が多いのを免れないけれども、取るべきところも相当あり、一読に値する。

どういうわけか旗下の人の文章を読むと漢族の文人よりも優れているように思われる。普通の大官の話でも卑陋な読書人よりも鷹揚である。これはたぶん同じ道理であろう。博明の『西斎偶得』、震鈞の『天咫偶聞』、錫縝の『退復軒随筆』、遐齢の『酔夢録』、敦崇の『芸窗瑣記』、奭良の『野棠軒摭言』、あるものは見識明達、あるものは態度大雅、文詞の巧拙はその次で、あまり関係がないようである。

『瓜圃叢刊叙録』に金氏の「満洲老檔秘録叙」があり、徐世昌の序も、いずれもまだなんとかいけるが、ただ跋が一つあって、なかに〝臣紓犬馬の余生を以て〟云々とあり、末に〝宣統庚申挙人臣林紓謹んで跋す〟とある。比べてみると明らかになんともみすぼらしい。古い家は紈袴の子弟を輩出するが、もとよりいささか鷹揚な気象があって、供の者どもとは一緒にはならない。これが実情であろう。わたくしは旗人に対して別に雪中に炭を送るわけではなく、ただ実のところを述べたまでである。

一九三九年十二月二十二日刊『実報』『書房一角』

＊金息侯　金梁（一八七八―一九六二）、字は息侯、瓜爾佳氏、満州正白旗の人。清末の翰林で、歴史学者。『清史稿』の編纂にあずかる。『瓜圃述異』二巻。民国二十五年序排印本、近代中国史料叢刊本。

36『四史疑年録』

『四史疑年録』[*1]二冊を買うことができた。全七巻、阮劉文如の著。前に阮雲台の嘉慶二十三年（一八一八）の序、著者の自序、譚復堂の光緒二十一年の序があり、題葉の裏に宣統元年春王の正月刊と記されている。案ずるにこれはたぶん楡園許氏の旧刻で、光緒丙申（二十二年、一八九六）に成り、十余年後誰の物になったのか知らないが、刊刻の年月を改めているのは、笑うべき村俗である。巻五に是儀の名が二度見え、みな諱を避けていない。また毎巻の撰人を儀徴女士某と題しているから、それが宣統の時に刻されたのでないことが分かる。[*2]

録中の第一人者は項羽で、享年三十一、この人は確かに英雄たるに恥じない。しかし見てゆくと、最も慨嘆すべきはやはり董賢である。年ただ二十三、これは何人かの王子后妃のほかは、名のある人のうちで最も若いのはやっぱり彼ということになる。わが郷の金古良撰[*3]『無双譜』では、〝垓下の歎〟と〝寐ぬるを驚ますを恐る〟[*4]はともに厳然として巻首にある。この二人は本当に及びがたいが、張子房はさらにその上に出る。これは金君の黍離の感によるものであって、それが文山の結末と同じ意味であるからである。

一九四〇年一月二十四日刊『実報』『書房一角』文類編第二巻　散文全集第八巻

＊1　『四史疑年録』七巻、阮劉文如撰、仁和許氏楡園刊本。劉文如（一七七七―一八四七）、字は書之、号を静春居士、儀徴の人、阮元の側室。疑年録は、先人の年齢に疑わしいものがあってそれを確定するための考証を行った書物。

＊2　宣統帝傅儀の諱を避けていないから、版刻は宣統元年ではありえないという論理。

＊3　金古良　名は史、山陰の人。張子房、良は祖国韓を滅ぼした秦に報復せんとして博浪沙に秦の始皇を狙撃したが失敗し、漢の高祖について秦を滅ぼした。文山、文天祥は南宋の宰相、最後まで節を屈せず元に降らず、北京に捕らえられて処刑された。金古良はそうした滅んだ祖国への感情に同調したというのである。

＊4　〝寐ぬるを驚ますを恐る〟　董賢はその美貌で以て漢の哀帝に寵幸され、帝の袖を枕に眠ったが、帝は彼を起こすのを恐れて袖を断って起きたという話。のち王莽に弾劾され、罪を畏れて自殺した。

37　読書の経験

新刻の『汴宋竹枝詞』[*1]一冊を買った。李于潢著。巻頭に蔣湘南[*2]の李李村墓誌銘がある。ユーモアたっぷりしかも朴実で、読んでとても面白かった。『七経楼文鈔』を調べてみたがそこにはない。この文章を読みながら自分の読書の経験を思い出し、この事の難しさ、手がかりを探ることはむろん難しいし、他人を指導しようとしてもほとんど役に立たぬことを深く感じた。塾で四書五経、『唐詩三百首』と『古文析義』を読んだが、識字を学んだというにすぎず、後になって本を読むということは閑書から学んだ。『西遊記』と『水滸伝』、『聊斎志異』と『閲微草堂筆記』が二大部門と言えるだろう。文章の良し悪し、思想の是非については、又別の選択があることを知ったが、それはまだ後のことで、どうしたら糸口が見つかるかはやはり分からなかった。だがおそらくはかなりの部分偶然の出会いということであろう。たとえば蔣子瀟であるが、『遊芸録』[*3]を読むまでは、そんな人がいることさえまったく知らなかった。父や先生の教えはずっと周〔敦頤〕・程〔二程〕・張〔載〕・朱〔熹〕だけだったので、わたしは雑書を愛読したが、道光・咸豊以降の文章だけでなく、今人の著作からさえ、蔣子瀟の名は知らされなかった。『遊芸録』のお蔭で彼が好きになって、それから『七経楼文』や『春暉閣詩』を見つけて読んだ。いま思えばまったくの偶然だった。しかしはからずも偶然の又偶然で、わたしは中国の文人の中から兪理初、袁中郎、李卓吾を見つけたが、たいていは同じような機縁である。今人で李卓老を推重する者がいないわけではないけれども、わたしが取るのはその破壊的なところではなくその建設にある。その尊ぶべきところは理に適い情がある点であって、奇僻横放はその外皮にすぎない。わたしがこれらの人々からもらったものも、やはりこうしたことである。ちょうど仏陀・菩薩と禹・稷の伝説、およびそれらの伝説の精神を保っている仏家と儒家からもらったのと同じように。話がいささか外れてしまったが、要するにこれらはいずれも水滴のように少しずつ集まったもので、いわゆる粒粒みな辛苦したものだ。自分から見ればなかなか大事に思えるが、同時に又他人にとっては大した役には立たず、相変わらずのおしゃべりでしかないことはよく分かっている。まことに敝帚（へいそう）自珍で、習性改めがたいというやつであろうか。

外国の書物はたくさん読んだわけではないので、いい加減に言うわけにはいかないが、取捨というものはある。ここでも正統な名著はよく分からず、任意にいくつか選んだにすぎない。別に名人の指導などなく、ほとんどがやはり偶然に行き当たったのだ。中国の書物を読むのと何の違いもない。わたしが見つけたのは、文学批評はデンマークのブランデス、郷土研究は日本の柳田国男、文化人類学はイギリスのフレイザー、性の心理はエリスである。これらはいずれも世界の学術の大家であって、そうした専門の学問に対してわたしは指一本触れようとは思わない。しかし彼らの著作をざっと渉猟して、益がないわけではない。いくらか吸収して、自分の見識を少しでも深め広げられればよいし、過去を振り返って人生が少しでも分かれば、満足なのだ。近年来中国は西洋化しすぎたと言うのが、流行になっているようだが、娯楽の方面なら無理してそう言えるかもしれない。が、思想となるといったいどこに西洋化の気配があるのか。あるのはおそらく道士の気、秀才の気、官の気だけだ。それを救おうとすれば、まさに科学精神を用いなければならない。これは本来ギリシア文明の産物であるが、近代になってようやく大きな存在になった。実はすなわち王仲任〔王充〕のいわゆる虚妄を憎む精神であって、もともと儒家が持っていたものでもある。なぜだか分からないが、わたしにはエリスらのような西洋の哲学者の思想は実は李卓吾や兪理初諸君と一脈通ずるもののように思われる。違うのは後者が直感に頼って人情物理を了解するのに対して、前者は学理を通じてするもので、事実はほとんど違わないが、より確実である。たぶん知識からくる智慧はその根底が自ずと深いのであろう。こうした洋書の消化はそれほど難しくはない。ただ相当の常識と虚心坦懐さがあればよく、もし中学で適切にやれば、これは外国語の学力とともに習得は難しくない。このほかに読書の興味が加われば、このことはもうすでに少なくとも八分方できたも同然だ。わたし自身の読書はずっと暗中模索で、後になって少しばかり探し当てたけれども、要するに労多くして功少なしである。したがっていつも少し何か書いて、一得を献じようという気はあるのだが、野芹が口を刺すのはたぶん免れないだろう。恐縮するばかりである。

近ごろようやく文章の良し悪しが分かってきて、自分の書いたものについて自分でよいとする勇気はない。内輪の話であれば、又別問題だが。民国六年〔一九一七〕から白話文を書いて、この五、六年に書いたのは多くは読書随筆で、若い連中が嫌うのも無理はなく、わたし自身も戯れに文抄公〔文章の引き写し・引用魔〕と称している。言ってしまえばそういうことだが、書くことは書いているので、そこに取るべきものがまるでないとは思わない。こうした文章を悪いとは思わない人が、考えて見れば二人はいる。その一人は外国の友人で、もう一人は亡友燁斎[*4]である。燁斎は彼の本当の名ではなく、わたしが戯れにつけたのだが、手紙にも使ったことがあるから、黙認してくれたと考えてよい。最後に会った時も彼はそうした文に言及して、なかなか面白いと思うが、青年には分からないかもしれない、彼の知り合いのような若者がいたら、こういうのはみな小品文だ、文抄公だ、要するにくたばりぞこないだと思うだろうけれども、と言った。そのときわたしは、自分は別に大したものだとは思っていないが、ただ自分の言えることを言おうとしたまでで、もしある事に関して、他人がそういうことを書いたり言ったりできるなら、わたしは書こうとは思わないと言った。あるものはむろんすこぶる味気ないものだが、たとえば『瓜豆集』の最初の何篇か、鬼神や、家庭や、婦女特に娼妓に関する問題など、みな自分の意見がしっかりとある。そしてこれらの意見のあるものは上に述べた読書の結果であり、これは他人のとことごとくは同じでなく、たとい十年前のわたしの意見と比べてみてもより正確だと確信する。だから人は理解せず、他人にとって益などありえないことは、十分承知しており、また当然だとも思うけれども、同時にまたこれはやはり書くに値すると信じている。というのはわたしは終に一介の読書人でしかなく、読書して得たものがこれぽっちしかなくとも、もし書き留めずにいたなら惜しいからである。ここで自分がいささか謙遜を欠いていることは分かっているが、どうしようもない。わたしはうその話は嫌いだ。自分が知らないことは全部省いたし、少し知っていることは認めざるをえない。それ以上に謙譲するならそれはうそを言うことになる。このほかの多くのことについては、実際あまりはっきり知らないから、わたしは要するに心から謙虚である。

一九四〇年十月　『薬堂雑文』

＊1　『汴宋竹枝詞』二巻、清・李于潢撰、民国十一年刊三怡堂叢書本。本書「『汴宋竹枝詞』」参照。

＊2　蔣湘南　一七九五―一八六〇?、字は子瀟、河南固始の人。清の文人。各地の学校の教師を務めた。魏源、龔自珍(きょうじちん)、兪正燮らと交遊あり。著書に『七経楼文鈔』『春暉閣詩選』などがある。

＊3　『遊芸録』二巻別録一巻、清・蔣湘南撰。『春暉閣雑著』に収録。本書「蔣湘南『遊芸録』」参照。

＊4　燁斎　銭玄同のことと思われるが、確実な証拠を知らない。

38　灯下読書論

以前作った打油詩(ざれうた)の中に、読書について述べた次のような二首がある。いま後に転載する。


酒を飲めば神(しん)を損ない茶は気を損なう、書を読むは応(まさ)に是れ最も相宜し。

聖賢すでに死して言空しく在り、手に遺編を把(と)りて未だ披(ひら)くに忍びず。

未だ必ずしも花す銭(ついや)は黒飯(あへん)を逾(こ)えず、依然として味有るは是れ青灯。

偶たま一冊に逢う長恩閣、巻を把りて沈吟して二更を過ぐ。


これは打油詩で、本来厳しく詮議立てすることはできない。かつて言ったことがあるが、本を読むのは煙草の代わりだと、それは事実である。茶と酒は今でも飲んでいて、本当に禁絶したのではない。書価は今ではとても高いが、それでも地産のアヘンに比べれば当然だがぐんと安い。ここでちょっと問題になるのは、青灯の味とはいったいどんなものかということだけである。古人の詩に、〝青灯味有りて児時に似たり〟と。出典はここにあるが、青灯とは結局どういうことか。同類の字句に紅灯があるが、それは紅紗灯の類を言い、赤いものを貼った灯のことで、火を点せば全体が赤くなる。青灯はそうではない。普通の言い方ではみなその灯火を指している。蘇東坡はかつて、〝紙窗竹屋、灯火青熒(せいけい)、時に此の間に、少しく佳趣を得たり〟と言った。こうした情景は実に面白い。たいていこの灯火は読書の灯であって、精製した油をかわらけの杯に満たし、灯芯をたて、点した光ははなはだ清閑で、青熒の意を含んでいて、書を読んで、世の憂いを打ち消すのによろしい。その次は鬼についてだが、鬼が来ると灯火は緑になり、またこれとはなはだ近くなる。蠟燭の火などはよろしくない。また灯火も遮るものがあるのはよくない、光は裸のままでなければならない。東坡が夜、仏書を読んでいると、火花が本の上に散って僧という一字が焼けたということで、昔もそうだったことが分かる。使うのはどんな油かは、たいがい相当の関係がある。ふだん多く使われる香油は菜種油である。ほかの植物の油を使うと光の色も当然違うだろうが、そうした迂論は今ここで語るまでもなかろう。要するにこの青灯の趣味は、われわれかつて菜種油の灯火の下で本を読んだことのある者にはよく理解できる。いまは電灯になって、むろんずっと便利になったが、この味わいはまったく違う。青い磁器の傘を取り付けて、灯光を青く変えることもできるけれども、結果はやっぱり違うのである。だから青灯という言葉は現代の詩詞の中では、本当の詩であれ諧謔の詩であれ、みないくらか割り引かねばならず、幾分色あせる。これはどうにも仕様のないことだが、幸いここでは灯下の読書の趣味を説明しさえすればよいので、そういう小さな問題は何の関係もないから、ここはとりあえず置いておいても構うまい。

聖賢の遺編とはむろん孔孟の書を代表とするが、その上に老荘を加えてもよいかもしれない。長恩閣とは大興の傅節子の書斎の名である。彼の蔵書は散逸し、わたしも何冊か持っている。これはもともと当たり前のことで、べつに宣伝するにはあたらないが、これにはちょっと特別な理由がある。わたしが持っている一種は二冊の小型の抄本で、題を「明季雑志」と云う。傅氏は明末の史事にとても関心があった。『華延年室題跋』[*1]二巻が記すところを見れば、多くはその類の書であることからも分かる。今この冊は思いのままに抄録したものにすぎず、まだ本になっていず、大した価値もないが、わたしは読んですこぶる感ずるところがあった。明季の事は今を去るすでに三百年だが、阿片・洪楊〔太平天国〕・義和団の諸事変とあわせてみれば、われらはたとい先の心配ができる人間でなくとも、自ずと沈吟せざるをえず、初め巻を取っても終にはやはり巻を掩うことになる。いわゆる二更を過ぐとは詩文の飾りの言葉でしかない。この二首の詩が言うのはみな読書に関することである。読書の楽しみを鼓吹しはしないけれども、世の憂いを打ち払うにはたぶん読書が最も適当だろう。しかし結果はやっぱりそれほどよくない。読めば読むほど懊悩も増す趣があるからだ。わたしの多年にわたる雑書閲覧の経験によれば、本から読み取れる結論はたった二言だ。よい思想は本の上に書かれるが、少しも実現したためしはない。悪いことは人間の世ですべてやりつくされたが、本の上に書かれるのはごく一部分でしかない。昔インドの賢人はさまざまな布施を惜しまず、半偈を手に入れたが、今わたしはこれによって二偈も作った。となれば得るところすでに多いではないか。意味については負の方面に近いかもしれないが、真実から出てきた以上は、理は自ずとその中に存するわけで、あるいはもっと詮議すべきなのかもしれない。

聖賢の教えが無用無力なこと、これはどうしようもないことで、古今中外そうでないものはない。英国のローソンはギリシアの古代宗教と現代の民俗を述べた書[*2]の中でこう言ったことがある。

ギリシア国民は多くの哲学者の興隆没落を見てきたが、要するに彼らを捕まえているのは世襲の宗教でしかない。プラトンとアリストテレス、犬儒とエピキュールの学説は、ギリシア人民の上には、まるで何事もなかったかのようである。しかしホーマーとそれ以前の時代の多神教は生きているのだ。

スペンサーは友人に当てた手紙の中で、現代欧州の情況について述べている。

愛の宗教を宣伝してもう二千年近くなろうというのに、憎しみの宗教がまだ勢力を占めているのです。欧州には二千万の外道が住み着いており、キリスト教徒の振りをしています。誰かが彼らの教えどおりに事をやろうとすれば、却って彼らに侮辱される始末です。

上に述べたのはギリシア哲学とキリスト教についてであって、いずれも他人の事だが、もし孔孟と老荘、それに仏教を語るとしても、実は同じことである。二十年前に小文を書いたことがあって、教訓の無用について深い感慨を致したのだが、その最後にこう解説している。

これは実にみな本当である。ギリシアにはソクラテスがおり、インドに釈迦牟尼がおり、中国には孔子老子がいて、彼らはみな聖人と尊崇されたが、だが現今の本国人の間では、彼らはいなかったに等しいと言ってよい。これはもともと当然であり、まさに彼らのためにいわれのない慨嘆をする必要はないと思う。こうした偉人たちがもし本当に存在したことがないならば、われわれは今きっとどういうわけかもっと寂寞だろうが、今は彼らの言行が伝わっていて、知識と趣味のある人々の鑑賞に供するに足るのだから、それでもう十分なのだ。

ここに述べたことはもといささか弁解のことばであった。今ではまた二十の春秋を過ごして、経験も少なからず増えたが、終にこれでは満足できずにいる。もちろん必ずしも本当に寝床でいい夢を捜しているわけではないが、そうした思想がみな実現できればと願っている。要するに濁世で遺教と向かい合うのは、どういうわけか聖賢のためにとても寂寞を感じるのである。これも結局は余計なことかもしれないが、わたし自身にとっては大事な意味がないわけではない。前に廃名に当てた手紙で触れたことがあるが、こうした心残りがあるがゆえに人間世界に対して平気でいられないのだ。これもまた一種の苦であるが、目下のところはなおすぐに捨て去るに忍びない。

「閉戸読書論」は民国十七年〔一九二八〕の冬に書いた文章である。少し素直でない書き方だが、自分では気に入っている。というのはその中の主な考えは真実で、いまでもそうだからだ。これは人に歴史を読めと勧めたものである。その要旨はこうである。

わたしは終始一貫二十四史はよい書だと信じている。それはわれわれに懇切に過去はどうだったか、現在はどうか、将来はどうなるかを知らせてくれる。歴史がわれわれに告げるものは、表面的には確かに過去にすぎない。だが現在と未来もその中に含まれているのである。正史はよそ様の祖先の神像のようなもので、特に荘厳に描かれているが、そこからでも子孫の面影は見て取ることができる。野史などとなるともっと面白い。それは行楽の図やスナップの類で、さらにたっぷりと真相が保存されていて、見る者をしてしばしば拍案絶叫させ、遺伝の不可思議に感歎させられる。

これはどういう史観ということになるのか分からないが、わたし自身に説明させれば、ここには実はただ暗黒の新宿命論――徹底して考えた時には悟ることができるのだろうが――しかないのだが、わたしにはただ悵然たるものがあるのみだ。たとい本当に懊悩に至らなくとも。明季の事といえば、最初に思い出すのは魏忠賢と客氏、それから張献忠に李自成だが、そんなのは誰でもよい。どうせそういうのは宦官か流賊なのだから。もっと忘れることができないのは、国子監生でありながら魏忠賢を孔子廟に配享することを要請した陸万齢であり、東林党でありながら宦官党になり、さらに清兵を福建に引き入れた阮大鋮（げんだいせい）*3である。特に『永懐堂詩』と百子山樵『伝奇』を思い出せば、この事の怖さがもっとよく分かる。史書にはカルテのようなものもある。つぶさに症候と結果が記してあり、われわれが見て必ずしも処方が分かり、病根を取り除けるというものではないが、少なくともそうした病気にはならないように自粛自戒することはできる。もう少しうまくいけばここから保健衛生の方法をいくらか見つけられるかもしれない。わたし自身は史書を読んでどんな収穫があったかはまだ言えないが、消極的な警戒、人は狼になってはいけないなど、当然その一つである。積極的な方面でも一つや二つはある。たとえば政府は人民が安心して生活できないようなことをしてはいけないとか、士人は結社を作ってはいけない、学術講演をしてはいけないとか、後の方はいずれも大きな不幸をもたらしたという実証がある。だが正面きって言えば、ただの老生の常談で、しかも容易く聖賢の話のようなものに帰着してしまい、永遠に空言でしかない。ここまで来ると、二つの話がまた一緒になるので、これでお終いにしよう。史書を読むのと経・子の書を読むのとはこうして一貫させることができる。これもこれでよい読書の方法だろう。

古人は読書を勧めて、常にその楽しみを説く。『四時読書楽』[*4]が広く説くように、読書の楽は楽陶陶たりと、今でもいくつかは暗誦できるし、また面白く思う。このほかの一派は読書の利益を説くもので、たとえば書中自ずから黄金の屋ありとか、書中自ずから顔玉の如きありとかで、立身出世金儲け主義の代表である。「原道」を書いた唐の韓文公が息子に教訓をぶった際に言ったのも、この一派の言葉で、世間に占める勢力の大きさは推して知るべきである。わたしが話したのはこの二派には及ばない。一言説明するとすれば、自分の教養のために本を読むのだと言ってもよいかもしれない。何の利益もないうえ、たいした快楽もない。得るのは少しの知識でしかなく、しかも知識こそ苦である、少なくとも知識には少し苦味があるのが普通だ。昔ヘブライの伝道者[*5]は言った、〝わたしはまたもっぱら智慧と狂妄そして愚昧を見分けようと心がけ、そこでこれは風を捉えるようなものだと知った。智慧が多ければ多いほど憂愁が多くなり、知識が増えれば増えるほど憂傷が増えるのだ〟と。この話にはなかなか道理がある。しかし苦と憂傷とが教養の一種でなかったことがあろうか、たとい風を捉えるにしても面白くないことではない。わたしはかつてこう言った。〝同類の狂妄と愚昧を見分けるのは、思索する個人の老死病苦と同様偉大な事業である。虚空はすべてそれが虚空であることによる。それが虚空であることが分かっても、ひとえに追跡し、見分ける。そうすればそれは意義のある事だ。これは実際、偉大な風捕りという資格があるだろう〟と。このように言えば、わたしの読書論も決して本当に詩の表面に顕れたほどには消極的でない。しかしどうあろうと、寂寞はついに免れがたく、ただ寂寞に耐えうる者だけがこの道を行くことができるのだ。

民国甲申、八月二日。

一九四四年十月刊『風雨談』十五期『苦口甘口』

＊1　『華延年室題跋』二巻、宣統元年鉛印本、書目叢編三編本。傅以礼（一八二七―一九八）、字は戊臣、節子。号は小石、節庵学人。原籍は大興だが、山陰の人。清の蔵書家。

＊2　ローソンの書　イギリスの民俗学者 John Cuthbert Lawson（1874-?）の *Modern Greek Folklore and Ancient Greek Religion*, the University Press, 1910, p. 297.

＊3　阮大鋮　一五八七?―一六四六?、明の戯曲作家。百子山樵は阮の号。明末の転換期において身の処し方では物議をかもしたが、その伝奇つまり戯曲作品は人気を博した。『燕子箋』など四種が伝わっている。『永懐堂詩』は彼の詩集。

＊4　『四時読書楽』　宋・翁森撰。春夏秋冬に分けて子弟に読書の楽しみを教えた七言の詩集。

＊5　ヘブライの伝道者『旧約』「コヘレトの言葉」。以前は「伝道の書」と訳された。

39　小説の回憶

小説は小さいころずいぶん読んだ。経書はそれほどではないが。もともと小説を読むのは多いと言えないかもしれないが、経書と比べると、明らかに何倍も多い、しかもわたしの国文の読解はほとんどすべて小説読みによっていて、経書は実に何の助けにもなっていない。だからわたしは小説の耽読についてまさしく感謝おく能わざるをえないのである。十三経のうち、鞄をたたんで、お辞儀をして塾の門を出てから、ただ『詩経』『論語』『孟子』『礼記』『爾雅』(これはやはり郝懿行（かくいこう）の『爾雅義疏』の関係で)を一、二回繰っただけで、ほかのものは長らく高閣に束ね、内容に至ってはもうほとんど全部先生に返した。小説は古今中外よいのも悪いのも何でもあった。種類もめちゃくちゃ。いま思うと、何であれ、いつもいくらかの好感はあった。それは当初自分から進んで読もうとして読んだからである。子どもが何文か手にすると、駆け出して粽（ちまき）や飴や炒り豆、落花生の類を買うようなもので、ものは粗末だが、食べると何とも言えない味があって、大人たちに耳をつまんで無理やり飲まされる薬湯とは違う。たといそれらの薬がいくらかは効き目があったとしても(ここではしばらくこう言っておく)、後でもう二度と飲みたくなくなる。これらの小説については、事があまりに煩雑なので、今は民国以前の記憶だけによって述べよう。一つは事が比較的簡単だし、二つは新文学を含めなくてよく、時に作者に失礼しなくて済むからである。——彼らの著作は、読むと何か言いたくなるし、読まなければ何か軽視しているようで、どちらにしろ都合が悪い。今こうした時間の制限をしておけば、そういう困難は当然免れることになる。

国文を学んだから、本を読め少しは文章も書けるわけだが、それらはいずれも小説を読んで手に入れた。この経験はたぶんごく普通だろう。清朝の嘉慶時代の人鄭守庭の『燕窗閑話』に似た記録があって、その一節に云う。

わたしは小さいころ書物は理解しやすいようにと、脇門から入った。思えば十歳のころ祖母について西郷の顧氏宅で誕生祝をした時、長雨が十日ばかりも続き、机上に『列国志』があったので、開いて見たが数語しか解らない、三、四冊見ているうちに解る言葉がだんだん多くなって、又初めから読み直してみると、大半が解った。家に帰ってから小説の解りやすいのを借りて読むと、八、九割がた解った。除夜に祖母のお供で年越しをして、一晩かかって『封神伝』半分、『三国志』半分を読んだが、細かい評語は詳しく見る暇がなかった。のちに『左伝』を読むと、その事柄はすでに知っていた。ただ解らない字句については、講義の時に集中して聴いた。こうしてほかの書物を読んでもますます理解しやすくなった。

わたしが十歳のころはちょうど本家のある文童の所で『大学』を読んでいて、小説を読み始めたのはずっと後になって、たぶん二、三年後のことだったろう。だがはっきり記憶しているのは十五の時に『閲微草堂筆記』を読んでいたことだ。わたしの経験はたぶん次のように総括できるだろう。『鏡花縁』『儒林外史』『西遊記』『水滸伝』などから次第に『三国演義』に至り、転じて『聊斎志異』に行った。これは白話から文言に入る経路で、わたしに文言を理解させ、併せて文言の面白さを知らしめたのは、実はほかならぬこの『聊斎』であって、経書やあるいは古文読本では決してない。『聊斎志異』の後は、自然と『夜談随録』『淞隠漫録』といった偽聊斎で、また一変して『閲微草堂筆記』に入った。こうして、旧派の文言小説の両派にはみな入門を終え、自然と『唐代叢書』に駆け込んだ。こういう風に言うととても簡便だが、事実は自ずと主体を要したのであって、〝魚を得て筌（やな）を忘る〟ことができ、それで小説の陣地を通して、言語・文学および人事上の知識を得ることができ、長くその中に病みつきになるには至らなかった。これから話すのは回憶であって、物語の追述でもなく、単に比較的よく記憶している小説のいくつかについてざっと話すだけで、ちょっとした意見と印象であるにすぎない。読者がもし客観的な評価を求められるならば、それは文学史の中に探してもらうしかない。

まず初めに述べなければならないのはむろん『三国演義』である。これはわたしが最初に読んだものではなく、また最もよい小説でもないが、それが重要なわけは影響の大きさ、そしてこの影響がまた多くはよくないものであることによる。この書に関してわたしは最近少し述べたことがある。ここに引用してもよかろう。

少し前に『三国演義』を借りて、一度読み直した。以前まだ小さかったころに読んだことがあるが、今度得た印象とはずいぶん違う。本当に不思議なことだがそのよさはいったいどこにあるのだろう。ここ何年かの間に意見にいささか変動があった。第一は関羽に関してである。伏魔大帝の妖異の話ばかりか、漢寿亭侯の忠義でさえ、疑わしいのだ。彼は秘密結社の一英雄にすぎず、その後代に及ぼす影響はただ桃園の契りという一件にすぎないように思う。劉玄徳は彼は必ず皇帝になるべきだとはわたしは思わない。中山靖王の系譜の真偽いかんにかかわらず、中国古来の皇帝は本来誰がなってもよく、必ず劉姓の者でなければということはない。人物をもって論じても実際孫・曹に及ばない。ただ曹瞞〔曹操〕に比べて人を殺すことが少ない。これが彼の唯一の取り柄である。諸葛孔明も彼のどこがよいのか分からない。『演義』の中での詭計は、なんとか『水滸』の呉学究に比せられるが、もし読書人の称える鞠躬尽瘁して死してのち已むという精神を言うならば、それはまた残念ながらかの「後出師の表」は後人の偽造である。われわれが人の美をなそうとして、彼の蜀を治めた遺愛の事跡が多く残る可能性を認めるとしても、そうした事は『演義』では言及しない。巻を掩ってのち仔細に回想してみても、この書の中の人物で誰が敬服に値するかは、なかなか容易くは言えない。最後にとうとう思い出したのは孔融だけである。彼の物語は本の中には何もないが、これは確かに傑出した人で、以前木版の『三国演義』で見た絵の中で、孔北海は肩までかかる頭巾をかぶっていたようで、横様に描かれ、飄々とした長い鬚が片側に吹きよせられ、その有様は確かにまずくなかった。彼は曹瞞に殺された一人で、わたしはこの点で曹に対してきわめて面白くないのである。

次は『水滸』である。この書は『三国』よりもずっと面白いだろう。民国以後、わたしは何度か読んだ。その一つは日本の銅板小本であり、その二は胡適の考証のある新評点本であり、その三は劉半農が景印した貫華堂評本であり、読んだ時もとより興味を覚えた。『水滸』の人物の中では、わたしは終始魯智深が最も好きだ。彼は純乎として赤子の心を持った人であり、一生不平を鳴らすが、いずれもみな己とは関係ないことである。女性に対しては少しも興味を抱かないが、彼女らのために一再ならず騒動を巻き起こし、至るところ厄介を起こす。しかし人を殺すことは少なく、勘定してみても鄭屠ただ一人である。それも彼自身已むに已まれず殴り殺したものである。これは『水滸』の作者の意中にあって、それが施耐庵であろうとなかろうと、たぶん理想の人物の一人であったろう。李逵は好きではない。宋江と対比した時には痛快だが、彼はひたすらむやみに人を殺しすぎる。江州で宋江を救うときなど、官兵を捜して戦うのではなく、人の多い所へばかり切り込んでゆく。まさに野良猫と言ってよく、獣道を以て論ずるしかないだろう。——朱仝を騙して山に登らせる計略を立てたとき、李逵は林の中で小役人を殺し、そのみずらに結っている頭を真っ二つにする。この事は終始許しがたいと思う。武松と石秀はどちらも恐ろしい人だ、二人はむろん上下があって、武松の恐さはとてもむごいことだが、石秀は凶悪で、恐ろしさからすでに憎たらしさになっている。武松が兄嫁を殺す場面および飛雲楼の場面は、どちらも報復のためだが、石秀が揚雄に迫って潘巧雲を殺すのは、自己弁護のためで、完全に公事を私情の隠れ蓑にしたのである。こうした事は前から読者の目を欺けず、今さら余計なことを言わずともよいのであるが。しかし注意すべきことは、先に武松が兄嫁を殺し、後で石秀が義兄弟の契りを交わした人の妻を殺す、金聖歎に言わせると、もちろん作者がわざとその手腕を見せようとして、同じであって同じでない二つの場面を書いていると言うことはできる。しかし事実は根本的に同じであって、つまり二ヵ所とも女性を惨殺するのである。ここで作者は無意識のうちに馬脚を露わにしているようである。つまり彼の女性に対する憎悪の程度である。『水滸』には殺人のことが少なくない。そして潘金蓮を殺し、潘巧雲、迎児を殺すところは特に念入りに残忍さを描いているのは、少し鑑賞の意味があるのかもしれないが、ここにもまたサディストの痕跡が顕わになっている。十年余り前、莫須有先生〔廃名〕が新聞に小文を書いて、『水滸』の女のほうを憎む態度について非難をしたことがあった。だから上に述べた意見も彼から始まったと言ってよい。諺語に、飽暖にして淫欲を思うと云うが、これを読んで、淫欲にして暴虐を思うと言うべきかもしれない。一夫多妻の東方の古国は、最も容易くこうした変態を生むことが、文芸上にも現れる。上に述べた事はその最も明らかな例にすぎない。

『封神伝』『西遊記』『鏡花縁』、わたしはこの三部を一緒にしたが、いい加減だと思う人があるかもしれない。だがこうした排列法には理由があるのだ。本来『封神伝』は『東周列国志』の類で、たぶん『武王伐紂』の書から変化して出たものだろう。元は歴史演義であったが、鬼神を使役する点に重きを置いたのでこのような奇怪な書になった。鬼神が出没するこのような奇怪な話をする書は、たぶんその右に出るものはないだろう。『西遊記』は唐僧の取経の事を記しているために、何か教理が隠されているのではと考える人もいる（しかも道教のだと言うのに、〝先生は毎に〟また何でわざわざ和尚のお蔭を借りねばならんのか）。わたし自身は初めからそんなことは信じないけれども、ここでは議論したくない。ただそれが孫行者と妖怪の千変万化を描いているから、とても面白く、『封神』と同じ類だと思う。『鏡花縁』は前後実は二つの部分で、女状元の試験など女権説は意義があるのかもしれないが、わたしが好きなのはその前半、つまり唐敖や九多公の漂流の物語である。この三つの小説の性質が違うかどうかはしばらく置いて、わたしがまとめて一緒にしたのは、古来童話の少ない中国でそういう類の作品として見たほうが、ないよりはましだということである。

『封神伝』を田舎の人は〝紂鹿台〟と称する。ほとんど荒唐無稽の代名詞になっているけれども、姜太公の神位此に在りという赤いお札が至るところに貼ってあり、彼は手に橙色の旗を持ち、四不象に跨っている絵はいつまでも人々の空想の中に生き続けている。すべての幻術は童話世界に欠かせぬ調度品で、ないと貧弱に感じるからである。その欠点はただ個性がなく、似通っていて、単調なことだが、これも童話や民話の特徴であり、どの篇もたいていは若干の形式をつづり合わせてできているにすぎない。七巧図のように、うまく並べたものがよいということになるのだけれども。

孫悟空の描写はずっとよくなっている。猪八戒もそれに劣らないけれども。その他の妖怪は闡（せん）教・截教の両教の神と変わらず、童話劇の中の木偶人形にすぎない。だが作者は多くのところでユーモアを使っているので、面白さがよりはっきり出ている。児童と百姓は相当ユーモアの感覚がある。だからよい童話と民話はみな滑稽趣味を含んでいる。わたしの祖父はよく喜んで話した。孫行者があるとき戦いに負けて逃げ場所がなくなり、仕方なく体を一揺すりして、古い廟に化けた。余った尻尾のやり場に困り、竿竹にして、廟の後ろに置くしかなかった。妖怪が追っかけてきて見ると、廟は立派だが、一本旗竿が後ろに立ててある、こんな廟は世の中にめったにない、きっと猿めが化けたものだと、とうとう見破られてしまった。この故事は当たり前のように見えるが、実は児童の考えで、子どもが聞けばきっと喜んで笑うだろう。それがすなわち価値の所在である。何年か前、五言十二韻、上声去声が通押する〝詩〟を作った。『西遊記』を述べたもので、いま次につけて、補充の資料とする。


　児時西遊を読み、最も孫行者を喜ぶ。此の猴（さる）本領有り、言動は儒雅に近し。

　変化窮尽する無く、童心最も歓（よろこ）び訝（あやし）む。亦猪八戒有り、妙処は粗野に在り。

　偸懶（なまけもの）にして謊話（でたらめ）を説き、時に師兄に罵らる。却て復（また）自然に近く、読過亦舎（す）て難し。

　是れ西天に上ると雖も、一路尽く要（たぶらかし）を作（な）す。只苦しむ老和尚の、難に落つるに仮借無きに。

却て小読者をして、巻を展べて昼夜を忘れしむ。著者後人に贈り、茲に真価を見る。
即使玄理を談ずるも、亦応に此の如く写くべし。櫝を買いて珠を還すも、一様に感謝を致す。

『鏡花縁』の海外の冒険の部分は、『山海経』『神異』『十洲』などの材料を利用して、中国の小説家の中では唯一の試みと言うべきである。奇怪さという点では船乗りシンドバッドの「航海述奇」（『天方夜談』の有名な一篇、民国前に単行の訳本があって、この名を使っていた）に及ばないけれども、鳥なき里のこうもりで、賞賛に値する。君子国・白民国・女人国の記事は、諧謔と諷刺に富んでいる。英国の『ガリヴァー旅行記』に比べると、駆け出しの巫女が卑弥呼に会ったようなものだが、それでも巫女は巫女である。具体的で微に入った傑作と言えるだろう。この三部の書はみなよいと思う。もう何年も読んでないが、今でもまだそう思うのは、一つの証拠である。やはり学生だったころ、編訳者の名前のない英語の選本『天方夜談』を手に入れた。いま事は多年を隔てるが、また英国のリチャード・バートン訳の選本を買った。その翻訳の信と実は天下に有名だ。改めて読んでみたが、猟師と壺の神、女人とその二匹の黒い雌犬、アラジンのランプ、アリババと四十人の盗賊と開けゴマの物語はみな思い出した。八百ページ余りの本を、ほかの書物はしばらく傍に置いて、一気に読み終えた。仮に今また『西遊』か『封神』を手に取れば、きっと読みかけの唐詩は措いて、疑いなくもっぱらそうした妖怪変化に読み耽るだろう。――しかし『天方夜談』は中国では、いまでも光緒年間の奚若の古文の訳本しかない。どうももっぱら、われわれのような老輩には読ませてやるが子どもらには読ませてやらんといった感じなのは、まことに残念なことである。

『紅楼夢』はむろん語らないわけにはいかない。この書について語っている人は多すぎて、余計な話は無用なばかりか、無聊に近いけれども、わたしはただ大観園の女性に対してどういう意見を持っているかを述べよう。正冊の二十四釵（さ）〔正式の二十四人の妻妾〕のうち、秋菊・春蘭はそれぞれにその好さがあるが、よくよく考えたら、曹雪芹の描写が最も成功しまた最も力を入れたのはそれこそ王熙鳳で、彼女の欠点と長所は不可分である。『紅楼夢』の人物はかなりの部分むろん実在した人のようである。そして鳳姐は最も生き生きした一人で、むろん最も喜ばしい。副冊ではわたしは晴雯（せいぶん）がよいと思うが、襲人も悪くない。他人はおそらくこれでは老子も韓非子も同伝ではないかと言うだろうが、実際彼女には取るべきところがある。良し悪しがどんなに違っていようとも。

『紅楼夢』の描写と言葉はとても美しい。『児女英雄伝』は用語の点では比肩でき、わたしはそれらを一緒にしてみたい。両者が北京語の運用に習熟しているのは、もともと作者がともに旗人だからである。『紅楼夢』は清朝の書であるけれども、大観園の中はまるで桃源郷のようで、時代の空気はとても希薄だし、起居服飾もきわめて朦朧とした書き方で、終始錦繍の舞台にいるようだが、『児女英雄伝』はそれに反してたいそう明確に表現されている。清朝の科挙の情況、旧家の家庭間の付き合いや辞令は、いずれも詳細な描写があって、これは得がたい特色である。以前わたしは少し評価したことがあるが、現在の意見もやはり変わらない。またここに応用してもよかろう。

〔「『児女英雄伝』」の文と同じなので省略する。本書「『児女英雄伝』」を参照〕

ついでに『儒林外史』について話そう。それは前の清朝の読書人社会全体に諷刺を加えている。高翰林、衛挙人、厳貢生らの人々の可笑しいほどのデタラメばかりか、そのほかの多くの人々を、たとい作者に嘲弄の考えがなくとも、このくだらぬ社会の一分子として描き出しており、そのくだらなさはまさしく同じなのである。程魚門[*1]は作者の伝中で、この書は〝文士の情態を極め尽くした〟と言っているが、それはまったく正しい。そしてこれはまたほとんどが南方を対象としたもので、作者と同時代の高南阜はかつて南方の士人を文俗多しと評したが、『儒林外史』の人物への総評としてもよい。この書の欠陥はもっぱら儒林しか語っていないことで、いま事が百年余りも隔たってしまい、教育制度もかなり変化したから、読者はおそらく疎遠に感じ、比較的興味が殺がれるかもしれない。しかし科挙が廃止されたとはいえ、士大夫の伝統はまだ厳存するので、まことに識者の言うように、青年は元は親父の息子であり、読書人は今では知識階級と改称したが、相変わらず一代は一代の如しであるから、『儒林外史』の諷刺はこの時期にはまだ長く生命を保つだろう。中国には従来諷刺滑稽の作品が少ない。この書は唯一の好成績をあげたものである。だが一口辛い酒を飲むと、なかにはかなりの苦味が含まれているように、これも実は咎めがたいものだ。水土にはもとよりいくらか苦味があるものだが、米と水も自ずとそうであって、腕のよい杜氏がいてもこれはどうしようもない。後になってこうした譴責小説を書く人も出てきたが、『儒林』には追いつけない。『二十年目覩の怪現状』は筆記小説であって、ゴマをする人もいるけれども、わたしは感服できない。呉趼人の老新党の思想は往々にして前朝の人（たとえば呉敬梓）に及ばない。彼は結局、成功した上海の新聞人にすぎない。

『品花宝鑑』は『儒林外史』『児女英雄伝』とともに前の清朝の嘉慶・道光時代の作品で、北京の若衆の生活をテーマにしているけれども、実はよい社会小説でもある。書中主要な人物を描いて修飾過多のところのほか、その他の次要のものは下流に近いさまざまな人物であるのに、書き方はみなまずくない。かつてそれは書き方が汚いと言った人があるが、それこそまさにその特色であることを知らないのだ。そうした人々と事柄はもともと汚いのだ。それを書こうとすればそれと同様汚くするしかない。これはまことにリチャード・バートンが『香しき園』[*2]について言うように、それは子どもの本ではないのである。中国のある種の本は確かに子どもの読むべき本ではない。しかし教育を受けた成年は読むべきである。ちょうど人生の暗黒面と比較的明るい面をともに知るべきであるように。多くの悪い小説があるが、ここでは役に立たないとは言えない。だが第一に読もうとする人は、成人の心眼を持っている、つまり主体性を持っていて、どう読むかを知っている。しかし実を言うと、わたしには必ずしもここで求められる忍耐力があるとは限らない。往々にして先入主の好悪が先に出てしまう。『野叟曝言』の文素臣は内には聖人・外には帝王の思想の代表であり、書中の思想がきわめて正統、きわめて謬妄、きわめて荒淫であって、一読に値することをよくよく知りながら、以前学堂の同級生から借りた半分の石印小字本を、終に読み終わることなく返してしまった。この江陰の夏老先生の大作は、わたしが心底中国の文士の思想と心理分析を研究する友人に推薦する、上乗の資料である。わたし自身はまだ通読したことはないけれども。

以上述べたのは民国以前を基準とした。だから『醒世因縁伝』と『岐路灯』はどちらにも触れなかった。前者は胡適博士の考証によって、『聊斎』の作者蒲留仙〔松齢〕の作と定められた。わたしは五四以後ようやく北京で一部を手にした。後者は河南の人の大部の著作で、民国十四、五年ころに初めて鉛印本が出たが、第一冊は原本の四分の一で、その余は残念ながらまだ続きが出ていない。『聊斎志異』と『閲微草堂筆記』は短篇であって、上に述べた小説とは違うから、まだ語るべき事はあるけれども、省略するしかない。『椿姫』以下の翻訳小説および雑読した外国の小説など、ある者はばらばらに散逸したため、ある者は時間の制限外なので、いずれも余計なことは言わない。

しかし最後にもう一部取り上げたい書がある。小説ではなくて語り物ではあるが。それはつまり『白蛇伝』、通称『義妖伝』で、ほかにも別の名前がある。わたしはその語り物を読んだことがある。だがこまごました描写はみな忘れてしまった。憶えているのはただおばあさんたちが知っている〝水は金山を漫(ひた)す〟等々にすぎない。後になって北平の友人の家で、欒州(らんしゅう)の影絵芝居がこの劇をやっているのを見て、また思い出し、「白蛇伝」という題で、詩を一首作った。今ここに転載する。遊戯のようにも見えるが、意味は例によってもともとまじめなものである。その詩に云う。


頃ごろ友人と語り、談白蛇伝に及ぶ。緬懐をはす白娘娘、声を同じうして嗟嘆を発す。

許仙凡庸の姿、艶福却て浅からず。蛇女類を異にすと雖も、素衣何ぞ軽倩しき。

夫を相け児子を教え、婦徳亦間無し。之を称して義妖と曰い、誠を存して亦善善たり。

何処よりか妖僧の来たり、双飛燕を打散し、禁閉す雷峰塔、千年復旦けず。

灤州に影戯あり、此の巻特に哀艶。美しき眷悲劇に終わり、児女の懐念う所たり。

想い見る鉢を合する時、涙眼看るに忍びず。女は釈の憎む所と為り、復儒の賤しむ所と為る。

礼教と宗教と、交々偏見を織り成す。弱者は敢て言わざれども、中心怨恨を懐く。

幼時弾詞を翻し、文句未だ念ずる能わず。絶えて悪む法海の像、指爪もて其の面を掐く。

前後掐く者多く、面目辨ずべからず。爾来廿年前、塔倒れて経自ずから現る。

白氏已に出るを得、法海応に照辦せらるべし。師に請うて鉢中に入れ、永く西湖の畔に埋めん。

一九四五年四月作　一九六一年刊『知堂乙酉文編』

＊1　程魚門　程晋芳（一七一八―一八四）、字は魚門、号は蕺園。江蘇江都の人。清の文人官僚、四庫全書の校勘の官に就いた。彼の「呉敬梓伝」は孔另境編の『中国小説史料』に引かれているので比較的容易に見ることができる。文集には『勉行堂文集』六巻続修四庫全書本がある。

＊2　『香しき園』　中世アラビアのナフザウィによる性指南書。日本では『匂える園』と訳される。本書「『香しき園』」参照。

40　『読書疑』

『読書疑』[＊1]甲集四巻、劉家龍の著、道光丙午〔二十六年、一八四六〕の年の刊刻、今でちょうど百年、著者の履歴は未詳、ただ彼が山東章丘の人であることだけは分かる。この書は壬寅〔二十二年、一八四二〕から乙巳〔二十五年、一八四五〕に至る四年の読書札記を集めたもので、刊刻紙墨ともにきわめて悪いが、その意見には取るべきものが多い。たとえば巻四に云う。

天地人に通じたのを儒という。天地に通じるが人に通じないのを術という。ある人が人に通じるが天地に通じないのはどうかと訊いたので、これは儒のよくするところではなく、必ず堯舜孔子でなければならない、と答えた。堯は自分で暦を作らず、羲和に命じて作らせた。孔子は自分では耕さず、我は老農に如かずと言った。しからば儒が儒であるのは、まさに天地に兼ね合わせて通じているからである。この言は奇怪なようだが実は正しい。天地に兼ね合わせて通じることは有害だと限らない。しかし要するに場合によってはそのために人事において心力を尽くすことができないのは、欠点である。従来、儒者が学ぶのはたいてい臣たるの事でしかない。いわゆる内聖と外王[*2]は口頭禅にすぎない。科挙制度が確立すると、経書と八股文が表裏くっつけて行われ、そこで学問と教育がさらに混乱した。巻四に云う。

孔子が雅に言うのは、『詩』、『書』、執『礼』〔礼を行うこと〕のみ。[*3]『易』は三代以前の書であり、『春秋』は三代の末に用いられた。だからみな後回しにする。科挙の順番は、試験の体であって、学問をする場合の順序ではない。

巻二に云う。

『周礼』では『詩』『書』『礼』『楽』で士を教え、孔子は『詩』と『礼』で子を教え、そして雅に言ったのも『書』を一つ添えただけである。程子は、『大学』は徳に入るための門だとは言ったが、童子が読むべきだとは言っていない。朱子は『小学』を作ったが、人がまず『大学』を読むことを恐れたのである。明が制義〔八股文〕によって士を取るようになって、三歳の童子がもう『大学』を読み、「徳を明らかにし民を新たにし至善に止まる」[*4]を啓蒙の説として、かくてみな状元宰相となる手配をされたのである。

又巻一に云う。

霊台はもともと遊観の所であるが、真ん中に辟雍（だいがく）が置かれた。泮林も遊観の地であるが、真ん中に泮宮（がっこう）が置かれた。孔子は杏壇で教えを講じられた。曾子もわが薪木を傷つくるなかれと言った。書斎で花木を栽（そだ）てるのは、由来が遠いのである。今は科挙試験で五経を用いるので、そんな事に気を使う暇がない。これも時代のなせる業である。

巻二に経書で子弟を教育することについて講じ、その一節に云う。

金聖歎は、子弟が十六歳になると、必ず淫書を見るのを禁ずることはできない。『西廂記』を読ませるに越したことはない。そうすれば文を好み色を憎むようになるだろう、と言った。ある人が、艶曲が終わってから雅楽を奏するようなもので、曲半ばで心が蕩（とろ）けてしまえば、どうしますか、と訊いた。詩書を勤勉に読ませるほかない、と〔というつもりだったのだろう〕。しかしわたしの見るところでは、勤勉に勉強させると本読みのバカにならなければ、たちまち反抗して去ってしまう。要するに子に教える事を言うのは難しい。ただ身を以て善をなすことを教えるしかない。父の交際した人はみな正しい人であった。彼の所にいた者はみな薛居州*5であったから、どうして不善を為したろうか。

最後の所は迂闊な言い方だが、大意は間違っていない。彼が子を教える事を言うのは難しいと言ったのは本当のことだ。この事は今でもまだいい方法が思いつかれていない。現代はただ性教育という主張があるだけで、その実根本的には金聖歎と違わず、文と実の違いがあるにすぎない。前者は文人の詩文によって読者に文を好んで悪を憎むようにさせようとするのだが、実際には逆に人を佳境に引き込む恐れがある。後者は自然の事実でもって、はっきり説明し、平静に見ることができ、比較的効果も大きい。劉君は聖歎の言葉に対して完全には賛同できないけれども、子弟には『西廂記』を読ませる必要はないかもしれないが、大人には有効だろうと思っている。たとえば巻四に云う。

何を聖人と云うか。分かりにくい書はそれを愛するが読まず、行うのが難しい書はそれを愛するが読まない。これを聖人と云う。糞土を食らうも、珠玉を食らうも、それが愚人であることは同じである。邪淫の書は読まざるべからず、粗食の味は知らざるべからずである。だから聖人は鄭風を削らなかったのである。

又巻一に云う。

わたしは好んで山歌・俗唱・梆子腔・姑娘柳鼓児〔いずれも拍子木などで拍子を取る詠い物〕の歌詞は作るが、古近体の詩は作りたくない。とりわけ試帖詩は嫌いだ。孔子は思い邪なしと言った。又興は群怨を観ると言った。みな国風を指して云う。山歌俗唱は、風である。古近体は、雅である。試帖は、頌である。いま山歌・俗唱・梆子腔・梆子戯を読まない者は、みな孔子の案をひっくり返して、別に堯舜の二詩を撰して「関雎（かんしょ）」の前に置こうとする者だ。そういう人間は、その胸に万巻の書をひろげ、歴代の経典を暗記しているが、人情物理にはかけらも通じていないに違いないのである。

こうした意見はもともと古すでにこれありで、袁中郎が小修の詩に序をつけた中で述べている。

だからわたしは今の詩文は伝わらないと云うのだ。万一伝わっても閭巷の婦人や子どもが歌う「擘破玉（はくはぎょく）」や「打草竿」の類である。これはなお名もなく学もない真人の作ったものだから、本当の声が多く、漢魏の顰（ひそみ）に倣わず、盛唐の歩調を学ばず、本性のままに発し、なおよく人間の喜怒哀楽嗜好情欲に通じているからこそ、喜ばしいのだ。

こうした意見はやや偏激のように見えるけれども、なかなか道理が通っている。しかし世人は相変わらず多くが雅頌を作り、山歌を書くものは絶えて少ない。つまり真声は容易には書けず、文と情はどちらも欠くことができないが、偽骨董の方がずっと真似しやすいからである。巻三にも次の一条がある。

楊墨仏老はみな真の邪教ではない。学術の偏りからそのはなはだしさを極めたものである。呂刑に云う、すなわち重・黎に命じて地天の通ずるを絶つ、と。地天を通じたのは誰がやったのか分からないし、本を何巻書いたのかも分からないが、これこそ千古にわたる邪教の祖である。その書は伝わらず、その字義から推測すれば、ほとんど今の「陰隲文」「功過格」である。堯舜は地天の通ずることを禁絶した。今の金持ちの民は「陰隲文」や「功過格」に刻してそれを伝えている。堯舜よりも賢であると言うべきだ。

案ずるに『尚書』の注には、民と神をして擾（みだ）れしめず、各々その秩序を得しむ、これを地天の通ずるを絶つと言う、とある。今ではこの邪教の経典は典拠がないようだと言われているが、ただそれが「陰隲文」「功過格」を排撃する意見にはわたしはきわめて賛成である。中国の思想が烏煙瘴気になったのは、一半はこうした三教混合の教義によるので、兪理初の言うように、まさにこれを愚儒の悪書だと言うことができる。劉君は金持ちの民が邪教の書を伝刻するのを深く憎むが、儒生の関連がより大であることを知らない。近世の科挙の秀才はほとんど道士を兼ねていない者はない。恵定宇〔棟〕すら免れず、方苞でさえ朱子を罵る者は必ず跡継ぎができぬと言う。迷信もひどいもので、巫道と何の違いもない。一般の富貴を求める者は、権門に奔走するのでなければ神鬼に霊験を乞うしかない。こうした悪書の製作・宣揚・伝播はいずれも秀才の仕事で、金持ちの民は附和しているにすぎなくて、その責任はそれほど重大ではない。わたくしは民間のさまざまな祈禱――福を得て禍を逃れるよう願うことには反対しない。ただ儒生のでっち上げによるすべての悪書曲説には憎悪すら感じる。かつて張香濤ら二、三の人の言論が、コックリや「陰隲文」を談ずる事を極力魔道だと退けているのを読んだが、いま又劉君を得て、同調する者の乏しくないことを深く喜ぶ。だが前後百年、『笑賛』[*6]に言うように、聖人の数が五を越えないのであれば、また大いに可笑しい。

　書中に重要な問題にかかわらないものは多いが、随筆や記録には、自ずから見解があって、すこぶる風趣があり、全部が全部妥当だと言うことではないが、清新掬すべきものがある。たとえば巻一に云う。

> 昔は蕭（よもぎ）を灯火にした。今の松明のようなもので、だからそれを持つ人が要った。六朝の時にはもう木奴ができて、人に代わって灯火を持った。杜詩に〝何れの時か銀燭を秉（と）らん〟

とあるが、銀はすでに燭台であって、どうして人にそれを持たせることがあろうか。だが韓忠献が軍中で文書を読んでいて、燭を持つ兵卒が彼の鬚を焼いたのは、なぜか。死者にべんちゃらを言うものは空中楼閣であり、歴史を書くものは型どおりで、これに類する。

又巻三に云う。

古人の祭祀はお金を納めて情を示した。唐の明皇は東幸して泰山に封禅の祭りをする金が足りなかったので、張説（ちょうえつ）が楮紙で代用するよう申請した。これが紙幣の始まりである。呉穀人の「墦間（はかば）の乞食」の詩に、帰路紙銭の風というのは、なかなか趣があると言える。だがこれを根拠に紙銭の考証をやるのはバカだ。

又云う。

聊斎というのは科挙に合格しなかった人だ。だから唱本を作って人を愉しませたのだ。後人が彼を尊重しすぎるのは、却ってその実際に反することになろう。たとえばその初の「城隍を考える」に、堂上の官十人、ただ関壮繆（そうぼく）〔関羽〕を知るのみと云う。赤ら顔の鬚長が舞台の壮繆であるが、彼の本来の面目もそうであったのか。田舎者が朝廷の控えの間に入ると、千官みな忠臣と云う。どうして分かるのかと訊ねると、奸臣ならみな顔中おしろいを塗っていると云う。聊斎の言もこれとどこが違うか。又下心があって善をなすのでは、善も褒められたものではないのに、どうしてまた話を作るのか。

ここは蒲君を批評していて、余りまじめすぎるようだが、言うことは理に適っている。古語に、先見者は故郷に重んぜられないと云うが、聊斎もおそらくこの例を免れないのだろう。もし武松の清河での、張飛の涿州での評価なら、又別の一例になろう。だいたい英雄豪傑は唱本の中から這い出てきたもののしか群衆に推戴されないのだ。放翁の詩に云う、身後の是非は誰か管するを得ん、満村蔡中郎を唱うを聴く、と。つまりその反面である。

顔路は〔顔回の葬儀のために〕孔子の車を請うた。そのとき孔子の年は七十二であった。これは孔子・顔路が年老いて貧しかったのである。孟子の後喪が前喪より盛大であったのは、老いて富んでいたからである。それはなぜか。春秋の君主は士を養わなかった。だから鄭風に青衿〔子衿〕があるのは、学校が廃れているのを誇ったのである。戦国の国は争って客を養った。だから鶏鳴狗盗でもみな上客であった。士はすなわち筮仕で、小官でしかなく、任ずるのは府史の職で、文章を書くだけであった。だから孔子は顔淵を主とし子由を配して、哀公に告げて、賢者を尊び、大臣を敬すれば眩れざるなりと言った。*7 客はじかに君主のもとに行けるので、虚職を受けたのである。だから孟子は雪宮に住まい、上宮に住まい、且つ客卿として弔問に使節として出たのである。これがつまり春秋に客なく、戦国に士がないということである。古の人君はあまり貴くはなく、臣もそれほど賤しくはなかったから、身分に区別はなく、春秋はまだそうであった。戦国になると、君主は驕り臣下は諂い、臣下は敢えて事に任ぜず、又任じることもできなくなり、こうして才ある者はみな客となった。これが書院の給料が安く、そして書院出身の県知事が父師と言われる所以であり、幕客の授業料が高く、幕客出身の県知事が東家（ごしゅじん）と言われる所以である。孔子は必ずその国の政治に参与したので、子禽が奇妙な事と思い、孟子が次々と諸侯の食客となり、景春が彼が出仕を求めるに急（せ）いてはいないと思ったのも、[*8] みなこういう理由による。

この一条は巻四の末にあり、孔孟の貧富の原因を説いてとても詳しい。いかにもありそうなことで、とても面白い。真ん中の書院の給料と幕友の授業料の比較はさらに巧妙で、著者の深刻で斬新な作風が読み取れる。しかし上に引いた文章の中で、この一篇が最も格好はよいようだが、一方から言えばやはりやや劣っている。というのはこのような推測究明は欠点が出やすく、もし材料があまり確かでなく、仮説があまりに予想外だと、うっかりすると規制が効かず、たちまち謬説になってしまう。われわれがここに引っ張ってきて彼がどう言っているのかを見たのは、決して必ず彼の説を学ぼうというのではない。重要なのはやはり前の何節かで、その特徴が人情物理に通達していて、総じて平実で弊害のないところにある。

乙酉の年〔一九四五〕五月二十五日

一九五九年刊『過去的工作』

*1　『読書疑』　国内では見られないようである。

*2　内聖と外王　内は聖人の道徳を備えて体となし、外は王者の位にあって仁政を敷き用とする。

一人にして聖人と王者を兼ねること。
＊3　孔子の言及　『論語』述而篇の言葉。
＊4　『大学』の句　『大学』経一章の冒頭の言葉。
＊5　薛居州　「薛居州、善士也」。『孟子』滕文公篇の言葉。
＊6　『笑賛』　『笑賛』四三の殷安。
＊7　「賢者云々」　『礼記』中庸の言葉。
＊8　子禽と景春　子禽の事は『論語』学而篇に出る。景春は『孟子』滕文公篇の景春ではなく、公孫丑篇に出る斉の家老景丑の誤りではないかと思われる。

41　『四庫全書』漫談

中国の読書人は『四庫全書』[*1]のことを言うと、どうも五体投地して敬服するが、これはしかし間違っている。古い人間はいうまでもないが、新しい者も欧米人の影響を受けて、やはりみなこれがたいした文化遺産だと思い、その実際の価値については実のところそれほどよくは知らない。『四庫』とは何か。これは清朝の乾隆帝弘暦が開いた図書館にすぎず、蒐集したものは多いけれども、すべて謄写を経た、校勘を問題にしない抄写本で、装丁はきれいだが、内容は当てにならず、とてものちの諸家の校本が学術的価値を持つのに及ばない。これがその一である。いくつかの古刊珍本は、別にほかの場所に保管され、『四庫』の中にはない。『四庫全書』は版本の大きさが一律でなければならず、すべて挙人秀才などの手で抄写して成ったものである。これら科挙出身の旦那たちはもともと何が学術かなど理解せず、抄写編纂を役所の仕事としてやるだけで、しかも皇帝は天作の聖人で、君師合一、さらに妄改をほしいままにした。たとえば乾隆は関羽を尊崇し、諡法(しほう)の壮繆を改めて忠武とし、陳寿の『三国志』の本文まで変えてしまった。段玉裁は『説文解字注』の鹿部の麋(び)字の注に云う。

乾隆三十一年、純皇帝は御苑の麈(しゅ)の角が冬至にはみな堕ちるのに、麋の角が堕ちないのを目験され、勅して時憲書の〝麋角解く〟の〝麋〟を〝麈〟と改められた。臣はそれで今のいわゆる〝麈〟がまさしく古のいわゆる〝麋〟だと知るのである。

王筠の『説文句読』又部の爪の字の注に云う。

『康熙字典』に引きて云う、その甲指の端に生ずる形に象ると、これは内府の善本で、筠(わたし)はまだ見たことがない。

段・王はみな謹直な学者で、決して文字によって禍を買おうなどとはしない。ここではこらえきれずにちょっと諷刺をしようとしたのである。清朝は異族だから、書中の夷夏の問題について述べている所に非常な注意を払い、古代の一般論にもことごとく削改を加え、近時のじかに述べたものは全体を抹殺した。禁書と文字の獄はその結果であり、『四庫全書』の一大収穫だと言える。これがその二である。ここでは前者だけを挙げる。つまり古書を改竄した例を見よう。『四庫』には晋の皇侃の著した『論語疏』があって、きわめて得がたい古書で、『知不足斎叢書』に翻刻本がある。しかしここにおかしなことが発見される。同じ知不足斎の刻したもので、もし十分に運がよければ、二つの違うテキストを手にすることができるだろう。「八佾（はちいつ）」の〝夷狄の君あるは〟の章をごらんあれ。問題の二本は行数字数までみな同じであるが、文句はまったく違う。なぜか。これは皇氏の原注が夷狄を蔑視排斥しているのを、皇帝が見て腹を立て、翰林たちに命じて改めさせたからである。彼らの辛苦経営のおかげで、元どおりの字数で、改作補入し、知不足斎もそれに従って改めたから、以前のとはまったく違ってしまったのである。この件に関しては、確か魯迅に詳細な文章があり、読者の参考になる。[*2]

康熙・乾隆両朝はいくつもの類書を編纂した。たとえば『康熙字典』『佩文韻府』『淵鑑類函』など、今に至るまで読書人の賞賛して止まぬところであるが、これも中華民族の一つの恥辱である。『康熙字典』に『説文』を引くことは、上文の王筠が挙げたように、原書には見えないものである。そのことから一斑が分かろう。いろいろな誤りは、別に高郵の王氏の考証があるけれども、字典は欽定の書であるので、今でもまだ改訂されない。現在でもまだ欽定の権威が存在するようだ。しかも今でもまだずいぶんと通行しているようで、実際民国以来もっと安くて使用に適し、その代わりになる本は出ていない。いつになったら中国の読書人は『四庫全書』を頭から信じなくなり、『康熙字典』に頼らなくなるのだろう。その時には中国の国文・国学には転機が訪れるだろうが、それが早いのか、遅いのかは、いずれとも言いがたい。

一九四九年三月三十一日刊『自由論壇晩報』文類編第二巻　散文全集第九巻

＊1　『四庫全書』一九七二年台湾商務印書館影印文淵閣本、それを影印した一九八七年上海古籍出版社本が出て、比較的容易に読めるようになった。

＊2　魯迅の文章『準風月談』に「四庫全書珍本」があり、『且介亭雑文』に「『小学大全』を買うの記」がある。

42　『四庫全書』

中国には最も人を迷わす古書がある。それほど見たことがあり、読んだことがある人もいないのに、言ってみれば五体投地的に敬服するもの、それは『四庫全書』である。言ってみれば敬服も道理で、こんな大部の集成は、古来稀であり、しかも時がまだ十八世紀である。乾隆・嘉慶と言えば、それほど古くはないようだが、すでに二百年が経っている。十五世紀の『永楽大典』はまことに偉大ではあるが、それはすでに散逸し、いま残っている僅かなものを除けば、実際もう挽回のしようがない。われわれがいまなお二部の『四庫全書』を持っているのは、確かに幸運である。しかしながらそれらは実用価値がそれほど大きくなく、言ってみれば参考にするほどしかない。

なぜか。それが満清政府の編んだものだからである。『古今図書集成』も満清政府が編んだものだが、それは官僚の手になるもので、いささかいい加減であるだけだが、こちらは別に政治的作用があって、删削改竄が加えられ、いい加減よりもずっと有害である。みんなも知ってのとおり、先の清朝は何度も文字の獄を起こし（以前故宮博物院は『文字獄檔』を刊行し、第十一冊まで出した。これは歴史家によって編集された総録でなければならないが、別に禁書を蒐集して、一冊図録を出版すべきである）、民族の反抗を抑圧したのは、乾隆の時が最もひどかった。その時はこれによってほとんど古今の書籍の総検査をやって、正統の思想でないものは採録され得なかった。『論語義疏』、晋朝の皇侃が書いたものを見さえすれば、決して清朝に反対できなくなる。孔子の〝夷狄に君有るは〟という一節でいささか解明したばかりに、めちゃくちゃに改竄され、『知不足斎叢書』の『義疏』までも、改刻しなければならず、原本はまったく手に入れにくくなった。後で『四部叢刊』が出て、ようやく皇侃の本来の面目を見ることができた。もともと彼は夷狄がよくないことを通論しただけなのに、皇帝はそれを聞いて機嫌を損じ、千年余り昔の古人の言葉に干渉しようとした。これが最も明らかな例の一つである。宋朝以後の人の著作に至っては、遼・金・元と対峙があったために、話にはますます差し障りができ、そこで『四庫』の編修官も添削に忙しくなった。魯迅は以前いくつかの文章でこれを暴露したことがあるから、ここではもう引用しないことにする。

　要するに『四庫全書』は善本と言うことはできない。それが故意に元の面貌を改変し、皇帝の好悪に合わせているから、人民がありがたがるには値しない。その中で世間にめったにない幾種類かは、すでに『四庫珍本叢書』として翻印されており、それに『永楽大典』から輯出した書や、『武英殿聚珍版叢書』*があり、『永楽大典』がほとんど完全に消滅した今となっては、やはり得がたいものである。清朝の考拠の学はずいぶん進歩し、乾隆・嘉慶以後の学者が校訂した書もかなりある。その精審さははるか『四庫』の上にあり、その風気はそのまま清末に伝わっている。だから精校な近刊の著作についても軽視できない。以上三種の叢刊があり、『四庫全書』の精華はすでに全部手持ちだと言えるから、その他についてはなるがままに任せ、もう名残惜しがることはないだろう。

　『四庫全書』それ自身はこうして一筆で表せるが、かの『四庫書目提要』は、官僚の手になるものだけれども、それには別の価値がある。おもな理由はその事を総括したのが紀昀（きいん）であることで、通称紀暁嵐、著に『閲微草堂筆記』五種があることは世人の知るところである。彼も皇帝側近の文学の狎臣でしかなかったが、彼の気性は特別で、融通の利かぬ話ばかりする宋儒たちが嫌いで、その考えははっきりと彼の筆記に現れており、いくつもの故事を借りて彼らに嘲笑を加え、『書目提要』では正面から言っている。欽定の官製書の中で宋儒に対して敬意を示さないでおれることは、これはなかなか為しがたいことと言わざるをえない。ただ紀暁嵐は宋儒の〝二気の良能〟などという古臭い話は嫌ったけれど、逆に鬼の存在を主張して、たくさんのうそと本当の入り混じった迷信の故事を述べ、因果応報を宣伝して、道士派の旧套に陥ったのは、実に惜しいことである。『筆記』の文章はきれいさっぱりしていて、自ずから一家をなし、『聊斎志異』とそれぞれに己が道を行っている。『聊斎』は唐代伝奇の一派で、『閲微草堂』は六朝の志怪の末裔である。ただ勧戒の説に禍されて、俗気があるのを免れない。

一九六四年一月二十二日刊香港『新晩報』　文類編第二巻　散文全集第十四巻

＊『武英殿聚珍版叢書』　乾隆・嘉慶間に編集刊刻された稀覯の書を集めたもの、中でも大部分を占めるのが『永楽大典』から輯出した八十七種の書である。

43　古い書物を読む

一

中国の書物は今までもっぱら読書人に供給されたものであるから、普通の人民から女子どもに至るまでみなそのお蔭を蒙ることはできなかった。それでは読書人、つまりそれが分かる人には、当然なかなかよい享受であったろう。そうではあるが、そうでもない。

一口に読書人といっても、そこにはかなりの違いがあって、たとい専制的な古い時代にあっても、経典道徳に背く人たちは出たし、いわんや後世はなおさらである。書物を読んでもそのままお返ししてしまうのはごく普通のことで、彼はただ拳法の型を一通り盗んでも、跟いていって弟子になることはない。却って師匠の手の内を見破って、不敬のそぶりを見せることも往々である。区別するために、われわれはこの新しい一派を知識階級と言い、古いのは士大夫と言う。むろん今の知識階級もかなりの者がまだ士大夫であり、完全な区分はもともと不可能なことであって、ここでは大体を言うしかない。

わたしがそうだと言ったのは、士大夫は封建文化の主体であって、古い書物はみな彼らによって書かれ、彼らによって審定され、さらに彼らによって鑑賞されたから、もちろん十分彼らの口に合うからである。しかし知識階級の少し見識のある者から見れば、これは決してそうではない。今の上海の服装の標準から張園時代の流行を見れば、通用する要素がとても少ないのが分かる。さらに文章には宣伝の作用があるから、読めばもっと気分が悪くなる。以前みんなは『四庫全書』をありがたがったが、分量は多いけれども、全部が紅袍・紗帽か馬蹄袖・蟒袍〔いずれも清朝高級官僚の盛装用の衣服〕の山であって、遺産といっても何の役にも立たない。まして多くは清朝の忌諱によって改竄を加えられ、本来の面目を失っている。

われわれ中年以上の人間は、塾で十年蛍雪の功をつんで古文を学んだ。いま古い書物をひっくり返してみても、往々頭がくらくらして、何の得るところもなく、ただ悩ましく思うだけだ。ちょうど金を出して偽骨董を買い、一日の光陰を無駄にして、付いてない付いてないと愚痴って止まぬようなものだ。誰か人民に服務しようとする学者が、時間を犠牲にして、文化遺産を整理整頓し、後人が選択利用できるようにするならば、その功徳ははかりしれず、橋や道路を作る仕事と比べて遜色がない。

二

さて古い書物のどんなところがよくないのか、読めば悩ましくなるのか、これは少し具体的に説明しなければならない。おおざっぱに言えば、むろん封建道徳だと言えるが、事実は決して三綱主義〔君臣・父子・夫妻の関係では、後者が前者に絶対的に服従するというもの〕に重きを置いているのではなく、最も嫌らしいのはやはり別のところにある。簡単に言えば卑陋である。古今の詩文はいずれも面子を装っているが、最も赤裸々で簡明なものは散文筆記にある。ここでは作者の思想感情が最も読み取りやすく、中国の士大夫を研究するにはもってこいの資料であるが、もし調子を合わせようとして読むならば、必ず不愉快を感じるものである。

その中で多いのは、第一に迷信である。仮に民間の俗信ならば、たとえば神だの鬼だの禁忌だのなら、それはそれぞれに社会的背景があって、理解と検討に値する。士大夫の迷信は多くはその卑陋な心理の表現である。誰それが飢饉の救援に寄付した、もちろんやったのはよい事だが、結果はそのお蔭でやはり挙人に合格して、みんなを満足させたとか、ある若い嫁はふだんはとてもよい人なのだが、突如雷に当たった、原因を突き止めると靴底に字の書いた紙を使っていたとか、全巻まったく烏煙瘴気の禍福観念である。

その次は勢利の念である。人間の基準は科挙と官職であって、本の中で誰それに言及するには必ず称号がなければならない。監生から状元まで、典吏から大学士まで、筆記や詩話の中ではみな書かねばならない。科挙に合格しない人でも一声（ひとこえ）布衣と言わねばならない。現在を表すのはこうだけれども、将来皇帝から錦衣を下賜される希望でもあれば、まるで旗に贈与を待つとでも書きそうな勢いだ。西洋の文章を調べてみても、ゲーテ相国やベイコン水部といった名は見えない。これが科挙の歴史を持つ中国特有の習俗で、注目に値するものだということが分かる。

以上二つの特色は中国の古い書物ではまったく免れない。たいてい宋を中心とし、古い時代はまだよいほうである。唐が試験によって士を採るようになって、次第に科挙が重視され、宋に道学が興って、二者が結合し、明清に至って極まり、その卑陋もまったく頂点に達した。民国以後は僅かにその余波が残っているだけで、革命の功績と言える。革命し残したものが、たまには残っているが、全体としては多くはなくなったろう。

一九四九年十二月十四―十六日刊『亦報』『飯後随筆』　文類編第二巻　散文全集第九巻

44　巻を開いて益あり

古人は云った、巻を開いて益ありと。封建社会の思想統一の時代には、この言葉は正しかった。どうせみんなが奉じているのは三綱の学説であって、ある人はなるべく話さないようにと言い、ある人はできるだけ叩頭するようにと言うものの、要するにみな処世に有益なことに帰結して、読めばたくさん教訓を得ることができた。

いま社会は徹底的に変わり、政治思想は完全に違い、科学知識も大いに進歩し、すべては改めて学習し直さねばならない。古い書物はただ研究資料としてのみ、常識のある成人が参考にするには、やはり価値はあるが、もし青年が勝手に読むならば、容易く騙されて、何か有益なところがあるなどとは言えない。今ただ知識の面から言うと、たとえば生物に関する部分は、古来の伝説はほとんどみんな間違っている。雀が海に入って蛤になるとか、腐った草が蛍になるとか、啄木鳥（きつつき）がお札を描くとか、羊を植え蚶（あかがい）を植えるとか、鰻は鯉の背中から出るとか、亀と蛇が交尾するとか、鼈（すっぽん）と莧菜（ひゆ）を一緒に食べると腹の中で鼈の子が生まれるなどは、見ただけでありえない事だと分かる。象が鼠を怖がると言っても、別に怪異なところはないようだが、信用できる証拠がなく、ギリシア人が獅子は雄鶏の鳴くのを怖がると信じたのと同様、空想に属する。生物の一部の生活状態は、きわめて真実でありながら、十分に奇怪で、空想を超えており、今はそれでもって代替して悪かろうはずがない。以前誰かが二十一史の中から奇談奇事を集録して、『談史志奇』*を編んで、『三国志』語りの好きな人にこの本を読めば、もっと面白く確かになると勧めたが、その考えは正しい。もっともその運動は成功しなかったけれども。

一九五〇年十一月十五日刊『亦報』　文類編第四巻　散文全集第十巻

＊『談史志奇』　六巻、清・松泉・彦臣輯。一九一四年上海掃葉山房石印本。本書「『談史志奇』」参照。

45　本を賃借りして読む

近くに小人書（シアオレンシュ）〔子どもの本という意。手帳大の横長の本で、絵を主体として下に説明を加える。劇画風のもの〕の露店がないので、子どもたちはいつも街の文房具店に行って連環画を借りて読む、一冊百元、家に持って帰れば倍になり、ほかに三、四千元の保証金が要る。ここの問題は何にもよい本がないということである。斉公と管理機関は努力をしているが、出版は多くなく、小人書の露店ではめったに見ない。あるのは『泰山』『神箭』といった古い製品でまるでお話にならない。だがこのやり方はひどく咎め立てすることはできない、少なくとも便利なところはある。時々思うのだが、ある種の古書や洋書を見て、もしある部分だけ賃借りできたらよかろうにと。原価の五パーセントの借り賃は高いとは言えない。どうせ値段が何百何十万もする貴重書はもともと必ずしも借りられるとは限らない。

今までずっとこうした方法がなかったので、本を読みたい人は金を出して買うしかなく、間もなく金が要るようになればまた売りに行って、一度回転するだけで少なからぬ損失を蒙り、古本屋のおやじを儲けさせるだけだった。ずっと以前に『点石斎画報』一部を買ったことがある。全四套、毎套八厚冊、最後は『淞隠漫録』の原文の合訂本であった。しばらく束ねていたがまた売り飛ばしてしまった。考えてみればこの全部はまだ通して見たことがないようである。買値は確かとても高かった。仮に百元としよう、五パーセントの借り賃で二十日は見られる勘定になる。しかしわたしはどうしても何ヵ月かは留め置くので、結果はやはり何がしかのお金で売ることになる。そうするとまた賃借りして読むよりもまだ安いかとも思う。

一九五一年一月二十日刊『亦報』　文類編第九巻　散文全集第十一巻

46　『康熙字典』

『大公報』が中国の天下第一を列挙し、その第四十八に紀昀らが奉勅で編纂した『康熙字典』が最初の最も完備した辞典だと言うが、削穎（しゃくえい）先生がすでに明らかにしているように、紀昀は雍正二年（一七二四）に生まれたから、康熙五十五年（一七一六）に字典編纂の仕事には加われなかった。しかしこの字典が旧観点から言って、音韻注釈にかかわらず、いずれも完備しているのは、まことに『大公報』の言うとおりだと云うのは、正確ではない。この字典の引証はめちゃくちゃで、以前国学者はずいぶん非難したのだが、ただそれが欽定であるため、敢えてはっきりとは言わなかった。王引之（?）が嘉慶のころ補正[*1]を作ったことがあるが、言い方がずいぶん穏やかで、また通行もしなかった。ただ同治のころ王棻友〔王筠〕が少しばかり皮肉を言っただけである。彼の『説文句読』が手許にないので、何の字だったかはっきり覚えていないが、彼は『康熙字典』に『説文』云々とあるのを引き、今本と違っているのを、謹んで案ずるにこれはたぶん御府の秘本であって、外部では見ないものであると言った。字句の間違い（あるいは杜撰）、書名の間違いが、ずいぶん多いということだ。だがこれは専門家に訊かねばならず、わたしには具体的な回答はできない。老友の東陽仲子[*2]が嘆息して言ったことがある、今はまだ『康熙字典』で調べるしかない、と。彼は国学者で、中学・大学を作ったことがある。彼がこんなことを言うのはそれこそ痛切な言葉、嫌悪の言葉で、民国二十年にもなるのに、まだ『康熙字典』しか引けないのか！　彼は新しい辞典のいろいろを罵るために、『康熙字典』を褒めたのである。これはわたしが親しく聞いたので、とてもよく理解できる。中国の字典の天下第一を言うならば、なぜ許叔重の『説文解字』を担ぎ出さないのか。この書は完全に紀元一二一一年に成り、世界で最初に出た字書だと言う資格は十分にあるだろう。

一九五一年四月一日刊『亦報』　文類編第二巻　散文全集第十一巻

＊1　補正『字典考証』十二巻。一九五八年版中華書局本『康熙字典』附録に見ることができる。
＊2　東陽仲子　未詳。

47『康熙字典』を語る

清朝の皇帝が漢人を統治するのに、巧妙で悪辣な方法を用い、武力で鎮圧したほか、もっと重要なのは愚民政策である。明朝の既成法によって、八股を重んじた。そのほかまだ人を欺瞞する文化工作をした。それがすなわち『康熙字典』と『四庫全書』である。『四庫全書』に関することは、許改先生がすでに詳しく報道されている。その意図はむろん正しくないし、成績も芳しくない。あんなにも大きい本の山だけれども。最近上海の書店が『四部叢刊』を編印するのに古本を採集し、『四部備要』は善本で校訂し、いずれも『四庫』の欽定官抄本を使わなかったのは、中国の学界がやや人の意を強うした事件であった。『康熙字典』はもともと粗製濫造のもので、実際には梅氏の『字彙』と呉氏の『字彙補』によって混合し、原書よりも悪く、単に専制君主の権威に頼って、小学界を独占し、経学者はその誤謬百出なのを見ながら、誰も敢えて一言もはっきりとは言わなかった。辛亥革命から今まですでに四十年、しかしまだ敬服する人がおり、使用する人もいる。敬服はむろんデタラメだが、使用のほうは止むを得ない。近く新しく編まれた辞典がなく、結局適当な字典が見つからず、代替できるものがないからである。辞典はもちろん緊要だが、一般に値段が高すぎる。ふだん一つの字の音義を調べるには、文字を主とした字典が必要である。こうしたものはないわけではないが、不完全で、したがって使用には適さない。字典、辞典は一人ひとりに必要な工具書で、文化の前途に大いに関係し、値段は安くよい品でなくてはならない。この編集刊行作業は国家によらなければ担いきれない。編集では金が要るし、印刷では金儲けを考えない。営業本位の書店のやれる事ではない。

一九五一年十二月二十七日刊『亦報』　文類編第二巻　散文全集第十一巻

48　店頭の監獄の書物を見ての所感

ロシア人クロポトキンは革命党人だということで二年下獄し、フランスに逃れ、又もリヨンの牢獄に四、五年幽閉されて、『ロシア・フランス獄中記』*十章を著してそのことを述べた。多く無残な事実とシベリア・サハリンの流罪人の情況を書き、読む者をして暗澹たる思いをさせる。書中ノートしたものを綜合し演繹して「監獄の囚人の道徳に対する影響」という一章を設け、その結論として、監獄は人間を善に教化することはできず、ただ悪を止めることさえできない、と言う。第十章ではこの設問を承けて、監獄の需要を研究しているが、その言論は煩雑なので、今はその主旨をここにかいつまんで述べることにする。

罪は罪ではなく、人事の欠陥であると言うべきである。すでに起こったことについて治めるよりは、いまだ形にならないうちに止める方がよい。学者は犯罪が起こった理由を検討し、その原因を分析して、三つに分ける。一つは人事によるもの、二つは気候に基づくもの、三つは生理に属するものである。三つのうち、最後のが最も重い。ただ内因が通常と殊なり、それが犯罪の種となるのであって、心が乱れて、殺気を生じやすくなるのは、結果でしかない。天地の間の、多くの人間には、似たものが少なくないのに、そうならない者がいるのは、内因はあるけれども、また必ず周囲の環境と反応して、始めて発現するからである。だからそれにうまく対処することによって、外界に順応させ、反逆して外界を乱さないようにすることによってのみ、犯罪は免れるのである。聞くところでは、支那の民は一族相居り、人々は互いに熟知し、道義は切磋し合い、艱難は助け合うので、犯罪はほとんどないということだ。（原注・僻地内陸の地だけがそうであって、都市はその例ではない。）今もし本当にそれを推し広めて、人々が互いに助け合うことができるならば、牢獄は廃止できるばかりか、太平の世になることも夢ではない。

クロポトキンは自然学の名ある学者であり、互助を以て無政府を言い、今また監獄を言う。わたし如き末学無識は、むろんその是非を判断することはできないが、いましばらくそれについて妄言するのみで、他は措いて論じない。牢獄は制度としては不祥のものであって、仁人の口にしたがらないものであるのに、何でわざわざ必要とすることがあろうか。だが街に出てみると、監獄事務を標榜した書物がうずたかく積まれている。それがみな留学生の書いたものであるのは、どういうわけだ。国民は遠く学を求めて外国に行くが、大願がないのに、居続けてすさんだ生活をし、没落するのは仕方がないとしても、何で監獄だけが語るに足るのか。士人ならたとい不肖であっても、何かの特技で口を糊し、教鞭を執ることも可能であるのに、どうして獄卒と囚人の残飯を争わねばならないのか。そもそも欧米では文明と号して、獄舎の設置は、善に教化することを言い訳にしているが、君子にはそれでもそれを非難する者がある。わが国の監獄の如きは、いったい何物であるか。生きた人間を閉じ込め、屠殺に備えるだけである。牢檻は厳しいが、豚殺しの豚の檻の如きものにすぎない。そこに足を踏み入れるならば、連想は飛んで、たちまち刃の光、血だまりの光景が、心を襲い、悪寒を生じるであろう。しかるにわが学子諸君は、ひとり興味津々としてそのことを言うのであろう。著者が筆を執って、たまたま文章となったのが、本当に無知の無心から出たものか、はたまた使役に備え、自ら走狗になりたいものだと考え、闕に服して上書する者の忠誠に倣おうとした一斑が自然と現れたものか、なんとも分からない。

ああ、凡庸な男は利益のために命をかけ、自らを惜しまない。飢え寒さが身に迫るのと、精神が物に拘束されるのと、常人からこれを見れば、もちろん前者が後者より重いだろう。わたしは昔北京へ行って、若い男が、白粉つけて香水をふり、嫣然（えんぜん）として流し目を送るのを見た。都人はそれを〝像姑（シアングー）〟と言い、平気で恥とも思わない。これまた人生における最も哀しむべきことである。しかしながらその境遇を哀しんだのであって、それを軽蔑憎悪する心はなかった。人間世界の愚を極め、最も卑しい職業を執る者は、ただ昏愚を助長し、刑罰を楽しむだけの諸子か。たとい実情がまだ表れていず、その変化も定まらないとしても、悪い了見に基づかなければ、どうして凶音が響こうか。心意を問題とする道徳律をどうして遁れることができよう。

一九〇七年十一月刊『天義報』十一・十二期　散文全集第一巻

＊『ロシア・フランス獄中記』*In Russian and French Prisons*, Ward and Downey, London, 1887. 石川三四郎訳「監獄論」、春陽堂版『クロポトキン全集』第一巻所収。

49　『神州天子国』

十一月六日の『読売新聞』に東京万里閣書房の広告が載っており、中に〝酒井勝軍謹著〟の

『神州天子国』という一冊があって、わたしの目を引いた。今この広告の文を訳して下に載せる。その文に云う。

　皇統連綿として、二千五百八十有余年、万世一系、我大日本帝国の皇基の源を闡明（せんめい）し、天孫民族が世界的君臨の実現は決して遠き未来に非ざることを高唱せる本書の出現は全世界を震撼するであらう。哲学宗教科学を超越したる此未曾有の卓見。深奥の研究は四十年間、前後数十回死地に出入したる著者が献身的畢生の大著述である。曠古の御大典に際して、八千万同胞の必読すべき国民読本はこれである。

題字　皇大神宮熊谷宮司　霧島神宮能勢宮司　山口宮中顧問官　佐藤大教正　本文五六二頁　口絵十四頁　定価二円五十銭　税十四銭

同じく八日の新聞の〝批評と紹介〟欄にも記事があって、〝我国建国の由来を説き以て現代政治の腐敗を駁し、信仰思想の紊乱（びんらん）を嘆じ、最後にデモクラシイ思想の横行を痛撃して皇基の振起を力説する著者の国体編〟と言う。上の文章を見ただけでもこれがどんな宝の書か分かる。その全文を読んではいないけれども、ある小説の中の一言を批評としてよいだろう。こんな人間を獺狂院に送らなければ、いつかきっと文部大臣になるかもしれない。だがわたしが不思議に思うのは、これは先天的なものか、それとも後天的に養成されたものかということである。もし後者なら、それはどのようにして養われたのか。人為的にこんな奇人を養成できた教育者はまことに褒奨もので、牌楼を建てるに値し、百まで生きたり若くして未亡人でいるのと同様なかなか容易いことではない。しかし、よそ様の屋根の霜は触らん方がよろしい。さてわが国にはこういう人はいないだろうか。むろん『神州天子国』という本こそ書かないが、似たような奇論を発する同志あるいは同胞がいないとは限らないのではないか。つまるところ、こうした哲学・宗教・科学を超越した卓見はおそらく東亜の共有財産であって、しかも日本もわれわれ老舗の神州から輸入したのだとも限らない。めでたきかなよろしきかな、これ東方文明たる所以ではなかろうか。

一九二八年十一月刊『語絲』四巻四十六期『永日集』

50　『政治工作大綱』を紹介する

『政治工作大綱』、何容著*、本年四月北平の出版。洋紙六開本二四二ページ、定価大洋八角。本書の内容は全十章、すなわち〝総理記念週〟〝党旗と国旗〟〝式次第〟〝総理遺嘱〟〝標語〟〝スローガン〟〝演説〟〝軍民交歓大会〟〝党務〟〝ビラ〟である。このほか緒論と後記、附録三種があり、巻首に〝王得勝同志に献ず〟という献呈の辞があり、ついで題詞で、陳公博先生の文章の中から武装同志の言葉、〝標語を貼るには人を捜せ！〟を引く。表紙の絵は〝『子愷漫画』から盗んできた〟もの、たしか「病気の自動車」だったと思う。題字については、故実に通じた人の話では、孫中山先生の手書きの文章の中から集字したのだそうだ。

　これは近来珍しくよい本である。手に取って最初から最後まで一通り読んだが、一行たりとも飛ばし読みはしなかった。これはどういうわけだろう。本当に言えない。想うに、お互い同業だからでは必ずしもないだろう。実を言うと、わたしは以前、完全な『宣伝大全』を編もうと思って、計画したことがある。天文・地理・時候・人物などの部門に分けて、人物部門では『百家姓』の順に従い、人を以て綱とし、擁護と打倒の二目に分け、ある人物の同一の事件を、擁護打倒の二つの場合に照らして、それに相応しい文句を作り、別々に登録して、その場での応用に備えるというものである。この『大全』の刊行に成功していたら、商売はきっと悪かろうはずはない。ただ残念なことに仕事が膨大で、しかも人天の秘密を曝け出すわけだから、おそらく造物主の忌憚に触れるのも、それほどよろしくない。そこで沙汰止みとなった。いま何君の『大綱』ができ、まずはこの恨みの穴埋めができたのは、むろん結構なことだ。しかし中国には〝同業相妬む〟ということばがある。わたしは著者の同業であり、また彼に先を越されたのだから、そのために逆にこの書を愛読するということは、中国の道理に照らしてありえないのだ。

　その次は、まさか意見が近いからであるまい。たぶんそうは思えない。わたしにはふだんから一種の偏見があって、スローガンや標語は好きではない。というのはそれは東方文化の手品であり、〝古已に之れ有り〟のもので、遊んでもちっとも面白くないように思われるからである。仮にそれに実際の神通力があると信ずるなら、それはお符に近くなるし、ただ命令によってその時その場でのお飾りとするなら、これまたいささか八股に似てくる。広告ということで言っても、わたしは広告が嫌いなのだ。その原因はもちろん一半は商業広告のでたらめさ加減、一半は道路沿いの煙草の広告——特に絵の広告の凶悪さに包囲されると、まあいい加減に見ておこうという忍耐さえ失ってしまう。逆に言えば、わたしはお符や八股それに広告が嫌いだから、標語やスローガンもあまり好きではないと言ったほうが少しは穏やかかもしれない。しかし、自分が好きではないからといって、人が似たような意見を持っているのを見て、無条件に彼の著作全体を賛美するのは、やはりあまりに感情的に過ぎ、わたしのきわめて避けたいところである。まして著者もまだはっきりとは反対の意見を表明してはいないのだから。

わたしがこの本をほめた理由は簡単だ。つまりそれが政治工作の大綱を簡明にわれわれに知らせてくれるからである。著者は〝標語学〟(Posterology) を専攻した同志で、彼の北京大学三十一周年記念の標語を批評した文章を読んだことのある人なら知らない者はない。今度彼は多年の経験と研究に基づいて、標語スローガンを中心とするいろんな工作を系統立てて一冊の本に書いた。確かに著者の言うように、〝政党国家の成立以来、こうした著作はあまり見かけないようだ〟。皆様方の手にもし八十銭の銭があって、平安劇場にトーキーを見に行こうとなさるなら、わたくしはこの大綱を一冊お求めになって、下宿に帰ってお読みになるほうがよかろうかと存じます。スローガンを叫んだり標語を貼ったりするのに反対でも、読んで面白いし、いつか万一こうした政治工作でもすることになるなら、読めばとりわけ有用であります。どのみち騙されることはありません。でももし手許に一円六十銭があって、二人で映画を見に行こうというのなら、わたしもお勧めするのは恐縮です。人の恋愛を犠牲にして政治工作を研究させるのは、いささか人の性に悖りましょう。したがってわたしも、著者に無理やりお客を引っ張ってこないことをお詫びするしかありません。

一九三〇年六月刊『駱駝草』『看雲集』

＊ 何容　一九〇三―九〇、河北深沢の人。北伐後、国民党員として『政治工作大綱』を著す。この著は出版社不詳。のち台湾で『国語日報』を創刊。

51　青年必読書十部

（1）『詩経』
（2）『史記』
（3）『西遊記』
（4）漢訳『旧約』（文学部分）

（5）　厳訳『社会通詮』
（6）　ウエスターマーク『道徳観念の起原と発達』
（7）　カーペンター『愛の成年』
（8）　セルヴァンテス『ドン・キホーテ』
（9）　スウィフト『ガリヴァー旅行記』
（10）　フランス『エピキュールの園』

第六から第十の英文名は下のとおり。

（6）　Westermarck, *The Origin and Development of Moral Ideas*, 2 vols.
（7）　Carpenter, *Loves Coming of Age*.
（8）　Cervantes, *Don Quixote*.
（9）　Swift, *Gulliver's Travels*.
（10）　France, *Garden of Epicurus*.

［附注］　六から十はみな英文のテキスト、だが別の外国文でもむろんよい。

一九二五年二月十四日刊『京報副刊』　文類編第九巻　散文全集第四巻

52　一九三四年にわたしが愛読した本

一、ヒボン著『大工の道具箱』(Thomas Hibben: *Carpenter's Tool Chest*, 1933)
二、エリス著『わたしの告白』(Havelock Ellis: *My Confessional*, 1934)
三、『従文自伝』

一九三五年一月刊『人間世』十九期　文類編第九巻　散文全集第六巻

53　民国二十四年のわたしの愛読書

一、永井荷風『冬の蠅』
二、谷崎潤一郎『摂陽随筆』
三、ラッセル『閑散礼賛』(*In Praise of Idleness*)
以上三種はみな散文集で、一九三五年出版。

一九三六年一月刊『宇宙風』八期　文類編第九巻　散文全集第七巻

54　民国二十五年のわたしの愛読書

一、H. C. Knapp-Fisher, *The World of Nature.*

二、M. Hirschfeld, *Men and Women.*

三、B. Dawson, *The History of Medicine.*

長所は列挙するまでもない。ここではただ、生物、両性および医学史等の書物は、少し読んでも面白いし、ためになるとしか言えない。

一九三七年一月刊『宇宙風』三十二期　文類編第九巻　散文全集第七巻

禁書

55　使用禁止用語

どうしてだか分からないが、本や文章を書く人間はどうも「禁止用語」を使いたがる。多くは連篇累葉、少ないのでも一句や半句はあり、あるものは治安を乱し、あるものは風俗を壊乱する。さらには世道人心の憂いの種となる。礼教の維持を職分とする政府は、こうした文書に対して相当の処分をせざるを得ない。これは明らかな事である。その方法は二つある。一つは全部禁止で、一つは部分的な削除である。禁止は、南開中学が命令を下して『情書一束』*など五種の「淫書」を没収したように、とてもはっきりしているが、またとても簡単で、何の言うべきからくりもない。削除となると、大いに違ってくる。清朝にはいわゆる抽毀〔抽出廃棄〕の方法があった。あるいは少し緩いと、文は残して名を削るほうに変わる。前に見たことがあるが尺牘（せきとく）の中の何通かの作者が三つの□であった。「洋務」にはもともと詳しくないが、デンマークのブランデス博士の記録では、ロシア帝国の方法がとても面白かった。ブ博士はポーランドに行くのに、かなりのフランス語の書物を持っていった。入境の時管轄の官庁に検査され、後で取り戻して見てみると、多くの場所が墨で「真っ黒に」塗りつぶされていた。これはまだいいほうで、後ろの一ページが読めるからだそうだ。鋏で切り取られると、後ろの使用禁止でない言葉も一緒に持っていかれる。日本では彼らの目で「赤」と見られるもの以外は、原文の書籍ならそれほど輸入禁止でないらしい。サンガーとストープスの二人の女史の大著は上陸を許されなかったそうだけれども。文学方面ではいわゆる「自然主義」の小説でも寛容だが、訳本では大いに違う。たぶん内務省警保局の所管だからだろう。専門の検閲の官があり、朱筆を執って印刷ゲラに一刷きすると、そこの部分はダメで、もしおとなしく出版しようとするとそれを削らなければならない。訳本にはもちろん削って済ませるものもあるし、賛成しないものもある。原本に忠実であることを主張するために、「伏字」を使う。それである所まで読むと、その文は若干の……、あるいは〇〇〇、あるいは×××となり、その数は伏せられた文に等しく、句読点まで附く。時には突然神経過敏になって、「子宮」さえ敢えて書かず（あるいは許さず）、（むろん小説でなければ記事か広告で）諱を避けて「子×」とするのは、実に奇怪である――中国の西洋医は新字を創作し、子宮を称して「孑」の偏旁に「宮」字を加えるとしたのも、同じように奇怪である。幸い今ではこの種の現象はなくなったようだ。これからあるいは中国の番になると、みんなはこんな風に諱を避けることになるのだろうか。

英米ではこうしたことに謹慎的で、検閲官の言いつけによるのか、それとも訳者の自主的な主張によるのか、わたしはまったく知らないが、要するに、訳本の削除は常にあることだ。彼らはたいていあっさり飛び越して、すみませんの一言さえない。古典文学については、あるいは訳者が少しは学者的なのか、原本には総じて忠実である。だから多くは自分で削除したままにはしないで伏字を使う方法をとる。だがこの伏字法は日本のとは大いに違う。ボッカチオ（Boccaccio）の『十日物語』のあるテキストを見たことがあるが、何節かは訳さず、イタリア語の原文を残して、読んでもまったく分からない。もう一つは子威君から借りたペトロニウス（Petronius, つまり『クオ・ヴァディス』のピトン）の一巻の小説もそのようで、二、三章全体がまるまるラテン語であった。中秋節の前に民国十四年四月分の月給の六割一分を受け取ったので、長らくご無沙汰の北京飯店に駆けつけて、本を一冊買ってこの節の書籍代を押さえてしまおうとした。その結果書店の番頭と遣り取りした後、五円三十銭をはたいて、Leob古典叢書の『ダフニスとクローエ』（*Daphnis et Chloe*）を買った。これはギリシア語と英語の対訳で、巻末にパルテニウス（Parthenius）の恋愛小説の梗概（原名『情難について』）三十六篇が附いている。わたしはもともと対訳の『ダフニス』を一冊持っていたのだが、中が欠略している。たぶん現代の文明紳士が聞いていささか雅訓でないためであったろう。新しく手に入れた本の巻三第十四節以下を調べて、原文は完全だ、しかし――ああ、英訳がない。そこは一行一行ラテン語の訳文であった。一目見ただけでは大して奇異でないようなのは、上下ともみなローマ字であったからだ。今回はずいぶん好奇心を刺激されたので、ここに隠されたのはいったいどんな話か知ろうと思い、いささか苦労して調べてみた。若い人妻が牧童に性交の姿勢を教え説明するものであった。性欲について述べる現代の書では決して奇とするに足りぬものである。古典語の質朴に感謝するが、その説明の仕方は要するに明白でしかも陋劣でない。巻三の十九は、若い人妻リュケニオンがダフニスに言う、「覚えておきなさい。私がクローエに先立ってあなたを男にしてあげました」。ここにはすこぶる古い牧歌の風味がある。巻四の末節は二人の結婚を述べる。「ダフニスとクローエはともに臥し、互いに抱き合って接吻をし、その一夜は、ふくろうのように、ほとんど眠らなかった。ダフニスはリュケニオンの教えた事を応用し、クローエもようやく以前林の中で遊んだのはほんの子どもの遊びであることを知ったのであった」。ここは古典叢書にも英訳がある。しかし原本は人名の下に一語があってGymnoiと云う。複数の主格の形容詞で、裸体という意味であるが、英訳にはない。わたしの訳文にも入れられないと思う。こうしたところではあるいは文章の力量の高下が分かるのだろうが、訳文を削ったり隠したりしてよい証拠になるとは限らないと思う。

一九二六年十月二日『語絲』第九十九期　『談龍集』

＊『情書一束』章衣萍（しょういひょう）（一九〇二―四七）の小説『一束のラヴレター』（『情書一束』）、一九二六年北新書局版。出版当時はその書名からも注目を引いた。章衣萍、安徽績渓の人、民国時期の文学者。彼は『語絲』に執筆し、『莽原』の創刊にも参与したが、文学者としてはそれほどの業績を残さず、評価もされていない。

56　禁書を談ず

禁書目録が板刻されたのはたぶん『咫進斎叢書』[*1]に始まるだろう。その後には『国粋学報』の排印本があり、最近では杭州の景印本と上海の改編索引本がある。これは三つの時期を代表して、おのおの働きがある。一つは故実を語り、二つは排満で、政治的なもの、三つは調査用、すなわち商業的なものである。

いま第三の時期にあって、われわれ何冊か古書を買って読もうとする人間はそこでひどいバカを見る。かなりの明末清初の著作はみな禁書のために価格が暴騰し、往々一冊の本が平均して十元以上する。心中どんなに欲しくても、結局は〝獲得〟する手立てがない。本当によい書物善本ならまだしも、事実は決してそうではない。科挙に合格していて、古書目録の頭に禁書という文字が付きさえすれば、値段が特別高い。尹会一、王錫侯の著述など、みな本当にくだらぬもので、読むほどの値打ちもない。なんで大枚をはたこうか。事はそういうことだが、好奇心というものは誰にでもあって、禁書と言われれば誰もが見てみたいと思う。かの青髭の物語が教訓になるのだけれども、禁止の効力が半分は勧誘に等しいということも分かる。もしそれほど高くなかったら、王錫侯の『字貫』をわたしも一部買いたい。でなければ、もしあまりに高すぎてしかも他人が持っていたとしたら、借りて見てみたい。見たところでたぶん失望は免れぬことは、すなわち良書善本以外の禁書がたいていそうであることは、わたしもあらかじめ認めている。

近ごろ上海で禁書事件が起こったことは、みんなが話すので誰でも知っている。しかし「閑話皇帝」という文は誰も見たことがない。以前は注意しなかったし、それから後は禁止されてしまった。以前「閑話揚州」という一文が揚州人を激怒させ、ちょっとした問題を引き起こしたということだが、それもわたしは見ていない。この「閑話」は事がもっと大きくなったので、何とか手立てを講じて抄本を借りてき、端から端まで用心して一通り読んでみたが、文章はまだ気が利いているように思ったが、そのほかはやっぱり大失望であった。これはわたしが最近禁書を読んだ経験である。

だが天下の事には例外がある。近ごろ一冊明末の文集を読んだ。十二分に禁止すべき程度なのに、禁書ではない。それは『拝環堂文集』と言い、会稽の陶崇道[*2]の著、すなわち陶石簣(とうせきき)[*3]、石梁の甥である。わたしが持っているのは残本の第五、六の二巻にすぎず、内容はいずれも書簡である。以前わたしは姚刻の禁書目を見たが、晩明の文章は七子を除きみな禁止になっていたように思う。ましてこの陶路甫の文中にはたくさん奴や虜の文字があり、当然全部禁忌にすべきは明らかである。にもかかわらず何度も索引式の『禁書総録』を調べてみたが、終に彼の名前は未発見である。これは本当に大なる幸運である。彼の文集は今に至るまで同じように埋没しているが、発見された時には、頭に印をつけないで済むから、定価もあまり高くはならず、われわれも手に入れる機会はあるかもしれない。そうなればこれ又われわれ読者の幸運ということになろう。文集巻四「楊修翎総督に復す」に云う。

古人が犬羊を以て夷狄に擬えたのは、なかなか深慮のあるところだ。こちらに突っかかりこちらを噛むならば屠り、耳をたれ哀れみを乞うならばなつける。

又「張雨蒼都掌科に与う」に云う。

こちらでは虜〔清〕の占領地から逃げ帰った者の言うところでは、虜ははなはだ意気盛んで、日中はそれぞれ略奪に出かけ、暮れにはたらふく食って帰ってくる。大頭目が二人いて、元の妓女たちがテントにいっぱいで、酔っ払った後では太鼓や笛で楽しんでいる、と。これが賊の常態ですが、大々的にその勢力を殺がない限りすぐには立ち去りません。どうしようもありません。

この二節を見ただけで禁止は当然である。このほかこうした言葉はなお多く、当時の状況をそのまま述べていて、十分今日の参考になる。最も面白いのはたとえば「毛帥に答う」（案ずるに毛文龍のこと）には云う。

奴が起こったころ、彼は綿密我は疏漏、彼は狡猾我は拙劣、彼は団結我は散乱、彼は敏捷我は鈍重、こうしたさまざまな面でとてもかなう相手ではありませんでした。ところが開戦してたちまち陥落するや、守備を言わずに戦闘を言い、戦闘を言わずに敵の絶滅をさえ言う。ちょうど没落した豪家が、先祖の余沢のお蔭で、長らく人の上に乗っかっていたのが、近隣の小民が家の中が空っぽなのを見て、ことさらに挑発をする、一度勝てなかったら目を怒らせ牙を剝き、おかしな事だと訝り、必ず力を尽くしてやっつけようとする。一挙して勝てず、垣も扉もみんな壊れてしまうと、その後は扉をしっかり閉めて、家族内でお互いの顔色をうかがい、おのおの誹り合う。この時崩れた壁か塀の内から誰かが躍り出て、下男たちを呼び寄せ、近隣に反撃しようとする。そこでみんなは喜びの色を浮かべて、姿を望んで救いの神とばかりに崇拝し、大勇者だと言う。結局はたった一人の力でしかないことを誰も知らんのです。

形容は意を尽くして、まことに抱腹絶倒ものだ。だがわれわれはもう一遍読んだ後、なんだか明朝の人を笑ってばかりいられない気がする。まるでここには別の意味、つまりある時期における中国の象徴という——が籠められているようで、しかも今がどうやらすこぶる似ているようなのだ。集中には別の文章もあって、たとえば「朱金岳尚書に復す」などは、

　凡そ人が文章を書く場合、始めがなく終わりがない、始めはどうして始めるかを知らず、終わりはどうして終わるかも知らない。これが村郎(いなかもの)の文章である。始めがあり終わりがあるが、まだ筆も下さない先から、ある事で始め、ある事で終わりとすると人に話す。旧劇を見るようなもので、銅鑼も鳴らぬ先から、見せ場が分かってしまう。これが学究(いなかせんせい)の文章である。蘇文忠〔軾〕は言う、吾が文は万斛(ばんこく)の源泉のようなもので、地を択(えら)ばずに溢れ、行かざるを得ない所に行き、止まらざるを得ない所に止まる、と。蘇文忠が言う万斛

とは、彼が支配できるものである。行かざるを得ず止まらざるを得ないものは、蘇文忠が支配できないものである。これを知れば文章を語ることもでき、兵を談ずることもできる。作者の原意は兵を談ずることにある。というのは朱金岳はもともと兵法家であるからだが、これは文を語るものとして見ても、なかなか面白いことを言っている。謝章鋌『賭棋山荘筆記』は云う。

　ひそかに思うのだが、文のまだ体をなさないものは冗長蕪雑で、その気は清んでない、桐城はその場合まことに対症薬となる。しかし桐城は身近なものを述べて境界が狭く、その美もまたほとんど尽きようとしている。なのにくだくだぐずぐずしていて、その流れは八股文と合流しそうだ。

ここに言うのはまさしく村郎の文章と学究の文章である。かの兵法と一致するものこそ文学の文章である。陶路甫はさすが石簣・石梁の甥だけあって、文章が分かる。彼が兵を談じたならばどうかは、わたしは素人だから、どうとも知ることはできない。（八月十六日）

一九三五年九月刊『独立評論』百六十六期　『苦竹雑記』

＊1　『咫進斎書目』「銷燬抽燬」一巻、「禁書総目」一巻ともに撰者不詳となっているが、『咫進斎叢書』の編者姚観元（ようきんげん）の編とされる。一九五七年にはそれらに補遺を加えた『清代禁燬書目』と孫殿起輯『清代禁書知見録』に索引を加え合訂した商務印書館排印本が出た。

＊2　陶崇道　一五八〇―一六五〇、字は路叔、美称として路甫という。号は虎渓、会稽の人。明末の官僚。『拝環堂文集』六巻は台湾の国立中央図書館が所蔵。本書「『拝環堂尺牘』」参照。

＊3　陶石簣　陶望齢（一五六二―一六〇九）、会稽の人。文学的主張は公安派に近かった。文集に『歇庵集』がある。石梁はその弟、奭齢。

57『書法精言』

たまたま『書法精言』二冊を手に入れた。最初に新昌の王濱洲編輯、乾隆辛卯〔三十六年、一七七二〕新鐫、三樹堂蔵版とある。書は全部で四巻、それぞれ筆の持ち方、永字八法、統論、分論、法帖の評論などと分かれ、もともと凡庸無聊であるが、わたしがこれを手に入れたのはそれが禁書であったからにすぎぬ。巻首に自序があって云う。

書というのは、六芸の一つである。夫子ののたまわく、行い余力あれば、則ち文を学ぶと。書もまた文の一事である。これが弟子たる者の学ばざるべからざる所以である。またのたまわく、芸に遊ぶ、と。これは徳を完成させる者が事とせざるべからざるものである。古より名君の補佐、立派な紳士たちが、みんな筆跡を心に留め、その金石に齢を託したものは千載にわたって新しいものの如くである。たれがこの道は小技であって士君子が心を留めるべきものではないと言えようか。だから范文正公は蘇才翁に与えた手紙で、書法もまた切磋を要する、よくないところは賜教を惜しまないでくださいと言われたのである。まして唐以降書判によって士を採るようになってからは、今より激しく、凡そ科挙を勝ち抜き翰苑に抜きんでようとする者は誰でもこれによって昇進した。士人は今日でも科挙を受け、八股文を巧みに作ろうとするが書法に注意しないのは、そもそも偏っているのだ。だが土地に違いがあり、待遇に得失があり、かつてずば抜けて向上を目指した者が明哲の輝きに親しみ、写字運筆の指導を受けることができず、あるいはまたその胸奥を開く奇書も秘旨もなく、有用の歳月を無駄にし、王羲之・王献之の垣根さえ窺えない者が、いったいどれほどいたろう。ああ、書譜の編纂が貴重でないことがあろうか。ただあるものはそれを述べても詳しくはなく、詳しくとも精確ではないから、墨池の筏として向こう岸に渡ることはできない。近世は纂録が少なくなく、戈氏のが優れているが、なお不備なところがある。謹んでわが国家を思うに、列聖相承け、皇帝の文章は天の河のように輝き、佩文〔皇室の〕書画の編纂は、古今を博捜し、海内を包括し、日月の光を合わせたように明らかである。だが残念ながらわが郷では多く見ることができず、貧士はまた買い求めることもできない。わたくしは庚辰〔一七六〇〕の年落第して、都下に勉強に励み、謹んでその根本を求め、門を閉ざして三ヵ月、書法に関する言述のとりわけ精確なもの及びかつて諸家より聞いたことを、一集にまとめ、四巻に分かって、『書法精言』と名づけて、それを自分に課した。ひそかに思うに、少壮にして躓き、指導者もなく、また性分として編集を好み、手に任せて墨を弄んで、ぐずぐずして今日になり、実に痛恨の極みである。しかしながら実習では筆の穂先に潜む龍蛇に苦役を課しているが、なお墨池の煙の黒くないことを恥じ、想念の上では机上の法帖の運筆を玩賞して、筆墨の精髄が滲み出ているかと思う。いまは馬齢を重ねるだけだが、できうれば孜々として日進月歩し、翰墨場裏に精を出し、古人の後塵を拝することを、快となすのみである。乾隆辛卯の年九月二十三日、舟　韓荘の閘を過ぎるとき、豫章の濱洲王錫侯記す。

王錫侯の『字貫』事件は、民国六年出版の『心史叢刊』三集に孟〔森〕先生の論述がある。故宮博物院出版の『清代文字獄檔』はもう第九集まで出ているが、まだこの事件に触れられていない。『東華録』によれば乾隆四十二年（一七七七）王瀧南が王錫侯編の『字貫』が『字典』を謗っていると告発し、その結果凡例の中から玄燁（康熙帝）、胤禛（雍正帝）、弘暦（乾隆帝）などの字を探し出して並べ、〝大逆不法〟として大逆律に照らして審判し、それによって国法を機能させ、人心を快ならしめんとした。王錫侯の編著はその内容のいかんを問わず、一律に禁止毀滅された。孟先生は文中に云う。

　また『禁書総目』に載せる王錫侯の悖妄の書を毀滅すべき目録によれば、彼には『国朝詩観』前集・二集、『経史鏡』『字貫』『国朝試帖詳解』『西江文観』『書法精言』『望都県志』、小型版の『佩文詩韻』、翻刻の『唐詩試帖詳解』『故事提要録』『神鑒録』『王氏源流』『感応篇注』がある。今それぞれの書物はみな未見であり、わずかに『経史鏡』を見ただけだが、その序跋に王錫侯の生涯が見え、その義例から錫侯の著書の分量が分かるのも、故事を談ずる者の一大快事である。

孟先生は『経史鏡』の跋から錫侯は康熙五十二年癸巳〔一七一三〕に生まれたことを調べだされている。『経史鏡』は乾隆丙申〔四十一年、一七七六〕に刊行され、すなわち逮捕される前の一年、年六十四で、『書法精言』の序には辛卯〔乾隆三十六年、一七七一〕というから、五十九歳の時の作であろう。錫侯の人となりは、孟先生がまた序跋からざっと研究をされ、彼はたぶん道学の気のきわめて重い腐儒であったろうと言われているが、その批評はきわめて当たっている。『経史鏡』の取る分類の項目からして、たとえば吉凶報復を初に持ってきたり、次に酒色財怒の四戒を置くなど多くがおかしく、孟先生はそれを義例の粗野な例だとされる。また著書に『感応篇注』があり、書物は未見だが、内容は推して知るべしで、要するに凡庸妄誕の一語に尽きる。このほか『佩文詩韻』『試帖詳解』など、いずれもみな功名〔科挙合格〕を掠め取るための道具で、『書法精言』もまたその一つであることは、序を読めば分かる。文章の筋が通らないばかりか、思想も卑陋で、田舎の村塾の教師が書いたもののようである。龔定庵の『干禄新序』を連想するが、雲泥の相違がある。定公の才は本当に狂悖誹謗という罪名に値するが、錫侯はそのようなものに及びもつかない。孟先生は錫侯の学問人品について云う。

生涯郷試に合格したことを無上の光栄となし、二人の試験官を世に稀な知己と考える。

これらはみな片田舎の小儒の気象であって、決して朝廷を誹謗するような見解の持ち主ではありえない。……そのさまざまな評価の仕方を見ると、錫侯の人となりが分かる。要するに文字において罪を得、大逆不道を以て誅せられたのは、実際の情況からは程遠い。陋儒にはまったく大志がないのに、ついに後世の国事犯の如く、国家を以てこの匹夫の仇敵としたのは、清朝の冤罪であったことが分かる。

王錫侯は実に清朝の順民であるのに、忠順によって大逆の罪に問われたのは、孟先生は王錫侯が文を作るに当たって諱を避けずという『礼記』の記述の故に、康熙・雍正・乾隆の三帝の名を並べたのだろうと考えられているが、あまりにも見方が高い。実際はたぶん人に使用を控えさせるために列挙したので、ただまじめに並べて、後人のように一字は天地某黄の某[*1]と言うような利口さがなかったがために、とうとう天にも等しい大罪を犯してしまったのだ。康熙年間に出版された王弘撰の『山志』の凡例には次のような言葉がある。

〝国諱は定まった文字が施行されていない。今も唐人の例によってただ一筆を欠くのみである〟。清初にはこうしたことにもともと厳格な規定がなかったことが分かるし、また康熙のころの文人の手稿や抄本を見ても、〝玄〟の字もまったく避けていない。当時はたぶんかなりいい加減だったのだろう。錫侯は慣れになって分からなかったのか、あるいは世の変わり方を見ることができず、『南山集』[*2]『閑閑録』の事件[*3]が起こった後も、漫然として注意しなかったために、この禍にかかったのであろう。しかしこれも錫侯を責めることはできない。専制の世では、門を閉じて家の中に坐っていても、禍は天から降ってきて、彼自身にも分からない。孟先生は『閑閑録』事件を論じた中で云う。

〝実は蒙昧の国では法律の保障がなく、人々はみな恐怖の苦しみを負い、乾隆・嘉慶年間の士大夫がさまざまの義務を放棄して、校勘考拠の学を生業として、その文字の興に時間を消費し、時の権力の指弾を免れようとしたのもむべなるかなで、やはり余計なことを言わずに済ます道なのであろう〟。孟先生がこの文を書いたのは民国六年〔一九一七〕、感慨あってこれを云われたが、今日これを読んでもまた人を慨然たらしめる。

北平図書館の『善本書目乙編』四、総集類を調べると、『国朝詩観』十六巻、清王錫侯編、清乾隆三樹堂刻本がある。たぶん初集であろう。文化が南渡*4してしまって、善本はおそらく上海灘に集まるようになって、この『詩観』などもまたいつ一見の眼福にあずかれるか分からない。孟先生の言う『経史鏡』も北平にあるとは限らないようだから、わたしの持っているぼろぼろの二冊の『書法精言』は『字貫』事件中今もって存在するわずかな碩果ではなかろうか。本はよくないけれど貴重であり、そこには大きな意味が含まれている。なぜならこれは古今で最も恐ろしい、文字思想で以て人を殺した蛮俗の遺留品であるからだ。もちろん歴史学者の参考にするに足り、かつまた唯理論者に見させれば沈思恐怖させるだろう。民国二十五年三月十日、北平にて知堂。

附記

清代文字の獄考と禁書書目提要はいずれも研究院の格好のテーマであるが、残念ながらやる人がいない。図書館も無駄銭でも出して、もっと禁書を集めるべきである。研究者に提供するだけでなく、実際は珍籍でもあり、貴重視すべきである。必ずしも善本ではないけれども。禁書の内容はかなりがくだらない。たとえば『書法精言』がそうであって、上で〝無駄銭〟と言ったのはそういう意味である。しかしながら銭が無駄であっても又使うに値するものである。

一九三六年五月刊『逸経』五期『風雨談』

*1　天地某黄の某　『千字文』の最初の句「天地玄黄」を引いて康熙帝の玄燁の「玄」の字をあからさまに言わないために「某」と言ったのである。

*2　『南山集』　戴名世の著で、彼はそこで明朝の年号や遺王の名を使ったということで弾劾され死刑になった（一七一一年）。南山集案と言われ、清朝文字の獄の一大事案とされる。

*3　『閑閑録』の事件　孟森の『心史叢刊』に「『閑閑録』案」という論文がある。それによれば、乾隆三十二年（一七六七）丁亥五月、華亭の挙人蔡顕がその書『閑閑録』に大逆狂悖の表現があるということで郡の官紳から弾劾され、棄市せられ、門弟や子弟二十四人が辺境に流された事件。蔡顕は人を容赦なく批評したので官紳に憎まれ、冤罪をでっち上げられたという。実は『閑閑録』の問題になった表現は、古人の紫牡丹の詩で、〝朱を奪うは正色にあらず、異種尽（ことごと）く王を称す〟という二語が、朱氏の明朝を打倒した清朝にかけていると曲解されたのである。

＊4　文化が南渡　国民党政府が日本の侵略から文化財を守るために、北京にあった一級の文化財を南方に疎開したことを言う。

58『南堂詩鈔』

偶然二冊の清初の詩集を手に入れた。偶然と言ったのは、詩はあまり分からないので、ふだん詩集は同郷の著作以外は買わないから、この二冊は確かに偶然手に入れたと言える。もっともそれぞれにはそれぞれの由縁があるのだが。その一は呉景旭の『南山堂自訂詩』[*1]四巻である。呉景旭、字は旦生、著書には『歴代詩話』八十巻、嘉業堂の呉興先哲遺書に入っていて、わたしの好きな書である。今度彼の詩を見て読んでみたいと思った。書には序跋がなく、目録も半分剝ぎ取られ、完全ではないのかと疑い、詩話を調べると劉承幹の跋にはただ〝南山堂自訂詩あり〟としか言わず、巻数も言わない。後で綴じ直そうとして、裏表紙の内側に二行の書があるのを見つけた。左に、

〝南山堂自訂詩、下冊七巻至十巻佚闕〟とあり、右には、

〝旦生公の遺著、裔孫永敬んで識す〟とある。たぶん商売人のいんちきで、表紙をひっくり返して、完全に見せかけたのであろうが、たとい残本でもわたくしが要ることを知らないので

ある。だがこの冊は実は四巻しかなく、あるいは下冊は五から十であったのかもしれないが、それも分からない。集中収める詩は順治己丑〔一六四九〕から康熙甲辰〔一六六四〕まで、凡そ十六年、巻四に「五十二偶作」があり、時は壬寅〔一六六二〕、案ずるに明の万暦三十九年辛亥〔一六一一〕に生まれたのであろう。劉承幹の跋も彼が明の諸生であったという。その詩はきわめて遺老の気が少なく、辛丑〔一六六一〕の年に「光児の探花を賜るを得たるを喜ぶ」という詩があることからも分かる。ただ時に放恣あるいは平易な所があるのも喜ばしく思う。

巻一の「罱泥行（どろさらいのうた）」の上半に云う。

　一渓の小雨　直なること髪の如し、尖頭の艓子（こぶね）長竿掲ぐ、
　憑りて両腕を翕（あ）わせ復た張り、形は蛤蚧に模し相箝鑷（はさみと）る。
　載せて帰り取次（じゅんじ）に桑間を壅（ふさ）ぐ、平舗滑汰にして孩子跌（つまず）く。

巻三の詩題に云う。

〝己亥警報を聞き、雉侯（城壁守備兵）令を下し戈を荷いて城上を守らしむ。家貧しく兵器なく、因りて花掘り用の鍬を鎔かし刃を作る。長句を作ってこれを傷む〟。詩は別にうまくないので引かない。だがこの題だけでも結構面白い。

その二は方貞観の『南堂詩鈔』[*2]六巻である。この詩集はそろっていて、前に李可淳の序があり、また乾隆戊午〔一七三八〕の汪廷璋の序があるが、たぶん刊刻の年だろう。方貞観は方苞（ほうぼう）の従弟である。方苞の詩はきわめて劣悪で、謝枚如〔章鋌〕が『賭棋山荘筆記』でかつて大い

に排斥したことがある。貞観の作はそれとは大いに違って、李序の言うように宛転沈痛、言短く意は長く、後になっていよいよ平淡になり自然に近くなった。各巻の巻首には「方貞観詩集」と題してあるが、ただ巻三だけは「方貞観巻葹集」とあって、小序に云う。

癸巳の年、建亥の月、詔を奉じて旗籍に帰属する。官の文書は夕べに来り、旅人は朝に出立する。あわてて北に向かうが、役人はまるで駆逐するかのよう。転々流離し、別に戸籍に入れらる。郷国を望むも、何処にあるのか分からない。先祖の隴の地を捨て、親しい者とも長く隔たり、行動は束縛され、生きるも死ぬも異郷の地。ああ、哀しい哉、いまさら何の言うことがあろうか。しかし景物とのかかわり、時のめぐりに、その場その時に自分でも抑えがたく、国を去るに始まって、都に帰るまで、その嗚咽して声にならないものを除き、若干首を存して、巻葹集と名づけた。庾信のいわゆるその心実に傷る者である。後の君子よ願わくば読みてこれを悲しめ。康熙五十八年四月望、貞観記す。

案ずるに『方望渓集』の後に付された蘇惇元編の年譜には、雍正元年癸卯〔一七二三〕の条に、次の記事がある。

〝これより先『滇游紀聞』事件で、先生の近い支族はみな漢軍に隷属させられたが、ここに至って始めて許され、帝が、朕は方苞のためにその一族を許す、方苞の功徳は小さくないからと言われた〟。癸巳〔一七一三〕から癸卯まで、貞観はたぶん旗籍に隷属させられること満十年、『巻葹集』一巻はすなわちその十年の間に作ったもので、いわゆる宛転沈痛の詩は多くその中にあり、ほとんど哀しみて傷るるに至るものだ。これがわれわれが言う彼の哀傷であって、もし上に述べたことから言えばどうして怨恨でないことがあろうか。そうなれば罪状ははなはだ重くなる。たとえば巻三の第一首「故山に別る」には云う。

　哀門　自ずから故多く、璧を懐くも究に何人ぞ。

「宗陽を出づ」に云う。

　生まれて撃壌の世に逢い、耕桑を守るを得ず。

「牛渚に泊まる」に云う。

　男を生めば室あるを願い、女を生めば家あるを願う。
　緬たる彼の堯舜の心、豈に曰わんや此の念著しと。
　我も亦蒸黎を忝くす、何ぞ浮槎を成すに至らんや。

「暮れんと欲す」に云う。

　豈に声名の郭解〔漢の遊侠〕の如きあらんや、自ら知る肥白張蒼〔漢の大臣、色白で肥えていた〕に愧ずるを。

「京城を望見す」に云う。

　独り覆盆盆下の客有り、目を挙げて青天を見るに縁無し。

「家書を寄す」に云う。

　余生大刀の夢を作さざれば、死に至るも破鏡の由を明らめ難し。

しかし最も重要なのはやはり第三首の「舟に登りて感懐あり」を挙げねばならないだろう。

　山林人を食らうに豺虎有り、江湖の射影多く沙を含む。
　未だ聞かず十年戸を出でずして、咄嗟に腐蠹修蛇と成るを。
　吾が宗道を秉ること十七世、雕虫奚んぞ捜爬を矜るに足らんや。
　豈に知らん道傍に自ら罪を得んとは、城門の殃火来たりて涯無し。
　巣を破れば昔より完卵すくなし、林を焚くに豈に根と芽を辨ぜんや。
　族を挙げて駆りて北飛の鳥となり、隴墓を棄捐して浮萍の如し。
　日暮舟に登りて親故に別るれば、長風颯颯として蘆花を吹く。
　語音漸く異なり故郷遠し、頭を回らせば止だ見る江天の霞むを。
　嗚呼賦命合に漂泊すべく、磐砧変化して虚槎と成る。
　身を殺すは只南山の豆に在り、機を伏せて頃刻にして鍘阬の瓜となる。
　古今禍福は意料するところに非ず、文網何ぞ永嘉を説くを須ちいん。
　君見ずや、烏衣巷里屠沽の宅、原是れ当時王謝の家。

『四庫全書総目提要』を調べれば巻一八二の『秋笳集』の批語に、〝ただその自ら罪の重く譴責の軽きを知り、甘んじて竄謫に従う。ただ悲苦の音多きも、絶えて君上を怨む心なきは、なお諒とすべし〟とある。いま貞観の詩を読むと怨みははなはだしい。堅く冤罪というばかりか、楊惲を以て自分に擬え、そのうえ秦始皇の坑儒を以て比べる「〝身を殺すは〟の二句をいう」のは、口を極めて誹謗することではないか。『禁書総目』を取り出して調べてみて、〝見つけた〟！『南堂詩鈔』は確かに収められている。自分の眼力があやまたなくてたいそう嬉しい。もし検査官になるなら大いに任に堪えて愉快だろう。

巻六に一篇の詩題があって、〝乾隆戊午〔一七三八〕冬中三日、余馬齢六十なり〟と云う。方貞観は康熙十八年〔一六七九〕癸巳〔己未の誤〕に生まれ、三十五歳で旗籍に隷属し、四十五歳で放免され、五十八歳で博学鴻詞科に徴せられたが、老病を理由に出仕しなかった。この件について面白い詩がある。題して云う。

部からの文書がまた来た。敦迫(せま)られるのに備えるが、終に赴くことができない。再び孫公に寄せる。

纁幣(くんへい)と安車と、吾その語を聞けり、
書伝真偽を半ばにし、窃(ひそ)かに恐る未だ必ずしも爾(しか)らざるを。
今符檄来たり、洶洶(きようきよう)として吏は鬼の如し。
幸いにして執縛せられざるも、幾(ほと)んど為に敦迫(せま)られて死なんとす。
家に応門の童なく、我は病みて杖つき乃(すなわ)ち起つ、
老婦驚きて垣を踰え、禍の来る所以を問う。
敢えて稽古の栄を希うも、奚(なん)ぞ捕盗の比に至らん。
言を寄せて故人に謝す、心に銘じて知己に佩す。

世に応・劉〔応瑒・劉楨の如き才人〕は乏しからず、樗櫟何ぞ歯するに足らんや。
偃蹇として弓旌を負い、虚声の恥を蹈むを免る。

ここには面白い事がある。まず初めに博学鴻詞科に敦迫せられる様子で、沈石田を鎖でひっとらえていったのと同じような情況がある。その次は方君が相変わらず大いに不敬なことである。彼は吏が鬼の如く洶洶としていると描写し、さらにひそかに必ずしもそのように洶洶としていなかった古代の安車の類を恐れるという。まことにユーモアたっぷりだと言えよう。巻一の「郷の大水」篇の最後に云う。

官家穀を積むこと山丘の如く、立法本は蒼生の為に謀るに。
便宜に事を行う汲都尉〔汲黯〕、流亡して俸を愧ず韋蘇州〔韋応物〕。
古来書伝は真偽を半ばにす、両人未だ知らずまことに有るや否や。
人を殺して問わず挺刃の政、屠伯何ぞ録に在るの囚を須たんや。

この書伝真偽を半ばにすという言葉は、とっくに使われているのが分かる。蘇東坡がもともと楊雄の典故がないかと恐れたところからの転化だけれども、ここでは却って力強く使われている。同じ篇中にまた云う。

小民の賦命は本餓殍、熟するも亦活きず奚んの災傷ぞ。

これも孟子の豊稔の年でも終身苦労するという言葉に比べてより辛辣である。その区別はおそらく一つは正面からの言葉であるのにもう一つは逆からの言葉である点である。これこそまさしくユーモアの力である。方君は少年のころたぶんすこぶる許行[3]の徒の傾向があったのだろう。その「耕織詞」に云う。

　貧女機に上らざれば、宮中みな草衣。
　農夫田を耕さざれば、侯王すべて餓死。
　鶏鳴きて田間に向かい、桑を採れば朝露新たなり、
　紅日の高きを望めば、晏眠の人を照見す。

又「古戦場の図に題す」に云う。

　豈に鋒鏑を畏れざらんや、将軍驕りて行かんと欲す。
　威は尊きも身命は賤し、法は重きも死生は軽し。
　力尽きて□偏に狭なり、天寒くして虜益ます横（のさ）ばる。
　誰か人の子の骨に非ざる、千載辺城に曝さる。

第五句の第三字は原闕で、あるいは「胡」の字だろうか。つまりこれらの詩からは作者の思想の一斑が見て取れる。清朝では桐城派が有名だけれども、わたくしは方氏の栄誉は苞に在るのではなくて貞観に在ると考える。

　詩はあまりよく分からない。上に述べたのは詩が持っている意味についてであって、勝手に良し悪しを決めたが、自分でも正しいと言う勇気はないし、決して本当に詩を談じたのではない。友人はわたしが詩を談じるのは例にないことだと疑うかもしれないので、ついでに一言声

明しておく。民国二十六年四月二十二日、北平苦住庵にて記す。

補記

『南山堂自訂詩』十巻、嘉業堂に新刻本があり、末に癸亥〔一九二三〕の劉承幹の跋があり、そこに、巻一より巻五まではその裔孫の孫漁川観察の蔵するところで、以て余に与えらる、惜しむらくはすでに半ばを佚し、その後気をつけて探し、ついに巻六から巻十までを手に入れ、かくて完璧となった、と云う。漁川はすなわち呉永で、しからばわたしが手に入れた残本はつまりその底本である。だがどうしてまた流落して古本屋の店先にあったのか。近年また全書一部を得た。巻首に朱文長方形の印があって、「閩戴成芬芷農図籍」〔閩の戴成芬芷農の図籍〕という。内容は劉刻本とまったく同じで、ただ原本にあった目録三十一ページが、劉刻では省略され、総目一頁に改められているのは、少し忠実さを欠いていると言われても仕方がない。民国癸未冬日編校時に記す。

一九三七年五月刊『逸経』第三十期　『秉燭後談』

＊1　『南山堂自訂詩』　呉興叢書本。

＊2　『南堂詩鈔』　孫殿起の『清代禁書知見録』には、〝南堂詩鈔六巻、桐城方世泰撰、乾隆戊午歙の汪廷璋の精刊、又の名は方貞観詩集〟とある。『方貞観詩集』六巻、清・方世泰撰。乾隆三年歙

汪氏刊本がある。方貞観（一六七九—一七四七）、本名南堂、安徽桐城の人。従兄の方苞（桐城派の開祖）が戴名世の『南山集』に序を書いたために文字の獄に引っかかり（蘇惇元の方苞年譜に言う『滇游紀聞』事件）、巻き添えで旗籍に隷属された。

＊3　許行　戦国の諸子百家の一人、農家の思想家、君民并耕を説いて、孟子の批判の対象となった。

59　『帯経堂詩話』を読む

わたしは『帯経堂詩話』[＊1]を持っている。原刻のやや後印本で、葉煥彬（ようかんひん）の遺物で、巻首に蔵書印が一つある。王漁洋の文筆はすこぶるよく、この書の編集にも決まりがあり、繙読に便利であって、わたしはずいぶん気に入っている。ただ本を開けばよく墨丁が目に付き、たぶん銭謙益[＊2]の名前を削ったのであろう。『漁洋詩話』では丸印に改めてあり、目に入るといつもうっとうしくなる。わたしは蒙叟（銭謙益）に誼があるわけではないが、ただ書物がこのようだと、歌姫の顔に陳詵（ちんしん）[＊3]という文字を刺青するようなもので、見過ごすわけにはいかなくなる。著書刻書はいずれも風雅の事であるのに、このようにわけが分からなくなるのは、まさしく避諱や改竄と同じくこの世の醜事の一つである。十一月三日夜そぞろに記す。

一九三八年十一月三日作　『書房一角』

＊1　『帯経堂詩話』三十巻、王士禎撰。一九六三年人民文学出版社排印本が見やすい。

＊2　銭謙益　一五八二―一六六四、江蘇常熟の人、字は受之、号は牧斎、蒙叟はそのうちの一つ。文人。明清二朝に仕え、のち膩臣としてその著作を禁書とされた。

＊3　陳詵　南宋の人、他は未詳。陳詵が岳陽の教官となり、江柳という妓女にうつつを抜かした。上官がそれを知り、公宴を催したが、江柳はそれに欠席したので、呼び出して罰を加え、彼女の顔に陳詵という文字を刺青にした。事は蔣子正の『山房随筆』（『明鈔説郛』二十七巻）に見える。

60　『清初詩集』

『清初詩集』十二巻、蔣玉淵選、康熙二十年辛酉自序、乾隆の時に禁書書目に入れられた。選んだものに方孝標の詩が三首あったからで、つまり巻七、巻九および巻十二に、五七律と七絶が各一首、これがほとんど障碍の一因であったのかもしれない。李文石の著『旧学庵筆記』に〝方楼岡の詩〟[＊1]という一条があり、唐人に倣った擬古楽府百首のうち三首の手書を録し、方楼岡集はすでに旨を奉じて銷毀され、その詩と書はとても手に入れるのが困難で、三詩はすこぶる唐賢の気息があり、褐夫[＊2]の古文とともに二妙と称すべきであると云う。わたしは詩は解らないし、『清初詩集』が選んだものもどうかはよく分からないが、これによって方楼岡の詩が全部で六篇得られたのは、また大いに好いことである。〔一九四二年〕十二月十日。

一九四四年刊『書房一角』

＊1　方楼岡　方孝標（一六一七―八〇以後）、楼岡は号。安徽桐城の人。清の文人。死後南山集案に連累して屍を戮せられた。『清初詩集』の禁書もそのためである。『清初詩集』は国内に所蔵なし。

＊2　褐夫　すなわち戴名世（一六五三―一七一三）、古文を善くして桐城派の基礎を築いた。著作に『南山集』があり、この中に明の桂王の年号を使った文があったため、清の三大文字獄と言われる『南山集』事件が起き、彼は結局死刑になった。褐夫とはもと『孟子』に出る言葉だが、ここは自称であろう。

61　『河渭間集選』

『河渭間集選』[＊1]十巻、銭价人撰、魏耕序。この書は一見すればありきたりのように見え、たまたま北京の市場で手に入れたのだが、はなはだ珍とすべく、やはり喜ばしい。案ずるに楊鳳苞の『秋室集』巻一に収める「銭瞻百（せんせんひゃく）『河渭間集選』の序」に云う。

嘉慶甲戌〔十九年、一八一四〕戴比部金渓がこれを呉山の書肆で手に入れ、瞻百の出処を知らなかったので、許武部周生を介してわたしに訊ねられ、旧聞によってそのあらましを述べてそれに返事をした。銭瞻百は允武（いんぶ）の族人で、魏雪竇（ぎせっとう）とは友人であり、康熙辛丑〔六十年、一七二一〕に允武が孔孟文のために自首告発されて、瞻百も呉之栄に捉えられ、山野海浜に連絡して、反逆の火の手をあげようとしたと言われ、首謀者と見なされて、壬寅〔一七二二〕に至って三人とも同時に難に遭った。集中の紀年が己亥〔一七一九〕で止まっているのは、この刻が完成していくらも経たないうちに被害に遭った。だから流伝がきわめて少ないのである。

楊君は百二十年前にこう言っている。今わたしがそれを見ることができたのは、眼福と言わざるをえない。

魏雪竇の遺文はこの集のほかおそらくすでにないだろう。『集選』の詩題はよく魏氏に及び、巻二に「春暮陶に擬して雪竇に和す」というのがあるが、残念ながら原詩は見ることができない。『竹垞（ちくた）文類』巻三に「梅市に魏子に逢う」という詩があり、『曝書亭集』巻六にも載せ、上章困敦つまり康熙庚子の年〔五十九年、一七二〇〕に列し、題を「梅市に魏璧に逢う」と改めている。『海東逸史』を調べるに巻十四忠義一に、魏耕原名璧、字は楚白、甲辰〔一六六四〕ののち名を改めるとある。一人は死に一人は生きたが、交情は変わらない。朱十〔朱彝尊（しゅいそん）、竹垞〕もまた君子である。

前清の康熙・乾隆両朝の禁書は、いったいどれだけあるのだろう。文字の獄は古すでにこれありで、『烏台詩案』[*2]を読めば、その情景もはなはだ似ている。ただ乾隆年間は四庫の書を編集したので、捜査禁毀の数はとりわけ多い。咫進斎には重刊書目数巻があるけれども[*3]、なお不完全で、誰か篤学の士が出て、安陽の謝氏の『晩明史籍考』[*4]の例に倣って、清代禁書考を編んでくれないものか。その功は学問にとって決して浅くはないはずである。ただこれらの書籍は商売人に利用させるわけにはいかない。もしこれを以て奇貨居(お)くべしの証とされたのでは、われら書生は反ってそのために大害を被ることになる。寒斎の所有する『河渭間集選』は、坊刊の禁書目に名を連ねたことがないために、まだ普通の価格で買うことができた。もし同じ時に手に入れた蔣玉淵編の『清初詩集』のごときものならば、こういうわけにはいかない。

一九四三年九月刊『古今』第三十期『書房一角』

＊1 『河渭間集選』国内なし。

＊2 『烏台詩案』宋代の新法・旧法党の軋轢の中で起こった疑獄事件とその記録をいう。蘇軾が湖州の知事への転出に際する謝表の中で政府批判をしたために、御史台から弾劾され、その後詩作の中からも反政府の言動を調べだされ、交友関係七十四人が連座する大事件に発展した。かろうじて死を免れた蘇軾は黄州に左遷される。一件の経緯は朋九万『東坡烏台詩案』（叢書集成初編など）にまとめられている。烏台とは御史台のこと。

＊3　咫進斎書目の不備　清・姚観元撰『清代禁毀書目』またその補遺と近代の孫殿起輯『清代禁書知見録』が一九五七年商務印書館より刊行され、清代禁書の全容がある程度明らかになった。

＊4『晩明史籍考』　二十巻、謝国禎撰、民国二十一年国立北平図書館排印本。増訂版二十四巻が一九八一年上海古籍出版社から出ている。

書誌

62　『憶』の装丁

　春台〔孫福熙〕から『憶』[*1]を借りて読んだ翌日、青雲閣に駆けつけて一冊買った。この小詩集がとても気に入ったからだ。さて今はその装丁、印刷および紙について語ろう。『憶』の内容はしばらく談じない。――人は疑うかもしれない。それは著者に対していささか失敬ではないか、まるで客が主人に「このお茶はちょうど頃合いだ」と言っているようなものだと。しかしわたしにはいくつか理由がある。第一に、わたしは批評はできない、言うまでもなくとっくに看板を降ろしている。第二に、わたしが〔兪〕平伯を褒めたら、他人はどうしてもサクラをしていると思って、必ずしも信用されない。もし平伯個人に意見を言うなら、「とても気に入った」と言うだけで十分、彼はそれだけでわたしを理解している。したがって、やはり装丁について語ろう。

　この詩集の第一の特色は、全部の詩が作者の手書きであることだ。わたしはとてもじゃないが「問星処（ほしうらない）」ではないから、本当に人相や筆跡判断を述べようとは思わないが、著者の写真や筆跡がいずれも理解や興味の増加の助けになるものと思う。わたしの最近の「車旁軍」[*2]の見解から云えば、やっぱり木版にできればその方がよかった、もし今でも彫れる人がいるなら。石印はどうしてもいささか印象が薄く、墨色も浮薄で、まるで一字一字紙上に並べてあるようで、手で一撫でするとなくなってしまいそうである。その点『憶』についてもいささか美中の不足の感を免れないのである。鉛印に比べるとむろんずっと趣味があるのだけれども。

第二の特色は、豊子愷君の挿絵が十八幅あることである。こうした挿絵は中国ではそんなに見られない。最初平伯の持ってきた画稿を見て、なかなか竹久夢二の雰囲気があると思った。こまごました挿絵のほか『夢二画集』の春の巻を一冊見ただけなのだが。後で佩弦[*3]の文章を読んで、たぶん豊君の『漫画集』の題詞だったと思うが、夢二の影響を受けているとはっきり言っている。日本の漫画は鳥羽僧正（『今昔物語集』の著者の息子）が開山で、鍬形蕙斎、耳鳥斎を経て、現在まで発展した。夢二が画くのは諷刺の意味を消して、飄逸の筆致を残し、さらに特に艶冶な情調を加えたので、自ずから一家をなしており、あの大きな眼と柔らかい肢体の少女は今でも多くの人の心を魅惑するのだろう。だがフランスやドイツのロートレック（Lautrec）とハイネ（Heine）にはむろん彼らのよさがあり、わたしはどうもこうした人々の腕の方がよりわたしの意に適っているような気がする。中国にこうした漫画があるのかどうか、われわれ素人はむやみなことは言えないが、わたしは見たことがなく、したがって豊君の絵について大きな興味を感じざるをえないのである。

第三の特色は、使ってある中国の連史紙[*4]である。中国人は今では用紙に対してまったく無頓着で、再生紙であろうがわら半紙であろうが、ただ紙でありさえすれば何でも印刷して本になると思っているようだ。エナメルペーパーなら宝物、むろん洋連史は言うまでもなく、これはたぶんもうEdition de Luxe（豪華本）になるのだろう。普通の本なら洋紙鉛印で、十分だろうが、ちょっとよいのは少なくとも連史紙でなければダメ、あるいは日本の半紙である。わたしは質朴で強い杜仲紙が特に好きだが。だがあの針金止めはやはり中国式の糸綴じには及ばないと思う。もともとの絹糸結びはどうしてだかいささか女学生の日記に似ているように思われるから、――むろんこれはわたし個人の偏見でしかないだろうが。

要するにこの詩集の装丁はいずれもよい。小さな欠点もあるが、大したことではない。たとえば本文全部にページ数が打ってないこと。民国十五年二月十四日、溝沿の東にて。

附記　兪平伯著の詩集は、樸社出版、北京の景山書社販売、定価一元。

一九二六年二月十九日『京報副刊』『談龍集』

＊1　『憶』　この詩集は国内では見られない。いま詩そのものは『兪平伯全集』第一巻（一九九七年石家荘・花山文芸出版社刊）に所収。

＊2　車旁軍　アナグラムだろうが未詳。傍観者とでもいう意か。

＊3　佩弦　朱自清（一八九八―一九四八）の字。江蘇揚州の人。古典学者にして詩人、散文作家。

＊4　連史紙　四川産の竹を原料にした比較的上質の紙。

63 『扶桑両月記』

羅叔言の『扶桑両月記』を読んだ。書かれているのは光緒辛丑〔二十七年、一九〇一〕の冬、東游して教育事情を視察したことである。羅君はもと読書人だから、その文はたいてい読むに耐える。これは王韜（おうとう）、王之春等と違う。その中に次のようなのがある。〝本屋で宋の聞人耆年（ぶんじんしねん）の『備急灸法』を購った。中に婦人の難産には、右足の小指の先に三つ灸を据えるとよいとある。もし婦人が足を縛っている場合は、まず塩を入れた温湯で足を洗って温め、気脈を通じてから、灸を据える云々とある。これによれば宋代の婦人はまだ誰も纏足をしていたのではないということが分かる〟。これはむろん『存拙斎札疏』*1の材料である。

又云う。〝毛子晋が『津逮秘書』を刻したのは、実は活字を使ったのである。子どものころ『毛詩陸疏広要』を読んで、その中に横に植えられた字があるのを見て、初めて毛氏の刻字はもともと活版だったことを悟った。ただ排印が精工で、刻板とはにわかに区別がつかないだけである〟。わたくしはそこで『陸疏広要』を手に取って考えてみたが、巻上の下第四十六葉、〝顔は舜華の如し〟の条下に、子晋は『爾雅』の〝櫬は木槿〟を引いて、槿の字を倒植しており、やや左下に偏っているが、決して横植ではない。このほかにはないので、羅君が言うのはこれを指すのかと思われる。だが仔細に考察すれば、この一例だけでは実は活版であることの証明には不足である。たぶん普通の木版を彫り改めたところがたまたま脱落したかして、職人が不用意に顚倒錯乱して埋めることは、正にありうべきことであって、活字になって初めて倒植が起こるわけではない。かつて『明斎小識』[*2]の後印本を見たことがあるが、たくさんの箇所で文字が乱れていて、意味が通じなかったが、たぶんみなこの例であろう。だがめったにない例で、ざらに見られるものではない。

一九四〇年二月四日刊『実報』『書房一角』

＊1　『存拙斎札疏』羅振玉の考証集。本書「『存拙斎札疏』」参照。
＊2　『明斎小識』十二巻、清・諸聯撰。普通に見られる筆記小説大観初編本は石印で書き直してあるので、周作人のいう現象は道光十四年版（国会・東北大等）、ないし同治版（前田育徳会）に見られるのであろう。

64　『文章縁起』

『文章縁起』[*1]一巻、陳懋仁（ちんぼうじん）注、方熊（ほうゆう）補注、列雅書院蔵版、巻首に翰林院の印がある。けだし

『四庫』の底本であろう。『総目』巻百九十五を案ずるに、『文章縁起』、両淮馬裕家蔵本、陳・方両家の注を附けるとあり、これとちょうど符合する。序の下の白文の印に〝叢書楼〟[*2]と言い、少し上の朱文の印に〝結一廬蔵書印〟[*3]と言い、白文の印に〝醒夢軒〟と言い、本伝の最初の行の下に一印が押してあり朱文で〝彦昇〟と言い、墨筆の小注で、道光壬寅〔二十二年、一八四二〕の秋この銅印を得たり、印をここに附す、東卿記、とある。これはほとんど葉氏[*4]の物だろう。

巻末に方熊の後序があり、康熙三十三年甲戌〔一六九四〕と署す。以前方氏刻本『陶詩』を手に入れたが、折り目の下に侑静斎の三字が刻され、これと同じであり、咸豊・同治時代の刻だと言う人もあるが、郭紹虞君が査世標の題字によって、康熙年間のはずだと考えたが、ただその年歳を確定することはできなかった。今この後序が見つかったので、信用の置ける確証ができたわけだ。『邵亭（りょてい）知見伝本書目』にこの本は並んでないから、よく見かけるものでないことが分かる。

〔一九四一年〕七月八日。
一九四四年刊『書房一角』

＊1　『文章縁起』一巻、梁・任昉撰。任昉、字は彦昇。唐にすでに失われていたらしい。今あるのは後の編集。

＊2　叢書楼　揚州馬氏の蔵書楼。
＊3　結一廬　すなわち朱学勤（一八二三―七五）、浙江塘栖の人。咸豊三年（一八五三）進士。
＊4　葉氏　葉東卿、志詵。漢陽の人。清代の収蔵家。

65　『唐才子伝』

『唐才子伝』[*1]十巻は、昔から『佚存叢書』本が最もよい。嘉慶年間王氏三間草堂重刊本の流伝が最も広い。近く巾箱本（小型の書物、袖珍本とも言う）五冊を手に入れた。味古書屋蔵版、〝道光十九年歳は己亥に在り秋七月開雕〟と題し、巻首に『四庫提要』を録し、後に附識があって、拠るところはやはり佚存原本であり、龍渓の孫雲鴻と署す。案ずるに近年影印された巾箱の『琵琶記』の末に題字が一行あって、〝辛亥閏の月十九日舟次に観る、雲鴻〟と云う。翁松禅の附注に〝これは孫総戎の題字である、総戎ははなはだ儒術をたっとび、かつて香光の『筆勢論』を刊行したが、今これを求めても得られない〟と云う。これによって同じ人だということが分かる。ただ翁氏は彼が刻した『唐才子伝』には言及していないし、『書目答問補正』もまた載せない。どこにでもあるというものではないだろう。

『補正』には董氏の影印した日本五山本が列せられていて、寒斎はかつて一冊を手に入れたが、そこに云う光緒間の清隠山房巾箱本は、残念ながら見ることができない。それが孫氏の原版で、のちに他人の得るところとなり名を改めたのではないかと疑うのだが、根拠がないので、この刻本を一目見て、その疑いを解きたいものだと切に願うのである。

〔一九四一年〕八月十日。

味古書屋はまた『小石帆亭著録』[*2]六巻を刻している。時に道光二十年庚子〔一八四〇〕、このほかにもなお刻した書があるのかもしれないが、残念ながら見ることができない。編校時記す。

一九四四年刊『書房一角』

＊1『唐才子伝』十巻、元・辛文房撰。唐代詩人伝。四百人近い伝を録する。中国では一度失われ、清初に『永楽大典』からの輯本を作った。日本には完本が五山版として伝わり、林述斎が『佚存叢書』に収めた。その五山版を影印し、それをもとに解説訳注をつけた『唐才子伝之研究』(布目潮渢・中村喬著、一九九二年汲古書院)がある。中国では一九八七年中華書局『唐才子伝校箋』(五冊)などがある。

＊2『小石帆亭著録』清・翁方綱撰。道光十九年味古書屋刊本はわが国では神戸大が所蔵。六巻本は翁氏蘇斎叢書乾隆五十七年自刊本、味古書屋はそれを重刊したもの。他の叢書は五巻本。

66　『柳如是事輯』

『柳如是事輯』[1]一巻、〝雪苑懐圃居士録〟と題し、題葉に光緒癸卯〔二十九年、一九〇三〕と署す。けだし庚子の後三年に刻されたのである。捜集した遺事は少なくなく、観覧に備えることができる。ただ録した『春浮園集』[2]の中の銭牧斎宛の一通など、この類は実際まだ多く、なぜ採らなかったのか分からない。集中「読牧翁集」七条の五には、銭牧老はわたしに言われた、詩文が出来上がったら、柳夫人に見せなさい、意を得た所に行き当たると、夫人は目を凝らして注視し、終日賞詠するからと。この一条はさらに絶好の資料なのに、これをこぼすとは、なんとも残念ではないか。十一月二日。

たまたま頼古堂の『尺牘新抄』を見ていたら、蕭伯玉の銭牧斎に与える書が一通採られていた。つまり『事輯』が録したもので、そこでそれは『新抄』によって転載したものだということが分かった。たぶん春浮園の原書はまだ見ていないのであろう。編校時記す。

一九四四年刊　『書房一角』

＊1　『柳如是事輯』一巻、清・懐圃居士輯。民国十九年文字同盟社排印本。二〇〇二年に上下各四巻、外編一巻に増補した杭州中国美術学院出版社排印本がある。周書田輯。柳如是（一六一八―一六六四）、明末清初の女流詩人。才色兼備の名妓であったが、のち銭謙益の側室となり、その出処進退に関わった。『柳如是詩集』があり、伝には陳寅恪の『柳如是別伝』などがある。

＊2　『春浮園集』『春浮園文集』二巻、明・蕭士瑋撰。光緒十八年蕭氏閑余軒刊本がある。

67　『圭盦詩録』

近世の写刻〔手書をそのまま刻したもの〕の書籍の中で、林吉人の三部作と沈芥舟（しんかいしゅう）の三跋が最も有名であることは、ほとんど誰でも知っている。銭泰吉の『曝書雑記』巻一の『明文在』の条の小注に云う。

　秀水の朱梓廬先生の『小木子詩』の三刻、「梓廬旧稿」は同村の辜啓文（こけいぶん）の書で、柳誠の懸体に倣ったものだ。「壺山自吟稿」は嘉興の陳寓新の箊書（よしょ）〔竹で書くものか〕で、文衡山の体を用いた。「俟寧居（しねいきょ）偶詠」は先生の兄の子声希吉雨の書で、体は顔・趙を兼ね、わが郷の一佳刻である。

又徐兆豊の『風月談余録』巻三に云う。

『心嚮往斎和陶詩』二巻は、曲阜の孔宥涵先生継鍱が作ったもので、呉譲之先生が手録して上梓し、双璧と言うべきである。わたしはかつて初印本を手に入れたが、乱の後失くしてしまった。今伝わっているのはみな翻刻本である。

この二書は幸いにして寒斎がみな手に入れた。雨の窓辺にぽつねんと坐って、時に書を開いて読むのも、ことに喜ばしい。

しかしこのほかの一、二の小冊も、有名な書ではないけれども、すこぶる面白く思われ、一類とすることができよう。その一つは『葉石農先生自編年譜』*で、本文では〝跛奚年譜〟と自称し、咸豊五年〔一八五五〕の刊行、高均儒の書。葉君の著作は『跛奚詩法浅説百篇』一冊しか持っていない。つまり試帖詩の入門書で、上に朱批圏点があり、本屋は梁鼎芬の筆だと言うが、詳しいことは分からない。年譜は半葉八行、行十六字、全二十八葉半、読めばたちまち終わってしまう。ただ文字が肥大で目を楽しませ、高君の手跡も貴重である。その二は『圭盦詩録』一巻で、題葉の背面に、光緒五年己卯〔一八七九〕正月、蕢斎校刊弢盦写本と云う。圭盦、本名は呉観礼、仁和の人。わたしは彼の生涯を知らないし、詩もまた解らない。この一冊の書は七十二葉、詩が二百七十首あるが、本を開く時実際は陳伯潜の書いた字を見ているだけである。これはたぶんお茶が頃合いに熱いというのと変わりはないが、他に方法もない。もし刻された文字を見るためでなかったら、この詩集は買うこともないのである。後で秦樹声の自筆の写刻『乖盦文録』が、行書草書をまじえているのを見て、なかなか別の趣があると思ったが、筆画が細すぎて、それほど見栄えがしないので、まだ収蔵はしていない。

一九四四年刊 『書房一角』

＊ ここに挙げられた写刻の書は、ただ『心嚮往斎和陶詩』二巻、道光二十九年繡水王相刊本（京大人文研）と、『葉石農先生自編年譜』清・葉葆撰、咸豊五年閩県高氏南清河寓舎刊本（東洋文庫）のみ国内で見られる。

68 『和陶詩』

『和陶詩』は東坡以来最も有名であり、かつて民国十一年張朗声らが資金を集めて翻刻した本を手に入れたことがあり、清朗で目を愉しませた。清代には舒白香、姚春木、孔宥涵らの和詩があり、孔集には近く嘉業堂劉氏刊本があるが、原刻はすでに手に入りにくい。徐兆豊の『風月談余録』巻三に、〝『心嚮往斎和陶詩』[*1]二巻は、曲阜の孔宥涵先生継鑅（けいこう）が作ったもので、呉譲之先生が手録して上梓し、双璧と言うべきである。わたしはかつて初印本を手に入れたが、乱の後失くしてしまった。今伝わっているのはみな翻刻本である〟と云う。わたしは北京で竹紙印本を手に入れた。巻端には白文の小印があって漢軍鍾広と云う。たぶん楊子勤[*2]の旧物であろう。また杭州から白紙本を手に入れた。ともに原刻であり、白紙本はとりわけ闊大だが、別に印記はない。壬午〔一九四二年〕の冬にまた一冊を手に入れた。白紙初印で、巻首に朱文の円い印があり〝蘖宧〟と云い、白文長印は〝消沈文字海〟と云い、巻末に朱文の楕円の小印で〝子培閲〟と云う。王氏の序の後の空白に墨筆の題記があり、〝惜菴先生は下相の名士であり、蔵書がはなはだ豊富である。わたしは宿遷に行った時に訪問しようと思ったが、果たせずじまいであった。今この文を見るに、まったく流俗とは違い、有涵の詩に序したのは、双絶と言える。詩の送り先は多くがわたしの友人だが、有涵はすでに逝き、諸人も多くは零落し、五官の季重に宛てた手紙などまことに卒読するに堪えない。咸豊庚申〔十年、一八六〇〕、丹徒の荘棫*3書す〟と云う。下に白文の蒿庵という印がある。また一詩を題して、〝棖触す山陽の瀆、風流事竟に乖い、安仁作す可からず、公緒又生きて埋めらる、遺稿誰か相頌さん、高文孰か与に儕にせん、佳児亦た我が友、涙を拭いて長淮を望む〟と云う。書は道光己酉〔二十九年、一八四九〕に刊行されているから、相去ること僅か十年である。わたしはかつて後印本を見たことがあるが、破れたり磨り減ったりしているところはあったけれども、よく見ると同一の版木から出たものであった。『風月談余録』の云う翻刻本はまだ見ることができないし、いつ誰が刻したのかも分からない。民国三十一年五月。

一九四四年刊『書房一角』

＊1 『心嚮往斎和陶詩』 すなわち『心嚮往斎詩集用陶韻詩』二巻、孔継鑅撰、道光二十九年繡水王相刊本。また民国十年劉氏求恕斎刊本がつまり嘉業堂劉氏刊本である。

＊2 楊子勤 楊鍾羲（一八六五—一九四〇）、原名鍾広、満洲八旗。清末の地方官吏。著に『雪橋詩話』。

＊3 荘棫 一八三〇—七八、字は中白、号は蒿庵。清の詞人。著に『蒿庵遺稿』あり。

69 陶集小記

平生から陶淵明の詩がとても好きだ。陶詩というと、ほとんど好きでない人はいない。これはまさか附和雷同ではあるまいか。いやそうとも限るまい。陶詩はいったい本当によいところがある。わたし個人からすれば、まさしく意が誠で辞が達しているからである。陶集の版本ははなはだ多い。橋川既酔、郭紹虞諸君にはすでに単独の著録がある。[＊1] わたしなどこれを見て望洋の嘆を発するのみである。ただ案頭に一部か二部紙墨明浄なテキストがあって、朝夕の朗誦に役立てば、それで満足である。先日〃形夭無千歳〃の問題を調べるために、書架にあるだけの陶集を取り出し繰ってみた。実にまったく貧弱で、善本がないばかりか、種類も多くない。しかし二、三種についてはいくらか閑話ならできそうに思い、書き付けてみた。『買墨小記』

の例に倣い、上のように題を決めた。

寒斎の陶集は僅かに二十種にすぎず、木刻、活字、石印と何でもあるが、大雅の堂に登るには役不足、だがそんなことはみな関係がなく、どうせ一般人の読書に供するには、たいていそれで十分である。いま下に記す。

甲、『箋注陶淵明集』十巻、四冊、李公煥集録、貴池劉氏〝玉海堂影宋叢書〟の十一、民国二年刻成る。

乙、同上、二冊、〝四部叢刊〟初集本、民国十年ごろ上海涵芬楼影印。

丙、『陶淵明詩』不分巻、一冊、曾集編、〝古逸叢書〟の三十四、民国戊辰〔一九二八〕涵芬楼拠紹煕本影印。

丁、『陶靖節先生詩』四巻、二冊、湯漢注、嘉慶元年〔一七九六〕呉氏拝経楼刊本。又同上一冊、光緒中会稽章氏重刊。

戊、『陶詩集注』四巻、四冊、詹夔錫（せんきしやく）纂輯、康熙甲戌〔三十三年、一六九四〕刊、附『東坡和陶詩』一巻。

己、『陶靖節集』六巻、二冊、方熊誦説、侑静斎刊本。案ずるに侑静斎が刊行したものに『文章縁起注』があり、方氏の跋は康熙甲戌と署すから、陶集の刊行と相去ること遠くないことが推測される。

庚、『陶靖節集』六巻、二冊、康熙甲戌胡氏谷園刊本、民国戊午〔一九一八〕上海中華書局影印。

辛、『陶公詩注初学読本』二巻、一冊、孫人龍纂輯、乾隆戊辰〔十三年、一七四八〕一経代授山房刊。

壬、『陶詩本義』四巻、抄本一冊、馬墣輯注、乾隆庚寅〔三十五年、一七七〇〕序、この書に刊本あるも未見。

癸、『靖節先生集』十巻、四冊、陶澍集注、道光庚子〔二十年、一八四〇〕刊本、又江蘇官書局に重刊本あり。

子、『陶淵明集』十巻、二冊、光緒二年〔一八七六〕徐椒岑仿縮刻宋本、前に莫友芝の題字あり、俗に言う莫刻本なり。

丑、『陶靖節詩箋』四巻、一冊、古直著、〝隅楼叢書〟の一、民国十五年排印本。

寅、『陶淵明詩箋注』四巻、一冊、丁福保編纂、民国十六年排印本。

卯、『陶淵明文集』十巻、四冊、世に蘇東坡写本と云う、汲古閣銭梅仙の摹本を用いて刊刻、嘉慶十二年〔一八〇七〕丹徒の魯氏重刊本。

辰、同上、二冊、同治癸亥〔二年、一八六三〕何氏篤慶堂、姚銓卿臨本を用いて重刊するもの。

巳、同上、三冊、光緒己卯〔五年、一八七九〕陳澧題記、胡伯薊臨本によって広東で重刊。

午、同上、二冊、光緒五年会稽章氏、汲古閣影宋本を用いて刊行、題跋なし、けだし章石卿であろう。

未、同上、二冊、すなわち章氏原板、しかし光緒十四年〔一八八八〕九月稷山楼蔵と改題してある。淵明の小像の後に四言の賛が十八句添えられ、光緒庚寅〔一八九〇〕七月四十五世の孫浚宣敬して賛すと署し、巻末に跋が二首ある。その文に云う。

　仿蘇体の書『陶靖節集』は南宋から伝わり、波磔戈点、つぶさに眉山〔蘇軾〕を法とする。かつて言ったことがあるが、靖節の詩は自然な気持ちがぎりぎりに簡潔で、まったく自然に任され、流水白雲の如く、精神の飛翔が足跡を残さない。東坡は詩にこめた興趣がきわだってはっきりして、物に対して超然としていた。彼らの作る詩の風格は違っていたけれども、その性格の淵源は一つで、恵州の唱和は、ほとんど楽器を同じくしたのかと思われる。文字について見ても、天真に基づき、まるで雲が天にあり、水が地を行くようなもので、だから靖節の詩を書くのは、東坡の書だけが相応しいのである。わが郷の郡東の陶氏は、もとは柴桑〔淵明〕に繋がり、代々竹帛に伝えてきた。わが友文冲同年は墳典〔伝説的古代の書物〕に詳しく、立派な著述があり、書法の巧みさは漢魏に迫るものがある、今この本を得て、臨模してこれを伝え、先人の遺訓を継ごうとし、その跡を模範としようとする。この集に一善本を増すのみならず、銀鉤〔草書〕燦爛として、家集の珍本の冠たるものであって、翠墨風流は会稽の韻事を補うものである。光緒庚寅夏五月、越縵李慈銘書す。

三個の印が刻してあり、朱文は湖唐林館山民と言い、白文は慈銘私印と言う。又朱文四行印は、道光の秀才、咸豊庚申の明経、同治庚午の挙人、光緒庚辰の進士と言う。

わが家にはもと陶集の湯注の大字本があった。紙墨優雅で、必ずしも宋板ではなかったが、汲古閣本以前のもので、献が子どもでまだ校読もできぬ間に、忽ち散逸してしまった。最近会稽の章氏が呉騫本の陶詩を刊刻したが、すなわち湯注であった。汲古の主人毛扆はかつて旧写本の徴士集を手に入れた。東坡の書だと伝えられ、巻中の避諱闕筆から宋本と審定し、〝鬻ぎ及び人に借すは不孝と為す〔売却したり人に貸すのは不孝〕〟という印記は元以降のものとした。毛氏の籠写しの刻本は世間に伝わるものがはなはだ稀で、まるで瑞祥の星や鳳凰のようにめったにない。最近人が伝本を取り上げて上梓したが、筆勢は豊かで、その風貌は元から遠くない、あるいはまた規範とすべき手本となろうか。刊刻が成って版木は同年の友陶君文冲に帰し、稷山草堂に蔵せられた。祖先の徳を述べ、古の思いを寄せるために、印刷して同学に分かたれた。献もそれを得て手を触れれば輝くようで、まるで旧観を取り戻したようだ。思えば魏晋以来別集の単行はまったく稀で、往々にして輟拾錯乱し、真本に復しようがない。ひとり靖節集だけが巻第目録なお昭明太子が編次した書のままである。この本は宋賢の手跡によって、首尾完備し、ほとんど六、七百年になろうとする。これが好事の者に伝えられ、次から次へと伝写されて、芸林を輝かせた。いま又これが好学篤信の遠孫に帰し、鼎の如く尊ばれ、世々守って落とさなければ、後世に芸文を考証する王伯厚のような者が出て、故実を増すであろう。光緒己丑冬十月、杭州の譚献仲儀跋す。

後ろに刻された白文の印は〝淩宣長寿〟といい、朱文は〝会稽陶氏稷山楼蔵〟といい、この跋は筆跡を鑑定するに、たぶん陶氏の書いたものだろう。

案ずるに会稽の章氏が汲古閣の影宋本を翻刻したことは、『書目答問補正』に著録されているけれども、流伝はきわめて少ない。その後原版が陶氏に帰し、印刷分与されたのは、確かに大いなる好事だが、来源を明らかにしなければ、気風のよさのみならず、又その盛徳も現れない。李・譚の跋を読むと、みなその言葉を曖昧にしていて、まるで道端で拾ってきたみたいである。これはなぜか。譚跋の始めの方ではすでに章氏が湯注陶詩を刻したことに言及しているが、その後では人と泛称する。あるいはこれが章石卿だと知らなかったのであろうか。昔杜氏の『越中金石記』の版木を手に入れ、新刻と称した者があったが、これは商人であって異とするに足りない。稷山居士は雅人であるから、こんな風にするのは宜しくないのではないか。

申、『靖節先生集鈔』不分巻、二冊、陶及申校録、手写本。最初のページに菊径伝書、靖節集、鋆厂（いんかん）手録と総題してあり、朱文の印は会稽陶氏家伝という。陶氏には各書の抄読があり、『鋆厂文選』にその小序二十篇が収録してあるが、陶集の小序は見えない。いま次に録する。

靖節の詩は真似できないばかりか、また真似てはいけない。昭明の選は多くないが、選んだのが自ずとよい。東坡がこれを誹ったのは行き過ぎである。晋書・宋書・南史はみな靖節のために伝を立てており、靖節の詩文に序を書いた者は無慮数十家に上るが、昭明の右に出る者はいない。たとい白璧の微瑕という一語〔「閑情の賦」に対する昭明太子の評語〕にしろ、人を愛するに徳を以てしているのであるから、どうして軽々しく誹れよう。集本には錯誤が多く、諸校刻もそれぞれが自分でよいと言う中で、ただそれに欠疑の箇所が多くないとケチをつけるのは、これこそ本当にいわゆる子どものこじつけである。もともと『群輔録』は載せるが、『捜神後記』は載せない、今これに拠る。壬申桂の月、及申謹んで記す。

案ずるにその時は康熙三十一年〔一六九二〕、筠厂五十七歳、言うところは以前の各文に比べてずっと簡要、書名を鈔とするが、実際は全部であることは、彼が鈔した『帝京景物略』と同じで、たぶん彼が好むところであったのだろう。各種の鈔読を寒斎は全部で五種を集めたが、そのうちこの二書が最も珍重すべきものである。

酉、『和陶集』不分巻、抄本一冊、張岱（ちょうたい）評。書名は和陶だが、実は淵明の原詩はみな具わっていて、東坡の唱和の作が並べられ、その後に張宗子が和した二十五首があり、前半には張氏の評語があり、宗子の唱和の作を評した部分は王白岳たちの手になるものかもしれない。抄本には東坡の和詩の末尾に朱筆で五行の題記がある。

　張岱号は蝶庵、著した小品に『西湖夢尋』『越人三不朽』などがありすでに刊行されている。まだ上梓されないものに『陶庵文集』『石匱（せきき）全書』『夜航船』『快園道古』数種がある。この編はわたしが会稽の謝氏の机の上に見たもので、丹墨がまだ新しく、たぶん彼自身が評点したのだろう。陶集の異同の各字が比較訂正してあり、他本に比べて最善であったので、借りて一冊を写し、行旅の荷物の秘玩とする。戊子仲冬朔の三日前、漢陽の朱景超識す。

宗子の和詩の後にも三行があって云う。

右蝶庵の和陶詩、〝規林風を阻む〟および〝六月火に遇う〟などに和した作は、中の塗抹が一つだけでなく、あるいは注は文字を改め別の字を挿入したりして、どうやらこれは未定稿らしいので、そのままにしておき、正本を手に入れるのを待ってその時に訂正する。

虎亭識す。

案ずるに抄本では胤(いん)の字が闕筆されているので、戊子と署したのは乾隆の三十三年〔一七六八〕であって、今を去るすでに百七十五年である。

宗子は東坡に対してまったく遠慮がない。淵明の詩を評してはもとより傾倒するところが多いが、一、二、たとえば「龐(ほう)参軍に答う」の批語には、これも付き合いの言葉と云い、「胡西曹に和す」の批後には、陶詩にもよくないのがあると云う。言葉ははなはだ剛直だが、陶詩の評語にはほとんど見られず、すこぶる面白い。宗子の和陶詩には小序があって云う。

子瞻(しせん)〔蘇東坡〕は彭沢〔陶淵明〕の詩を好んで、全部に和そうとしたに違いないが、どうしてか「栄木」篇等まだ十分の二を残している。いまわたしは山居してやることがないから、題によって追和〔先人の作に唱和する〕し、すでにその数を尽くした。子瞻は、古人には古人に追和した者はいない、古人に追和するのは子瞻(わし)から始まると云った。ところでいま五百年後、又古人に追和する者が子瞻のために拾遺補欠した。子瞻はこれを見て、鬚をひねって一笑しないわけにはいかんだろう。
宗子の和した詩が東坡のと比べてどうかは分からないが、読んでみればそれほど悪くない。だがわたしが意味があると思うのは、ここで宗子の逸詩をたくさん見つけたことである、それに又かなりの資料もある。たとえば「長沙公に贈るに和す」の序に、〝博聞強記ということでは、わたしはわが家の茂先〔張華〕を慕う、そこで『礼』を読む暇に、『博物志補』十巻を作り、その風韻を継いだ〟と云う。宗子になおこの種の著述があったことが分かる。又「帰鳥」の原本は四章が続いているが、唱和の作では四首に分かれていて、序に〝会稽の特産は、日鋳茶、破塘筍、謝橘、楊梅で、よその土地には比べるものが少ない。東坡は、仕事といってないからこれらの諸事を引き受ける用意はあると言った。慚愧慚愧。よって淵明の「帰鳥」の韻に和して、詩を作ってそれを褒めた〟とある。鴿峰（こうほう）草堂周氏抄本『陶庵詩集』には、地方の物産を詠んだ五律が三十七首ある。この四章を得て、増補することができる。詩集には四言の「述史」十四章があるが、この本とは違う。又五言「貧士に和す」七章、「酒を述べるに和す」「会（さと）る有りて作るに和す」「挽歌の辞に和す」三章は、この本にはいずれもない。おそらく東坡がすでに和しているので、重複して収めなかったのだろうか。*2

以上各本の中で章石卿、陶心雲の仿蘇本だけが考証可能な故実がある。陶筠厂抄本と張宗子評本にそれぞれ意見があるのは、又珍しく貴重である。しかも間のいいことにいずれも会稽山陰の人であるのも、すこぶる妙である。わたくしはもちろん真心から陶公の詩文を愛している。

ここに述べたことは郷曲の見から出ているように見えよう、確かにわたしはなお郷人たるを免れないが、それでも構わない。それが事実であるからだ。

民国癸未〔一九四三〕十一月二十六日。

一九四四年一月刊『古今』第三十九期　『苦口甘口』

＊1　橋川既酔等の著録　橋川時雄『陶集版本源流考』、一九三一年北京文字同盟社刊本。郭紹虞「陶集考辨」、一九三六年『燕京学報』第二十期。いま『照隅室古典文学論集』、一九八三年上海古籍出版社に収録。

＊2　五言「貧士に和す」「貧士に和す」七章を蘇軾は確かに作っているが、後の三章は作っていない。

70　『謫麐堂遺集』

戴子高＊の詩文集各二巻は、最初に見たのは風雨楼活字本で、ずいぶん気に入って、原刻が欲しくなり、嘉業堂の新印本を手に入れた。中に補刻が六葉あり、文集の巻二にも磨り減った所がなお多かったのは、とても残念であった。又旧本二種を買ったが、値がずいぶん高かった。ただ徐有壬・周中孚（しゅうちゅうふ）の伝には相変わらず残欠の字があるが、補刻のページはない。

近日小さな店から一部を買った。これでようやく完全無欠を手に入れたのは、大いなる喜びである。この集は光緒元年（一八七五）に刻され、今まで七十年しか経たないが、よい本はすでにこのように得がたい。まさか版木不良のために、残欠しやすいというものでもあるまい。戴君は公羊学を治め、王陽明を推重し、詩文にも常に国を思う情が満ちていて、彼も清末の一奇士である。劉申叔・鄧秋枚たちがかつて表揚したことがあるが、近三十年来はしだいに忘れ去られ、後生はおそらくその名字も言えなくなるだろう。これもまた深く歎惜すべきことである。六月十一日。

一九四四年刊　『書房一角』

＊　戴子高　戴望（一八三六―七二）、清の学者文人。諸生。著書に『顔氏学記』『戴氏論語注』など。『謫麐堂遺集』文二巻詩二巻。風雨楼叢書本（宣統二・三年排印本）のほか、帰安陸氏拠会稽趙氏宣統三年重刊本がある。

71　『恒言録』

昨日六金で『恒言録』[*1]二冊を買った。安いと言うべきである。この書はもとから一部を持っており、十年前修綆堂で手に入れた。例によってきわめて高く、本には購入の年月が書いてあるが、値段はない。ただだいたい気に入った書は見ればすぐに留め置くので、二、三重なるものが出る。今度この書を買ったのもそのためである。それを読んでまた得るところがあった。たぶん同一の版本なのだろうがずいぶん違う所があるのだ。旧本は阮長生の序と題するが、今は改めて〝常生〟に作る、本文中の〝長生案云々〟もことごとく削られているが、ただ巻末の三ヵ所だけ元のまま〝長生〟に作ってある。また〝元〟字は旧本は末筆を欠いていた[*2]が、今は補ってある。時に取りこぼして補ってないところが散見する。阮長生がいつ名を常生に改めたのか知らないが、いちいち旧文を改めたのは、ご苦労と言うべきで、欠筆の字を補うに至っては、また何をかいわんやである。

旧本は末葉に、〝後学甘泉の阮鴻北渚・儀徴の阮亨梅叔校〟と題するだけだったのに、今度は目録の後に一行添えて、〝儀徴の阮亨仲嘉校〟とある。あるいはこの本の校改は仲嘉の手になり、家諱を避けるのが意味がないと思って、改めたのかもしれない。こうした版本の変更は些細な事だが、亦ずいぶん面白く、調査記録に値するものである。民国三十一年六月十五日記。

一九四四年刊　『書房一角』

＊1　『恒言録』　六巻、清・銭大昕（せんだいきん）撰。刊本は潜研堂全書ほかいくつもあるが、一九五八年北京商務印書館排印本が見やすい。古典の中の常語や俗語を集め考証を加えたもの、翟灝（くこう）の『通俗編』と同

類の書。

＊2 〝元〟字の欠筆　阮長生ないし常生は阮元の息子、したがって元字を闕筆したのである。この後に出てくる儀徵の阮亨もその子孫であろう。

72 『爾雅義疏』楊氏刊本

『爾雅義疏』＊二十巻は、前から同治乙丑〔四年、一八六五〕郝氏沛上（はいじょう）重刊本を持っている。それ以前に学海堂および汚陽（べんよう）陸氏本があるがみな不完全。聊城楊氏足本がこの本の出所だが、なかなか手に入らない。だからふつう『爾雅義疏』を読もうとすれば手に入るのは郝氏本しかない。近日、本屋が楊氏刻本を見せた。郝本に比べて五、六倍も高いが、ついにそれを収めた。この書には咸豊丙辰〔六年、一八五六〕の胡珽の跋があって、刻書の顚末が述べられ、全稿は高均儒が捜して手に入れたものだと云う。いま内扉に題辞が一行あって〝己未孟冬袁浦に在りて高伯平手ずから贈る〟とあり、また巻首に印が五つあり、一つは〝呉興の世家〟といい、一つは〝曾植印信〟という。けだし沈寐叟（しんびそう）の旧蔵であり、また珍とすべきである。

咸豊丙辰から同治乙丑まで、前後わずか十年、にもかかわらず書はすでに手に入れがたかった。郝聯薇の跋に、すみやかに原本を求めたところ、済南で陽湖の汪叔明に会い、欣然として所蔵の楊氏足本を提供され、ようやく上梓することができたので、これを明らかにする、と云う。だいたいが道光・咸豊時の江浙の刻本は、版木がことごとく太平天国の乱に遭って焼かれ、今では稀覯本となっていて、その値は往々にして康熙・乾隆の版本の数倍もする。楊氏の板は蘇州にあったから、当然庚・辛〔一八六〇―六一〕の劫略のただ中にあったわけである。寒斎のこの本は、寐叟の手沢であるがために貴重であるばかりか、兵火の残余の中から出たものである。これははなはだ記念すべきことである。〔一九四一年〕六月十一日記。

一九四四年刊『書房一角』

＊『爾雅義疏』楊氏刊本は国内の公共図書館には所蔵がないようである。なお跋は聯蓀・聯薇両名の名で書かれている。

73　『爾雅義疏』

郝氏の『爾雅義疏』、わたしが最初に手に入れたのは同治丁卯〔六年、一八六七〕郝氏家刻本であり、末に刊誤一紙が附いているので、早印だと分かる。

ついで得たのが丙辰〔咸豊六年、一八五六〕聊城楊氏刻本、すなわち同治本がそこから出たので、この二者*はみな足本〔完全なテキスト、省略のある節本に対して言う〕である。のち『殷礼在斯堂叢書』の『爾雅郝注刊誤』を読んで、羅振玉の序が盛んに王念孫の削除本を褒めるのを見て、また道光庚戌〔三十年、一八五〇〕沔陽の陸氏刻本を求めそれを架蔵した。つまり木犀香館本で、石印本があるが未見である。

葉徳輝の『郋園読書志』巻二に、陸刻本『爾雅義疏』二十巻があり、五本のうち楊胡本〔つまり聊城楊氏刊本〕は希見で、ついでは陸刊だと云う。これがつまり陸本である。葉氏がこれを記したのは民国己未〔八年、一九一九〕で、今また二十余年が経った。寒斎は全部手に入れたわけで、これはまことに喜ばしい。

削除本と足本の二者のいずれが優れているか、という問題は一口では断定しにくい。陸本の陳奐の跋によれば、削除が王氏の手になるのはまさに疑いがないから、王氏の学に服膺する者および謹厳を主張する者が推重するのは当然だが、新説や仮説がいくらあっても構わないとしたり、あるいは著者の原意をできるだけ保存すべきだとするものも、ともに合理的である。もし家刻本の郝聯蓀の跋に云うように、祖母が臨終に際して諄々とすみやかに原本を探すよう誡めたのであれば、婉佺夫人〔王照園〕も節本に満足していなかったわけである。

しかし形式から云うと、わたしは陸刻本が最もよいと思う。さっぱりと解りやすく目を楽しませる点は、他の各本が及ぶところではない。陳氏の跋は著者が自ら経学研究の難しさを語ったことを述べ、時が四鼓〔午前三時〕を告げること四十年、常に老妻と香を焚き対座して、異同得失を参証し、論が合わなければ、反目してやまずと云う。語ははなはだ風趣があって、これもまた『世説』の好材料である。

邵氏『爾雅正義』は昔から持っていたが、ただ「釈虫」の果蠃(から)・蒲盧(ほろ)の注を見るに相変わらず化生の説を取っていて、わたくしははなはだ不満であったので、備え置くだけであった。

去年また一部を得た。白紙早印で、清潔でさっぱりしていて、望江の倪(げい)氏の旧蔵、〝大雷経鋤堂蔵書〟および〝倪模〟の諸印があり、巻中の「釈宮」以下には朱批が多く、たいていは糾正するところがあり、これまた二雲〔邵晋涵の字〕の諍友たるに恥じない。

一九四三年九月刊『古今』第三十期『書房一角』

＊　この二者　最近の『郝懿行集』第四巻（斎魯書社版）は同治六年郝氏家刻本を底本とし、咸豊六年楊氏刻本で校訂をしたもの。

74　『山海経釈義』

小さいころ塾の教室で読書をし、しっかり覚えたのだけれども、後からはたいてい何の興味も感じない。しかし自分で勝手に読んだものはいつも思い出し、たといごく平凡な書でも特に面白く思う。『山海経（せんがいきょう）』はその一つである。そのころ最初に見た『山海経』はどんな版本か知らないが、要するにきわめて粗雑な坊刻で、中型の黄紙の印刷、半葉ごとに一図、彫りは拙劣、だが心から愛し、なかでも龍首馬蹄の〝彊良〟の絵は今でもはっきり覚えている。それからのちまた出会ったのは広百宋斎の石印本であったようだ。絵は紅緑の二度刷りで、やはり中型本で半葉に四図、まったく明晰でなく、だから記憶もはっきりしない。この二書はとっくに失くなって、もう追跡のしようもない。

三十年経った後、あらためて『山海経』を買ってみたが、なんと別のものであった。畢秋帆の『新校正』、郝蘭皐（かくらんこう）〔懿行〕の『箋疏』もみな純粋の学術書であって、図像はなく、呉志伊の『広注』には図五巻はあるけれども、今では見られない。汪双池の『山海経存』石印本には図はあるが、描き直しが描く、まだ坊刻粗本の方が古拙な趣があってましなように思う。

最近手に入れたのは王徳徴の『山海経釈義』*で、明の万暦丁酉〔二十五年、一五九七〕の年の刊行、今から三百四十年余り前で、図が七十五葉ある。『四庫総目』巻百四十四〝小説家類〟存目二によると、この書は郭璞（かくはく）の注をすべて載せ、崇慶〔王徳徴〕には間々論説があるが、その言葉はみな軽薄、その図も俗工の作ったもので、典拠にはならない、と云う。案ずるに『山海経』は多く怪物を記し、畢氏の書の序はいまだかつて怪を言わずと力説するけれども、やはり理詰めの解説にすぎず、信ずるに足りない。したがって絵に怪相が多いのはまさに当然であって、たとい唐宋人の絵本に拠ったところで、必ずしも典拠とするに足るわけではなく、重んずべきはただ古いというだけである。今の『釈義』本はわたしの見たところでは最も古い図であり、俗工から出たとしても何の構うところもない。『鄭堂読書記補逸』巻十六に、この編は郭景純注本に就いて毎節の後にそれぞれ釈義をし、言葉は多く軽薄だが、経注についてははなはだ発明するところがある。間々反駁が経文に及ぶのは、とりわけ誤りである、と云う。この評語はたぶん『四庫存目』に基づくのだろうし、別に新意はないが、ただ特に反駁が経文に及ぶことを持ち出しているのは、すでに『釈義』の要点をよく知っている。しかし郝・畢諸氏の書と比べるのは、明清の学風が違うから、併せて論じるのは難しい。『釈義』は郭璞の序の後に蔣一葵の識語があり、そこに景純は怪を語ってもっぱら物を信じ、徳徴は常を語ってもっぱら理を信ずと云う。この語はきわめて要領を得ている。たぶん『釈義』は箋疏ではなく批評なのであり、往々にして経の語に反駁するのは信ずることができないからである。しかしこの理詰めの主張は畢氏とはもともと違いはないのだが、経学者のやり方とは合わない。それを鄭堂が喜ばないのも無理はないのである。

わたしはすこぶる『釈義』の言葉が好きであるが、よりそれら俗工の絵が好きである。「海内経」に南方に延維という神あり、人首蛇身にして紫衣を着、大いに王君の笑うところとなる、と云い、その絵を見ると亦なかなか趣がある（残念ながら紫衣は描いていない）、たぶん事理を論ずるなら虚妄を憎むべきだが、小説として見る時には、姑（しば）らくこれを妄言し姑らくこれを聴くのも、また悪くなかろう。

一九四三年九月刊『古今』第三十期『書房一角』

＊『山海経釈義』十八巻図一巻。嘉靖本は内閣文庫が蔵するが図巻なし。万暦刊本、四庫存目叢書本などがある。

75 『章氏叢書』について

汪旭初先生が『寄庵談薈』の中で柳非杞君の質問に答えておられるが、『章氏叢書』＊の説明について、知るところをいま少し補充しておこう。

『章氏叢書』康氏排印本は誤字がすこぶる多いが、いま市中ではすでに手に入れにくく、浙江図書館本は版がしだいにぼやけているが、まだ買うことはできると思う。

このほか『章氏叢書続編』は、民国二十二年北平で刊行され、木版四冊、全部で七種の書十七巻を収め、『葑漢昌言（とうかんしょうげん）』および『体撰録』はみな入っており、『新出三体石経考』は銭玄同の手書きで、写刻は精工、初編の『小学答問』よりもずっとよいようだ。

この書は章門の弟子の若干人によって発起され、出資刊刻され、汪先生もそのうちにおられる。『春秋左氏疑義答問』に校勘者の名が並べてあるのに、どうして『体撰録』は終始未刊というのか分からない。当時刻版が終わった全書に収められなかったのであろうか。

　刊校印刷は呉検斎がやったそうで、参加した人はそれぞれ三、五部ずつもらい、みんなは版木を章氏国学講習会に寄贈しようとしたが、後で実行されたとは聞かず、呉検斎が死んでからはこの事がどうなったかは分からない。呉氏の手で印刷されたものは、古本屋で時にまだ見かけるそうだが、要するに初編に比べてずっと手に入れにくい。

『国華』および『制言』に分載された文章は、孫世揚の編集で、『太炎文録続編』七巻がある。各巻は多くが上下に分かれていて、実際は十三巻ある。民国十三年漢口で排印出版され、全四冊、『章氏叢書三編』の一部となった。五百部印刷されただけで、終わりに配送名簿があり、重慶の項に汪先生の名もある。

　書の印数は多くないけれども、西南ではまだ探せるのではないか。北方では、まさに続編とは逆に、とても手に入れにくい。名簿によると配送は五、六部にすぎない。以上見聞したところによって一、二を述べ、参考に供する。指摘増補を賜らば、とても欣快である。


一九五〇年一月二十八日刊『大報』『飯後随筆』

＊『章氏叢書』　章炳麟の著作集。版本は以上のほかに民国間上海右文社排印本がある。

76　銭玄同と『章氏叢書』

銭玄同は太炎先生の講義を聞いた。最初は東京の大成中学での国学講習会で、後には『民報』社での『説文』の特別講義であった。時にはそこに泊り込みで、太炎と〝足を抵(あ)てて眠り〟、徹夜で文字問題について議論し、その結果先生を説得して字を書くには篆字(てんじ)でなければダメだということを承認させた。太炎が学生に宛てた手紙は、人に言付けて持ってこさせるのだが、封筒の上には篆文が書いてあった。しかし江声老先生の古いやり方は結局、実行が難しかった。そこで玄同は小篆によって楷書で書くという方法を編み出した。書いてみると決して醜くはなかった、それほど読みやすくはなかったけれども。円い画(かく)が方形の画に変わって、逆に見慣れないものになったのが、一。本字を使わなければならないので、一見して見にくく、たとえば認を仞と書くなどが、二。苦心の研究を進めて、終に四巻の『小学答問』を書き上げた。木刻は精工で、民国以後『章氏叢書続編』に編入された。だが後印本はぐっと見劣りがする。民国二十二年北京で『叢書続編』が編集刊刻され、玄同と呉検斎がその事にあたり、各巻の終わりには二人の覆校の署名があり、証拠になる。その中で『新出三体石経考*』一巻は、やはり玄同の手書きだが、写法は少し変わっている。太炎の跋に云う。

　呉興の銭夏は先に余のために『小学答問』を書写してくれた。字体は正篆により、体制はきわめて厳密で、張力臣が書いた『音学五書』よりも優れていた。たちまち二十余年が過ぎ、今また余のためにこの論考を書写してくれた。時勢が移り、今では正篆を識別できる学者もしだいに少なくなった。そこで『開成石経』まで下がってそれにより、あまり特殊なものを除いて、一編とした。つまりまた古を斟酌して今を量って、その中正を得たのである。稿本になお詳らかにしない所がいくつかあったが、夏君がまた余のために考証して、原稿について改めてくれた。それで喜んでこれを記した。夏君は今の名を玄同と云う。続編は楷書体がきっちりと離られ、すこぶる精緻で、弟子たちは刊刻が成った後は全部奉呈したいと思い、蘇州への移送は、呉検斎がその事にあたることになっていたが、遅々として進まないうちに、南方では別に影印が行われた。呉がそのうち亡くなると、原板があるのかないのかも分からなくなった。もし小像がある初印本を手に入れた人がいるなら、いかに珍重かを知るべきである。

一九五〇年一月二十八日刊『亦報』『飯後随筆』

＊『新出三体石経考』銭玄同が手写した『新出三体石経考』は、いま『章太炎全集』第七巻（一九九九年上海人民出版社）に見ることができる。

77 『太炎文録』の刊行

古籍刊行社の便りによると、まもなく章太炎先生の『検論』『国故論衡』と『太炎文録』が印刷刊行されるそうである。＊これはまったく時宜に適した、またまさしく必要な事である。太炎先生の著作は以前は実に通行が少なかったが、これは彼の文章の難しさとも多少関係する。清末民初の何人かの学者の中で、彼の文章は実際分かりにくい。いま整理して出版されるのは、だからとても必要だがまたとても困難な事でもある。

太炎先生の著作は、民国以前にぽつぽつ出版されたほかは、計三度収集刊行された。第一は浙江図書館の木刻の『章氏叢書』で、彼の全集の基本であって、流布も最も広く、『検論』など三種も入っている。第二は『章氏叢書続編』、四冊七種しかない。一九三三年の北京刻版で、昔の門人の資金拠出によってでき、印刷はずいぶん精巧である。わたしは藍印のものを一部所蔵しているが、巻首に一枚写真があって、指の間の煙草から出る煙の一筋一筋まで見え、実によく撮れている。刊刻成った後はもともと全部の版木を章氏に贈呈するつもりだったが、終に果たさず、抗戦が起き、この版木の行方もついに調べられなくなった。その中の一巻『新出三体石経考』は、銭玄同の手書きを刻し、太炎先生はずいぶん満足だったようで、手書きの序文に云う。

呉興の銭夏は前に余がために『小学答問』を写す、字体は正篆に依附し、裁別至って厳にして、張力臣の『音学五書』を写せるに勝る。忽忽として二十余歳、又余がために是の考を写す。時事遷蛻り、今茲の学ぶ者能く正篆を識る者漸く希れなり、是において降りて『開成石経』に従い、その泰甚しきを去り、勒して一編を成す。斯ち亦古を酌み今に準じて、その中道を得たるものなり。稿本なお数事いまだ諦らかにせざるあり、夏復た余がために考核し、稿に就きて更正す、故に喜びてこれを識す。夏、今の名を玄同と云う。民国廿二年三月、章炳麟記す。

第三はすでに太炎先生が亡くなられた後で、章氏国学講習会によって漢口で編集鉛印され、『章氏叢書三編』と名づけられたが、ただ『太炎文録続編』七巻四冊が刊行されただけで、時に一九三八年であった。当時は全部で五百部刷っただけで、各方面に寄贈した。寄贈名簿に書かれたのによると、北京に来たのは全部で六部、今ではわたし以外の五人は、すでにみな道山に帰してしまった。今度印行されるはずの『太炎文録』は続編を含むのかどうか知らないが、この点は注目に値するようだ。

太炎先生の文章にはもともと句点がつけてあり、そのとおり翻印するなら、問題はないが、もし整理注解を加えるのなら、経験的にはなかなか容易くはないように思う。『訄書』（のちに名を『検論』とする）は言うまでもなく、その読みにくさは有名である。『国故論衡』にしたところで、やはり秦漢以前の書のようで、すらすらとは読めない。〝五四〟前後、北京大学は、まず教材の刷新を行い、〝学術文〟の選録注解を提唱した。中には少なからぬ『国故論衡』の文章があった。当時注解した人によると、実になんとも苦心をしたものだが、幸いなかには昔の弟子が多く、ある人は先生の『論衡』の原稿を持っていて、開けてみると、改めたのはどんな字かが分かり、元の意味を知ることができたということだ。魯迅はかつて人が古文を作る秘訣を語ったが、まずごく普通の文章を書き、それから細かく中の字句を削って古字に置き換える、こうすると古色古香豊かな一篇の文章になると。当然これにも拙劣なのがあり、竹馬を〝筱驂〟としたり、夜に不祥を夢に見ることを〝宵寐禎ならず〟とする。しかし最も上等の文人でも使うのはやはりこの手である。『検論』と『国故論衡』の文はとても難解で、読者が近づきにくいばかりか、注解する者にもなかなか適当な人が得られない。ただ『太炎文録』はやや平易で、そのまま翻印してもよい。というのは中の多くは『民報』のために書いたから、彼の比較的通俗的な文ということになろう。

一九五八年一月十四日刊『新民報晩刊』　文類編第十巻　散文全集第十三巻

＊　古籍刊行社の便り　『太炎文録』が人民共和国になって実際に単行刊行されたのかどうか未詳。『太炎文録初編』『同続編』は、のちに『章太炎全集』（上海人民出版社）第四・五巻に収録された。

78　『守常全集』に関する旧聞一点

編輯同志：

晦庵の『書話』[*1]に『守常全集』[*2]第一冊の出版について述べていますが、この集の編集のいきさつについては語っていません。わたしの知っているところでは、この集は守常先生の甥の李白余が収集したもので、彼の本名は李兆瑞、清華大学の学生です。守常先生が難に遭われて以後、彼は遺編を収集しようと決意し、各図書館で苦心して書き写しました。編集を終えたころには、北京方面はすでに蔣介石の特務がいっぱいで、個人の行動もそれほど自由ではなくなっていました。李白余は華北から逃げ出す計画を立て、そこで書き写した文集四巻の原稿を大きな包みにして、わたしが替わって保存してくれるよう預けに来まして、彼自身はそれ以後いなくなりました。解放後になって、再び現れましたが、その時はすでに名を李楽光と変えていました。残念なことに彼はもう何年も前に亡くなりました。

一九三三年、下斜街の浙寺で守常のために弔問受付を始めた後の一週間、つまり四月二十九日、守常夫人と娘の李星華が訪ねてきて、文集のことを話しました。これから推測するに、原稿の第一・二巻を北新書局に送ったのはたぶんその時の事でしょう。その時はおそらく出版が難しかったので、蔡孑民（さいげつみん）〔元培〕に序文を書いてくれるよう頼んだそうですが、彼は書かなかなかったようです。魯迅が附記[*3]の中で言うT先生とは、蔡孑民の可能性があります。文集の第三・四巻の原稿は、守常が日本留学の時に撮った一枚の写真とともに、一九四九年に関係のある人に手渡しました。

一九六二年八月三十一日刊『人民日報』　文類編第十巻　散文全集第十三巻

＊1　晦庵の『書話』　唐弢（とうとう）著。一九六二年北京出版社、のち一九九八年三聯書店版。

＊2　『守常全集』　李大釗（りだいしょう）著。北新書局が一九三九年社会科学研究社の名義で出版したが直ちに租界当局に押収、一九四九年北新が『守常文集』上冊を刊行、一九八九年上海書店が陳独秀の『独秀文存』と合冊で影印した。李大釗（一八八九―一九二七）、字は守常、唐山楽亭の人。中国共産党設立者の一人。『新青年』などに文章を発表して理論的重鎮であったが、一九二七年張作霖によって共産党員が逮捕された時、難に遭った。周作人は『新青年』時代からの関係で、彼の死後その遺児たちの面倒を見た。

＊3　魯迅の附記　魯迅「『守常全集』題記」。『南腔北調集』に収録。

科挙

79　『顔氏学記』

『顔氏学記』を読んでとても面白いと思った。顔習斎[*1]の思想はもちろんその多くはよいものだが、顔・李〔顔元・李塨〕の地位は実に明末清初の康・梁〔康有為・梁啓超〕であることを思い起こせば、さらに感慨深いものがある。習斎の学問は程・朱・陸・王に反対し、復古を主張し、〝古人は六芸を学んでその徳行を完成し〟、〔芸・徳・行の〕三物に帰結するとした。その思想形成の経緯もすこぶる複雑であるが、思うに明末の文人が国を誤ったのが、要するにその重大な原因の一つである。彼は『存学編』で宋儒を批判して云う。

夜が明ければ、いたずらに口舌を以て党禍を招き、毒を後世に流して、まったく章句の学を以て民草を誤る。ましなものはただ先儒の学を講ずるだけで、やや文義にわたれば、以前の説を承けて後人の蒙を啓こうとするだけ、下なるものはただ朝廷の科挙の順位を問題にし、僅かに時文の模倣ができるばかりで、みな富貴栄達に熱心であった。

その結果北宋の時には多くの聖賢が生まれたが、結局〝拱手して二帝を以て金に畀り、汴京を以て劉予に与えた〟。南渡の後にも又多くの聖賢が生まれたが、ふたたび結局〝少帝の背中を推して海に赴かせ、玉璽を以て元に与えてしまう〟ことになった。又『年譜』では習斎の言葉を記して云う。

　文章の禍は、心に中れば心が損なわれ、体に中れば体が損なわれ、国家に中れば国家が損なわれる。陳文達は、本朝は文墨の世界だと言った。そのころそれを読んだが、その言葉の無惨にして意味の悲哀なることを感じなかった。

戴子高は「顔李弟子録」の中で湯陰出身の明の宗室朱敬の云ったことを記して、その意味はとりわけ明白である。

　明が天下を失ったのは、士が実務に勤めず虚習にとらわれたからである。その禍は成祖が『四書五経大全』を定めたことに始まる。三百年来わずかに一人の王陽明がよく功績を建てることができただけなのに、それを修める者が今になっても止まないのは、みな科挙の俗学が人々に染み付いた弊害が深いためである。

こうした背景は明らかに清末甲申〔一八八四・仏清戦争〕から甲午〔一八九四・日清戦争〕の間と同じであるが、そのころは西洋の学問がなく、ただ復古の道があるばかりであった。これは、ちょうど文芸復興のヨーロッパがやったように、もともと革新の一方法であった。〝兵農銭穀、水火工虞〟とは、つまりのちに声光化電〔物理・化学〕、船堅砲利〔工業・技術〕を提唱したのと同じ意味であり、比較的穏やかで、又経典に基づいてはいるが、それでもやはり陋儒を驚倒させ、道学時文の烏煙瘴気を打破するに十分であった。おそらくそのころもこうした議論は花盛りであったらしく、たとえば傅青主*2は「化成・弘治の文の後に書す」という文章の中でも次のように述べている。

　仔細に考えれば、この〔科挙合格の〕技が絶頂に達したところで、何の役に立てようというのか。文事も武備もひそかに影もないほどの割を食っているのに、こんな事で孔孟の伝統を受け継いだとしようとするのは、まったく以て反吐が出る、反吐が出る。

この道理は皇帝にさえ分かっていたようで、康熙二年〔一六六三〕の上諭では八股の文章と政事とは関係ないとし、即時に停止をしたが、科挙はそのまま止めなかったから、八年になって八股は又も復活し、そのまま清末に至り、国家の命運と前後して絶命した。民国以来康・梁の主張は実行されたように見えるが、実際はそんなものではない。戊戌〔一八九八年〕の前三十年、戴子高・趙撝叔（ちょうきしゅく）は顔・李二家の著述を探し回って得られなかったが、今ではいくつもの版本があり、四存学会も早く成立し、そして今『顔氏学記』を読んで思わず心服する。これはいったいどういうわけだろう。一方から言えば、康・梁の言うところはあまりに自分に近すぎたので、少し遠くまた少し古いものを拠り所としたのだ——郷土の関係から持ち上げるものはまた別だ。また別の面から言えば、西学も新政もすでに道学・時文になってしまったので、顔・李の説を今日の対症薬として、人々を警醒する。わたくしの如きはたぶんこの第二の種類に属するだろう。

　顔習斎はかつて言った。〝治を為すには四穢を去れば、其れ清明ならんか。時文なり、僧侶なり、道士なり、娼婦なり〟と。ほかのは今ともかく、彼がいたく時文を憎むのは正しいと思う。だが『性理書評』で彼は又〝宋儒は聖学の時文である〟と云うのは、さらにわたしを感服させる。どうして道学は時文となったのか。彼は説明する。〝けだし講学の諸公は体裁のいいことしか言わない。三代の聖賢が一身の出処進退、一言の抑揚にもみな定見があるのとはわけが違う〟。傅青主もかつて言った。〝何事にも拘らないがただ奴隷にだけはなりたくない。それが奴隷になると、そのずる賢さで、滔々とまくし立てる、それを繰り返すとむろんものを言う人間はいなくなる〟。

六月中に『学記』を読んでこの文を書き始め、七月の末にようやく書き終え、いま再び加筆してこれができたが、国慶節が過ぎてもう何日にもなる。

（民国二十二年十月）

一九三三年十月二十五日刊『大公報』『夜読抄』

＊1　顔習斎　顔元（一六三五―一七〇四）、字は渾然、号は習斎。直隷博野の人。清の思想家。著作に『四存編』その他がある。弟子の李塨（りきょう）とともに実学を提唱し、顔李学派と呼ばれた。『顔氏学記』十巻は清の戴望（子高）の著。顔李学派の学説を喧伝紹介する書で、「顔李弟子録」はその第十巻に当たる。清末梁啓超などによって発掘評価された。一九五八年中華書局の評点本などいくつも版本がある。

＊2　傅青主　傅山（一六〇五―八五?）、字は青主、号は真山ほか。山西陽曲の人。清に入って仕えず、医師を業とする。文集に『霜紅龕集』四十巻（近刊に二〇〇七年山西古籍出版社丁宝銓本影印がある）、「書成治文後」は同書十八巻に見える。

80　試帖について

長らく八股文を研究したいと思ってきたが、いまだ手を着けかねている。難しいのと、材料が多いのと、篇幅が長いがためである。最近心機一転して、試帖詩〔科挙の設問に対して作った詩〕を読んでみるのがよかろうと思い、そこで少しばかり本を集め始めた。こうした本はもうとっくに誰も相手にしなくなり、今のような経典尊重、孔子崇拝の時代でも、書店が目録を刷る場合でもたいていい並べないので、調べるのも容易ではない。だからわたしが集めたのは五十種余りにすぎない。

詩帖についての本は、ふつう別集、総集、詩文評の三類に分けられる。詩文評の類には梁章鉅の『試律叢話』[*1]があって、『書目答問』に見え、十巻未刊というが、わたしは一部を手に入れた。全八巻四冊、板心の下端に知足知不足斎と六字が題され、最初のページの裏に同治八年（一八六九）高安県署重刊と云う。わたしの書斎には『知足知不足斎詩存』があり、馬佳氏宝琳の著で、今人が編んだ『室名索引』にも、「知足知不足斎、清満洲宝琳」と載っている。だが刊刻者がこの人かどうかは分からない。詩集を調べてその行跡は直隷・奉天を出ないようだし、梁氏はながく広東にいたから、そんなに関係はないのだろう。高安県重刊はあるいは梁恭辰かもしれない。『書目答問』は光緒元年〔一八七五〕に書かれたのに、知らないのは、どうしてだろう。その次に倪鴻（げいこう）の『試律新話』四巻がある。題に同治癸酉〔一八七三〕閏六月野水閑鷗館開板というから、たぶんその家刻本だろう。倪氏にはまた『桐蔭清話』八巻の著書があり、とても有名で、掃葉山房に石印本がある。梁氏の『叢話』の編集法は制芸〔八股文〕を語るのと同じで、やや平板に感じる。巻一は唐人の試律を論じ、巻二、三は紀暁嵐〔紀昀（きいん）〕の『我法集』[*2]と『庚辰集』を論じ、巻四、五は九家と七家の試帖をそれぞれ論じ、巻六は壬戌〔同治元年、一八六二〕の同年合格者を論じ、巻七は福建の同郷を論じ、巻八は梁氏の一族を論じている。しかし資料が豊富で、やはり取るべきところがある。倪氏の『新話』は普通の詩話に近く、気の向くままに翻読すればすこぶる面白いが、系統と秩序に欠ける。

　別集は多すぎて記せないし、また収集もできない。総集も少なくなく、今はただわたしが持っている唐人の試律の一部分を次に挙げる。最も早いのに『唐人試帖』四巻があり、康熙四十一年〔一七〇二〕刊、毛奇齢編、王錫、田易との三人の評注のあるもの、そのころの科挙はまだ試帖詩を使わなかった。『叢話』の巻二に云う。

〝康熙五十四年乙未〔一七一五〕初めて一次試験で経義性理を用い、二次で判語五条を削除し、それに代えて五言六韻の詩を一首とした。大小の試験にみな試律を課すことにしたのは、乾隆丁丑〔一七五七〕から始まる〟。葉忱（ようしん）・葉棟の編注した『唐試応試備体』十巻は、康熙乙未に成り、魯之亮、馬廷相評釈の『唐試帖細論』六巻、牟欽元（ぼうきんげん）編の『唐詩五言排律箋注』七巻は、いずれも康熙乙未の年に書かれたもので、乾隆戊寅〔二十三年、一七五八〕の年の重刊である。銭人龍の編集した『全唐試律類箋』十巻も、やはり乾隆己卯〔二十四年、一七五九〕の年の重刊で、いずれもそのころの投機的な出版であることが分かる。銭氏の原序は毛西河の間違いを正しているようで、その初版はもっと早いと思われるが、残念ながら年代は調べようがない。臧岳の編んだ『応試唐詩類釈』十九巻は、乾隆戊子（一七六八）の重刊で、原本は見ていない。ただ己卯の年には紀昀が『唐人試律説』一巻を著しており、最も要領を得て、同類中の権威的な作となっているが、その中ですでに臧氏の説を引いているから、その出版も丁丑〔乾隆二十二年、一七五七〕のころであったことが分かる。唐律を説いた本はまだ少なくないが、所蔵の本がないので全部は挙げない。

わたしが八股を避けて試帖にした原因の一半はもちろん難きを避け易きに就いたのであるが、ほかにもまだ面白い理由がある。試帖は八股に比べてずっと古いし、しかもそれは八股の先祖であるからだ。経義は宋に始まったが、体をなした八股文を探そうとすれば明代後半まで降らねばならない。試帖は唐代にはすでにあり、たとえば人口に膾炙した銭起の詩、〝曲終わりて人見えず、江上数峰青し〟は、天宝十年〔七五一〕に作られ、まだ馬嵬の事件より五年も前である。詩帖と八股の問題については、毛西河が『唐人試帖』の序で次のように述べている。

世間は科挙の八股文がいつから始まったのか知っているであろうか。漢の武帝は経義対策を用い、江都平津の太子の家令はこぞってこれに応じた。これが科挙の文章の始まりであるが、しかしみな散文であった。天下に散文でなくその句を繰り返し、その語を重ね、その言葉を二度重ね合わせて対にするのは、ただ唐の士人選抜の制度で漢魏の古詩を改め対句に限定したのがそれである。破題があって、承題があり、頷比、頸比、腹比、後比があって、その後結びで収める。六韻の首尾は起結であり、その中間の四韻がつまり八比である。だとすれば科挙の八比はこれより始まることになる。今日の科挙の文も、また八比という。しかし科挙試問の八比の始まりは、茫然として分からない。科挙の文章ですら分からないのだから、詩などは論外である。

これは実に明快に述べてあるので、のちの人間もたとい別の面では毛西河について異論のある場合でも信服しない者はない。『試律叢話』巻二には紀暁嵐の説を引いて、

〃西河の毛氏は論を持するに好んで人に異を立てるし、選んだ唐人の試律も好んで字句を改竄し、金を鉄に変えてしまっている。しかし彼が試律の法は八比と同じだというのは不滅の確論である〃と云う。また巻一には林辛山の『館閣詩話』を引いて、

〃毛西河検討は試帖八韻の法は制芸八比の法によって律すべしと言ったが、これは実に試帖を作る者にとって不易の定論であり、金雨叔殿は『金雨堂詩墨』を書いてその説を敷衍したことがある〃と云う。残念ながら『詩墨』はまだ見られないでいるが、『叢話』巻二にはその自序が転録してあって、そこでは、

〃君らに言っておくが詩を異物と思ってはならない。その起承転結、反正深浅、一切の用意

布局の法は、まったく時文（八股文）と異なるところはない。ただ表向きがそれぞれ違うだけだ〟と云う。これらはみな正面からはっきり言っている。紀暁嵐は乾隆乙卯（一七九五）の年に『我法集』二巻を著したが、いくつかの言葉はなかなか精妙である。たとえば「賦し得たり池水夜観れば深し」という一首の後評に云う。

これは本当にきわめて小さい題で、きわめて狭い世界であって、そのうえ描写しがたい情景である。紫芝于楼鍾池水の一聯はほとんど百煉の結果手に入れたものであろう。詩話がつぶさにそのことを載せている。方虚谷の『瀛奎律髄（えいけいりつずい）』のいわゆる詩眼は、つまりこうした日を置いて発症するマラリア症候である。詩人にとって魔道であるが、魔語によって題をつける以上、それに従って魔語を書かざるをえない。たとえば八比で〝かくのごときか、従者の廋（かく）すことは[*3]〟という題をつけると、ある人の口調で、孟子の門人を賊だと誣いざるをえない。

また「賦し得たり棲煙一点の明」の後評に云う。

この題は神来の句である。いわゆる四霊に勝るのは、四霊が刻意彫鏤なのに、これは自然高妙である。昔四霊は終日苦吟して、ようやくこの一句を得、描写しがたい情景を形容し、結局篇を成さなかったが、いま更にこの句を形容するのは、綾絹の造花を以て春風紫紅に対するようなものではないか。しかしこの題を命ぜられた以上、作らないわけにはいかない。宋人のいわゆる応官詩〔科挙のための詩〕である。

人がどんなに大煙管の紀暁嵐[4]を嫌おうと、彼は結局優れた人物で、言うこともスマートで面白く、ここでは詩文合一の道理を言い切っている。劉熙載は『芸概』巻六「経義概」の一節で云う。

〝文は尊題[5]より尊いものはない。尊題は破題から述べ始め、承題や分比〔八比のこと〕はそれがすでに尊いから尊ぶにすぎない。尊題は題を説くこととときわめて深い関係があり、つまり文はかりそめに作るのではないことを表す〟。尊題もつまり応官詩を作ることである。学習者がこれを知れば、八股試帖はお手の物になるばかりか、あらゆる宣伝の文章も難なく作れるようになる。土着外来の各党派の八股はもともと同一の作法なのである。

民国二十一年輔仁大学で『中国新文学の源流』という講演をして、次のようなことを話した。〝八股文と関連のあるものに試帖詩がある。古代の律詩はもとはただ八句で、全四韻だったが、のちに増えて六韻となり、さらに八韻となった。清朝では、科挙受験の人はみな八股文の方法で詩を作った。そこで律詩は完全に八股化していわゆる詩帖となった〟。ここで述べたことは上文と大同小異であるが、ただちょっと不徹底なところがある。つまり試帖詩が八股の先祖であることがまだ分かっておらず、時間的にいささか間違いを免れていないことである。わたしはまたこれら受験の詩文が中国の戯曲と関係があり、民間の対聯、なぞなぞや詩鐘[6]などもいずれも詩帖と関連すると述べたが、これはわたしの発見と言えるだろう。誰もまだ指摘したことがない。中国は由来文字の国と言われるが、こうしたトリックは確かに十分優れている。

ふだんでもみんなこれを楽しんで疲れを知らない。まして名誉と利益の誘引が絡めば、思力を尽くして作らないわけがあろう。俗伝に出恭〔うんこをする〕を詠んだものがあって、試帖の体で作っている。〝七条は婦を敵める訓、四品は夫を待ちての封〟。古は婦人七出の掟があり、また夫が四品官に就けば妻は恭人に封ぜられる。〔出と恭を〕それぞれに詠み分け、技巧絶倫だと言えよう。笑い話であるが、絶好の例である。李楨が編んだ『分類詩腋』（嘉慶二十二年〔一八一七〕）巻二「詮題類」に呉錫麒の「十八学士瀛洲に登る」の句を引いて、〝天心方に李属、公等合に松呼〟と云う。注に〝李と松からは十八が析出される。きわめて新しいが、これは出遇うことはできるが求めて得られるものではない〟とある。『試帖新話』巻三に析字切題法を説いて、やはりこの二句を引き、〝李松によって十八の二字を析出するのは、技巧のきわみだが、残念ながらこれ以外には多く見られない〟と云い、また『新話』巻二に云う。

〝呉県の潘篆仙茂才遵礼はかつて五言八韻で芝居の外題詩数十首を作った。語はみな巧みで、わたしは昔その本を持っていたが、今では失くしてしまった。ただ「思凡」の一聯だけを覚えている。画眉真に我を誤り、摩頂師に従うを悔ゆ。いま茂才は鬼籍に入って久しく、詩稿もまたこの世のどこにあることやら。人も琴もともに亡失の感無き能わずである〟。これは詩話の格好の材料であり、思わず抄録してしまうが、まさに中国の文字の遊戯と宣伝への適用を証明することができる。

試帖詩の総集は取り上げるに値するものがまだ二種ある。その一は『試帖詩品鈎元』二十四巻、道光乙巳（一八四五）江蘇学政張芾（ちょうふつ）の選、その二は『試律標準』二巻、道光丙午〔二十六年、一八四六〕山東学政何桂清の輯である。張も何も道光乙未〔十五年、一八三五〕の翰林で、書物の刊行もわずか一年の違いで、この方面の成績と仕事としてはなかなか好くできているが、別の面では残念ながらどちらもあまり好くなかった。後で太平天国が起こり、何桂清は浙江巡撫であったが、城を棄てて逃げたので、死刑になり、張芾の事は汪悔翁の『乙丙日記』に見える。巻三に咸豊丙辰（一八五六）六月の間の事を記して云う。

張芾は兵を派遣して祁門の大洪嶺を守ったが、兵は賊が来たのを見て、彼らが道を借りて東の方建徳に流れるのを知らず、みなたまげて逃げ出し、賊はそれを見て、嶺に旗を立てた。この兵らが報告に来ると、張芾は驚いて逃げようとし、城内の人々もみな居場所を移した。十五日申の刻賊は悠々として旗をぬいて去ったので、張芾はようやく生気を取り戻したが、それでもほとんど死なんばかりであった。生き返り、逃げた兵の責任も問わず、なお悠々として小楷を書き試帖を唸った。翌日には官の気風はもとどおりとなり、言葉を飾り言葉を偽り撃退したと言って功績にした。ああ、君を欺くことかくの如し、真に憎むべし。しかも誰も黙したまま言わないのは、真に不可解である。

悔翁は竹を割ったような人であり、ズバッと物を言う。おそらくは言いすぎの言葉ではないであろう。わたしはこの話を覚えていたので、『試帖詩品鈎元』を開いてはいつも笑いを禁じえない。上文に述べるようなら、賊は悠々として旗をぬいて去り、官は悠々として小楷を書き試帖を唸る。この一幅の光景はまことにとんだ見ものである。

試帖を語るつもりが、思わず余計なことを書いて、ついには要領を得ないものになってしまったのは、はなはだ申し訳ない。だが実はこれも無理はないのだ。というのはまだ収集研究中で、みなさんに提供できるほどの結果は少しも得られていないからで、今はただこれはとても面白い、興味のある人は誰でも手を着けて構わないと言うしかない。一山の胡桃を指してこれはいけると言うようなもので、要するに自分で剝いてみて食べて、美味しいかどうかが分かるのだ。クマラジュウ師が言った。ご飯を嚙み砕いて人にやれば却って反吐を吐かせるだけだと。試帖についてもまたそうである。しばらくこれを借りて嘲りを解くことにする。

民国二十五年九月二十日、北平苦茶庵にて。

一九三六年十月刊『宇宙風』第二十七期　『瓜豆集』

＊1　『試律叢話』　范氏の『書目答問補正』でも訂正されていない。近刊には『制義叢話・試律叢話』校注本（二〇一五年武漢大学出版社）がある。

＊2　紀暁嵐の『我法集』　子弟の科挙受験のために受験用の詩を解説した書。

＊3　〃かくのごときか、従者の廋すことは〃　原文「若是乎従者之廋也」。『孟子』尽心篇下に出る。孟子が滕に行った時、その門人でわら靴を盗んだ者があった。そこである人がそれを非難して、あんたの従者はこういう風に手癖が悪いのかと。科挙の文の題目がそうでは受験生は『孟子』に従っ

て門人を非難せざるをえない。

＊4　大煙管の紀暁嵐　紀昀は大煙管を愛用したのでそういうあだ名がついた。

＊5　尊題　詩文でテーマを一つに決めてそれを強調すること。

＊6　詩鐘　詩の遊び。題を二つ出して、それを詩に詠み込む。巧みな技巧が要求される。

81　再び試帖について

近ごろ試帖詩を少しばかり集めている。成績は芳しいとは言えず、石印や活版は要らないし、木版でもあまりに悪いのは集めないので、今までに全部で百種ほどにすぎない。たまたま楊雪滄の『孤居随録』[*1]を読んでいると、――誦芬堂本の観頮（かんかい）道人編と題する『小演雅』を一冊持っていたのが、それが楊浚だと分かったので、彼の筆記を探して読んだ。別に見るべきものもないが、『続録』巻七は試帖を論じたもので、その内容は次のようである。

一、毛西河先生『唐人試帖』序（節録）。

二、紀文達公『唐人試律』序（同上）。

三、李守斎試帖七法（注、もとは八法だが、詩品は採らない。選んだ各聯および全首は『分類詩腋』に見える）。

四、梁芷林（りょうしりん）中丞『試律叢話』選（ただ緒論を採るだけで、その詩は原書に見える）。
五、張鄭濤（ちょうきょうとう）学使『輶軒語』（試律詩の四宜六忌を語った部分全録）。
ここで引かれている書物は全部持っている。だから理論面での材料はほとんど不足を心配することはない。注意せねばならないのはやはり別集と総集だろう。また『越縵堂日記補』を読むと、咸豊十年〔一八六〇〕九月十四日の条に云う。

夜、叔子とともに陳秋舫が殿試で作った簡学斎試律を詠むに、はなはだ佳句がある。これは小道だけれども、唐代から始まって、当代に盛んになり、その流伝は制義〔八股文〕よりもはるかである。制義は数十年来衰弱が極まり、もう文をなさないが、試律はなお巧みな者がいる。だから制義は思うにまもなく廃止さるべきだが、試律はなお定式が存し、その流行はまだやまない。たとい科挙の法令で削除されても、必ず趣味で作る者がいるだろう。同人中叔子、珊士、孟調、蓮士はみなこの体がうまく、中でも叔子がとりわけ優れている。

また十一月五日に杜登春の「社事始末」を読む条に、〝わたしはかつて時文は二十年を出ずして必ず科挙の法令で廃止されるだろうと言ったが、つまりこれで分かるだろう〟と云う。李君が七十余年前八股文の廃止を予言できたのは、見識があると言えるが、彼の思想はもともと古く、決して時務を知ってのものではなく、実は文芸の上から論じても、興廃の跡が見出せるというにすぎない。試律は趣味で作る者があるだろうというのは、確実ではないが、ただ文と詩の優劣を述べたところは道理が通っている。たぶんともに賦得の体〔命題があって作る詩文〕だが、一つは理屈を述べると陳腐になりやすいのに、もう一つは事物を詠んで少しは情味があるからだろう。陳秋舫の簡学斎の詩はいま七家試帖の中にあり、『試律叢話』の巻五はきわめてこれを褒めている。

殿試の試帖は詠史がとりわけ優れている。「文姫漢に帰る」全首は云う。

女　才あること此の如し、千金もて購うも亦た宜し。
孤を存して友誼を全うす、死を忍んで帰期を得たり。
一騎東風快く、双雛朔雪に飢ゆ。
身は焦尾の如く在り、心豈に左賢知らんや。
大漠回(かえ)り看れば惨たり、陳留再び到るかと疑う。
経は刊石の本を温(たず)ね、笳は入関の詞を補う。
兵燹(へいせん)悲憤を余し、門楣(もんび)孑遺(けつい)を繋ぐ。
憐れむべし書未だ続かず、命(な)づけて班姫〔班昭＝曹大家〕と作(な)すなかれ。

まるで一篇の文姫小伝であって、情韻をひそめて、班固・范曄の間にある。これが尋常の筆であろうか。

呉穀人の『有正味斎試帖』の詠史数首もみなよい。たとえば「殷浩　空に書す」[*2]は云う。

咄咄として嗟(なげ)くも何の益かあらん、茫茫として恨みは窮(つ)きず。

一生熱悩に投じ、幾字か虚空に画く。
懸腕にして書きて〔筆の〕脱するを防ぎ、天を看て問うも豈に通ぜんや。
光陰　斜日の後、心緒　乱雲の中。
遠勢　飛白を能くし、慚顔　紅を洗う莫(な)し。
肯(あ)えて遺跡(てがみ)をして在らしめ、翻し訝しむ覆函(へんじ)の同じきを。
高閣　君輩に宜しく、蒼生　此の公を誤る。
西風　筆陣を回(めぐ)らし、渺渺として煙鴻を羨む。

この詩は虚空に〔文字を〕書くことを絵のように表現しており、ただ六・七聯だけで殷深源〔殷浩〕について述べていて、陳秋舫の作とは違うが、描写は精緻である。九家詩の第一巻は有正味斎で、咸豊年間に魏滌生がまた選注本を作り、王錫甫の芳草堂の詩と合刻し、『二家詩鈔箋略』と云う。魏君はかつて『駢雅訓纂』を作って、世に知られ、この箋も精確で要領を得、普通の坊刻本とは違い、その試律の見方はほとんど越縵と同意見ではないか。自序に云う。

そもそも賦得の詩は存在の価値がない、ましてそれに注をつけるなどとは。紀文達公の『庚辰集』でさえもとよりこれを笑う者がある。ただわたしの見るところ今の同類の書は雑駁錯乱、巻を開けばみなそうで、次々と書き写して、ほとんど杜撰と同然、『庚辰集』のような原文に忠実なものは、開山の自作で、商人の手によらないものを手に入れる人は、いったい幾人あるだろう。残念ながら同類の書を作らずにこの注を書いたのは、その手本から推測して作らせれば、後学の入門に便利だろうからである。わたしには幸いにして後人に示すことのできるこの書があって、後の同類の書を作る者に手本とするものがあることを知らしむれば、後人に対する恩恵もまた正に終わるところがないであろう。

後にまた云う。〝のちに二家の詩を読む者は、『庚辰集』と比べてどう思うかは分からないし、しかも注は遠く及ばないが、要するに引き写しや模倣の作、錯誤の放置、根拠もない無駄話などとは、もとより違いがある〟。言葉は確かで、上文で引いた詩の末聯の〝筆陣〟の注は『法書要録』の筆陣図を引くほかに、さらに云う。

〝また考えるにこの陣の字を借りて雁陣と解釈する。雁を空に字を書く匠として意味上の関連を持たせたのであろう。陶穀の『清異録』上の禽名門に見える〟。出典を羅列するだけでなく、その詩の意図から説明していて、この注は生きたものとなった。嘉慶年間に九家詩の選注があるが、こうはいかない。また蒼生の句など他の注は「王戎伝」しか引かず、それがさらに本伝の「深源起たずんばまさに蒼生を如何せん」を含んでいることを理解しない。『試律叢話』巻五に李伯子の「西漚(せいおう)試帖」を論じて云う。

〝また「鶴子」の句に、世を閲して応に紀無かるべく、家に伝えて別に経ありと云う。上句は「鶴を瘞(うず)むる銘」の鶴は寿にしてその紀を知らずを用い、下句は浮丘公の『相鶴経』を用いるが、その注をつけた者は誰もこれを言わない。それなら注は何の役に立つのか〟（案ずるに光緒年間の七家詩注ではすでに補訂されている）。むかし黎覚人の『六朝文絜箋注』を読んで、

「蕩婦秋思の賦」の題下の注に、「説文に云う、秋、禾穀熟すなり」とあって、思わず失笑した。このことから見れば、魏滌生はまことに得がたい存在で、賦得詩の注ではあるが何の害があろうか。魏君にはまだ別に『同館詩賦題解』などの書があるが、残念ながらまだ見ることができない。

わたしが目下持っている唐人の試律の書は全部で十三部しかないが、その中に一つ面白いのがある。それは王錫侯[*3]の『唐詩試帖課蒙詳解』十巻で、巻首には『唐詩応試分類詳解』と題し、書簽(しょせん)には『応試唐詩分類詳解』と云い、禁書目録にはまた『唐詩試調分類詳解』と云う。王錫侯の『字貫』事件は清朝文字の獄の中でもとても苛酷な一例である。『心史叢刊』にはその顛末がすこぶる詳しく記されている。禁じられた諸書でわたしが見たのは『書法精言』で、その次が唐詩の試帖である。前に乾隆戊寅（一七五八）の自序があり、たぶん丁丑（一七五七）の新規の郷試会試にともに使われた試帖であろうが、やはり投機的な書であって、ただ例言の八則および作詩法を論じた中の按語六則はまだ読むに堪え、『書法精言』の庸俗迂腐なのに似ない。例言の一に云う。

雑体の詩は題を駆使して主体に就かしめ、試帖の作は主体を拘束して題に就かしめる。少しルーズにすると、言葉は奇麗であっても、題とは関係なくなる。これが、天下の詩作の困難さで試帖以上のものがないわけである。試帖がたくみだと、何でもできる。試帖の詩は八股文と異ならず、必ず句を考え字を按配し、題と釣り合うようにしなければならない。精力が及ばない場合は、行間の輝きがなくなる。そうであるから西河の毛氏が八股文は試帖から始まるというのは、まことにそのとおりなのである。

この本には一つ特色がある。つまりある詩の後に王氏自作の模倣詩がつけられていることで、十巻中全部で二十六首ある。たぶんこれも毛西河に真似て作ったものであろう。詩はあまり好くはないけれども、ただ王錫侯が身は穴埋めにされ書は燃やされ、骨灰は棄てられ履歴は隠滅された後、なおこのぼろぼろの本の中に彼の若干の創作が保存されていることは、やはり貴重な片鱗と言うことができる。これはその価値が試帖以外にあって、別の範疇に属するものである。

民国二十六年二月十八日、北平にて。

一九三七年二月二十五日刊『益世報』『秉燭談』

＊1　『孤居随録』　楊浚には『島居随録』はあるが、『孤居随録』があるのかどうか未詳。『島居随録』十巻『続録』十巻『三録』十巻、光緒十三年自序刊本がある。

＊2　殷浩　空に書す　『世説』黜免篇に出る故事。軍事的失敗で罷になった殷浩が故郷に戻って空に字を書いていた。部下がよく見ると「咄咄（ああ）怪事」ということであった。

＊3　王錫侯　本書「『書法精言』」参照。

82 『東莱左氏博議』

最近一部の本を買った、別に珍本でもなく、小品文集でもなく、ごく普通のまじめな、わたしから見ればきわめて意味のある本である。それは四冊の『東莱左氏博議』[*1]にすぎないが、道光己亥〔一八三九〕の春、銭唐瞿氏清吟閣重雕足本なのである。今までの坊刻本は十二巻八十六篇しかないが、ここには百六十篇、全二十五巻がある。『東莱博議』は宋の時には科挙受験者の模倣の書で、ずいぶん広く流行した。われわれも小さいころ、論を書くための教科書として読んだことがあり、今日再会したのはまるで旧友に会ったかのようで、これも一種の喜びであるが、足本とくればなおさら面白い。もっとも、意味があるというのは別の所にあるのだが。『東莱左氏博議』は『四庫書目』では経部春秋類二に並べられているけれども、実は経学とは関係しない。まさに東莱の自序に言うように、受験生の試験のための作である。瞿世瑛は道光戊戌〔一八三八〕の跋文で云う。

古の世にはいわゆる時文というものはなかった。隋が文辞を以て士を取ってから、唐は詩賦、宋は論策を以てし、時文という名はここから起こった。そして古は立言には必ずその心得を述べるようにつとめ、たとい言に純粋なものや雑駁なものがあっても、その心中の誠に基づかない者はなかった。ところが仮にも世に衒い俗に誇るようなことはしないという心構えも、ここにおいてすっかりなくなってしまった。いわゆる時文とは、宋の南渡の後になって創められた経義で、その方法は詩賦論策よりも勝っているので、沿用されることが最も長かった。しかしその経義と名づけた理由を尋ねると、本当に経を説こうとするのではなく、やはりその場しのぎにいい加減に説を立ててそれによって求めるものを得ようとするだけである。したがって文を作っても、果たして経がどうしてそう云うのかという意図を理解する必要などない。そしてまた自分でも分からないことを認めないものだから、必ず勝手な憶測をほしいままにし、牽強付会となり、非なるものを粉飾して是とし、是なるものをこじつけて非とする。役人のほうでも彼らが知っているのはこういう事だとは考えず、その場しのぎで彼らが知らない事を出題するものだから、こうして微言奥義は経の内部でじっくりと通暁されず、枝葉の文辞と比喩ばかりが経の外部でにわかに盛んになり、いたずらに運用の機が熟するのと、蓄積した理屈が多いのとを恃んで、命題のままに無理やりそれに対応する。それでまたなんでも斐然と見栄えがし、篇幅だけはいっぱいにして、うまくいけば役人の目に留まることを狙うのである。ああ、心に得ることを求めなければ立言の意は滅び、経に通じることを求めなければ説経の名に悖る。時文の弊害は概ねこうしたものだ。『東萊左氏博議』はふだんの暇なときに作られ、まずは諸生の頼みに応じたものであるけれども、受験に役立つことを旨とする以上は、もとよりこの弊害は免れない。彼の是非とするところはたいていが執筆時の偶然の見解から出ており、確実にその間をよくよく考えて軽重を決めたのではない。その含意や句作りに至っては、同義の語を並べ合わせ、多くの理屈を引いて、その文を壮麗にせざるをえない。そして学ぶ者はそれを見て定論であって取り替えることはできないと思い込んでしまう。仮にもそれが非とするところに反して是と為し、それが是とするところを代えて非と為そうとすると、必ず多くの理屈を引っ張ってこじつけてしまう。そして定見のない者はやはり驚いて定論だと思ってしまう。

経義の変遷については、わが郷の茹致和の著『周易小義』の序の説明がとても簡明である。いま次に引用する。

　経義というのはもともと古の科挙の文であるから、その由来は古い。宋の王安石が『三経新義』を書き、それで以て士を取るに至って、その子雱および呂恵卿らに命じて様式を作り頒布した。これが一変である。元の延祐年間〔一三一四—二〇〕科挙の様式を定め、『論語』『孟子』『大学』『中庸』を書とし、『易』『詩』『書』『礼記』『春秋』の経文を五経とし、これとは別に書義・経義を作った。また破題承題のほかに官題・原題・大講・大結などの名を増した。これが再変である。明の成化年間〔一四六五—八七〕にまた散文体をまったく変えて俳偶にし、束ねて八比とした。これが三変である。嘉靖・隆慶以後になっていわゆる八比の中がやや大きくなった。ようやく俳中に俳があり、偶中に偶があるようになり、古今の文体の中で自ずと一体をなした。しかし義という名はついに改められることがなかった。

われわれはここから二つの事実を知ることができる。その一つは八股文はもともと経の経義を説くもので、ただ形式上散から排となり、四対に配されただけである。その二は『東莱博議』はもともと春秋類の経義であったが、『春秋』が史事を記載した書物であったので、『博議』は試験の文体に応じた史論になったことである。この二つの事は当たり前のように見えるが、実はとても重大で、つまり上に述べた意味のあることなのだ。

われわれはふだん八股文を罵り、まるで天下の悪はすべてこれに帰すような有様だが、実はこれは少し濡れ衣で、少なくともどうも少し公平を欠いていよう。八股文が本当に駄目なのは、徐大椿の「時文歎」が云う如くである。

三句の承題、四句の破題で、得意になっているのが、聖門の高弟。三通四史はどんな文章か、漢祖唐宗は何朝の皇帝かが分かる。机の上にうずたかい説明文、店で買うのは新しい受験書、読んで得たのは猫背に溜息。砂糖黍の糟をいくら咬んだところで、どんな滋味がある。光陰に背き、一生をむざむざ無駄にする。

またわたしが八股文を論じた中で中国の奴隷性を述べた部分に次のようなのがある。〝何千年来の専制は頑迷愚鈍な服従と模倣の根性を育て上げた。結果は自身が思想を持たず、する話もなく、上からの言いつけがなければ何も行動できないということになった。これが一般的な現象で、八股文はその現象の代表である〟。だがわれわれは八股は受験の経義であって排偶を用いることを知らねばならない。受験のためだから規則を遵守してしかるべきことは何でも言う。つまり経義は優孟が衣冠を着けたように聖人に代わって言を立てるのである。また排偶を用いるからパズルを埋めるように作る。が、まさにそうだからうまく作るのはまったく容易ではない。今では体は死んで、ただ精魂だけが残っていて、まだ出てきては悪さをするが、体が腐ってしまった後はもう生き返る術はない。『博議』のような事柄を論じた文章は、経義がしだいに排偶化するころにできて、自ずから一種のものになり、経義以外の史論と混淆して、その寿命は八股より長く、その害毒も更にはなはだしい。われわれが八股文を罵った多くの言葉は実はみなその帳簿につけておくべきである。ふつう試験はいわゆる書義〔四書の義〕を重んじ、狭義の経義はそれほど重要ではない上に、答案文は排偶化していて、規則がいよいよ煩瑣になり、たとい春秋の題で書くとしても決まった書き方しかなく、勝手に議論はできない。そこでいっそここでは活動を停止して、別の方向に発展しようとなって、史論の路に入ることとなった。無責任に議論を発するのは文人の好きなことだし、宋人はどうやら特にこの嗜好があったようだ。馮班の『鈍吟雑録』[*2]巻一「家戒」に云う。

士人が書を読んで古を学ぶと、どうしても文章を書かざるをえないが、切に戒めて論をなしてはならない。成敗得失は、古人には自ずから成論があり、たとい合わないところがあっても、放っておいてよい。古人ははるかになった。目前の事でも分からないのがあるのに、まして百世の後にその是非を憶測して言おうとするのか。宋人は多く事の詳細に明らかでない。たとえば蘇子由は蜀の先主を論じて、拠るべきでない蜀の地に拠り、将の器でない孔明を将に用いたと云う。昭烈〔先主劉備〕の生涯を考えるにいまだかつて孔明を将として用いたことはないし、蜀の地に拠らなければ足を置く地がない。この論はまったく『三国志』を読んでいない。宋人の議論は多くがこんなもので、真似てはいけない。

また巻八の「遺言」に云う。

〝宋人の話は言って爽快であればよく、みな前後を考えない〟。

徐時棟の『烟嶼楼読書志』[3]十六「宋文鑑」の十に云う。

〝宋儒は古人を論じて多く好んで迂鈍苛刻な言を吐く。たとえば蘇轍の光武・昭烈を論じ、曾鞏の漢の文帝を論じ、秦観の石慶を論じ、張耒の邴吉を論じるのなど、多くは冷静ではない。孔子は言われた、なんじ人を責むるに終に已む時無しと。たいていがこの病気にかかっている〟。また蔣超伯の『南漘楛語』[4]巻四に云う。

〝痰という字を今まで詩に入れる者はなかった。朱直の『〔緑萍湾〕史論』初集は胡致堂を誹って云う、双目瞽の如く、満腹みな痰、と。卑陋極まりない。手本にしてはいかん〟。蔣氏の原意は痰の字を論ずることにあるし、また朱直の諸論も必ずしも優れていないかもしれない。どうせこうしたものはうまく作りようがないのだ。だが要するに胡致堂への批評は正しい。そして多くの史論への批評とすることもできる。史論は本来容易に迂鈍苛刻の言となり、そのうえ受験の経義が加わるから、もっとひどいことになる。わたしが八股文よりもっと有害だと言ったのはこういうことである。最初は双目瞽の如く、満腹みな痰にすぎなかったのが、実は天分に制限せられて、口からでまかせを言う。それでもまだ情としては許せるが、受験体の史論となると文筆をこねくり回し、黒白を顚倒し、まったく誠意がない。ただ試験官の目に入るか、あるいは見物人に受けて、名利を博することだけを狙っている。こうした技量は瞿君の跋で非常にはっきり述べられていて、もう加えるものがない。われわれはもう言葉を費やさなくて済む。さて締め括りの一言を述べるだけだ。八股文は死んだ。八股文とともに経義から生まれた史論はまだ生きている。それがすなわち清末の策論であり、民国以来の各種の文章である。去年わたしは一篇の小文を書いて、洋八股はつまり策論であることを述べて、次のように言ったことがある。

〝同じく科挙の文章だが、八股文を作ると人はバカになり、策論を作ると人はでたらめになる。その一は模倣服従に重きを置き、もう一つはでたらめを言うことに重きを置くのである。もっぱら八股文を作った結果はクロスワードパズルができるだけで、リズムに合わせて起って踊るが、なかには何の思想もない。八股文を作りつつでたらめを言えるのは、もとより併せて策論を作る力によるである〟。この考えは正しいと思っている。八股文についての話は徐霊台と合って、策論については別に馮鈍吟らと合う。古人の言うことは正にわたしと互いに脚注にできる。

小さいころ家で坊刻の『東莱博議』を読んで、あっという間に三十余年、今になって読み返してもどの篇を読んだのかも覚えていない。ただ第一篇の鄭の荘公と共叔段を論じた所は、『左伝』の本文が巻頭にあり、また金聖歎が批点したこともあって、特にはっきりと覚えており、『博議』の文もなお多く記憶している。

漁師は魚を欺くが、魚はどうして漁師を欺こう。猟師は獣を欺くが、獣はどうして猟師を欺こう。荘公は叔段を欺くが、叔段がどうして荘公を欺こう。かつ針の餌を作って魚を誘うのは漁師である。落とし穴を作って獣を誘うのは猟師である。漁師を責めずして魚が餌を飲み込んだのを責め、猟師を責めずして獣が穴に落ちたのを責めるなど、天下にこんな事があろうか。

また結末に云う。

もともと人を陥れようとして結局自分で落ちるのは、漁師が自分で針の餌を飲み込み、猟師が自分で落とし穴に落ちることであって、天下の最もバカでない限りどうしてこんなことになろうか。だからわたしは初めには荘公を天下で最も危険だとしたが、終わりには荘公を天下で最もバカだと思う。

読んでいくとずいぶん穏やかだが、それはこの篇がほとんど代表作であって、誰でも読まぬ者はなく、かつ読み出すと声調がすこぶるよいばかりか、勢いもあり、意味も深く、文も流暢、確かに美しい論ではある。漢の高祖あるいはその他の論文を書こうという志のある人間がどうして模範と奉じないことがあろうか。だがよく見ると何の新しい眼光もない。これは確かに小手試しの利器で、熟した甘さ、浅薄、怜悧、苛刻、良し悪しがすべてここにあるが、文章として見れば希望がない。これは科挙の秀才の半製品で、その本領は聖人を頌歌する詩文を作るか起訴状を書くしかないからである。ただ残念ながらその潜在力はあまりに大きく、今でもまだ多数の人間がその支配から逃れられない。書くものが古文白話にかかわらずみなそうである。ちょっと注意しさえすれば、どこでもいつでも新しい策論を見つけ出せる。こういう時にもし裏づけの参考資料として備えるには、『東莱博議』はむろん最も好い。その次は『古文観止』である。試帖詩と八股文は復活することはない。これは楽観してよい。策論あるいは史論は実際何ともしようがない。本地八股の後は洋八股があるし、まだ何か別の八股が出てくるかもしれないが、きっとみなこれの変種であると信じている。根は深いのである。この小文を書くのは、決して世道人心に裨益しようとしてではない。吾が力の微なること正に帝力の大となすが如し、モンテスキューの言うとおり、実際わたしには何の方法もないのである。傅青主の「成弘文〔成化・弘治年間の時文〕の後に書す」[*5]に云う。

〝仔細に考えれば、この技が絶頂に達したところで、何の役に立てようというのか。文事も軍備もひそかに影もないほどの割を食ってしまっているのに、こんな事で孔孟の伝統を受け継いだとしようとするのは、まったく以て反吐が出る、反吐が出る〞。わたしも反吐が出るとしか言いようがない。民国二十六年六月七日、北平苦住庵にて。

一九三七年七月刊『宇宙風』第四十四期　『秉燭後談』

＊1　『東萊左氏博議』　二十五巻、宋・呂祖謙撰。和刻本も多くは十二巻本だが、明治十二年の阪谷素評註本は六巻と称するものの原二十五巻で百六十八篇を収める。
＊2　馮班の『鈍吟雑録』　中華書局清史筆記叢刊本。
＊3　徐時棟の『烟嶼楼読書志』　民国十七年孫氏蓬学斎排印本。
＊4　蔣超伯の『南漘楛語』　筆記小説大観本。
＊5　傅青主の「成弘文の後に書す」　本書「『顔氏学記』」参照。

歴史・地理

83　『京華碧血録』を読む

『京華碧血録』[*1]はわたしが読んだ林琴南先生の最も新刊の小説である。長らく林先生の古文体の訳本を読まなかったが、彼の〝創作〟は全部見た。この本の序には〝壬子〔一九一二〕夏至〟と書いてあるが、出版したのは十二年後であり、わたしが見たのはさらに出版後二、三ヵ月経ってからである。書には邴生（へいせい）と劉女の因縁が書かれ、才子佳人の旧套を出ない。梅児は三従四徳の木偶人形で、それだけのことだが、邴仲光は文武両道で、儒者でもあり侠士でもあり、文素臣・鉄公子といった人物で、読めばいささかやりきれない思いがする。だがここでこの書の欠点をあげつらおうとは思わない。林先生の著作がそもそも旧派であって、これらの欠点は当然と言えるからである。今わたしが言いたいのはこの書の長所である。

『碧血録』は全書五十三章、よいと思うのは第十九から第二十四までの六章で、庚子〔一九〇〇年〕の義和団[*2]が北京で人を殺すのを述べた文章である。わたしはずっと神経衰弱で、そういう凶悪無残な話は聴きたくはないのだが、時には病理的に聴いてみたくなり、戦乱を記載したものを捜して読むのである。最初見たのは『明季稗史』の中の『揚州十日記』、その次は李小池の『思痛記』で、清初および洪・楊〔太平天国〕時期の状況の一斑を知らせてくれた。『寄園寄所寄』の話は大半はもう忘れてしまったが、ただ張勛が負けた年の秋、仮寓にとぐろを巻いて、『知不足斎叢書』を借りて暇つぶしをしていて、『曲洧旧聞』[*3]（？）の因子巷縁起の伝説を見て、それはまだ覚えているが、ちょうどアンドレーエフの『小人物の告白』の悪夢のように、いつまで経っても人を落ち着かせない。義和団のことについてはもう少し知りたく思うが、残念ながら容易には見つからない。ただランダーの『北京での聯合国軍』[*4]二巻の中に一部分が見られるが、中国側の記載はついにない。『驢背集』[*5]などの書の記載する大略は、何の役にも立たない。庚子の史実を専門に研究する人は当然材料を持っていようが、わたしは気ままに見るだけなので、見聞はかくも浅陋である。林先生はこの寥々十五ページばかりにかなりの義和拳の逸事を書き込み、相当見事に彼らの愚昧と凶悪無残を写し出している。外国人の見聞は自然彼ら自身の側に偏るが、中国人も又〝家の恥は外には出さぬ〟という考えが強いので、お互い自ら殺し合った状況などあまり書きたがらない。林先生の思想は古いけれども、この点ではなかなかはっきりしている。彼は義和団の二つの短所を知っているから、書き方は簡略だけれども、この国民運動の真相を抉り出せている。

以上は二月前に書いたもので、いまになって又引っ張り出して、続きを書こうとしたのだが、時勢はすでに大きく変わり、これ以上義和団を批判するのはどうやらあまり穏便でなくなったようだ。というのは彼らの義民の称号がまもなく国民によって回復されようとしているからである。もともと現今の世界では排外は何の罪悪でもなく、〝直を以て怨みに報ゆ〟るのはよいと思う。だがたとい盗賊にも道というものがある。だから排外にもそれなりの正当な方法がある。ケマル〔ムスタファ・ケマル・アタチュルク〕のように外敵を撃破して政府を改組したやり方はその好例である。中国人がもし自衛を図り、軍国主義を提唱し、義勇の軍隊を練成して外国への抵抗に備えるなら、わたしは鼓吹はしないけれども、賛同はできる。それも一つの方法だからである。しかし義和団のごときは、お符の力を借りて西洋人を殲滅しようとする一方、本国人に大いに殺戮を加えるのは、結局匪賊の行為であって、排外の資格はない。記憶力のよくない中国人は彼らが民衆を残殺してのさばったことを忘れてしまい、ただ〝扶清滅洋〟のスローガンに同情するだけだ。そこで彼らの名誉はしだいに高まって、そのうち太平天国よりも上になるだろう。今の青年たちはまさに〝臥薪嘗胆〟的に戦闘能力を鍛え、機関砲の訓練をして対戦に備え、〝レーザー光線〟を発明して照射に備えるのは構わないが、過去を振り返って大師兄のお宝を探すことなどまるで要らない。わたしは帝国主義の無頼の徒が言うように、中国に二度目の義和拳が起こるなど信じないが、精神上の義和拳はありうると思う。たとえば具体的な方法もないのに、紙の上で〝妖を殺せ妖を殺せ〟とか〝直脚鬼（がいじん）を追い払え〟などという言葉を書き散らして気晴らしをする、つまり〝口に念仏〟の変形である。又自分と違う者に対して〝洋狗洋奴〟などといった称号を加え、散々に罵倒する、つまり二毛子（アルマオズ）（中国人のクリスチャン）を捜し出して殺せという例のやり方である。その結果は〝夷人（がいじん）〟にはなんら重大な損害はなく、ただ一場の空騒ぎをしただけで、気息奄々たる中国の元気はいよいよ損なわれる。

わたしは国民の正当な自衛抵抗心の発達を妨げるいかなる重大な賠償も認めない。しかし愚昧と凶悪無残が世を挙げて横行することは最も酷い結果であって、それが後世に残す害毒は敵国のいかなる残害創傷よりも重大である。わたしが義和団に反対するのはそのためであり、六年前の陳独秀先生の克林徳碑[*6]取り壊しに反対と林琴南先生の『碧血録』の意見に賛成するのもまたこのためである。――今も陳・林二先生の態度に、変化があるのかどうか知らないが、わたしはなおそのままである。

わたしの意見はあまりに矯激だと言う青年はいつもおり、わたし自身もなかなか頑固な傾向があると思うけれども、林琴南・幸湯生（こうとうせい）諸先生の考えについては現代の青年のそれよりはずっと理解できるようだが、これはわたしたちの思想がすでにいわゆる過去に属するものになったことを表すに足る。しかしわたしはまた現代の青年たちはわれわれよりもずっと伝統の精神に富んでおり、もっと完璧な中国人であると思うことがある。これはいったいどういうことか。上に述べたことを、よくよく見てみると、まるで彼らよりも古く、しかもまるで彼らよりも新しい――しかしこれはまったく怪しむに足りない。この点では陳独秀・林琴南両先生はなんとも意見が一致するからである。甲子〔一九二四〕四月下旬。

一九二四年六月二日刊『晨報副鐫』『雨天の書』

＊1　『京華碧血録』不分巻、一九二三年商務印書館版。近刊には一九八四年台湾広雅出版本、一九

九六年百花洲文芸出版社中国近代小説大系本、一九九七年春風文芸出版社中国近代珍奇本小説本などがある。

＊2　義和団　一応広く知られている義和団と訳したが、原文は「拳匪」で、あくまで匪賊である。

＊3　『曲洧旧聞』　十巻、宋・朱弁撰。因子巷の話は巻一に出る。宋の太祖が周世宗に従って楚州を攻めた時、楚州は固く守ってなかなか降伏しなかったので、落城させると周世宗は皆殺しを命じた。が、太祖は道端に首を断たれた婦人の乳を赤子がまだ吸っているのを見て、憐憫の情を起こし、赤子の収容を命じ、おかげでそこの居住者たちは助かった。それでそこには因子巷という名がついたという伝説を記している。

＊4　ランダーの『北京での聯合国軍（在北京的聯軍）』 *China and the Allies*, Charles Scribner's Sons, New York, 1901. 全二巻の第二巻をいう。著者 A. Henry Savage Landor（1865–1924）は、イタリア生まれのイギリスの作家。広い趣味を持ち、画家、探険家、人類学者としても知られた。

＊5　『驢背集』　四巻、清・胡思敬撰。近代中国史料叢刊（台湾・文海出版社）に二種の版本が見られ、呉魯『百哀詩』との合訂『驢背集』（一九九〇年北京古籍出版社）もある。庚子の事変を詩に詠んで各首に自注をつけたもの。詩は多く旧套にはまったもので臨場感がほとんどない。

＊6　克林徳碑　義和団事件で、ドイツ公使ケトラーは東単牌楼の近くで清の官兵に射殺された。事後ドイツはその地に牌楼を建てさせケトラーを記念した。それがケトラーの中国名を取って克林徳碑と呼ばれた。人民共和国成立後この碑は中山公園に移された。保衛和平坊というのがそれである。

84　『巡礼行記』

東洋文庫景印の『入唐求法巡礼行記』* 一部を手に入れた。全四巻、日本僧円仁の撰で、漢文で唐開成・会昌年間（八三八—八四七）の中国での時事を記している。円仁上人（七九四—八六四）は伝教大師の弟子で、唐に渡って仏法を求め、今の江蘇・安徽・直隷・山東・河南・陝西・山西の七省を経巡り、帰国後は宣教に力を尽くし、天台宗を確立し、没後は慈覚大師と諡名を賜った。『巡礼行記』は十年間に見聞き体験したことを記してあって、その価値は玄奘法師の印度紀行と並ぶものである。これを読めば当時の社会状況が分かって、すこぶる面白いばかりか、又多く歴史書の欠を補うこともできる。会昌の滅法のことなど正史ではみな記載が簡略だが、今この行記によってその詳細を知ることができる。本書は活字本が、『仏教全書』などの叢書に入っているが、ただ大部で、手に入れにくい。この本は古写本の景印で、巻末に記して云う。

　正応四年（一二九一、元至正二十九〔八〕年）十月二十六日、長楽寺坊に於いて老眼を拭いて書写畢る。……法印大和尚位遍照金剛兼胤（七十二）之を記す。

字体は古朴で、唐人写経の趣があり、すこぶる喜ぶべし。ただ老年の筆であるので、時に筆画がぼやけていて、判読に容易ではない。いま数節を択んで次に転録する。明らかに脱誤の所は改めたが、ほかはことごとく旧のままである。

（一）寿宗卿

太子詹事寿宗卿『涅槃経注疏』二十巻を撰し進呈す、今上覧終りて、経疏を焚焼せしめ、中書門下に勅して宅に就きて草本を追索し焼焚せしむ。その勅文左のごとし。

　銀青光禄大夫、守、太子詹事、上柱国、范陽県開国男、食邑三百戸寿宗卿に勅す。崇班に列するを忝くし、合に儒業に遵うべきに、邪説に溺れ、是妖風を煽り、既にして眩惑の端を開き、全く典墳の旨を廃し、簪纓の内、頽靡何ぞ深きや。況や非聖の言は、尚宜しく禁斥すべし。外方の教えは、安ぞ流伝すべけんや。包容を欲すと雖も、風俗を傷らんことを恐る。宜しく左官に従うは、猶寛恩と謂うべし。成都府尹に任じ、駅を馳せて発遣すべし。

太子詹事寿宗卿　仏教の『涅槃経』中より『三徳』二十巻を撰成するを進む、勅を奉ず。

　『大円伊字鏡略』二十巻、具に已に詳覧す。仏は本西戎の人、教えは不生の説を張る、孔は乃ち中土の聖、経は利益の言を聞く。而して寿宗卿は素士林に儕にし、衣冠の望族たるに、孔墨を敷揚する能わず、翻って乃ち浮屠を溺信し、胡書を妄撰し、輒ち軽々しく進むる有り。況や中国の黎庶久しく此の風に染まる、誠に宜しく共に迷聾を遏め、其れをして朴に反さしむべし、而るに乃ち妖妄を集め、転た愚人を惑わす、位朝行に列するに、豈宜しく自ら愧ずべけんや。其の進むる所の経、内中已に焚焼し訖り、其の草本は中書門下に委ねて追索焚焼せしめ、之を外に伝うるを得ざらしむ。

会昌三年（八四三）六月十三日下す。（『巡礼行記』巻四）

（二）　趙帰真

道士趙帰真等奏して云う。

仏は西戎に生まれ、教えは不生を説く、それ不生なる者は只是れ死なるのみ。人を化して涅槃に帰せしむ、涅槃は死なり。無常苦空を感談するは、殊に是れ妖怪、未だ無為長生の理に渉らず。太上老君は聞くならく中国に生まれ、太羅天に家し、逍遥無為にして、自然に化を為し、仙丹を煉り、服して乃ち長生し、広く神府に列し、利益無彊なり。請う内禁(だいり)に仙台を築起し、身を煉り登霞(とうせん)し、九天に逍遥して、聖寿を鹿福し〔皇帝としての福寿を受け〕、永く長生の楽を保たんことを、云々。

皇帝依る〔裁可〕を宣し、勅して両軍をして内裏に仙台を築かしむ。高さ百五十尺、十月よりはじめて（案ずるにこれは会昌四年）、毎日左右神策軍の健児三千人をして搬土築造せしむ。皇帝意切にして、早成を得んことを欲し、毎日勅ありて築を催す。両軍の都虞侯(しょうこう)棒を把(と)りて検校(かんとく)す。皇帝因りて行見して内長官に問うて曰く、「棒を把る者は何人か」。長官奏して曰く、「護軍都虞侯築台を担当す」と。皇帝宣して曰く「汝　棒を把りて担当するを要せず。須らく自ら土を担うべし！」と、すなわち船に□して去る。

のち又築台の所に駕すに、皇帝自ら弓を索め、故なくして虞侯一人を射殺す。無道の極みなり。（同上）

（三）　糧食を乞う

登州の文登県より此処にいたる。青州三、四年来、蝗虫の災起こり、五穀を吃却し、官私飢窮す。登州の界ではもっぱら橡の実を食べて飯の代わりとす。客僧等この険処を経て、糧食得難し。粟米一斗八十文、粳米一斗百文、糧の吃うべきなし。すなわち状をしたためて節度使張員外に進めて糧食を乞う。

日本国求法僧円仁　斎糧を施されんことを請う

右円仁等、遠く本国を辞し、尺〔釈〕教を訪尋す。公験を請わんが為に、未だ東西する有らず。到る所の為家、飢情忍び難く、言音別なるに縁りて、専ら乞う能わず。伏して仁恩を望み、香積〔仏家〕の余供を捨て、異蕃の貧僧に賜らんことを。生きて一中〔斎食が一行にゆきわたること〕を賜り、今更に悩乱し、途に伏して怺れ愧ず。謹んで弟子惟正を遣わし状す、謹んで疏す。

開成五年（八四〇）三月二十五日日本国求法僧円仁状して員外閣下に上り、謹んで宣す。

員外は粳米三斗、麵三斗、粟米三斗を施給してくれ、そこで状をしたため感謝せり。

日本国求法僧円仁謹んで

員外の仁造にして米麵を給わり、感戴に勝えず、以て謝を銷し難し。下情感愧の誠に任うなし。謹んで状を奉じて謝を陳ぶ。不宣、謹んで状す。

開成五年三月二十五日日本国求法僧円仁状して員外閣下に上り、謹んで宣す。（同巻二）

（四）　人を吃う

潞府〔いま山西の長治県〕を打つ兵は他界に入るを得ず、但界首に在り。頻りに勅の催すあり。消息無きを怪しみ、征兵多時にして、すべて征罰を聞かざるは何ぞやと。彼の兵衆驚惧して、界首の牧牛の児・耕田の夫等を捉え京に送入し、妄りに叛人を捉え来ると称し、勅して対刀を賜い街衢に於いて三段に斬り、両軍の兵馬囲みて之を殺す。此の如く送り来ること相続いで絶えず、兵馬尋常なるに、街里被斬の死骸路に満ち、血流土を湿らせて泥と為り、看る人道路に満つ。天子時々看来り、旗槍交横して繚乱たり。見説く送来せらるる者は、是れ唐の叛人にあらず、但是れ界首の牧牛耕種の百姓にして、枉りに捉来せらるるなり。国家の兵馬は元来他界に入らず、王の事無きを怪しむを恐れ、妄りに無罪の人を捉え京に送入するなり。両軍の健児人を斬り了る毎に、その眼肉を割きて吃う。諸坊の人皆云う、今年長安　人　人を吃うと。（同巻四、案ずるにこれ会昌四年の事なり。）

（一九二七年四月抄）

一九二七年四月刊『語絲』百二十八期　『談龍集』

＊『入唐求法巡礼行記』訳注には、小野勝年『入唐求法巡礼行記の研究』（昭和三十九―四十四年鈴木学術財団）、また足立喜六訳注・塩入良道補注（一九七〇・八五年平凡社東洋文庫）がある。周作人も東洋文庫本も同じく国立国会図書館東洋文庫蔵の影印本によってはいるが、釈文、標点が少し違う。

85『煮薬漫抄』

永井荷風の随筆集『冬の蠅』に「十九の秋」と題する文章があり、明治三十年（一八九七）彼が十九歳のとき上海にいたことを記している。最後に甲戌（一九三四）十月に記すとあるからすでに五十七歳になっての文である。その初めに云う。

近年新聞紙の報道するところに就いて見るに、東亜の風雲はますゝゝ急となり、日支同文の邦家も善隣の誼しみを訂めてゐる遑がなくなつたやうである。曾てわたくしが年十九の秋、父母に従つて上海に遊んだころのことを思ひ返すと、恍として隔世の思ひがある。

子供の時分、わたくしは父の書斎や客間の床の間に、何如璋、葉松石、王漆園などいふ清朝人の書幅が懸けられてあつたことを記憶してゐる。父は唐宋の詩文を好み、早くから支那人と文墨の交を訂めて居られたのである。

何如璋は、清国公使で、明治十年（一八七七）ごろから久しい間東京に駐劄してゐた清国の公使であつた。

葉松石は同じころ、最初の外国語学校の教授に招聘せられた人で、一度帰国した後、再び来遊して、大阪で病死した。遺稿『煮薬漫抄』*の初めに詩人小野湖山の作つた略伝が載つてゐる。

毎年庭の梅の散りかける頃になると、客間の床には、きまつて何如璋の揮毫した東坡の絶句が懸けられるので、わたくしは老耄した今日に至つても猶能く左の二十八字を暗記してゐる。

梨花浅白柳深青、柳絮飛時花満城、
惆悵東欄一樹雪、人生看得幾清明。

何如璋は明治の儒者文人の間には重んぜられた人であつたと見え、その頃刊行せられた日本人の詩文集にして何氏の題字や序または評語を載せないものは殆ど無い。

『煮薬漫抄』は運よく二部も手に入れた。版本はもともと同じなのだが、一つは白紙本、一つは黄紙本である。この書は光緒十七年（一八九一）に刻されているから、今を去ることそれほど遠くはないのだが、流布するものが多くなかったせいかめったに見ない。書物は全二巻、著者は葉煒（しょうい）、字は松石、嘉興の人である。同治甲戌（一八七四）日本の文部省の招聘を受けて、東京外国語学校の漢文の教師となった。時は明治七年、まだ中国が公使を派遣する前であった。光緒六年庚辰（一八八〇）の夏再び日本に遊び、大阪に滞在すること十ヵ月、辛巳（一八八一）の暮春再び京都に客となり、たちまち喀血をして、病中に記録した詩話に、『煮薬漫抄』と名づけたのは、事実を記録したものである。小野湖山がそれに序をつけて云う。

余　その病にかかれるを聞き、心にひそかにこれを憫れむ。先頃福原公亮『煮薬漫抄』一冊を寄せて云う、これ松石が病中に録するところ、病癒えざるを以て去る、去るに臨んで以て余に属（しょく）する者なり、海濤万里、その生死は未だ知るべからず、子其れ之に序せよ、と。余書名を見て愴然たり、小引（はしがき）を読みて益々悲しみ、因りて公亮の言を思えば則ち復た潸然（さんぜん）たるに堪えざるなり。

これによれば荷風が大阪に病死したと云うのは確かでないことが分かる。巻末の松石の識語の時間は乙酉（一八八五）で、前に朱百遂の庚寅（一八九〇）の序があって、松石はちょうど江寧〔南京〕におり、〝下級官僚の中に隠れていた〟のである。松石が詩人として東遊したのは、黄公度〔遵憲〕よりも三年早い、ところが『漫抄』ではまったく日本の風物に触れておらず、人名が一、二出てくるだけである。湖山翁はその再来日の時のことを述べ、〝平安浪華の間を流寓し、身外に持つところ、破硯残毫のみ〟と云う。いま詩話を見るに、彼はこの筆硯にいささか背いたことを残念に思わざるをえない。黄君のように詩の材料をたくさん持ち帰ることができなかったからである。

何如璋は中国が日本に派遣した最初の使節で、黄公度は彼について行った随員である。『日本雑事詩』には石川英の跋があって云う。

　今上明治天皇の十年（光緒三年）大清が使節派遣を議論すると、およそ漢学者はみなわれこそはと望んだが、翰林院侍講の何公が大使の任に当たることになった。入境以来、経書を持参する者、書を求める者、詩を乞う者、門外に列をなし、踝を接して続き、その結果人々はみな満足して帰った。

荷風が言う儒者文人の間に重んぜられたというのはたぶん事実だろう。しかし前後七、八年にすぎないのに、情況は大いに変わった。光緒十年甲申（一八八四）中仏戦争で、何如璋は福建でその事に当たった。岡千仞は「滬上日記」（『観光紀遊』巻四）でそのことを記している。

　八月二十八日曾根俊虎来たり、明日天城艦に乗りて福州の戦跡を観んと言う。因りて木村信卿の嘱する書簡を托して何子峨〔如璋〕に寄す。信卿は子峨のために日本地図を制するに坐して下獄す、冤白るるの日子峨すでに西帰す。故に余に嘱して意を子峨に致す。何ぞ意わんやこの戦いに子峨造船局を管し、戦い発するにあたり狼狽奔竄し、世論の言うも潔しとせざるところとなる。人間の禍福、何ぞ常にかくの如きあらんや。これがために慨然たり。

又云う。

　九月十八日曾根氏福州より帰るを聞き、往きて見えて戦事を問う。曰く、法将孤抜六艦をひきいて進み戦う、次将利士卑五艦をひきいて後ろにありて策応す、事倉卒に出で、万砲雷発す。中兵一たび砲を発するに遑あらず、死傷千百、二将全捷を奏し、徐々に諸艦を率いて海口に出づ。戦後二旬、海面の死屍一として検収する者なし。洋人これを見て曰く、殆ど国政なきなりと。何子峨を問うに、曰く、造船局は兵火に蕩然たり、子峨に一舎に会うに、顔に人の色なし。その局を棄てて遁ぐるに、官金三十万あり、敗残兵の掠めて去るところとなる。その漫りに規律のなきこと概ねかくの如しと。

文人はもともと詩文を作れるだけだ。一度手を出して政務軍事を弄ぶや、一敗地に塗れないものは少ない。岳飛は言った、天下を泰平にするには金を愛さない文官と、死を恐れない武官が必要だと。わたしはだが今の病弊は武人が文を談じ、文人が武を講ずるところにあると思う。武人が五経を読めと高唱するのは『孝経』で以て賊を退けようというのと何の違いもなく、文人が机上に兵を談じても、かぼちゃ頭には南渡〔後退〕の一策しかないから、何子峨にまで笑われてしまうのではないか。（七月）

一九三四年九月刊　『苦竹雑記』

＊『煮薬漫抄』二巻、清・葉煒撰、光緒十七年金陵刊本。その影印本近代中国史料叢刊本がある。葉煒（一八三九―一九〇三）は清末の詩人。字は松石。嘉興の人。詩集に『扶桑驪唱集』があり、日本の文人との唱和集である。永井荷風の「十九の秋」は『全集』第十七巻による。

86　『日本雑事詩』

　今年の陰暦の廠甸にはなんと三度も行った。手に入れたのはみな小書やバラ本でしかなかったが。しかしその中にはやはりわたしが嬉しく思ったものがある。たとえば二種の『日本雑事詩』[*1]がその一つ。黄公度の著作で最もよく知られているのは『人境廬詩草』十一巻で、辛亥〔一九一一〕の年に梁任公〔啓超〕が日本で印刷した本は今ではめったに見られないけれども、近年北平で重校本が出た。その次の『日本国志』四十巻は、浙江の刻本が今でも存在する。この二冊の『日本雑事詩』は今ではあまり流行らないけれども、当時ずいぶん珍重されたことは、その版本の多さを見ただけで分かる。わたしは去年の廠甸で一種手に入れたが、それは光緒十一年十月梧州刻本で、黄君の新序がある。今年手にした一冊は天南遁窟活字本で、光緒五年季冬刊行と題するが、前に王韜（おうとう）[*2]の序があってそこには光緒六年二月朔日とあるから、次の年の春になって出版されたことが分かる。もう一つは光緒二十四年長沙刻本で、十六年七月の自序があり、巻末に戊戌〔一八九八〕四月の跋がついている。王韜の『扶桑遊記』中巻にある、光緒五年四月二十二日の条の「余元眉中翰に致すの書」（また『弢園（とうえん）尺牘』巻十二にも見える）に云う。

こちらでは黄公度参賛が『日本雑事詩』を書き、まもなく印刷に入ります。これも官吏の外地勤務中の一段の佳話です。

又「雑事詩序」に云う。

わたしがまもなく出かけようとした時に、この書を示され、終わりまで読まないうちに、再三手を打って、これは必伝の作だ、速やかに印刷に付して、世の人々に早く読ませるべきだと考え、そこで公度にすぐにもわたしの所の活字版によって印刷しようと頼んだところ、彼はそれを承知したので、それを持って帰った。ところがこの書はもう京師訳館で刻されていると聞いた。まことに有用の書は衆目が一致するものである。

『雑事詩』が光緒五年孟冬同文館で聚珍版で刊行されたとすれば、この王氏本は第二の版本ということになる。黄君の戊戌の年の跋に云う。

この詩は光緒己卯〔五年、一八七九〕に訳署に差し出したもので、訳署では同文館の聚珍版によって刊行した。ついで香港の循環報館、日本の鳳文書房が又刊行し、ついで中華印務局や日本の東京・京都の書店が争って翻刻し、且ついろはや甲乙丙などの文字をつけ、はては注釈をつけ句読を分かつものもあった。乙酉〔光緒十一年、一八八五〕の秋、わたしがアメリカから帰ると、父はちょうど梧州の徴税官をしておられたが、同僚に求める者が多いので、又重刻された。丁酉〔二十三年、一八九七〕の八月わたしが長沙の司法官代理についた時、わたしの詩を広告して売る者がいたので、尋ねてみると又一つ別の刻本であったから、今この本は九回目の刊本ということになる。これが決定稿で、続けて刻するものはこれによるべきである。その他はみなまとまりがなく廃棄焼却してよい。

ここに言うところによれば、梧州刻本は七番目の版本で、長沙刻本は九番目で定本ということになる。『叢書挙要』巻四十五に載せる〝弢園老民手校刊本〟の中に重訂『日本雑事詩』がある。重訂というのは改訂したテキストであるはずだ。ただ弢園は道光戊子〔一八二八〕に生まれ、戊戌〔一八九八〕の年にはすでに七十一歳、まだこの世にいたかどうか分からないし、又この書を重刻するなどという例の興味を起こしたかどうか計りかねる。だから今から見れば、この定稿は長沙の刻本しかなく、後でも復刻されなかったろう。わたしは無意識のうちにそれを手に入れたのだ。嬉しく思ったというのはこのためである。

『雑事詩』の原本は上巻が七十三首、下巻が八十一首、全部で百五十四首、いま定本を調べてみると、上巻が二首削って八首増やし、下巻は七削って四十七増やし、計二百首である。改訂についての考えは十六年の自序ではっきり述べられている。

わたしは丁丑〔一八七七〕の冬使命を奉じて渡航、日本に滞在すること二年、ようやくその士大夫と交わり、その書物を読み、その起居に習い、『日本国志』を草し、旧聞を網羅し、新政の参考にしようと企てた。それでその雑事をとりまとめ小注とし、それを詩で統一したのが、つまり今行われている『雑事詩』である。時に明治維新の始まりに会い、あらゆる制度が草創の時期で、規模もなおいまだ定まらず、……紛糾して定論がなかった。

わたしの交わったのは多くが旧学の人で、仄めかしや誹り、怨嗟嘆息が、わたしの耳に満ちていた。自らの道義を守って国を統治するのが大夫の義でないわけではないけれども、新旧異同の見解が時として詩に露れている。閲歴が日に日に深まり、見聞が日々に拓けてみると、物事は滞れば変わりやすく通ずれば長持ちするという理屈がよく分かった。それで日本の改革は西洋のやり方に従い、旧きを改め新しきを採り、卓然として自立することができると確信した。そのためわたしの『日本国志』の序論は往々にして詩意と乖離している。やがてアメリカに遊び、ヨーロッパの人に会ったが、その政治と学術が結局は日本とあまり大差がない。今年日本はすでに議会を開いたが、進歩の速さは古今万国にその例を見ない。時にかの国の高官碩学と日本のことを話すと、異口同音に恭敬感服する。大使の仕事は暇が多いので、たまたま旧編を繰って見ていると、若書きに悔いの残るのがあり、あちこち手を入れ増删し、時に改めたりして、全部で数十首の詩になったが、改めるに及ばなかったものはしばらくそのままにしておく。ああ、中国の士大夫は見聞が狭隘で、外事については何ら意を用いず、今それを聞き、それを見たにもかかわらず、相変わらずまだ古いやり方を飾り立てただけで、自ら十分やっていけると考える。疑ったり信じたりしながら、何年も時間をかけて、よくよく考えた挙句でないと、ようやく是非得失の宜、長短取捨の要が分からないのである。わたしはまことに恥ずかしい。

黄君のこの見識と態度はさすがに立派だ。梁任公の「嘉応黄先生墓志銘」はうまく述べている。

〝わが国は二十年前には日本の畏るべきことを知らなかった。だが先生のこの書は（案ずるに『日本国志』を指す）すでに日本維新が成功すれば覇を唱えるだろう、そして最初にその衝撃を受けるのはわが中国だと言っている。後になって先生の言がことごとく証明された。そのため人はとりわけその先見の明に敬服するのだ〟。それだけではない。黄君は日本についてその畏るべきを知っていたが、また至る所にその敬うべき点から愛すべき処までを示している。これはもっと難しい事で、もとの『雑事詩』にもうかがわれるが、改正後は更に明瞭になった。

原本巻上第五十「新聞」を詠んだ詩に云う。

一紙の新聞　帝京に出づ、令甲（ほうれい）を伝え来たりて更に文明なり、
曝檐（ひなたぼっこ）の父老　私（ひそ）かに相語り、未だ敢て雌黄信口（ひはんでまかせ）の評をなさず。

定本の方は云う。

故事を知らんと欲せば　旧史を読め、今事を知らんと欲せば　新聞を看よ、
九流百家有らざるなく、六合（てんか）の内　此の文を同じうす。

注に云う。

新聞紙は当今の時勢を語り、全国に周知させ、載せないものはない。五大洲万国に新しい事が起これば、朝に電報を打ち、暮れには版に組む。門を出ずして天下の事を知ることができると云える。その源は邸報に出るが、その体は叢書に似て、しかも体大にして用広きことは遥かにこれに勝る。

この注も原本とはまったく違う。詩について言えば、自ずと原本の方がよい。少し風諫の気味があり、言論不自由の時代にはもっと読者の共鳴を引き起こしたのかもしれない。だが黄君にとっては賛嘆には自ずと深意があり、旧物を除去し新式を普及するという意向にもっと邁進するだけでない、実際以前の新聞は多くが啓蒙に偏ったものであって、宣伝の運動をすることが少なかった。だから新聞を叢書（Encyclopedia）に比べるのは決して間違いではない。また原本巻上第七十二に詩を論じて云う。

幾人か漢魏に根源を遡る、唐宋以還　格尚存す、
怪しむに難し　鶏林の賈の争いて市うを、白香山の外　随園を数う。

注に云う。

詩は初め唐人を学び、明では李〔夢陽〕と王〔世貞〕、宋では蘇〔東坡〕と陸〔游〕を学び、その後晩唐を学び、変わって〔永嘉の〕四霊となり、わが朝に及んでは王〔漁洋〕、袁〔随園〕、趙〔甌北〕、張〔船山〕の四家が最も著名である。たいていはみなわが国のその時の気風に随って移入されたのである。白香山、袁随園はとりわけ熱心に慕われ、学ぶ者の十中八九がそうである。『小倉山房随筆』もまた鶏林の商人が争ってその写稿を買ったというが、それを日本に売ったのであろうが、うそでないことが分かる。七絶をもっぱらにするのは近時では市河子静、大窪天民、柏木昶、菊池五山みな絶句の名家と言われる。文酒の会では、筆を執り高歌長吟して、往々にして唐宋に迫る。わたしはもともと絶句は作

れない。この書では〔詩を〕事柄にくっつけるのが狙いで、『南宋雑事詩』『灤陽(らんよう)雑詠』の例に倣って、並べたまでのこと、日本人がこれを見たら、東施が西施の真似をしたと笑わぬ者はないだろう。

日本人が漢詩を作り、中国人と唱和できる、これは中国の文人にとって最も愉快に思える事で、大いにわが道東せりの感歎がある。王之春[*3]『東游日記』巻上光緒五年十一月三日に、黄公度参賛と会見し、次の日『日本雑事詩』の後に四絶を題したことが記されている。その四に云う。

長慶　鶏林に購われし自従(よ)り、香は随園に爇(た)かれ直ちに今に至る、
他日新詩　重譜して出づれば、応(まさ)に紙価の貴くして金(おうごん)を兼ぬるを看るべし。

つまり上の詩を承けたもので、まさしくそういう意味だが、定本ではすっかり変わっていて、その詩は、

豈に独り斯文のみ盛衰あらんや、旁行の字正しく横馳に力(つと)め、
知らず近日　鶏林の賈、誰か黄金を費して更に詩を購わん。

注はもとどおりだが、ただ末尾の〝往々にして唐宋に迫る〟の後を改めて、

近世の文人変じて美人(アメリカじん)の詩を購い、英士(イギリスじん)の文集を訳せり。

と云う。

上に挙げた二つの例から、作者の思想の転変がうかがわれる。当初はなお古いやり方を飾り立て、信じたり疑ったりを免れなかったが、後になると日本の改革が西洋のやり方に倣い、古

きを革め新しきを採り、卓然として自立できることを認めたのである。胡適之先生は『五十年来の中国の文学』の中で、黄君のことを述べ、〝戊戌の変法では、彼もその運動の中の一人物であった。彼は詩界革命の動機についてはずいぶん早くに火をつけたようだ〟と云う。彼の早年の詩には〝我が手は我が口を写す〟という主張があり、『日本国志』巻三十三「学術志」の文字を論じたところで、中国にはいずれ新書体新字が発生するだろうと言っている。その最後に云う。

周秦以来文体はしばしば変わり、近世になって、章疏・移檄・告諭・批判は、明らかに分かりやすく、意を達することに努めており、その文体は絶対に古人にないものである。小説家の文など、そのまま方言を使いそれを書物に書き表しているから、言葉と文字がほとんど重なり合っている。そのうち更に文体が変わって今に適合し世俗に通行するものにならないとは誰が知ろう。ああ、天下の農工商賈婦女幼童にみな文字の使用に通じさせようとするならば、ここに一つの簡易な方法を求めざるをえない。

黄君は文字言語について新しい意見を持っていた。文化政治などについてもたいていはそうである。これははなはだ敬服すべきことである。『雑事詩』一篇は、詩として見れば二流だが、わたしは最も重要なのはやはり作者の思想だと思う。その次は日本の事物の記録である。この最後の点については以前にも注意した人がいて、『小方壺斎輿地叢抄』中に詩注を抄録して『日本雑事』一巻としている。また王之春の『談瀛録』巻三・四、すなわち『東洋瑣記』はほとんど全部が詩注を丸写ししたものである。『雑事詩』は画法を述べた所で云う。

　辺崋山と椿椿山(つばきちんざん)が惲氏の真本を得て、そこで又没骨法を伝えた。

『東洋瑣記』巻下では引用して次のように改めている。

　辺崋山椿家がある。山椿が惲氏の真本を得て、そこで没骨法を伝えた。

辺崋山と椿椿山がもともと二人なのを知らないのである。椿山は椿姓で、崋山の原(もと)の姓が渡辺、中国風に辺崋山とした。現代の文人佐藤春夫もまた印章では藤春とする。王君は彼らを一人にしてしまった。もっともだが、やはりすこぶる可笑しい。定稿が成ったのは今からもう四十六年前、日本の雑事を記すものは、どうやら他にないらしい。これは黄君の及ぶべからざるところで、真に今人は古人に及ばないのであろうか。民国二十五年三月三日、北平にて。


「補記」『雑事詩』初版の同文館聚珍本を今日、海王村の書店で手に入れた。書物は必ずしもよくはないが、ただこれで掌故の種がそろったことを喜ぶのみである。五月二十六日記。

一九三六年四月刊『逸経』三期『風雨談』

＊1　『日本雑事詩』実藤恵秀・豊田穣訳、一九六八年平凡社東洋文庫。黄遵憲（一八四八―一九〇五）については本書「『日本国志』」および「『人境廬詩草』」「詩人黄公度」を参照。
＊2　王韜　一八二八―九七、清末のジャーナリスト。本書「『淞隠漫録』」参照。

＊3　王之春　一八四二―一九〇六、字は爵棠、号は椒生。湖南清泉の人。清末洋務派の政治家、軍人で、広西巡撫を務めた。

87　『茨村新楽府』[*1]

『越縵堂日記』同治八年三月七日の条に云う。

『茨村詠史新楽府』を読む、上下二巻、山陰の胡介祉の著。介祉字は存仁、号は循斎、礼部尚書衛秘書院学士兆龍の息子で、官は康熙年間に湖北僉事道になった。楽府は全部で六十首、みな明末の事を詠んだもので、荘烈帝の入内即位を詠う「信王至る」から始まって、国朝の明陵の防護を記す「鍾山樹」で終わる。毎首に小序があり、その本末を注する。時に明史はまだ完成してなかったので、自ら伝聞逸事についてその治乱得失にかかわるものを取って並べたという。今ではそのことは多くの著書があり、詩もとりわけ渋滞して見るに足りないが、ただ「阜城死」の注に云々（案ずるに全部で小注六篇を抄録する）とある数事はみなほかの書物に見えない。この書は諸暨の郭雲也石学種花荘刻本で、前に宿松の朱書字緑の序があり、後ろには李驎の「懿安皇后の事を書す」一首、「宿紀聞を賀す」一首がある。

わたくしは詩は分からないが郷曲の見があり、山陰・会稽両県（いま合わせて紹興県と云うが、紹興という名はまったくよくなく、大いに人名・状元・国家の重鎮の趣があって、公文書に相応しいだけのようだ）の人の著作を喜んで集めている。したがってこれもわたしの欲しい書物である。もともと原刻本があるのだが、どうしてだかめったに見ない。ようやくのことで近日一冊見つけたが、抄本で、値段は安くはない。六掛けの計算でも十元以上で、わたくしの蔵する越人の著作の中でもほとんど善本ということになろう。字体は早くて乾隆時の抄本で、中に誤字欠字が多く、誰かの朱筆が入っているけれども、それでも完全ではない。前に朱字緑・王宓草の二序があり、王序は癸卯と題するから、雍正元年（一七二三）だろうが、刻本にはない。序では茨村が胡という姓であることが分かるだけで、どこの人かは詳らかではない。後ろに甲辰の年の付記があって云う。

> 去年この楽府を抄録して、朱字緑の序をその前に附けた。胡茨村はその名が分からないが、字緑がその序を附けたのだから、思うに彼も皖（安徽省）人であろう。たまたま如皐の許実夫の『谷園印譜』を見ると、燕越の胡介祉が梓に付している。介祉は号を循斎と言い、またの号が茨村で、壬戌の春官は湖北僉憲である。

陶鳧亭編の『全浙詩話』第四十四にはただ『西河詩話』巻五の中の一条を引くだけで、題名は胡少参、たぶんやはり彼の名号を知らないのだろう。毛西河は『谷園集』を言うけれども、商宝意編の『越風』三十巻にも集録していない。乾隆のころにはまだあまり人に知られてはいなかったらしい。今その詩集はもちろん見られず、『新楽府』がようよう出現したばかりである。このほかに板刻した書に『谷園印譜』および『陶淵明集』がある。値段は高いけれども市場では偶然に出会うこともあるだろう。

『詠史新楽府』六十首を通読して、なかなか感慨があり、明朝という天下を失うのもなかなか容易なことではないと思った。しかしみんなが努力しても結局は失ったのだ。そうした人々の中には文武の官員がいたし、外敵がいたし、流賊がいたし、宦官がいたし、士大夫がいた。悪いのは宦官で、よいのは東林や復社の類である。失い方があまりにも奇怪なので、人に滑稽感を抱かせる。たとえば第三十九章「城門を開く」の小序に云う。

十九日辰の時、兵部尚書張縉彦（ちょうしんげん）は太監（かんがん）曹化淳とともに斉化・東便二門を開いて賊を入れ、その後入内したが、太監王徳化に殴られ、鬢をことごとく抜かれ、賊もそれをバカにした。

詩に云う。

甲申三月十九日、崇禎の暦数当（まさ）に終畢すべし。
城門開かずば賊もまた進まず、地に穴ほり天に通ずるに豈（あ）に術なからんや。
但だ怨む奴儕の主恩を受けしに、公然と悖逆して城門を開く。
解嘲幸いに鬢鬌を抜きて尽くす、好し群奄とともに子孫を作れ。

曹化淳はもともと勅命の守城太監である。ただ太監はしばらく言わないとして、兵部尚書の如きが城門を開くとは、実に上等の笑い話の資料である。筆誅を加えるにも、ふざけ半分で書くしかない。腕力で制裁するとしても口ひげをむしり取ってしまうという方法だけが相応しいのだろう。第十九章「復社行」の小序に云う。

時に復社は盟主に二張〔張溥・張采〕を推した。みな鋭意俗を矯めようとし、意気投合した。間々附和して名を盗もうとした者があって、輿論と食い違いができた。ある人はその事を述べて、頭上に本箱、手中に数珠、口には天如、名士と言うに足ると。天如は張溥の字。本箱はその帽子が四角く高大なるを言う。そして時代の風尚が分かる。

又云う。

復社が〔阮大鋮を〕告発して以後は、さらに大きな結社となり、その勢いはますます盛んとなった。丙子己卯の二度の秋の科挙試験には、社中の人が秦淮に大会を開き、酒船数百艘、梨園青楼あますなく、江南では奇観とした。社中の人が出かけると、市人はみなそれを避けた。その挙止外観は遠くからでも分かった。下僕や水夫でさえ意気揚々として得意の色があった。意気投合して地方に官吏となって来る者は、布政司・按察司の双方と配下の諸生とがともに雁行して平等の礼を取り、盟兄社弟と言う。諸生が報告謁見する場合も同じくし、宴会は応接に暇あらず、朝夕区切りがない。督学が試験の監督に来ると、郡村の士を並べ推薦し、ややもすると数十百にのぼるが、取らないわけにはいかず、得んと欲するところ首席以下打てばひびくようであった。社中の人が科挙を受けるに際しては学校に集まり、縁故によって智愚に関係なく先を争って依附し、僥倖で合格しても、恬(てん)として怪しまず、人もまた当然であるかのように見なした。そもそも復社は八股文を作るための結社にすぎないのに、このように豪勢なのは、盛んとしか言いようがなく、後世の人間が心から望んでもとてもできることではない。また第四十四章「衣冠の辱」の小序に云う。

二十一日偽大学士牛金星が、百官つぶさに職名を申し出、任用の拠り所とする、願わない者は原籍に返ることを許すが、隠して申し出ない者は軍法を以て処分すると、諭告した。そのころの朝廷の官吏は義のために死んだ者が多かったけれども、申し出た者もさらに少なくなかった。……しかしながら用いられなかった者は首に枷をはめられ、愁惨痛楚であったが、用いられた者は高冠広袖、ある者は徒歩で、ある者は騎馬で、意気揚々の態であった。文武の官員を率いて、即位を勧める者があった。献金して宰相の位を求め、管仲・魏徴を自任する者があった。（原傍注に云う、項煜なりと。）賊に召されて、出てくると人に新主は自分をはなはだ恭しい礼でもてなしたと言う者があった。（注、梁兆陽。）即位を勧める表・登極の詔を書き、急いで江南を下す策を献じ、人に逢えば牛老師はきわめて賞賛されたと言う者があった。（注、周鍾。）浙江を平らげる策を献じ、背中に名刺をつけて驢馬に乗り、賊のために走り回り、いくらもしないうちに賊兵に片腕を折られた者があった。選任を掌り得意になって、人に向かって宋堂翁は自分をきわめてよくもてなされたと言う者があった。（注、楊起。）最初は賊から用いられず、賄賂によって任用の試験を受け、人にわしは明日から非凡の人じゃ、好事で凡人でない人の伝を書くと言う者があった。（注、銭位坤。）その汚辱ぶりは処刑された者よりもっとひどい。

陳済生の著『再生記〔略〕』巻上によると二十二日の事を記して云う。

庶吉士魏学濂はたまたま賊兵のために片腕を損傷した。これを偽将軍に訴えたところ、こんな小事になんで饒舌が要るものかと、叱られた。

上文に言う驢馬に乗って名刺を背中に貼り付けたのがこの人であったことが分かる。これは魏大中の息子である。また二十六日の条に云う。

また牛金星はきわめて周鍾の才名を慕っており、召し出して「士は危を見て命を授くるの論」を出題した。周は又数千言の賀表を書いて、賊の美点を称揚したところ、偽相が大いに褒めたと云うことだ。

これから牛老師の称呼の来源が知れるが、ここには少し不可思議なものがあるように思う。ただ周鍾の論文がどのように書かれたのかは分からないし、牛老師の題目は実際少し狭苦しい。かの文武の官員を率い真っ先に即位を勧めたのが旧の重臣陳演であり、後になって又捉まって夾板の刑に遭い贓品を追及されたことをわれわれは知っている。『再生記〔略〕』巻上の二十一日の事を記したところには諸臣の状態をひっくるめて記した一節がある。

廿一日申し出、各官員は青衣小帽をつけ、午門外にはいつくばって点呼を受け、ふだん老成した者、小賢しい者、文才を鼻にかける者、口先のうまい者、向こう意気の強い者など、ここに至ってみな首をすくめて眉をたれ、まるで木偶のようにコチコチ、兵卒になぶられても、声もようあげない。

もちろん秀才が兵隊に出会っては、道理があっても言えたものではないし、士大夫の醜態もすでに出尽くしているが、もう少し言葉を添えるなら、すべてが無用に思われ、胡君の詩が渋滞しているのも無理はない。「誠意伯」の篇など劉孔昭が叔父と祖母を殺し、馬〔士英〕・阮〔大鋮〕にくっつきあらゆる悪事を働き、終には掠奪品を満載して海に逃れた。けだし大逆十悪の徒で、詩にも「幸いにして白骨をして帰り来たらざらしめ、青田山下の土を汚すを免れん」と言うしかない。実際何も言うべき言葉がない。天下の最高と最下のものは、けだし往々にしてともに言語道断なのだろう。民国二十六年二月十一日、北平にて。

補記

呉子修の著『蕉廊脞録（しょうろうさろく）』[*2]巻五に一条あって云う。

『流寇長篇』を読むと、巻十七に甲申三月甲辰の日の事を記して云う。京官は凡そ公事があれば、必ず長班〔交際の面で用を足す下僕〕が通知状を伝え、それには肩書きと姓名を並べ、通知状が来ると「知〔了解〕」の字を書く。兵部の魏提塘は、杭州の人で、その日顔見知りの長班が急いで行くのに出会い、なぜかと訊くと、袖から伝える通知を取り出してみせた。宦官および文武の大臣が開門して賊を迎える事を約したもので、みな「知」の字があった。最初の宦官は曹化淳、大臣は張縉彦であった。このことは万斯同が面と向かって魏提塘の言うことを質したのである。案ずるに京師では長班に通知状を送らせる。三百年来この習慣に沿って来たわけだが、ただこの場合はまったく奇怪で、思宗孤立の情勢がすでに出来上がり、宦官宰相が相率いて開門して賊を迎えるに至るとは、痛哭すべきことである。

案ずるにこの事は本当に奇怪で、文武の大官が相約して門を開き敵を迎えるのに、長班に通知状を送らせたとは、まるで新年会か宴会の通知のようで、たとい官場の無責任さを知っていても、どうしてこんな事が想像できよう。『万年暦』を調べると甲申三月朔は己丑だから、甲辰は十六日である。陳済生の著『再生記略』*3巻上に云う。

> 十六日黎明昌平州を破り、十二陵の祭祀殿を焼く。沙河より進んで、直ちに平子門を犯し、終夜放火掠奪し、火光は天を焦がした。この日、帝は三度臣下を召して訊ねられたが、重臣および六部の給事中などの官はみな、害はありません、天子の威霊によりまして、数日我慢なされば、雲霧は晴れ青天を見ることができましょうと言った。退朝ののち諸臣は言笑自若としていたが、すでにこの時、権（かりの）将軍なる者が偽牌を発して、十八日入城と定め、幽州会同館に行って布告したので、みなは驚愕した。

けだし諸臣が朝廷で下問に答えている時、長班はちょうど通知状をそれぞれに送っていたのだろう。二月十九日北平にて再記す。

一九三七年二月十一日作、載同年三月十六日『宇宙風』第三十七期　『秉燭談』

＊1　『茨村新楽府』　発表時の題名は「明朝の滅亡」であったが、『秉燭談』に収めるに際して「『茨村新楽府』」と改めた。胡茨村については、謝国禎『増訂晩明書籍考』では「名は兆龍、字は予袞、順天籍、山陰の人」とするのはその父との混同か。『茨村新楽府』は国内なし。
＊2　『蕉廊脞録』　八巻、清・呉慶坻撰。近刊に清代筆記史料叢刊（中華書局）本がある。
＊3　『再生記略』　二巻、清・陳済生撰。刊行年不明だが筑波大に一本が所蔵される。一巻本は昭代叢書などに入っている。

88　『談史志奇』[＊1]

去年の秋、露店の本屋で二部の『談史志奇』を買った。この書は大して優れてもいない上に、板刻も悪く、原刊本でも決してそんなに大したことはない。それなのにわたしは二部も買ったのである。その一つは原本で、二篇の序文があり、一つは褚伝経と題し、一つは自序で、古呉の姚芝と題し、年月はともに嘉慶二十五年〔一八二〇〕秋七月、巻首に丙戌新鐫（しんせん）と言うから、六年後の刻であろう。またもう一つは光緒戊子〔十四年、一八八八〕の翻刻本で、序文は元のまで年代がことごとく光緒十四年に改めてある。署名の一つは同学弟松泉氏と称し、自序は汝東の彦臣氏と称する。序ではもともと自ら姚崑崖と言い褚健庭と言っているのに、ここではまるで釣り合いが取れないのも構わず、偽作者の低能さが分かる。わたしがこの書を買ったのはもちろん翻刻で偽作する例に挙げるのに、大いに役立つからだが、内容から見てもすこぶる面白い。浅陋はもともと免れないけれども。自序に云う。

庚辰の夏わたしは友人褚健庭とたまたま郡の学校にいて、二人の若者が対座してお茶を飲んでいるのを目にした。昂然と縦談し、傍らの客はみな黙々として彼らの話を聞いており、ある者は彼らが古今の異聞を次から次へと繰り出すのに舌を巻いていた。わたしが近寄って聞いてみるとたいていが今人の小説中の話である。ある人がそれが古史に載っている恢諧奇怪な事かと訊くとまるで答えられない。そこでわたしは慨嘆して、新しいものを喜び奇を好むのはむろん人情の必然である。史籍に載っている奇事を話すのは確かな根拠があるばかりか、勧善懲悪の意も寓している。もしこの人が衆人の中で諄々と語ることができ、聞く者に何かを悟らせるなら、いたずらに牛鬼蛇神の奇を誇るよりもよいのではないか。そこでいつもわが友と松の木陰に憩う時には、それぞれ奇異な話を一、二あるいは三、四話して、暑さしのぎにし、家に帰って息子の員瀾に命じて書き取らせたところ、いつの間にか本になった。

書は全八巻、漢・晋・南北朝・唐・五代・宋・元・明各一巻で、史上の奇事を録している。勧善懲悪に有効とは限らないが、閲覧に備えるにはまずまずであろう。狐鬼の話を聞くのとは意味が自ずから違う。巻四の唐の事を記した中に「朱粲好んで人肉を食う」一条があり、はなはだ面白い。原文を調べると『旧唐書』巻五十六朱粲伝にある。いま次に略引する。

　朱粲は亳(はく)州城父の人である。初め県の佐吏となり、大業年間の末、軍に従って長白山の賊の討伐に行ったが、やがて衆を結集して群盗となった。……軍中に食糧がつき、略奪するものがなくなると、嬰児を取って蒸して食った。そこで軍士に命令して言った。うまい食べ物で人肉に勝るものがあろうか。他国に人がいる限り、わしには何の心配もない、と。そこで部下に婦人や子どもを攫わせて、みな煮て軍士に分け与え、諸城鎮に税として若い男女を取り、兵糧に当てた。隋の著作郎陸従典、通事舎人顔愍楚(がんびんそ)は譴責左遷されて南陽にいたところ、粲はみな引っ張って賓客としたが、のち飢饉に遭って、一家を挙げて賊に食べられてしまった。

その後に尚高祖が段確に迎えさせ慰労し問答する一節がある。

　確は酔いに乗じて粲を侮って言った。聞くところではあなたは人を食ったそうだが、どんな味がするのか。粲曰く、もし酒好きの人なら、ちょうど糟漬けの豚肉のようだ、と。

この事ははなはだ有名で、『世説新語』の材料に似ているが、わたしが上に引いたところに特別な興味があるのは、ここで顔の御曹司の結末を聞いたからである。段公はたぶんそのとき従者数十人とともに糟漬けの豚肉になったのだろうが、わたしは彼がどこの人か知らないし、それほど関心はない。顔君についてはいささか顔馴染みがあるように思われる。わたくしは『顔氏家訓』を愛読して、よく「思魯たち」について話されるのを見ており、また巻三「勉学篇」では、「愍楚の妻の姉妹の夫である竇如同（とうじょどう）が河州からやって来て、青い鳥を一羽手に入れ、訓養愛玩していたが、世間はみな鶡（かつ）と呼んだ」とある。『北斉書』文苑伝では、「之推は斉において二子を儲け、長を思魯と言い、次を愍楚と言い、本貫を忘れない」と云う。顔之推の次男は結局流賊に拉致され「掌書大人」になった挙句、まもなく食われてしまったのであった。中国では太陽の下に決して新しい事はなく、意外な事と言うことはできないのだけれども、わたしとしては、聞くと『顔氏家訓』を連想してしまい、わけても面白く感ぜざるを得ない。顔之推は長く北斉にいて、高洋たちとは仲のよい友達ではなかったが（古人に言あり、わが族類にあらざれば、その心必ず異なるなり、と）、幸いにして無事であった。だがその子孫が本族の腹の肥やしになってしまったのは、天下の面白い事でなくて何であろう。なぜ中国にはいつも人肉を食べるのが好きな人間がいるのか分からないが、昔の人はその例を集め並べて論じている。たとえば謝在杭は『文海披沙』巻七に「食人」という一条を設けて、その文に云う。

隋の麻叔謀・朱粲はいつも子どもを蒸して食事とし、唐の高瓚は妾を蒸して食い、厳震・独孤荘はともに好んで人を食べたが、どちらも塩漬けにして食べ、生きたまま食べる者はいなかった。梁の羊道生に至っては、もとの部下の縛られたのを見ると、刀を抜いてその目を抉り飲み込み、宋の王彦升は胡人を俘虜にすると、宴会で酒を飲み、手でその耳を裂き、むしゃむしゃと咀嚼してから、おもむろに酒を飲んだ。俘虜は顔中に血を流し、痛さに叫び狂ったが、彦升は何事もないかのように談笑した。前後凡そ数百人を食べたが、虎狼といえども及ばない。

『玉之堂談薈』巻十一「好んで人肉を食う」の条には、徐君義が慨嘆して云う。

西方の聖人の教えは、生き物を放ち殺生を戒め、口腹の欲望によって物の命を損なうに忍びないのに、世間には窮奇や猰貐（あつゆ）*2のように、同類が殺し合い、好んで人肉を食べる者さえいる。

それが並べるのは謝君に比べてもっと多くまたより詳しい。妾を蒸して食ったのは深州の諸葛昂であって、高瓚はより分けて脂身を食ったにすぎず、しかも客であって主人ではないから、上文はたぶん誤りであろう。徐君は述べ終わって、断定して云う。「こうした諸人はまことに人間にして妖怪変化の類である」。第二節に云う。

乱離の時代に遭って、野に青草がなくなると、民草はこのような時代に生きて、弱肉強食となり、その生命は虫けらと変わらない。いつも史書を読んでここまで来ると、覚えず巻を伏せて太息し、本当に衆生の罪障が深く重いから、この世界国土を修羅の場とせられたのであろうか、と思われるのである。

挙げるところは凡そ二類あり、その一は凶作混乱の時に軍士が食糧にする、たとえば朱粲がその例である。その二は人民が互いに買って食う。後者に属する例は文中に云う。

宋の荘季裕『雞肋編』に云う。靖康の丙午〔一一二六、北宋最後の年〕の年に夷狄の金が中華に乱入し、六、七年間山東・京西・淮南等の地は千里の地が荊榛で埋まり、一斗の米が数千銭になり、盗賊官兵から居民に至るまで互いに食べ合った。人肉の値段は犬や豚よりも安く、よく肥えた者でも一枚十五銭にすぎず、全体を日に干して干し肉にした。又登州の范温は忠義の人を率いて海に浮かび銭塘に至ったが、行在所まで携帯して食に当てたのは、老いさらばえた男子は饒芭火と云い、婦女や少年は美羊と名づけ、子どもは和骨爛と呼び、また全体を通じては両脚羊と言った。

こうした別名は実に言いえて妙だが、人心は本当に死んでいる。ウエスターマークの『道徳観念の起原と発達』下冊第四十六章「食人」に言うところでは、人肉を食べるにはいくつかの違う原因がある。たとえば一は肉食の欠乏、二は食いしん坊、三は報復などである。上に述べた中国人の食人は、その原因は一あるいは二を出ず、あるいは一と二の合わさったものである。朱粲の如きは食料の欠乏によって人を食べたが、のちには「うまい食べ物で人肉に勝るものがあろうか」と言ったのはその明証である。北宋の末に飢饉によって人が相食み、多くの絶妙な名前を考え出したのは、こうした物へいささかの嗜好があることが分かる。糠を食って飢えを満たす人はきっと糠に雅号をつけて、黄金粉などと呼んだりはしないだろう。ウエスターマークはこうも云う。

人肉は単に非常時の救急の食物としてではなく、実際はもっと多く美味として見られている。フィジー島の人が美味しいものを言う時、最もよい賛辞はそれが死人のように新鮮で柔らかだと云うのである。南海の別の島では、人肉はみな美味しい食品で、豚肉より美味しいと言われる。オーストラリアのクルナ人はその味は牛肉に勝ると言う。オーストラリアのいくつかの部落では、太った子どもは美味しい食物と認められ、母親が傍にいないと、屈強な男が手にした棍棒で一発でやってしまう。

これらの言葉は、われわれ古い時代の食人者のためにその意味を解説してくれているようである。原本で言うのはみないわゆる野蛮人の事であるけれども。羅思挙はその自訂の年譜[*3]の中で、軍中に食料が欠乏した時、かつて賊を煮て食料としたと言っているそうだ。それは清末の事だが、以後はたぶんなくなったのであろうか。

民国二十六年三月一日。

一九三七年四月一日『宇宙風』第三十八期　『秉燭談』

＊1　『談史志奇』『宇宙風』掲載の題名は「食人を談ず」であったが、『秉燭談』に収めるに際して「『談史志奇』」と改められた。

＊2　窮奇や窫窳　いずれも『山海経』に出てくる人を食う怪物。

＊3　年譜　羅思挙自訂『羅壮勇公年譜』近代中国史料叢刊第六十一輯（一九七一年台湾・文海出版社）。

89　『列仙伝』

郝蘭皐〔懿行〕の著『曬書堂筆録』巻三、〝恢諧〟に云う。

『列仙伝』[*1]に、馬明生は安期先生から金液神丹方を授けられ、華陰山に入って金液を合わせたが、昇天するのを楽しまず、半剤を服用して地仙となったと云う（『初学記』地部引用）。これはまったく絶倒するに十分だ。

又〝道家には弁ずるに足りない荒怪の談が多いが、今の『列仙伝』にもこんな話はない〟と云う。郝君の正論はむろん間違ってはいない。しかしわたしの知る列仙の中では馬明生は最も風趣があるものになる。彼が地仙にしかなろうとせず、昇天を楽しまなかったのも、鄙意とすこぶる合致する。わたくしが地仙の楽しみを想像したのは子どものころから今になるまで少しも変わらない。残念ながら金液が内服できるなどとは信ずることはできないが。王夫人の校正本『列仙伝』[*2]を読むと、言うところはもとより荒誕が多いが、記述はことによく、その事柄も質実素朴で、読んでいて嫌気がしないのは、たぶん古人のよいところであろう。張魯[*3]の連中は妖術使いだけれども、呂巌[*4]〔呂洞賓〕に十倍も勝る。この事は言うとはなはだ奇怪だが、ただ唐宋以後の神仙は日に日に堕落し、その記述も見るに足るものはないのが、要するに事実である。

『列仙伝』中の七十人の仙人の履歴は、自然・神異のほかは、服食と補導の二つを出ないから、それで高明だと言うのはほとんど不可能である。ただわたくしがひそかに評価するのは、それが同じことを繰り返すのは脳汁を服用によって補う方法でしかなく、行いは隠逸に近い。後代の仙人が身は天闕に置き、星冠羽衣を着け、拝謁にちょこまか走り回り、出家の和尚よりもずっと忙しいのに比べれば、結局その清濁ははるかに異なる。たぶんわたしの意見では閉門して神仙になるのは、どう転んでも開門して節度使になるより増しなのである。五斗米道にも階級があったが、今ではよく分からない。近代の道教の制度の如きは、すなわちこの世の帝制をそのままなぞったものでなくて何であろう。

一九四四年刊　『書房一角』

＊1　『列仙伝』今に伝わる『列仙伝』は一度亡んだ書の再編本で、元の形を伝えるものではない。『曬書堂筆録』が引く『初学記』の一条は佚文である。
＊2　校正本『列仙伝』『列仙伝校正本』二巻讃一巻、清・王照園校。郝氏遺書本などがある。
＊3　張魯　漢末群雄の一人、五斗米道の指導者。
＊4　呂巌　唐代の人。黄巣の乱の頃、終南山で道士となり、八仙の一人とされる。

90　『宋瑣語』

郝蘭皐は実に得がたい学者である。彼の乾隆・嘉慶時代における主要な地位は経学者である。しかし彼の学問には一種の風趣と見識が含まれている。だから自ずと特殊な格調が醸し出され、理想の学者とはこうでなければと思うのである。近ごろ『宋瑣語』*を取り出して読んだが、これは輯録の書である。もう少し早いものには周両塍（しゅうりょうしょう）の『南北史捃華（くんか）』があり、もっと早くは張石宗の『廿一史識余』であり、ともにまだ読めるけれども、平々凡々でしかない。だが郝君のは少し違う。小序に云う。

> 沈休文（しんきゅうぶん）〔沈約〕の『宋書』は華麗にして清潔な美があり、濃やかにして芯があり、往々にしてその書を読んでいるとまるでその人に会っているような気がする。班固・范曄の両漢書・陳寿の『三国志』とはまた別の道を開いた。やはり近古の史書としては最良のものである。

彼が『宋書』の文章を買うのは、なかなか道理があり、録するのは全二十八類、標目の立て方も、はなはだ風趣があり、『世説新語』の題と引き比べることができるのは、余人のほとんど及ばぬところである。本文の後に時に評注がつき、多くは人を啓発し、読んでその少なさを恨むのみである。たとえば〝徳音第一〞に宋の高祖が三秦〔長安一帯〕を去ろうとして、父老がその門に来て涙を流して訴えた事を述べ、その注に云う。

三秦の父老が門に行って訴えた、その風情は悲涼、漢の高祖が関に入って約法三章を言った時とよく似ている。しかし武帝のこの挙は実は旧京〔長安〕を復興する事ではなく、外に威力を示し、内に禅譲を図ったので、匆々に東帰して、そして仏仏〔郝連勃勃〕がついにその後を乗っ取ったのである。青泥で敗残し、ほとんど単騎一車という状態になって、義真〔高祖の第二子、関中の統治を任された〕は独り草中に逃げ、僅かに身一つになって捕虜を免れ、そうして堅固を誇った関中の地はやっぱり戦場と化してしまった。父老は涙を流したが、今でもその声が聞こえるようだ。

〝藻鑒第二〟は何長瑜が会稽郡で教授をしたが、尊敬の礼を以て遇されなかった事を記し、注に云う。

案ずるに蔡謨は皇子に書を授けたため、かろうじて博士〔教官、官としては微官〕の称号を免れたが、長瑜は恵連〔謝霊運の甥〕に教えて、下客の食しか贈られなかった。晋宋の間の人の先生を待遇することとすでにこのようにお粗末であった。近日塾師の安月給は、それが支給の口実になっている。京師の人がとうとう歌謡に歌い込んだのも、まことに怪しむことはない。

又〝談諧第二十四〟は〝武二王伝〟を引いて、南郡王義宣は生まれながらに舌が短く、言葉に差し障りがあったと云う。その注に云う。

案ずるに舌が短いのも生まれつきではない。たいていは小さいころから箱入りで大事に育てられたせいである。『顔氏家訓』が郢〔ying〕州を永〔yong〕州と謂うのも、その類である。

凡そこれらにはみな表情があって、本文と互いに映発し、筆を執るや趣をなし、また自ずと別の面白味がある。舌が短いの注など、ありきたりに見えるが、却ってその中に多くの常識と機知とが窺え、まさになまなかのことでは及びもつかない。

一九四〇年八月十一日刊『庸報』『薬堂語録』

＊『宋瑣語』『郝懿行集』二〇一〇年斎魯書社排印本第五冊に収録。

91　「武蔵山なし」

『日本考』[*1]五巻、明の李言恭・郭郝傑の共著、万暦年間の刊行、北京大学図書館にかつて一部を蔵したが、一巻から三巻までしかない。北京図書館には全本を蔵する。景印されて『善本叢書』第一集に入った。謝剛主の跋によれば、明末に日本について述べた本はかなりの数にのぼるが、日本の物の名や風俗、言語、文字を記したものとしては、この書ほど詳細なものはないと言う。

巻三には歌謡三十九首、巻五には山歌十二首があり、中国で日本の詩を紹介したものとしてはおそらく最も早いだろう。原書の刊行年は未詳だが、もし万暦年間とすれば、ちょうど豊臣秀吉の時代に当たって、隆達百首よりまだ前かもしれない。歌謡は初めに原文を並べ、それから読み方つまり対音を注し、釈音つまり訳語、最後は切意つまり意訳である。残念なことに誤りが多い。今その三十七を次に転録する。題して「武蔵山なし」という。

木索失那外、　　むさしのは、
紫気那一而別紀、　　つきのいるべき、
陽脈木乃失、　　やまもなし、
骨薩揺里一遁鉄、　　くさよりいでて、
骨薩尼個所一而。　　くさにこそいる。

（武蔵山、
無山島、
月出出野草、
月入入野草。）[*2]

原意は、武蔵野は月の入る山がない、出るのは草原から出て、入るのも草原に入るというところである。巻四は天文など五十四項に分かれており、言葉を列記し、対音のほか平仮名を注するが、多くは正確ではなく、すこぶる『英語入門』の趣があって、読めば噴き出したくなるのは、古今の人情がそれほど違わないことが分かる。巻二は風俗を記すがやはり多くは聞きかじりを免れない。あるいは華商の話によるものか、直接の見聞ではない。

村瀬栲亭の書いた『芸苑日渉』[*3]巻六の〟民間歳節〟上は、『全浙兵制』の日本風俗記を全部で三ヵ所引用している。今ことごとくこの書の〟時令〟の項で見られる。『全浙兵制』とはどんな書か知らないが、あるいはその中の風俗記はこの書の第三巻を以て当てたのだろうか。引用の第一節に、〟新正、名を少完之と言う。正字を呼びて少の音となし、完之はすなわち月なり〔つまり正月〕。一日に歳を祝い、高きより卑きに至るまで、その礼節は口々に紅面的倒と言う。つまり陽光あまねく照らすという意味、千首万世は即ち千春万歳、華蓋華蓋はたぶん長く少年であれということで、国中に通ずる俗語である〟と云う。栲亭は注して、〟熙〔村瀬の本名〕按ずるに、訳によって言葉を通じるのは、影と響にすぎない。明人はわが国の事情にすこぶる通暁していたとはいえ、なお誤謬はこの体たらく。北狄西竺の言葉を訳す場合も、亦推して知るべしである。聊か記録して捜覧に備えることにする〟と云う。ここの批評ははなはだ正確である。異域の風俗を記述する者は注意せざるべからずで、たいていは科学の真と、文学の美とが相まって、始めて完成できるのであって、どうしても已むを得ずしてどちらかを捨てるとすれば、文章は問題にしなくてよいかもしれない。ただ趣味はやはり欠くことはできない。それでこそ記録に品格が出来よう。とことん言ってしまえばこれもまた美の領域に属するのである。

一九四〇年十月二十二日刊『庸報』『薬堂語録』

＊1　『日本考』五巻。近刊に汪向栄・厳大中校注、一九八三年中華書局中外交通史籍叢刊排印本。日本語訳本には渡辺三男著『日本考・訳注』（一九〇八年大東出版社）があり、その修訂版が一九八五年新典社から出ている。

＊2　武蔵の歌　武蔵山（この「山」の字はほかの字、たとえば「野」あるいは「州」の訛誤か）は、山島（島も誤り、衍字）無し、月出づるに野草より出で、月入るに野草に入る。

＊3　『芸苑日渉』十二巻、文化四年刊本。一九六九年渡辺書店『家政学文献集成』続編江戸期第五に収録。

92　『日本国志』

民国二十六年二月、わたしは小文を書いて『人境廬詩草』[*1]について少々述べた。附記に〃去年の秋わが国の駐日大使館の人員が席上、『日本国志』は黄公度の作ではなく、姚棟の原著だと言明したということだ。友人がそれを聞いて驚き、わたしに姚棟その人の事蹟を尋ねてきたが、恥ずかしながら答えられなかった。もしそれが姚文棟なら、少しは知っている。というのはわたしは彼の『日本地理兵要』という本を持っているから。しかし彼に『日本国志』のような書は書けなかったということは断言できる〃と書いた。当時根拠としたのは作者の態度の違いである。自分では読み違えるはずはないと確信していたが、どうも少し主観に傾いた嫌いはある。

近ごろ姚文棟の雑文集を手に入れた。姚・黄二人の書は名は同じだが中身が違い、まったく関係がないことが証明できる。姚集の名は『読海外奇書室雑著』[*2]と言い、版心には『東槎雑著』と題し、全二十四篇、たぶん使館で随員をやっていたころの作だろう。「陳元贇先生事略」はまだ読めるが、ほかはやはり例のごとく慷慨して時務を論じたものばかりだ。巻末に「日本国志凡例」があり、光緒庚申九月に書かれ、全書十巻、東西両京、畿内、東海道など七道に分かれ、道ごとに国を以て経糸とし、初めに領域を述べ、ついで形勢沿革、そして物産に至る、全部で二十四門という。たぶん地志の体裁をとるもので、末に〝未備〟という一条があって、自ら刑法・食貨などはみな記すに及ばず、のちの君子がどうかそれを補われんことを望むと言う。日本人星野、川口、宮原の三人が跋を書いており、姚氏の編んだ『海外同人集』巻上に見える。星野は云う、わがさまざまな地志の書を訳し、それを集大成した。凡例に採用した書籍を記しているが全部で九十九部、亦みな旧地志である、と。これによれば二書の性質の違いは明らかなことが分かる。姚氏が著したのはもとより自ずから一種の日本国志になっているが、もし黄の著と比べるならば、同日には論じられない。

黄の著作は四十巻、地理はわずか三巻、刑法・食貨は全部で十一巻、その最も特色があり、前に古人のやったことがないものは、学術、礼俗の二志を推すべきであろう。見識があり、風趣がある。けだし思想家にして詩人を兼ねて、始めてできることである。もし美玉は疵を気にしないというなら、文中残念なことに出処を注しないことで、礼俗志など多く村瀬栲亭の『芸苑日渉』の民間歳時、寺門静軒の『江戸繁昌記』を引用し、往々にして一篇一巻全文を抄録している。もし随処に注記できていれば、体例としてもっと完全なものになったであろう。

一九四〇年十一月十九日刊『庸報』『薬堂語録』

＊1　『人境廬詩草』　本書当該項参照。

＊2　『読海外奇書室雑著』　一巻。姚文棟著書六種第一冊（国会・京大人文研）。

神話伝説・宗教

93　ホーマーの史詩

ギリシアのホメロス、旧訳ではホーマーには、著書に史詩二篇があり、ヨーロッパ最古の詩歌で、今人はその本事を節録して、童蒙を教えることが多い。近くは林琴南が英国人ボールドウィン氏の本から中国語に訳し、『秋灯譚屑』*1と言う。その一は「錦を織りて婿を拒む」と言い、オデュセウスの帰還を述べ、その二は「木馬霊蛟」と言い、つまりイリオン〔トロイア〕落城のことである。

古代異域の書は、その多くが神話を基本としており、その意味は分かりにくく、すぐには明らかにならない。それで概ね神怪という言葉で括ってしまい、文人が好んでなす荒唐の言であって、もともと何の証拠もないものだと考えられてしまう。だが実は神話の作は、天成に基づくので、その依拠するところは、民族の信仰および習俗にある。だから神話と宗教との繋がりは至って密である。生民は自然の神秘を見て、自ずと畏敬の念を起こして拝物思想が生じる。生死老病の無常と、形影夢幻の測りがたさとで、精霊信仰は、ますます完全なものとなる。こうした時代に、もし物語を語り、相告げて、神が庭に下り、鬼が野に哭き、木石が口を利き、人獣が結婚すると言っても、信じない者がないのは、その信ずるところと合致するからである。

文化がようやく進み、政治・宗教が改まるが、旧説の流伝は、相変わらずそのままなので、後世の人には、それを読んでもその指す意味が分からなくなる。これが神話の多く誤解される理由である。

英国人ラングが人類学の方法で神話を解釈して、始めてはっきりした。その方法はその時代の野蛮未開な礼俗によって、上古の情況を証明すれば、すべての荒唐無稽の言は、みな事実に基づいていることが分かるというものである。この意味を了解できれば、神怪の書を読んで、自ずと別に会心するところがあるはずで、その稚気と妄言は厭うべきものとならない。たとえば史詩にイリオンの太子パリスがイダ山中に牧羊し、オデュセウスが帰った時、太上皇ラーエルテースが宮殿外で田を耕していたと言うが、率爾として読めば、どうして可笑しくないことがあろうか。が当時の王は、今日の酋長よりも勝っていなかったことが分かれば、彼が自分から耕し牧羊していたことは、何も怪しむに足りない。さらに詩の言葉を見れば、唐突に感じないばかりか、却ってますます興味を深くするだろう。

英国のマクロックの著『小説の起源』[*2]、ハートランドの著『童話の科学』は、この意味を明らかにしていて、至って読みやすい。古文学の中の神話伝説の意味を明らかにしようとする者が、ここに求むれば、教えられるところが多いだろう。

一九一六年六月刊『桑社叢刊』三期　文類編第八巻　散文全集第一巻

＊1　『秋灯譚屑』Baldwin編著、林紓・陳家麟共訳、一九一六年上海商務印書館刊。
＊2　マクロックの著『小説の起源』等　これは『小説の童年』（*The Childhood of Fiction : A Study of Folktales and Primitive Thought*, 1905）のことだと思われる。マクロックJohn Arnott MacCulloch（1868-1950）はスコットランドの神話学者。ハートランド『童話の科学』は*The Science of Fairy Tales.* いずれも本書「童話」注参照。

94　神話の弁護

神話の弁護をすると、少し同善社[＊1]の嫌疑を免れない。しかし、理性によって話をしているとの自信さえあれば、そういうことはみなどうでもよい。

神話を児童の読み物とすることに反対する人は、神話は迷信であり、児童が読めば義和団や同善社になってしまうと言う。迷信に反対するこの熱心さには、十分賛同するが、神話が迷信を育てるという問題に関しては同調できないと思う。児童の読み物における神話の価値は空想と趣味であって、事実と知識ではない。わたしは「神話と伝説」の中で述べたことがある。

文芸は歴史や科学の記述でないことは、誰もが知っている。もし石になる故事を読んで、人が本当に石に変われると信じるなら、もとより愚人であるし、あるいはまた科学をたてに迷信を破るとして、口角泡を飛ばして石になる故事の物理に合わぬことを論じるなら、やはりバカとなるのを免れない。(『自分の畑』第九)

また「児童の文学」(晨報社版『自分の畑』、のち『芸術と人生』)でも述べた。

児童が犬猫がものが言えると信じている時には、われわれが彼らに犬猫の物語をしてやるのは、彼らを喜ばそうとするだけでなく、この過程が飛び越えられないものであり――しかしまた自然に推移して過ぎることを知っているからでもある。だからそれ相応に付き合っておいて、児童が犬猫がどんなものであるかを理解した時になってから、生物学の知識を与えればよいのである。

さて反対者の誤りは、つまり児童の読み物の中の神話を事実と知識だと考え、また児童がそれを聞けば一生迷信を信じ、科学知識を以てしても救いようがないと考えるところにある。しかし神話は児童の空想と趣味を養えるだけで、事実として知識の要求を満足させることはできない。この要求は科学によって満足させるべきであるが、またそのために空想を打ち消すことはできない。知識上犬猫は哺乳類の食肉動物であるが、空想上は相変わらずものが言える四足の友達であってよい。科学者であって大詩人でもある人々は、つまりその証拠である。空想の欠乏した人々が神話を事実だとし、科学知識のない者が積極的に信仰し、科学知識のある者が消極的に攻撃に走るのは、どちらも間違っている。迷信が有害なわけは、それが真実であると信じられることとである。もしそれが虚構だと知っていたなら、迷信の中にも多くの美を見つけることができる。美しいものが必ず真実でなければならない必要はないと考えるからである。神話はもともと架空のものであり、それは決して科学的知識の発達を妨害することはできないし、また科学の攻撃を煩わすこともない。――どの道これはそれが仮構であることを証明するにすぎない。ちょうど笑い話の中で鬚とは鬚を生やしているものであることを証明するようなもので、その本来の価値は別に増えも減りもしない。わたしは承認する。神話を用いることは児童にうそ話を読ませることである。だがこれは決して害になるところはない。ただみんなが神話を読む目的は知識と教訓を求めることであると誤認しさえしなければ。

神話は妖人の作ったもので、それでもって迷信を宣伝し、人を誘惑するものだと考える人々がいる。この言い方は完全に間違っている。神話の発生は、ふつう神話学上ですべて説明されているが、わたしはドイツのヴント（Wundt）教授が民族心理学で説いているのが最も要領を得ていると思う。われわれはふだん神話を神話・伝説・童話の三種を含み、この三者の発生順序がこのとおりだと考えているようだが、実は決してそうではない。童話（広義の）が最も早く、「トーテム」の時代に、人々は霊魂と悪魔を信じ、空想によって彼らの行いを述べ、ある場合はある種の現象をそれによって説明した。こうした童話にはいくつかの特徴がある。その一は一定の時と場所と人名がないこと、その二は多く魔術があって、動物の事柄を述べること、たいていは後世に残る童話と同じで、違うのはただそれらの童話がトーテム社会の中で群衆に信じられたことだけである。その次はヴントの言う英雄と神の時代である。これはようやく伝説および神話（狭義の）が発生した時期である。童話の主人公は多くが異物であったが、伝説の主人公は英雄、すなわち人である。異物はみな魔力を持つ、英雄も魔術とお宝の助けがあるけれども、やはり人類の属性を備えており、多くは自力によってその事業を成就する。童話の中にも人はいるが、概ね受動的な立場にいる。ところが今度は独立した人格を有し、公然と異物に対抗する。それは民族思想の変遷を表すに足るものである。英雄は理想の人である。神はすなわち理想の英雄である。先には人が異物と対立したが、また折衷して神の観念となった。そこで神話が同時に起こることになった。だが神は不変不死のものである以上、何も記すべき興衰の事跡がない。だから純粋な狭義の神話はほとんどありえないのである。一般に云うところの神話はその実多くは伝説の変体であって、やはり英雄を主とした物語である。この二種の発生の関係はとても密接であり、一定の人物・時・場所が指摘できるのもみな同じで、童話の渺茫としているのとはとりわけ違うところである。上の話はもちろん「これを語りて詳ならず」だが、たぶん神話の発生の情況は知ることができ、それが邪教の宣伝作用から出たものでないことも明白だろう。発生の当時はたいていみんなが信じたもので、後になって、すでに信用を失い、そこで転移して、文芸に入ってわれわれの鑑賞に供される。たとい本当に機能した妖言であっても、方士が秦漢の皇帝を騙した話など、われわれは今ではもう本当だとは思わないし、また物語と見なしても差し支えがない。われわれは神話作家（Mythopoios）が再編して事実だとする神話を作り、同善社の教旨を宣伝することは許容できない。しかし偽の神話を作ることは、作ってよいばかりか賞賛に値する。なぜならば神話作家は現代においては詩人だからである。（民国十三年二月[*2]）

一九二四年一月二十九日『晨報副刊』『雨天の書』

＊1　同善社　儒仏道を混淆した民間の宗教慈善団体。民国二十年代には中国全土に勢力を広げ、会員三百万と称した。民間の結社の例に漏れず封建的色彩が強く、当時の新文化運動と対立した。

＊2　「二月」とするのは『雨天の書』編集時の記憶違いで、「一月」とすべきである。

95　続神話の弁護

『文学』第百十三期で鄭西諦先生〔鄭振鐸〕のギリシア神話の紹介を読んで、非常に嬉しかった。神話は中国ではいまだかつて立派な紹介と研究が行われたことはなく、却って多くの人の誹謗にかかり、すべての迷信の根源だと思われている。しかし実は決してそうではない。神話は原始人の文学であり、原始人の哲学であり、――原始人の科学であり、原始人の宗教伝説であり、ただこれは人民の信仰の表現であるが、決して信仰を成り立たせる原因ではない。神話が迷信を養成するというのは、結果を原因と逆立ちさせる話であり、まったく理由がない。

われわれが神話を研究するには、どの面から着眼してもよいが、大多数が最も面白いと思うのは当然文学の方面である。これは文芸美術が多く神話を題材にしているからだけではなく、実際はそれ自身まさしくきわめてよい文学だからである。ギリシアの神話は永久不滅の美しさと趣味を具えていて、一切のギリシアの創作と同じく、文学を愛する人の軽々に見過ごすべきものではない。

鄭先生の紹介したものはアポロが達芬（ダーフエン）（原文Daphne、ダフネと訳すべきである）を追いかける物語で、たぶんアメリカのゲイレイの『古典神話』に拠ったのであろう。その本文については、別に何も云うことはないが、篇末の説明に少しあまり妥当でない点があると思う。鄭先生は云う。

この物語は太陽の露に対する現象を述べている。アポロは日の神であり、ダフネは露の神である。太陽は露の美しさに惑わされ、彼女に近づこうとする。露は彼女の熱烈な愛人を恐れ、逃げる。太陽の熱い息が彼女に触れた時、彼女は消えてしまう。消えた所に一点の緑だけを残して。ギリシアの神話の大部分はみなこのように自然現象を解釈するという意義を具えている。

ギリシア神話の中には確かに自然現象を解釈したものもある。だがこのダフネが木になる物語は決してそうではなく、ましてや「太陽神話」ではない。ドイツのミュラー（Max Müller）教授は十九世紀中に、言語学派の神話解釈法を作り、神話の中の人名にいちいちサンスクリットを推想し、強いて意義を求めて、ことごとく天空現象に帰し、ついにマンハルトの云うように、「至るところに太陽を見出すことになった」。彼は『比較神話学』および『宗教学』の中でダフネの物語を解釈し、「ダフネはすなわちサンスクリットのアハナであり、意味は曙光である。東方にまず曙光が見え、朝日が後から昇る。ちょうどその花嫁を追いかけるように。その後烈日の光に触れて、曙光はようやく散ってしまい、ついには彼女の母つまり大地の膝の上で死んでしまう」と云う。言語学派の傍流に気象学解釈法があって、至るところに雷神を見出し、ダフネを稲妻だとする。鄭先生が拠ったのはおそらくこの派の学説であろう。しかしスペンス（Spence）の『神話学概論』に云うところによれば、「この派は今では信用されなくなり、一人の信徒もいないと言ってよい」そうである。というのはマンハルトとアンドリュー・ラング（Andrew Lang）らの攻撃を経て、言語学派の自然現象説はすでに破綻を生じ、人類学派が代わって勃興し、今に至っている。ダフネの問題については、ラング氏がその大著『神話、儀式と宗教』の中で解答を与え、「こうした変身を述べる神話は野蛮人の空想の産物である。人が物とは違うという観念がないから、こうした物語が生まれるのである」と云う。言葉を換えれば、つまり、これは霊魂信仰に基づく事物起原の神話である。古代ギリシアでは月桂樹をダフネと言い、アポロ崇拝に用いた。古人はこの木がなぜアポロと縁があるのか解らず、そこでダフネは彼の恋人で、彼の追求を避けるために、死んで木になったと仮想した。道理はとても簡明で、まさにヒュアキントスが死んでヒヤシンスになったというのと同じ考えである。

人類学派は決して語源の研究をやめはしないが、すべての神人を自然現象と見なさず、古今の原始文明の事実の中から類例を集め、礼俗思想を根拠として神話の意義を説明する。たといまだすべてがうまくいかないとしても、だいたいはすでに満足できる。中国神話の研究は始まったばかりで、意義の解釈についてはいっそう注意をしなければならないし、言語学派の迷路に入ってはいけない。民国十三年四月。

一九二四年四月十日『晨報副刊』『雨天の書』

96　神話の典故

いくつかの出版物が、いずれも神話の典故をテーマとしていて、とても面白く、それを少し議論してみようと思う。その出版物とは（1）『弥沙(ミーサ)』、（2）『ヴィーナス報』、（3）『獅吼(しく)』である。

『弥沙』は一九二三年三月に創刊され、巻頭の声明は「無目的、無芸術観、討論せず、批評せず、ただ霊感に随って創造した文芸作品のみを発表する月刊誌」である。表紙はMusaiと題詞、第一期で宣言した「弥沙臨凡曲」の中で、「われわれこそが芸文の神である」と言い、附注でまた「Musaiはすなわち英文のMuses」と声明する。意味はとても明瞭である。弥沙はふつう文芸を掌る女神であり、ここでの使われ方に間違いはない。もし厳格に言うならば、九人の女神には歴史天文学（これらの学問は最初、当然文芸と入り混じっていた）を掌る人も含まれているから、弥沙が扱うのは実は学芸であり、弥沙祠（Mouseion）は学問の学校となり、のちにいわゆる博物館（Museum は上文のラテン語）となった。近来ドイツ派の古典学者はギリシア訳音の綴り方を改正したので、弥沙という字は例に倣って「母灑（ムーサイ）」（Mousai）と改めねばならない。ローマ字の u は今ではギリシア語の「魚韻」を表す文字であるから。

『ヴィーナス報』は張寥子君が主筆だそうである。今年十月十八日出版。第一号に記者の「発話」という一篇があり、「なぜ名をヴィーナスと言うのか」を説明する。最も重要な一節に云う。

> ローマ神話に、Venus は美と愛を掌る神であると云う。われわれは Venus の訳音を維納絲（ウエイナス）と書き、雑誌の名前とする。別に何の神秘な意味もなく、美術を尊重することを示し、人々に喜び、健康、美と愛、さまざまな貴重な宝物を手に入れさせ、人類の生活を美化したく思うにすぎない。

「美術を尊重……」以下が原文では大活字で印刷されている。神話学のヴィーナスは確かに愛と美の神であるが、しかし、この愛はすなわち両性の間の愛であり、美もまた愛情を引き起こす美である（ドイツのシュトイディング〔Hermann Steuding〕教授の著『ギリシア・ローマ神話』[*1]）。主神の死後、キリスト教は古い神のうち取り込むものは取り込み、排斥するものは排斥し、それでヴィーナスはモガのような「淫女」になってしまう。中世の「ヴィーナスの丘」（Venusberg）の物語がすなわち最もよい証拠である（ハワード〔Clifford Howard〕の著『性の崇拝』）。人の体にも同じような名がついている。手相学のヴィーナスの丘は親指の付け根の隆起を言い、まだなんともないが、そのほかのラテン語の「ヴィーナスの丘」は道学先生なら言おうとしない言葉になった。色欲を「ヴィーナスの事」と称し、花柳病も「ヴィーナスの病」と云う。この美と愛を掌る女神の名誉はまったく地を払ってしまった。たといわれわれが西欧のこれら伝統的な話に構わず、彼女のために昔日の光栄を回復してやろうとしても、彼女はやはり「美術を提唱し文化を促進する」ことと無縁であって、張寥子君のこの雑誌の商標――もしこの名称を使うならば、これは完全で善美な性の生活を主張する雑誌でなければならない。でなければ普通の「花報」でなければならない。それでこそ名と実が一致する。今は「菊報」と言うようだが、それでは「ヴィーナス報」という名は確かにいささかしっくりいかない。ローマのヴィーナスは本来春の女神で、のちにギリシアのアフロディテ（Aphrodite）と混合して、そこで美と愛を掌る職能を持つことになった。しかし恋愛の神ということになれば、やはりアフロディテを本尊とする。だが西欧の文人は以前すべて間接的にローマ文学から彼女の物語を得ているので、そのままそれを「ウェヌス」と呼ぶ。厳格に言えばあまり妥当でないのだけれども、簡単なところが取られたのである。イギリスやフランスの国民はヴィーナスとかウエニュなどという音に読む。それはちょうど鄭州をローマ字綴りで「欠巧」〔ch'ien- ch'iao〕と読むようなもので、まことに法とするに足りない。

『獅吼』は半月刊で、第一期は本年七月の発行、広告で誌名をThe Sphinx（スフィンクス）と言う。本来獅吼の典故はわたしの知るところでは二つしかない。一つは中国の河東の獅吼であり、一つは仏教の中の獅子吼である。今度、雑誌の名としたのはきっと仏教の典故を使ったのだと思ったが、いま誌名を見てやっとギリシア神話の中の女の怪物だと分かったのは、いささか意外であった。エジプトのスフィンクス（この何字かは少し言葉にならないが、それがエジプトで何と呼ばれているのか分からないから、俗の呼称に随うしかない）を調べてみると、人頭獅身だけれども、ギリシアの獅子には翼があり頭と胸は、酒杯に書かれているように、いずれも女性である。だから彼女を獅子と言うことはできないし、しかも彼女は吼えることもできない。（少なくとも伝説の中では彼女が吼えたことがあるとは聞かない。）彼女は最初フェイクスという名で、地下の女の怪物で、女鳥と同じく人を捉えて食べるかあるいはなぶり殺す。名がフェイクスから転じて意味のあるスフィンクスになった。「人を絞め殺すもの」という意味である。しかし地下の妖怪はたいてい予知の能力を持っているから、彼女はまた予言者でもある。人々は両者を一緒にして、あの通行する伝説を作り上げたのである（ハリスン女史の『ギリシア宗教研究序論』[*2]）。彼女は道行く人に謎をかけ、謎が解けなかった者をなぶり殺す。彼女の謎は「朝は四足で、昼は二足、夕方は三足で歩くものは何か」である。図中のあの少女のようなスフィンクスの口からはまさにKai tri（そして三……）と言っており、謎をかけられた脚腫王(オイディプス)は坐って考えている。それから彼は謎を解く。それは「人間」であった。そこでスフィンクスは岩に身を投げて死ぬ。また別に瓶の絵があり、鳩を摑んだ人がスフィンクスに問いかけているのが描かれている。それは彼女が「星占い」のように人に謎解きをしてやっているのである。だからスフィンクスの本領は、悲劇の中に言う「生肉を食べる」以外に、人に謎をかけたり解いてやったりすることに重きがあり、後人はそのために彼女を科学の象徴としたのである。ちょうどキマイラ（Khimaira）が文芸であるのと同様に、――要するに彼女が吼えるのがうまかったとは聞かない。しかし『獅吼』はそれを誌名にして、しかも第三期にはまたもう一篇「Sphinx の叫び」という文章が載ったのは、いささか理解に苦しむ。――ただ残念なのはわたしはついにこの雑誌を見ていないことで、叫びについてどのように述べているのか知らないので批評はできない。半月前に上海に手紙をやって買ったのだが、今もって送ってこない。これも江蘇浙江の「義戦」[*3]がわれわれにくれたちょっとよいところなのだろう。……民国十三年九月七日。

一九二四年九月十日『晨報副刊』『雨天の書』

＊1　シュトイディング教授の著『ギリシア・ローマ神話』Hermann Steuding, *Greek and Roman Mythology*, Leach, Shewell and Sanborn, Boston etc., 1897, 105節, pp.79-.

＊2　ハリスン女史の『ギリシア宗教研究序論』*Prolegomena to the Studies of Greek Religion*,

1903.

＊3　江蘇浙江の「義戦」　江蘇や浙江に割拠する地方軍閥間の戦争で、それぞれが勝手に義戦と言った。

97　『習俗と神話』

一九〇七年は清の光緒丁未の年で日本にいて、初めてイギリスのハガードとアンドリュー・ラング二人の合作小説、原名『世界の欲』（*The World's Desire*）を翻訳した。タイトルを『紅星佚史』[*1]と改め、上海で出版した。そのころハガードの怪奇・冒険小説は侯官の林氏〔林紓〕によって訳され、一世を風靡しており、わたしの選択もその範囲を出ない。だが特にこの『世界の欲』を選んだ理由は別のところにあった。それはつまり共著者安度闌（アンドラン）その人にあった。安度闌すなわちアンドリュー・ラング（Andrew Lang, 1844–1912）は、人類学派の神話学者の始祖である。彼の著作は多く、そのころわたしが持っていたのは〝シルヴァー・ライブラリー〟の一冊『習俗と神話』（*Custom and Myth*）と二冊本の『神話、儀式と宗教』（*Myth, Ritual and Religion*）、それに小冊子ドアクリトスの牧歌の訳本であった。『世界の欲』は半分エジプト半分ギリシアの怪奇小説で、怪奇はもちろんハガードのお手の物、その神話と古典文学面でラング氏は顧問になったから、当然のこと信用が置ける。これがわたしの選択を決定したのであった。〝ハガード叢書〟とはそれ以後しだいに縁遠くなったが、ラング氏の著作はまだ座右にある。全部が神話にかかわるものではないけれども。

十九世紀の中葉ミュラー博士（Max Müller）は言語の病でもって神話を解釈し、一時言語学派の勢力ははなはだ大きかったが、なかには間違いがないわけではなかった。のち人類学派の指摘でたちまち下野し、人類学派がそれに代わって起こったが、最初にイギリスで反旗を翻したのがこのラング氏である。ルイス・スペンス（Lewis Spence）の『神話学概論』[*2]によるとラング氏自身の言葉を引いて、ミュラーの書を読んでいくつもの疑惑が浮かんだ、〝重要な理由は、ミュラーはアーリア族の言語を使って、たいていはギリシア、ラテン、スラヴとサンスクリットの語源説で、ギリシア神話を解釈したが、わたしはレッド・インディアン、カフィール〔ヌリスタン〕、エスキモー、サモイェード、カミラロイ〔アボリジニの一族〕、マオリやカロック〔アメリカ・インディアン〕の中にも、ギリシア神話と非常によく似た神話を見つけた。今もしアーリア神話の起源がアーリア言語の病によるならば、それは非常に奇怪なことで、なぜ非アーリア族の言語が通行する所にこんなによく似た神話がありうるのか。まさかある言語に出た麻疹が、同じように伝染してすべての言語、サンスクリットからチョクトー語に至るまで、至るところ宗教と神話の上に同じような醜い痘痕をとどめたのだろうか〟と述べる。言語系統の違う民族にみな類似した神話伝説があるのに、この神話の起源がすべて言語の訛伝によるというのは、事実上ありえないことだ。だがもし言語学派の方法では神話の荒唐無稽で不合理な事件を解釈できないとするならば、どのようにすればそれを解釈することができるのか。ラング氏は『習俗と神話』[*3]の最初の篇「民俗学の方法について」で次のように述べる。

これら奇異な風俗について、民俗学の方法はどのようなものか。その方法は次のようだ。仮にある国では明らかに荒唐怪異な習俗と見なされても、ほかの国を捜して、そこに同じような習俗があって、そこでは決して荒唐怪異ではないばかりか、そこの人々の礼儀と思想に合っている。ギリシア人は秘儀で両手に毒のない蛇を持ってダンスをする。見ればまったく不可解である。だがレッド・インディアンも同じようなことをし、本物のガラガラヘビを使って勇気を試すのだ。われわれはレッド・インディアンの動機を理解し、そしてギリシア人の祖先にも同類の動機が存在していたろうと推測することができるのだ。だからわれわれの方法は開化した民族の無意義に見える習俗あるいは礼儀と、未開の民族の中に類似しまだ元来の意味を保っている習俗あるいは礼儀とを比較する。こうした比較では未開と開化の民族は別に同系統とは限らず、また彼らにかつて接触があったことを証明する必要もない。類似した心理状態は類似した行為を引き起こす。種族の同一かあるいは思想と礼儀の借用以外では。

『神話、儀式と宗教』[*4]の第一章で述べる。〝われわれの主要なことは、歴史上の人智のある種の状態を示す事実を探ることである、神話の中の、われわれから見れば荒唐無稽に見える要素はその時からすればとても合理的なのである。もしわれわれがそうした心理状態が人間世界に確かに広範に存在し、かつかつて存在したことを証明できるならば、そうした心理状態はしばらく神話の源泉だと認められ、およそ現代の考えのはっきりした人が分かりにくいと感じる神話はすべてここから出たのである。またもしこの心理状態をすべての文明的種族がかつて経過したことを証明できるならば、この神話創作の心理状態の普遍的存在ということは、こうした物語の普遍的な分布の理由の一部を説明することができる〃と。分布についての説には諸学者にはまだ意見があって、ラング氏の説はあまりに漠然としたところがあるようだが、ただ神話創作の心理状態を多くの分かりにくい荒唐無稽の物語解釈の要とすることでは概ね妥当で、現今の学者も多くその説を承けていて、わたしの見たイギリス人の童話についての書もみなそうである。同書の第三章は未開人の心理状態を論じて、その特色を五つ挙げている。すなわち一は万物同等、みな生命と知識を持つ。二は魔法を信じる。三は鬼魂を信じる。四は奇を好む。五は信じやすい。そして次のように説明する。

われわれが第一に見るのは一種渺茫混沌とした心境、すべてのもの、およそ有生も無生も、人も獣も植物あるいは無機物も、みな同様な生命と感情および理知を持っているように思われる心境である。少なくともいわゆる神話の創作時期において、未開人は自己と世界の万物との中間に強固な境界線を引いていない。彼はまじめに自己と一切の動物・植物および天体とが親族関係にあることを認める。つまり鳥獣魚類がそうであるばかりか、石や岩にも性別と生殖力があり、日月星辰と風もみな人類の感情と言語を持っているのである。

その次に注意すべきは彼らの魔術と呪術への信仰である。この世界とその中の万物とはみな感覚があり知識があるようで、だから部落のある種の人、酋長、魔術師、シャーマン、あるいは誰でもよいのだが、そういう人の命令に従う。彼らの命令の下で、岩石は割れ、川の水は涸れ、禽獣は彼らの奴僕となって、彼らと話をする。魔術師は病気にさせることもでき病気を治すこともでき、また天気に命令して、随意に雨を降らしたり雷を鳴らすことができる。ギリシア人の言う雲を駆るゼウスやアポロンの形容詞は、部落の魔術師に当てはまらないものはほとんどない。世界万物と人間の性質が相通じているがために、まさにゼウスやインドラのように魔術師はいかなる獣にも姿を変えたり、彼の隣人や仇敵を獣に変えたりすることができるのである。

未開人の信仰の別の特徴は上述のこととはなはだ関係がある。未開人は特に死人の霊魂の長期にわたる存在を信じている。これらの霊魂は彼らのもとの性質を多く保つが、しかし彼らは死後において常にこの世に生存していた時の性情よりもずっと凶悪になる。彼らは常に魔術師の呼びかけに応じ、彼らの忠告と魔力でもって彼を助ける。又上に述べたように、人間と獣との密接な関係から、死人の霊魂は常に動物の体に転居したり、ある種の生物に生まれ変わったりする。各部落が自ら親族関係にあるとか友誼関係にあるとか認めるものがそれである。神話的信仰が持つ普通の矛盾のように、時には霊魂は別の霊鬼の世界に住むようであったり（時には花の楽園であり）、時には幽暗な場所であったりし、生きた人間がたまたま行くことがあるが、霊鬼の食物を食べたら二度と抜け出すことはできないと言われる。

精霊と関係して別にもう一つはなはだ広範に行き渡っている未開の哲理がある。すべてのものが霊魂を持つと信じ、有生、無生を問わない。又およそ一個人の精神や気力は常に別のものと見なされ、（別のものの中に寄託したり、）あるいは自身のある場所に存在することができる。人間の気力や精神は腎臓の脂肪の中や、心臓や、一本の髪の毛の中に住むことができ、かつ又別の器具の中に収めることもできる。彼の霊魂をその身体から分離し、放ってよそに行かせ彼のために仕事をさせ、時には鳥やほかの獣の姿に化けたりすることのできる人がいつもいる。

別の信仰もなおかなりの例を列挙することができる。たとえばふつう友好的な、あるいは保護してくれる獣に対する信仰である。又われわれの言う自然な死はたいてい自然ではない死だと信じられている。およそ死は、たいていが敵対する霊か魔術師の所業なのである。こうした意見から、人類はもともと死なないものであったのだが、ある間違いか過失のために、死はついに人間世界に引き込まれたのだという神話が発生する。

未開人の心理状態にはもう一つ説明しなければならない特徴がある。文明人と似て、未開人も好奇心が強い。科学精神の最初の微弱な波動はすでに彼の脳裏に働き、彼は自分の見た世界について解説を求めて躍起になる。しかし、彼の好奇心は時に彼の信じやすさよりも強くはない。彼の知力が発問に躍起なのは、ちょうど児童の癖と同じだが、彼の知力は又すこぶる怠け者で、一つの回答に出会うとそれでたちまち満足してしまう。彼は古い言い伝えの中から問題の答案を見つけたり、あるいは新しい問題が起こると、自分で物語を作って回答とする。ちょうどソクラテスがプラトンの対話篇の中で、理論的に通じない時に、神話を思い出したり作ったりしたように、未開人は彼自身が思いついたそれぞれの問題に対して物語を作って答案とする。これらの物語が科学的だと言える理由は、多くの宇宙の謎を解決しようとしているからだ。これが又宗教的だと言えるのは、この中にはたいてい一つの超自然的な力があって、舞台の上の神さまのように、登場して問題の紛糾を解決する。したがってこうした物語は未開人の科学であり、一方ではまた宗教的伝説でもあるのだ。

ラング氏の神話解釈の根拠と方法はおおよそこうしたもので、後からの諸家はもっと精密あるいはもう少し特異な言い方をするのだけれども、最初にラング氏の説を読んだものだから、印象が最も深い。それであらましを述べた。そのほかについては余計なことは言わない。ラング氏の主要な地位は人類学および考古学においてのものだが、他面彼は文人でもある。ウォーカー（Hugh Walker）が著した『英国のエッセイおよびエッセイスト』[*5]第十二章に的確な一節があるから、全文それを引こう。

アンドリュー・ラングは次のような人である。彼は大文章家が必要とするあらゆる才能と力量を備えているようである。彼の知識はいよいよ広く、文章家としてもいよいよ話題に事欠かない。そして知識の広さにおいてラング氏をしのぐことのできる人はほとんどいない。彼は古典学者であり、歴史および文学についてはとても博覧で、人類学に長じていて、鬼神と巫術について研究・討論できる。彼は又狩人であり、野外の生活を熟知していることは書斎の生活に劣らない。その多方面の知力の活動範囲において、彼をしのぐ者は何人かいるかもしれないが、あくまで何人かにすぎない。二、三人の読書はもっと広範かもしれないし、二、三人はもっと深くスコットランドの歴史の小径に通じているかもしれない。しかしそれら時に彼を正すことのできる専門家は、大してその優れた知識を利用することができない。そして仮に彼らの知識がある点で優位を占めたとしても、全体としてはたいていが及ばざること明らかである。ラング氏には彼らに最も欠けている能力がある。それは優雅流暢な文体である。彼のこの長所を顕示するのは、最近著した一冊つまり『英国文学史』に過ぐるものはない。この国の文学の故事を縮小して一冊のあまり大きくない書物に収め、しかもこのように優れた書き方で、毎ページ読ませるように美しく書いてある。これは実に大勝利である。この書は又ラング氏にユーモアの天才があることをも示していて、これはエッセイストにとっては非常に重要なことである。ここでは至る所に、彼が自分の個人の秘密を公表することに決して反対ではなく、むしろいささか喜んでいることが、見て取れる。彼の書物を読む人には、まもなく明らかになるだろう。彼はスコットを愛する人であり、又スコットの国を愛し、それがつまり彼の故国であること、又鬼怪の出現することに対してもとても興味を持っていることが。要するに、ラング氏はエッセイストの持つべき才能を十分に備えているようである。しかしわれわれは承認すべきである。エッセイストとして言えば、彼にはいささか欠点があることを。題材はとても変化し、風格はとても愉快だが、その間に何か欠けたものがあって、完全な成功を収められない。どの本を取り上げてもよい、『小エッセイ』、あるいは『釣魚漫録』、あるいは『失われた領袖』、あるいは『亡き文人への書簡』、読後の印象はとても愉快だが、決して深くはない。これらは永久に生きる文学ではなく、それぞれの方面ではほとんど彼をしのぐ者がいる。作家としての才能はあるいはラング氏に及ばないかもしれないけれども。その理由の一部は確かに彼がすることがあまりに多すぎるからである。彼の心はずっとほかの事に忙しい。エッセイは副産物にすぎない。これらは多くジャーナリスティックなもので、それほど文学的なものではない。おそらくラムの文章もそうであったろう。もし彼が一生引き続きあそこでほかの大仕事をしていたならば。

イギリスの批評家ゴッスはエッセイ『シルエット』[*6]（Edmund Gosse; *Silhouettes*）の中のラング氏を論じた一篇でこう言っている。〝彼には百にも上る趣味があり、それらがみな順番に彼の詩興を煥発するが、その中の一つがいつまでも彼の心を占め、ほかを排除するということはない。それらはそれぞれに絶えず重複して出現する〟と。ここで言われているのは上の文の大意と同じで、ウォーカーの褒貶がすこぶる要領を得たものであることが分かる。純粋の文人として論ずるなら、精密でないという欠点は確かにある。だがわたし個人の見解ではこれはある面では長所でないことはないのだ。多方面にわたる知識を持つ文章は一種別の趣があって、純粋の文人には書けないものでもあるから。それにいわゆる学問の小径にもぐりこんだ筆録は、自ずと純粋の文芸から一歩遠く離れているが、わたしにはそれが好ましく思えるのだ。ラング氏の著作のうち『歴史上の怪事件』(*Historical Mysteries*)という、全部で十六篇の一冊があるが、わたしは昔からこれが好きで今に至るまでそうだ。これは一種の偏愛だろう、誰も賛同する者がいない。日本の森鷗外の著作に対してもそうで、彼の『山房札記』およびいくつかの医者の伝記もよく読み、たぶん彼の小説を読むよりも少し多いかもしれない。

ラング氏の文学的成果をわたしはまったく紹介できない。ただ『世界の欲』には全部でほぼ二十種の長短詩がある。どうしてだかわたしは彼の手になるものだと認めている。ハガードが絶対に作れなかったと証明する手立てはないのだけれども。今でも相変わらず以前の幼稚な推測によって、次に一、二首を書き写し、その一斑を示そうと思う。次の一首は第二編第五章「凶神の祠堂」の中で、女神が歌う情歌で、翻訳に用いたのは古文、というのはこれは二十六、七年前のものだから。

婉婉として歓(いとしきひと)に問わん　歓情の誰に向かうを問わん、
相思うて相失す　ただ夫(そ)れ君それこれ有り。
載(すなわ)ち旧歓(いとしきひと)を辞し　夢痕　溘(こう)としてそれ都(すべ)て尽く、
載ち長眠(とわのねむり)を離れ　夫れ君のために終に醒む。
悪夢　斯(こ)の匡床(はかどこ)を襲い　深宵　茲(こ)の大魅に見(あ)う、
汝(なれ)歓を鬘(かざ)るに新生を以てし　幽情と古愛を兼ぬ。
悪夢・大魅を胡為(いかん)せん　ただ聖にして神なるのみ、
相思うて相失す　予が死を忍びて以て君を待たん。

もう一首は第三編第七章「オデュセウス最後の戦い」に見え、レーストリゴン（Laestrygon）の蛮族が巨斧を揮って戦いをやる歌で、この名はホーマーの史詩に見え、学者は古代の北欧人だと言う。だから歌に冬は昼なく云々と言う。


レーストリゴン、是れわが種族の名。

われらが生まれし郷(くに)には廬舎(いおり)なく、冬来たりなば昼なく夏は夜なし。

海辺には森森として松の樹あり、松が枝の下は好き住居。

時ありて風波を趁(お)い、還(ま)た去(ゆ)きて天鵞を逐う。

わが父シニは狼人と号し、狼はすなわち是れわが名。

われは舟を挐(かじと)り、南に泊(ただ)よい、船を満たして琥珀を載す。

行船到る処　生(みし)らぬ客に見(あ)い、浪花を贏(か)ち得て財帛(たから)に当つ。

黄金多く、戦声は好し、更に女郎のわが抱(ふところ)に就く有り。

われ汝に語らん、汝嗔(いか)るなかれ、会(かなら)ず当(まさ)に汝を殺して城をも人をも堕さん。


一九三四年一月刊『青年界』五巻一号　『夜読抄』

＊1　『紅星佚史』　上海商務印書館、光緒三十三年（一九〇七）刊。周逴訳述。いま訳文全集第十一巻に収録。原本は *The World's Desire*, Longmans, Green & Co., London, 1895.

＊2　ルイス・スペンスの『神話学概論』 *An Introduction to Mythology*, Harrap, 1921, 1931再版 pp. 66-67. ルイス・スペンス Lewis Spence（1874-1955）はイギリスのジャーナリスト、人類学・神話学者。

＊3　『習俗と神話』 *Custom and Myth*, Longmans, Green & Co., London, 1885, pp. 21-22.

＊4　『神話、儀式と宗教』 *Myth, Ritual and Religion*, Longmans, London, 1887, ch. 1, p. 5, and ch. 3, pp. 47-50.

＊5　『英国のエッセイおよびエッセイスト』 Hugh Walker, *The English Essay and Essayists*, J. M. Dent & Sons Ltd., London, 1923, pp. 320-21.

＊6　『シルエット』 Edmund Gosse, *Silhouettes*, Charles Scribner's Sons, New York, 1925, p. 165.

98　『古代ギリシアの神と英雄と人』

わたしが鄭振鐸先生と識り合ったのは民国九年〔一九二〇〕、古い日記を調べると六月十九日の条に、晩七時、社会実進会の招きに応じて青年会に行き、日本の新しき村の実情を話すとあって、これが最初の面識である。そののちみんなで文学結社の事を相談し、十一月二十三日午後万宝蓋胡同の耿済之先生の自宅に行き相談、ともに七人、これも日記から探し出した。二十八日の晩には文学会宣言を書き、〔孫〕伏園に渡す。こうしたことはほとんど忘れていたが数日前、上海市通志館から雑誌が来て、「上海の学芸団体」という文中に文学研究会の事が書かれていて、その宣言も弁録してあるのを見て、思い出し、まことに今昔の感に堪えない。その宣言では何を言ったのか。この十何年来いったい何を成就したのか。ただ神のみぞ知るである。もう何年も前にわたしは教訓の無用を感じ、さっさと小さな店をたたんで、文学とは無縁になった。鄭先生はまっすぐ前に向かって、今でも奮闘しておられる。もし文壇が戦場に比べられるなら、まさに一人の老将である。これはわたしの十分に敬服するところである。なぜなら普通の人間はたいてい自分に欠けている性格に敬服するからである。しかし鄭先生とわたしには共通した所がある。つまり神話、中でも特にギリシアの神話に対する興味である。これはたぶんよくはける品物ではないだろうが、興味は要するに興味であって、自然に出てくるもので、酒や煙草の嗜好と同じく、抑えがたいものである。だがわたしの方はむだ口を叩くばかりなのに、鄭先生は着実に何冊もの本を書かれている。これはまた大きな違いである。

わたしはギリシア神話が好きで、またギリシア神話の物語も喜んで読む。キングズリーの『ギリシアの英雄』、ホーソーンの『ワンダー・ブック』[*1]はいずれも古典である。フレイザーの『ゴルゴンの首』は別の趣がある。というのはこれは人類学者の一種の遊びで、ロウズの『古代ギリシアの神と英雄と人』[*2]もそうした作品の一つである。ロウズ（W. H. D. Rouse）の著述で最初に読んだのは現代ギリシア小説集の訳本で、『ギリシア島にて』と言い、まだ一八九七年の出版で、その序文はよく書けていて、かつて訳したことがある。彼はまたかなりの古典を編訂していて、今回わたしが手に入れたのは彼の新著、一九三四年初版、書名の示すようにギリシア神話物語集である。全五部四十五章、十一、二歳の子どもたちに読んで聞かせるものである。わたしはこの本が好きだ。説明にあるように、著者は終始自分が学者であることを忘れず、またわれわれにも彼が機知に富んだユーモリストであることを忘れさせないからである。だからこの書はそれぞれの時代の子ども、つまり十歳から八十歳までの子どもを楽しませることができるのだ。第一部の前六章を見ただけで、いくつもの面白い説話に出くわす。当たり前のように見えて、なかなかそんなに面白く話せるものではない。たとえば第一章の万物の起源を述べて、プロメテウスが人間を作るところなどはこうである。

彼が最初に試しに作ったのは、ほかの動物と同じように、四足ではって歩いた。しかも彼らには一本の尻尾があったようだ。これはまさしくサルであった。彼は、大きいのや小さいのや、いろんなサルを試作した。その後そいつを直立させる方法を思いついた。それから尻尾を取り去り、また両手の親指を長くして、内側に曲げた。これは小さなことのようだが、サルと人間の違いはすべてここにある。試しに親指と人差し指とを縛ってごらん。そうすれば多くのことができなくなることが分かるだろう。博物館に行って人間の骨格を見れば、君がそこに小さな尻尾を、少なくとも尻尾の骨を持っていることが分かるだろう。

これはプロメテウスが取り去った後の残りなのだ。

第三章では人類が百獣の性質を併せ持つことを述べる。著者はまたその小読者をからかって、〝いつも子どもたちはサルによく似ている、ただ一本の尻尾がないだけだ〟と言う。第二章では神々を述べて、クロノスは自分の五人の子どもを呑み込んで、六番目がゼウスで、その母レアは少し惜しくなって、おもちゃにする赤ん坊が欲しいからと、彼を救う方法を考えたということだ。

彼女は嬰児と同じくらいの大きさの石を、むつきに包んで、クロノスに最後の子どもだと言って渡した。クロノスはたちまち石を呑み込んで、とても満足した。これは実にたやすいことであった。なぜならきっと神人たちもちょうどギリシアの母と同じように彼女らの子どもを養うのに、一枚の細長い布で、まるで蚕の蛹のように、あるいは長い干しブドウのようになるまで、子どもをぐるぐる巻きにし、天辺に子どもの頭を出していたからであろう。

第六章はゼウスの家庭を述べる。〝煮炊きのことは誰が引き受けていたのか知らないが、オリンポスの山もギリシア人の家と同じだとするならば、要するに女神たちの役割であったろう〟と云う。これは上で述べられた事といささか近い。第三章はプロメテウスとゼウスの衝突を述べる。神々はかの女パンドラを作り、人をやってプロメテウスの弟エピメテウスを蠱惑する。

彼女は彼の妻となった。彼女こそ地上のすべての女性の母である。男にとっては彼女は災いでもあり、また幸福でもあった。なぜなら彼女は愛すべく美しかったが、また欺瞞に満ちてもいたからである。もっとも、それは非常に早い時期のことであって、後からは彼女たちも、ちょうど男と同様、よくなってきた。

パンドラがかの憂いの箱を開けたのはあまりに有名な話である。著者はここでもとても面白く述べているが、それは箱ではなく瓶であって、その中のさまざまの憂患こそ人類の恩人プロメテウスがそこに閉じ込めたものである。

彼女はとても好奇心が強く、その大きな瓶がどんなものか知りたがった。彼女は尋ねた。あなた、その瓶の中は何なの？　あなた開けたことがないけど、穀物かそれとも油、あるいはわたしたちの使う何かなの？　エピメテウスは言った。可愛い人よ、これは君の知った事ではないよ。それは兄のものだ。彼は他人がそれを触ったりするのを嫌っているんだ。パンドラは満足そうな振りをしたが、待っていた。エピメテウスが家を離れた隙に、まっしぐらに瓶に向かい、そのふたを開けた。その結果は誰でも見当がつく。禍々しいものの悪いものがすべてハエやスズメバチのように飛び出し、あわてて閉めたが希望だけが中に取り残された。ここには教訓のチャンスが満ちているが、著者は〝プロメテウスが帰ってきてこの有様を見た時、彼の兄弟が口にできたのは、わたしはなんとバカだったのだろう、という一言であった〟としか言わない。ユーモアに富んでいてしかも芸術的である。だがこれはわたし自身の偏見であって、あまり当てにはならないのであろうか。

よその国の子どもたちが読むべきよい書物を持っているのは喜ばしいが、わたしたちだけにはそれがない。これはおそらく免れぬことであろう。中国はどうころんでも経書を読むのが好きなお国柄であるから。神話などというふまじめなものは自ずと読むべき列には入らない。それにまだある、中国は要するに文は以て道を載せたものが好きなのだ。ギリシアと日本の神話はどんなに美しかろうと、その意義を言うならば、その一つはたいてい儀式の説明であり、そのほかはこれ又政治的色合いに満ちている。これでは当然面白くない。これはお話として聴かねばならないし、又うまく話し書かねばならないが、中国ではあいにくと理解する者がめったにいない。事はこのとおりだが、鄭先生の著述[*3]が出てからは情況が変わった。『火を取る者の逮捕』は鄭先生の創作であって、別の問題とすることができるが、何年も前に彼はギリシア神話の中の恋愛物語を書き改めて一集としたが、このほかにももっと多くの物語が出版されるという。これは喜ばしい事であって、中国の読者はもう読むべき良書がないと心配する必要はなくなった。鄭先生が学問文章の大家であることは周知のところだ。わたしはこの物語集が英米の作家と比肩するばかりか、国内現今の真っ黒なくそいまいましい空気を打ち破り、一陣の新鮮な冷気を送り込んでくれるだろうと確信する。これは決して舞台の上でわたしが親友のために拍手喝采するという汚い手ではなく、実に真知ある見解であって、原書が目の前にあるのだから、読者は試しに読んでみただけで、わたしの言が誤りではないことが分かるだろう。

民国二十四年一月二十八日　北京苦茶斎にて。

一九三五年二月三日刊『大公報』『苦茶随筆』

＊1　キングズリーの『ギリシアの英雄』Charles Kingsley, *The Heros, or Greek Fairy Tales for My Children*, Ginn & Co., 1884. ホーソーン『ワンダー・ブック』Nathaniel Hawthorne (1804–64), *A Wonder-Book*, 1852.

＊2　ロウズの『古代ギリシアの神と英雄と人』William Henry Denham Rouse, *Gods, Heroes and Men of Ancient Greece*, John Murray, London, 1934. 周作人はのちにこの書を訳して、一九五〇年十一月文化生活出版社より『ギリシアの神と英雄』という題で出版し、今では訳文全集第十巻に収められている。

＊3　鄭先生の著述　鄭振鐸にはギリシア神話に題材を採った『恋愛の物語』と『ギリシア・ローマの英雄伝説』があるが、『鄭振鐸文集』にも収められず、見るのは難しい。

99 『遵主聖範』

何日か前、東安市場の古本屋で洋装の小型本を一冊見つけた。名を『遵主聖範』[*1]と言い、手に取って見ると、*Imitatio Christi* の訳本であった。これは一九一二年の粗末な紙の重印本で、北京救世堂（西什庫の北堂）の出版であり、前に一八七五年の主教田類斯の序文がある。

この『遵主聖範』はわたしの好きな本（わたしが見たのは二種の英訳だが）だ。わたしはカトリック教徒ではないけれども。これは中世キリスト教思想の代表的な著作だそうだが、道学者ふうの厳格な風気はなく、その宗旨も神秘主義に近く、われわれにはとても興味のあるところである。文学の面から言うと、それはやはりなかなか価値ある書である。これはトマス・ケンピス（Thomas Kempis, 1379–1471）が書いたものだそうで、彼とボッカチオ（Giovanni Boccaccio, 1313–75）とは生まれた時も所も違い、思想も同じではないけれども、ともに時代の先駆者で、ちょうどボッカチオが文芸復興の潮流を代表するように、彼は宗教改革を代表した。イギリス人のマグナス（Laurie Magnus）は『ヨーロッパ文学大綱』[*2]巻一で次のように述べる。

出家主義は、現世主義が『デカメロン』（*Decameron*）の特色であるように『遵主聖範』

の最も顕著な特色である。振り返ってみれば、宗教改革がすでにその精神的要求の中に見え隠れしていることが遥かに見て取れる。これこそがトマを共生宗の僧院にいざなった原因である。また振り返ってみれば、ボッカチオの花園からは、文芸復興がすでに花を売る市場の恋人たちの決心の中に、そして暗黒と絶望に屈服しないという決断をし、官能の新しい方法を使い切ってかのあらゆる面に広がる暗闇に反抗しようという計画の中に見え隠れしているのが、遥かに見て取れる。南欧であれ北欧であれ、選んだ手段に違いこそあれ、目的は同じであった。共通の目的は忘却と修復であった。世の一切の罪悪を忘れ、中古の人々の毀(こわ)れた心を、さまざまな内面的な方法で修復する。『デカメロン』のある貴族の女性は彼女らが田舎に隠れる理由を弁解して云う、〃そこではわたくしたちは鳥の歌声を聞き、みどりの山野を、海のように動く稲田や、さまざまな木々を見ることができます。そこではわたくしたちは又もっと広くもっと遥かまで大空を見ることができます。そこはわたくしたちにとってとても厳しいですが、もとよりそこの永久の美というものがあります。わたくしたちはさまざまな美しいものが、わたくしたちのこの荒涼とした城壁を遥かに越えることを見て取ることができます〃。まさしくこのようにして、トマは彼の心の荒涼を忘れ、天主との神交によってその精神の破損を修復しようとしたのである。

この中世期の名著は中国で早く漢訳されたが、これはわたしにとってすごく嬉しい。田類斯主教の序には、〃中国の文字に翻訳したものは、すでに数家あるが、文があまりに簡単深奥で、人々によく分かりにくい、でなければ言葉があまりに繁俗で、散漫すぎて、往々にして作者の意図を不明にしている〟とある。早くから訳本があったことが分かるが、残念ながらわれわれはいずれも知らない。単に一八七五年の本について言えば、やはり珍重すべきで、時はまさに清の光緒元年、今を隔たるまる五十年にすぎないが、文学の翻訳の仕事はまだ始まっておらず、最も早い冷紅生〔林琴南〕にしたところで二十年も後である。それなのに『遵主聖範』は新訳がもう出ており、しかもその上〝散文〟で書いてあるのは、さらに得がたい。むろん、『新旧約』の官話の訳本はもっと前であるが、翻訳の時にはみな宗教の観点から着眼され、別に文芸の価値を論じようというのではない。そのことも確かだが、われわれはそれを世界文学の古訳本の一つとして、賞玩して構わない。『遵主聖範』の訳文は十分満足がいくとは言えないけれども、五十年前にこのような白話文（つまり散文）があったことは、まことに敬服すべきことである。いま巻一第五章の訳文を次に抄録して、その一斑を示そう。

聖書を読むことについて

聖書を読むことは、その中の文章を読むことではなく、その中の本当の道を求めることである。その中の好い所を求めようとするのであって、文章の美しさを見るのではない。本を読む意味と本を書く意味とが合えば、それでよろしい。分かりやすく情熱にあふれた書と文理高妙な書とを同じように公平に見なければならない。本の著者の学問の高低にかかわらず、ひたすら真実の道理を愛することによってのみ、その本を読まなければならない。誰が言ったかは問題にしなくてよい、ただ何が言われているかということに気をつけなければならない。

人が死ぬことができるのは、天主の本当の道がいつもあるからだ。どんな人であれ、天主はみな人によって教えを施される。ただわれわれが本を読む時に、軽く行き過ごすべき末節について、余計なことの追求にうつつを抜かすのは、われわれが好い所を得ることを妨げる。聖書の好い点を取ろうとするならば、謙虚で、誠実、信服しているべきであって、要するに博学の虚名を得ようとしてはならない。聖人たちの教えを受けることを願い、緘口静聴しなければならない。決して先聖の言葉を侮ってはならない。そうした教訓は理由なく出てきたものではないからである。

又巻二第十二章「十字架の道について」の十四節にはこんな言葉がある。

真知をもって、このしばしの生を過ごすことは、まさに刻々として死に赴いていることだとあなたははっきり知るべきである。人は自己において死ねば死ぬほど、天主において生きるのである。

この訳語はなんと大胆に使われていることか、そして又なんと苦心したことか。フィッツジェラルド（Fitzgerald）の徒弟[*3]は決して承服しないかもしれないが、わたしはわれわれが訳したとしても、ほかの方法は見つからないだろうと確信する。

最後に、又思い出したが、誰か時間と気力を割いて、われわれのために一冊の明以来の訳書史を編んでくれないだろうか、——いや、たとい一冊の表でもよい——それはどんなにか感謝される仕事になるだろう。[*4]

一九二五年十月刊『語絲』五十期　北新書局版『自分の畑』

＊1　『遵主聖範』　トマス・ア・ケンピス（Thomas A Kempis）『キリストにならいて』。大沢章・呉茂一訳、一九六〇年岩波文庫版、呉茂一・永野藤夫訳、昭和五十年講談社版など。古くキリシタン版『コンテンツスムンヂ』がある。

＊2　『ヨーロッパ文学大綱』　Laurie Magnus（1872–1933），*A General Sketch of European Literature in the Centuries of Romance*, Kegan Paul, London, 1918. 周作人の原文では巻一とするが、第三章p. 83に見える。

＊3　フィッツジェラルドの徒弟　どのフィッツジェラルドか未詳。

＊4　この文の後に陳垣と張若谷つまり阿英の二文が附録され、もっと古い訳本やその他いくつものテキストがあったことが指摘されているが、いま煩雑になるので二氏の文は削る。

100　黒いチョッキ

なぜだか暗黒時代に生まれると、森の中の毒蛇や虎狼の害はないようなもので、無形の魍魅魍魎が周囲を取り巻き、生きた人間の魂を飲み込もうとしているように思う。民のものは民のためにとか、集会言論の自由とかに、わたしはあまり興味がない。わたしが最も関心があるのは文字の獄、信仰の獄など思想の不自由という事実についてである。西洋文化史の中で最もわたしの注意を引くのは、宗教裁判所の〝信仰の行事〟(Auto da fe) であり、火焔と悪魔がいっぱい描かれた黒いチョッキ (Sambenito)[*1] であって、それはわたしが心底愛する事物である。文明紳士が交易所のニュースを気にするように。だがこの嗜好があっても満足するのは難しい。手許で繰れるのはベリー (Bury) 教授の『思想の自由史』[*2] とロバートスン (Robertson) の『古今自由思想小史』[*3] などでしかなく、平素から欣慕して止まないリー (H. Lea) 氏の『中世およびスペイン宗教裁判史』[*4] に至っては、今〝誠を竭して飢えている〟この時でさえ見る由がない。南城書店のほこりをかぶった棚に金色の背文字を見ることとすでに十回を超えたが、ついに勇気を奮い起こして一巻を抜いて見てみることはしなかった。

日本の廃姓〔宮武〕外骨の『筆禍史』はとっくに読んだことがある。いくつか奇怪なところはあるけれども、中国と比較すれば、なんでもない。内田魯庵の『獏の舌』の中のキリスト教徒を迫害した一篇の文章を読んで[*5]、十七世紀の日本政府がいわゆる邪宗門に対して用いたさまざまなあくどい刑法を知ったが、ずいぶん簡略で、公教会の発行した『鮮血遺書』[*6] および『公教会の復活』[*7] の二書の記述が比較的詳しいということだが、手に入らない。最近姉崎正治博士の『切支丹宗門の迫害および潜伏』[*8] を手に入れ、迫害者と被迫害者の精神状態が少し分かって、なかなかよかった。切支丹は〝南蛮〟（ポルトガル）語 Christan の音訳で、ほかに吉利支丹、鬼理死丹、切死丹などなどの訳もあるが、現代の記述ではたいていこの名を採っていて、現在の教徒については英語から Christian と言う。書中の何章かは当時流伝した殉教を励ます文章を転載していて、教徒の心情を考察するに足り、むろんたいそう貴重なものである。だが特にわたしの注意を引いたのは、禁教の官吏の使う手段である。その一は恩恵と威力の併用で、ほぼ雍正帝が曾静[*9]をあしらったのと変わりはない。教門審問記録第七種の中の次のような話が参考になる。

以前は一律に斬刑に処し、磔や火刑にしたのちも、神父はときどき渡来した。その後は改めて棄教して、日本の仏教に帰依させ、小日向の切支丹公所に安置し、妻をあてがい、神父にはそれぞれ十人前の食い扶持を支給し、銀百両を賜った。さまざまな事情を尋問して、答えない者は拷問に付した。それ以後教徒はしだいに減少した。

イタリア人ジュセッペ・キアラ（Guiseppe Chiara）の如きは、棄教ののち浄土宗に入り、役所が与えた死刑囚の妻を納れ、その先夫の姓名を継いで岡本三右衛門と言い、教門審問所で事務をやり、死後は法名を入専浄真信士としたのなど、すなわちその一例である。

その二は細かな取り調べで、一網打尽の方法を使わない。教門審問記録第五種の中に次のような一条がある。

密告する者が、教徒十人を暴いた場合、その時はまず三人か五人を捕らえ取り調べ、一挙に十人を捕らえるべきではない。ただ〔特別な状況の時は〕指示を仰いで適宜に処理すべきである。

だがこれは役所の手段を円滑にするだけであって、被迫害者にとってはその苦痛は一網打尽よりもずっとひどいものであった。試しに葛木村の権之丞の妻の三十三年の一生の大事を挙げれば、それがどのような情況であったかが想像できるだろう。

一六三六　誕生
　五九　母病死
　六〇　夫権之丞逮捕すぐに死刑
　六一　先夫の妹四人逮捕
　六二　夫の妹四人死刑
　　　　姪の婿権太郎逮捕
　　　　平兵衛に再嫁
　六五　夫の弟太兵衛の従妹お松逮捕
　六六　夫の弟太兵衛死刑
　　　　夫の従妹お渕逮捕
　六七　本人と先夫の継母ともに逮捕
　六八　本人と夫の従妹二人同時に死刑

　　　　　　　　夫平兵衛逮捕
　　　　七二　夫平兵衛死刑

その三は密告の利用である。延宝二年（一六七四）に出された懸賞によれば、各項目の懸賞金の額は次のようである。

　　神父　銀五百枚
　　教士　銀三百枚
　　教友　銀五十あるいは百枚

この手段は一時にはあるいは相当の効果があるかもしれないが、やはり少なからぬ犠牲を伴う。というのはこの悪影響が国民の道徳に留めるものは至って深くかつ大きい。中国では今でもまだかなりの人間がこれを実行に移し、恬として怪しまない。戦争時の離間買収や、懸賞の掛け合いは言うまでもなく、学校の騒動の時でさえ、校長は常にこういう小手先の手段を弄し、〝釜の底から薪を引き抜き〟、多数を少数にしてしまう。しかしながら学風もまたこれによって根まで腐ってしまう。それにふだんでさえ密告を利用している旧式の学校もある。学生を互いに監視させ監督に秘密に報告させれば、学生の品格を堕落させるのは必定で、同郷の田成章君の話では彼の妹が一人ミッションスクールで勉強しているが、校則には学生の密告を奨励する文句があるという。これはまことに暗黒時代にふさわしいやり方である。

われわれは清朝が大逆犯を誅殺した文字の獄の事跡は知っているが、異端を排斥した禁教の事件は調べようがない。これは残念なことだと思う。もしこうした本が出現すれば、どんなに感激するだろう。それに仏教興亡史があればむろんもっとよい。『弘明集(ぐみょう)』や『仏道論衡』などの書を読むと、一方の言ではあるけれども、それだけで少なからぬ興味と教訓を与えてくれる。もし系統立った叙述があれば、その益はどうして限りがあろうか。わたしはそれを〝青年必読書〟十部の中に入れることを予約したい。

わたしは現在の中国に最も切要なのは寛容の思想の養成だと思う。いま現在は決して文明世界ではない。実際まだ二百年前の暗黒時代であり、違うのは以前は甲と言えなかったのが今は乙とは言えない、以前は皇帝だが今は群衆が主人であること。その武断専制は異なるところがない。西洋の近代文明の精神はただ寛容であることだと信ずる。われわれが野蛮から脱したいならここから努力しなければならない。努力の一方法は思想闘争史を参考にすることで、そこから迫害の愚とその罪悪、反抗の正当性を見出せば、結果は寛容が必要となる。むかし羅志希[*10]君がベリーの『思想の自由史』を訳して『国民公報』に載せたが、アメリカ留学で中止になった。ときどき思い起こしては、とても残念に思う。彼が帰国後まだそういう仕事に興味を持っているのかどうかは知らないが。わたしはすこぶる彼に勧めたい。彼が呉稚暉先生に勧めたように。（民国十四年六月）

一九二五年六月十五日『語絲』第三十一期　『雨天の書』

＊1　黒いチョッキ（サンベニート）　異端審問で死刑になった者が着せられた。

＊2　『思想の自由史』　J. B. Bury, *A History of Freedom of Thought*, Henry Holt & Co., New York, 1913. John Bagnell Bury（1861–1927），アイルランドの歴史学者、古典学者。

＊3　『古今自由思想小史』　J. M. Robertson, *A Short History of Freethought Ancient and Modern*, Watts & Co., 1906. John Mackinnon Robertson（1856–1933），イギリスのジャーナリスト。

＊4　『中世およびスペイン宗教裁判史』　H. Ch. Lea, *A History of the Inquisition of the Middle Ages*, 3 vols., Macmillan Co., 1906. *A History of the Inquisition of Spain*, 4 vols., Macmillan Co., 1906–07. Henry Charles Lea（1825–1909），アメリカの歴史学者、社会改革者。

＊5　内田魯庵『獏の舌』（大正十年春秋社刊）の「切支丹迫害」。

＊6　『鮮血遺書』『日本聖人鮮血遺書』加古義一編（一九一一年聖若瑟教育院刊）。国立国会図書館デジタルコレクションで見ることができる。これに考註を加えた松崎実著『考註切支丹鮮血遺書』（一九二六年改造社刊）がある。

＊7　『公教会の復活』『日本に於ける公教会の復活』浦川和三郎編、一九一五年天主堂刊。『近代日本キリスト教名著選集』（二〇〇三年日本図書センター）に復刻があり、国立国会図書館デジタルコレクションでも見ることができる。

＊8　『切支丹宗門の迫害および潜伏』　姉崎正治『切支丹宗門の迫害と潜伏』、大正十四年同文館刊。

＊9　曾静　一六七九―一七三五。湖南の生員であった彼は、華夷峻別の思想によって、一七二九年川陝総督の岳鍾琪に蜂起を促す手紙を書いて逮捕され、雍正帝によって転向させられ、結局は処刑された。その間の経緯を雍正が勅命で書かせたのが『大義覚迷録』である。

＊10 羅志希　羅家倫（一八九七―一九六九）、字は志希。五四運動時の若手の論客、当時北京『晨報』に同書を翻訳連載中であったが、アメリカ留学で中断、『思想の自由史』の翻訳はあるようで、その後一九八七年に台湾商務印書館から出版された。

101　アダムのへそ

近ごろアメリカ人が書いた本を見つけた。日本人が翻訳したもので、名を『ナンセンスの博物誌＊』と言う、あるいは直訳して『荒唐思想の自然史』としてもよい。名前のつけ方はいささか狡猾だが、主旨はなかなかよい。それは科学の常識によって、現存する多くの迷信と偏見と戦い、動物から始めて人類まで、男女両性と人種の差別待遇に及び、二、三章はもっぱら黒人とユダヤ人の問題を論じている。著者の名はエヴァンス、アメリカのノースウェスタン大学の教授で、文学博士。検討しているものには重要問題があり、まじめすぎると不都合なので、彼の筆は一ひねりして、言い方によってはいささか狡猾奇怪になっている。自序で次のように言っている。

百年前、理性を尊重する人たちはまったく敵国にいる間諜のように日を送っていた。彼らは反問あるいは比喩によって自分を隠すのでなければ、外をぶらつくこともできなかった。もし本来の姿をあらわそうものなら、それこそ致命傷になった。

いま彼らの立場はゲリラ隊員のようである。遮蔽物の中に隠れて銃を打ち、隊を離れた敵を襲撃したり、あるいは退却中の後衛を攪乱し、通信を絶ち、時には出撃して孤立した分隊を打つ。しかし彼らは主力部隊とは開戦できない。そうすると殲滅されるからである。彼らの生活は危険に晒されているが、とても刺激的なものである。そして彼らの中には、懶惰な募集兵と正統主義者の下では見ることのできない同志的な連繫が存在する。本書はそうした常識を確立するために戦っている若い諸君のために作られた手帳である。

ここで、わたしはこの無知の大軍がどこにいるかを指し示そうとした。どこの要塞が人手が足りないか、どこが反抗する敵兵が少ないかについて、みな秘密の暗号を使って指し示した。このほか遮蔽物および擬装の使い方、侵入あるいは退出の方法も、述べようとした。亦道路を遮断し、地雷を敷設する地図と設置法も書き込んだ。また敵の間諜の活動、あるいは馬鹿を見出す確実な方法も、暗号によって記した。

新兵の同志諸君がこの本を読み終わったなら、垣を隔てた敵の兵営に投げ込むのが最も好ましい。そうなれば敵軍の脱走が増えるかもしれない。

この書は一九五八年に出版され、十七章に分かれ、第一章の名が「アダムのへそ」で、この名づけ方はとても特別である。誰でも彼が神の作った最初の男であり、姿は当然後代の人間とどこも違わず、むろん一つへそがあることは知っている。しかしこれは古代ではたいへんな問題になった。だがこれはまだそんなに古くはなく、十五世紀にすぎず、中国ではすでに明の中期で、于謙が登場する時代である。そのころ世間はまだへそとはいったいどんなものかを知らず、体の中で無用のものと考えていた。しかし文芸復興の巨匠の絵画がみな写実的であったために、エヴァとアダムが楽園から追い出されたところを描いたのは、みな赤裸であった。イチジクの葉っぱで前後を隠していたが、へそは相変わらず丸出しであった。宗教家から見れば、これが大問題になった。それはなぜか。当時の議論では、もしアダムにへそがなければ、人間として完全でないということになり、神は不完全なものを作り出すことはできない。もしあれば、それは役に立たないが、神の造物はやはり目的がないことはありえない。それではいったいどうすればよいのだ？　のちになってトーマス・ブラウンという大学者が出て総括して、ミケランジェロたちが画いたアダムにへそがあるのは、間違いだと言った。なぜなら造物主はこんなに少しも役に立たない余計なものを作るはずがないからと。だからアダムとエヴァを画いて、もしへそがあれば大不敬ということになる。ミケランジェロは法王と折り合いがよく、その礼拝堂に壁画を画かせた。したがって何の問題にもならずに済んだ。

　ここで述べたのは、五百年前のことである。しかし一九四四年、つまり今より二十年前、この問題がまたしても起こった。今回はアメリカの下院で、ノース・カロライナ州選出の議員ダラムを主席とする、軍事委員会小委員会の中でである。当時二人のコロンビア大学の教授が書いた『さまざまな人種』という三十二ページの小冊子が、軍人に読ませるために発行されようとしたが、挿絵の中にへそのあるアダムが画かれていたために、この件は暗礁に乗り上げることになった。なぜ議員の旦那方は始祖のへそに対してこんなにも不安を感じるのだろうか。著者が思わず彼らを冷やかしたわけは、綴りが悪く、へそ問題は海軍問題で（二つの英語はもともと一字が違うだけである〔navel と naval〕）だと考えられ、そのためそれは小委員会の権限内のことだと思われたのであろうか。しかし事態はそんなに簡単ではなく、ずっとひどかった。本を書いた二人の書生ッぽ教授が世間知らずにもあれこれ言って、政治家たちがふだんあまり人に知られたくないことをすっぱ抜き、人種云々は偏見から出るもので、われわれの大多数はみな混血、肉体的特徴以外は、いわゆる人種の特徴はみな環境の産物にすぎないと言ったからである。しかもなお恐ろしいことに、第一次大戦中にアメリカの陸軍が行った、アメリカ北部出身の黒人の平均的知能は南部出身の白人よりも高いそうだという調査を引用した。こんなことがどうして通ろう。そこで議員の旦那方は連中の哀れな知能に頼って、『旧約聖書』に救いを求めた。著者の言うように、最も防備のないへそに一撃を食らわせ、この邪説の本を撤回させて、白人優越の説を守ったのであった。

一八二〇年法王ピウス七世がコペルニクスの学説を承認してから、すでに百四十年も経っていたが、世間には相変わらず地球の自転を信じない人がいるのは、聖書に言うところと合わないからである。一九四二年になって、イリノイ州シオン（聖書ではこう訳すが、アメリカ人はザイオンと読む）地方に住む、グレン・ヴォリヴァという人が、この大地は蒸しパンと同じように平坦なものであると言って、正信の人たちを喜ばせた。著者は言っている。

世の中には誤謬ほど強力なものはない。ある種の論争は解決して消えて見えなくなるということはない。たといそう見えても、学識の底に沈没しているにすぎず、実は人の心の暗闇に、測り知れない洞窟の中に、立派に生きつづけているのである。

これは明らかであって、暗号を用いず、敵の恐るべきを説明している。これこそゲリラ隊員の注意すべきところを警告しているのである。

一九六四年二月二日刊香港『新晩報』　文類編第四巻　散文全集第十四巻

＊『ナンセンスの博物誌』*The Natural History of Nonsense*, 1958. エヴァンス（Bergen Evans, 1904-78）著、原田敬一訳、一九六一年毎日新聞社刊。

102 『蓮花筏』

去年廠甸（チャンディエン）の縁日に露店で一冊の本を見つけ、買おうと思ったのだが、どうしてだかちょっと気がそれてとうとう忘れてしまった。その店ではほかの本を何冊か買ったのだけれど。まもなく廠甸は終わりになって、その本とは二度とめぐり合えなくなった。今年の旧正月は天気がよかったので、厰甸に見に出かけ、見ると通りの西側の露店に去年のその本があるではないか。喜んで急いで買って帰った。言ってみればごく平凡なことで、これはただの善書[*1]でしかない。名を『蓮花筏（れんかばつ）』[*2]と言う。ちょっと特別なのは頤道居士陳文述が書いたものであることだ。

わたしはすこぶる郷曲の見を持つ者で、ここ二十何年か好んで同郷の人間の著作を集めている。邵無恙（しょうむよう）については彼の『歴代名媛雑詠』三巻、『夢余詩鈔』稿本八巻、『鏡西閣詩選』八巻は手に入れた。最後の一種は碧城仙館の刊刻で、陳文述編と題するが、実はその息子の妻汪允荘[*3]の手になる。陳の序は刊刻の経過を述べて云う。

君がわたしを識ったのは、わが子斐之がまだ負子にいたころで、君の平生の交友は、一、二の知己がないはずはなく、詩文の断簡残片は一再ならず散逸したのだが、拾い集めて編集したのは貧しい寡婦の手であった。わたしに頼み、またわが義弟の龔（きょう）君綉山に助けを乞い、姪の端小米と友達の席怡珊（せきいさん）夫人が簪や耳飾を質に入れて刻工の手当てとし、こうしてようやくこの集はでき、海内の詩壇の批評を仰ぐこととなったのである。

これがわたしの汪女史の著作への注意を喚起し、それで『自然好学斎詩鈔』を読んでみようと探したが、結果は同治年間の重刊本しか手に入らなかった。彼女ら夫婦が紫姫を追悼した『湘煙小録』の道光原刊本は手に入ったのだが。わたしは詩は分からない。だが詩鈔を読んで汪允荘にはいくつかの特色があると思った。一つは高青丘に心服して明の太祖朱元璋を痛恨すること、二つは張士誠およびその部下を表彰すること、三つは一から来るのだが、高青丘の縁から呂岩〔呂洞賓〕および道教を信ずることである。巻十、「雷祖の誕辰に恭しく二律を賦す」に、〃全家文字の孼を消し尽くし、蓮花同に上る人を度う船〃と云う。注に「蓮花筏は、翁大人の著」とある。又巻末の「敬んで翁大人の『蓮花筏』の後に書す」には序があって云う。

　勧善の書は、なかるべからず、まことに劫難を救い昇仙するための宝の舟である。跋語を書いた上、さらにこの詩を賦す。

　此れは是れ西方大願の船、花は玉井に開きて年を知らず。
　普陀大士　瓶中の露、太乙慈尊　座下の蓮。
　世人を度わんと欲して先ず己を度う、能く心地を回らせば天を回らすべし。
　生機は即ち是れ金丹の訣、龍門救劫の仙に合証す。

注に、『蓮花筏』は三千劫を銷尽すとは、小艮先生の言葉である、と言う。
『詩鈔』の巻首にある頤道が書いた「孝慧汪宜人伝」に云う。

　宜人〔夫や子孫の官位によって夫人に与えられる称号〕が文を論ずるに前人の既成の説を踏襲せず、自分の古文は八家の縛りを受けず、自ずから一家を成すに足ると言って、理を説き事を論ずるに深切明解である。これはその見解が明達であることによるのであって、全部が文章の上手下手に関わるのではない。しかしながら舅の文に詳しく「蓮花筏」を取って「葵藿編」を取らなかったのは、「蓮花筏」は人に善をなすことを勧め、体用兼備しているとし、閔真人が劫難を救い昇仙する行いは非凡だと言うのは、虚語ではないはずと考えたからだ。

この「蓮花筏」をとうとう手に入れた。中を調べても汪女史の跋はなく、摩鉢道人管守性の序があって云う。

いま刊刻なさった「蓮花筏」をお寄せくださいましたが、企図は人を救うことを主眼とし、なかでも蒙養、戒殺、善書、崇倹の諸篇は、現身説法で、人心に裨益がありましょう。儒仏諸篇の論ずるところは正しいですが、どうも詮索好きの嫌いがあります。

又云う。

そうであればこの書はよろしいけれども、儒家の糟粕であって、仏・道両家の上乗ではありません。あなたが近日術数の学に凝っておられるのは、陳希夷・邵康節[*4]の伝授から出るのでしょうが、心身生命において無益であります。どうかあなたの著書はこれだけにしてほしいものです。

言うことは違うが、却ってなかなか面白い。断章取義などはむしろ摩鉢の説を買う。鄙見ではこうした善書はすべて無益だと思うからである。今はただ頤道が書いたものだから、しばらく話の種にしようというのだ。書中第一篇は「蒙養管見」、何も特別なところはないが、ただ児童が四、五歳から七、八歳にかけて読む本に『三字経』のほかになお『感応篇』と『陰隲文』があるというところの注に〝この二書を道家の書とする者がいるが、これは誤りである〟と云う。第三篇「善書化劫〔災難消滅〕説」は善書の効能を力説し、儒仏道三家の書もみな及ばないと考え、又尊信しなければならぬ理を説く。

『感応篇』は太上の書かれたもので、太上とは老子であって、道家の祖、孔子が礼を問われた人である。『功過格』は、太微仙君が真西山に授けられたものである。『陰隲文』『勧孝文』『勧惜字文』『蕉窗十則』は文昌帝君が作られ、科挙合格の主宰者、士人の帰依するところである。『警世』『覚世』の諸篇は、関帝の教えるところ、国家の崇奉するもので、先師と並列するものである。

頤道の文集は値が高すぎて、わたしにはまだ買えない。だが彼の『秣陵』『西冷』の諸詩集を読むと、やはり慧業（えごう）の文人[5]（この言葉はしばらく誤用のまま使うことにする）だと思うが、今ここに言うことはなんと卑俗なことか。これはまったく意外である。わたしは平素文人の高下を品評するのに、常にいわゆる文昌と関帝を信じ、好んで果報を談ずる者を下等としてきたが、頤道居士がこれほどひどいとは思わなかったからである。第二篇「殺生を戒む四則」、意味も普通だが、それだから比較的読めるほうである。わたくしはもともと殺を戒めることに反対ではない。ただその理由は大乗的でなければ、面白くない。もし蝦を食べたら蝦に転生して負債を払うのが恐いというのでは、鄙夫の見を免れない。この文は道光丙申（一八三六）に刊刻され、次の年丁酉には『蕃釐（はんり）小録』が刻され、初めに戒殺放生の詩二十四首が並んでいて、この四則も収めてある。わたしは幸いに一冊を架蔵する。『蓮花筏』にはこのほかまだ十二篇の文があり、やや重要なのは「仏は薬の説」で、儒仏および儒道の書物五種を論じ、「友人に答えて仏を闢くるの書」があるが、今はつぶさに論じない。ちょうど『蓄釐小録』の自序で言うように、「近日儒門の士は、宋人の理障の習癖はなく、二氏〔仏・道〕に兼通する」のは、もともよいことだが、ただ〔韓愈の〕「原道」を放り出して『陰隲文』を朗誦するのではどっちもどっち、まったく取るに足りない。剃髪念仏は、わたくし自身はそんな趣味はないが、それも自ずから一つの道だと思う、金丹を煉って長生を求める道教などもともと至って浅陋、後になって又『陰隲文』一派ができたがこれは方士の秀才化で、もっと下流、和尚と比べ物にもならない。読書人が多くこれに耽溺し、優秀な者ですら免れないのは、いったいどういうことだ。

陳頤道と汪允荘はともに閔小艮、つまり金蓋老人がそれだが、に師事した。『自然好学斎詩鈔』巻十に輓詩三首があり、序に閔氏の生涯を略述してある。著書は『金蓋心灯』が最も有名らしく、今なお流伝しているが、値が高い上に書物も必ずしもよくないので、結局集めてはいないから、その内容がどうなのかは言えない。輓詩の注に、〝先生は玉斗右宮副相神璣明徳真君の位にあることが証される〟とあり、また「花月滄桑録」に題する詩の注に、〝才女賢婦は西王母に属し、節女烈婦は斗母に属す〟と言い、集中こうした類の言葉がはなはだ多く、われわれ教義に疎い人間から見れば、はなはだ荒唐無稽に思われる。頤道の「汪宜人伝」によれば、〝宜人は苦菜を食べ黄蘗を飲み、作るのはみな孤独な寡婦の音ばかり。巫が死後に罪障があると言ったので、金蓋閔真人の言に従って、日々遺像に向かって『玉章経』を誦し、臨終に至るまで止めなかった〟。又、宜人がつつしんで誦し本当に神明と出合ったのは、不思議というほかない。最も明らかなのは高祖青丘先生と感通した事である。宜人は明詩の選定刊刻を終え、三百年の詩人は先生を第一とすると結論し、世間に異議はなかった。それでもなお死後の真霊の位や功業が分からぬことを恨みとし、呂祖の前で『玉章経』十万八千巻を誦することを発願し、天界に昇仙することを求めた。誦が終わると、塑像を作って葆元堂(ほうげんどう)に祭った。……神霊が壇に降って、久しくここに場所を借りていたが昇天し、南宮を主管し、北帝を補佐して、今となっては九天洪済明徳真円真人が青丘先生だと知らぬ者はいないと言った。つまり宜人の誠心が神明に通じたのである。

こうなった理由の一部には胡敬が「汪允荘女史伝」で言うようなことがあったのであろう。〝宜人は本来素質高邁で、九流について道・釈の諸書は蔑視して学ぶに足らずと言っていたが、夫が死に子が病気になって、苦菜を食べ黄糵を飲むような苦労をして、ようようこうなったのは、やはり名士の鬱憤晴らしというこの世の煩悩のごときものである〟。古今にはこうした事はきわめて多い。王荊石の娘が亡くなって曇陽子(どんようし)になり、屠赤水の亡女湘霊が祥雲洞侍香仙子となり、葉天寥(しょうてんりょう)の娘小鸞(しょうらん)はもともと月府の侍書女であったのなど、とりわけ有名である。郷里の老婆でも巫の言を信じ、死者がすでに某土地廟の従神に任ぜられたことを慰めとするが、この土地神が実は地回りの職務にすぎないことを知らないのだ。孔子曰く、未だ生を知らず、いずくんぞ死を知らんや。又曰く、未だ能く人に事(つか)えず、いずくんぞ能く鬼神に事えんや。儒家者流はこの意味を心得るべきであるが、人の世には煩悩が多く、往々にして麻酔の助けがないとこれらの苦痛を忍ぶことができない。これは賢者といえども免れないのであろう。われわれはこうした記述を見て、最初は咎めだてをしようと思うが、さらによく考えるとただ哀憫の気持ちが残るだけだ。汪允荘が道教を信じ特に高青丘を尊崇したのも、ほかに道理があったのだ。頤道は伝中で云う。

梅村は濃厚だが骨がなく、青丘の淡泊にして品があるのには及ばないとして、高〔高啓、即ち青丘〕の文集を奉じて模範とした。本伝を求めてそれを読み、明の開祖が忠良の臣を残害し名儒をないがしろにしたことを見て大いに恨んだ。運命に困(くる)しめられるとも言葉に厄運がまわってこぬようにと願ったのである。七子の標榜するところが時代が下がるにつれて習いとなり、銭牧斎・沈帰愚の選本でも李夢陽を推崇して高青丘を抑えるのを見て、又大いに恨んだ。……五百年にわたる詩壇の冤罪を晴らさんものと誓い、そこで明詩の選本初集二集を編んだのである。

後に又云う。

宜人は先生（案ずるに青丘のこと）のために深く明の太祖の残暴を恨み、そして張呉の君相としての賢は及びがたいものと感じた。張呉は明の太祖とともに東南に起義し、力かなわず明に滅ぼされたが、その賢人士人を礼を以て遇し善類を保全する良法と善意をも併せ滅ぼしてはならないと考えた。

著書の『元明逸史』は伝わらないけれども、文集の中に「張呉紀」律詩二十五首が保存され、その表彰に力を尽くした。伝中にその言葉を記して、

〝わたしは前世では青丘先生の弟子でした。それが分かった以上、どうして張呉の旧従事でないことがありましょう。どうしてもこの事に拳拳として棄てておくことができないのです〟と云う。しかし理由は難解ではないようだ。これはたぶん作者の自分の身の上に対する無意識の反抗であって、高啓や朱元璋や張士誠[*6]たちの名義を借りただけなのだ。青丘の詩はわたしにはそれほど分からないが、ただ朱元璋の暴虐無道はつとに痛切に憎悪するところだから、事柄そのものについて論ずればわたしもこうした抗議には賛成である。もし婦人のために考慮するならば、その反逆（あるいは少し格好よく革命と言ってもよい）の気分はなおさら理解できる。だがやはり無意識に礼教の逆鱗に触れただけのことである。最初高青丘の詩に端を発し、結局は神仙家の言に終わったのは、病気を治すのに「白面（ヘロイン）」（本当は麵と書くべきだが、今は俗に従う）を吸うようなもので、ますます耽溺にはまり、偽を真とするものだ。伝は汪允荘の臨終の言葉を伝えている。

前世は元末の張氏の子で、名を仏保と言います、青丘先生に師事し、張呉の左丞潘公に仕えて霊従となり、張呉が滅んで、山に入って修道し、青丘師の導きで呂祖の玉清宮に入って従官となりました、勅を奉じてこの世に降り、この間の因果を明らかにしました。いま事は終わり、夙世の因縁も尽きました、元に戻りますから、車馬を用意してください。

これはインド大麻による酔夢にも似た幻影である。しかしわれわれは信じはしないけれども、またどうして面と向かってこれを破壊するに忍びよう。譚友夏は「秋閨　戍を夢む詩の序」で云う。

「伯兮（はくけい）」の詩に云う。願（おも）うて言（われ）伯を思う、心に甘んじて首（こうべ）疾む、と。それはみな愁苦疾痛の中にしばしの快をなさんことを求めるだけだ。もしそれが愁苦疾痛することさえ禁じて夢も見させない、夢の余りで詩を作ることさえさせないならば、それは婦人にとって本当の大苦痛となろう。ああ、どうして婦人だけであろうか。

わたしは前に頤道の鄙俗を謗ったが、よく考えればやはりあまりに過酷だ。頤道の晩年は同じ逆境にあって、彼が甘んじて夢と詩に生活を求めたのも、理解できる。いろいろと咎めだてをして、彼を苦しめるのも、むろん必要ない。ただ彼が著した本は自分の気晴らしになるだけで、もし災難を救い世を救うと言って、人に贈ろうとするなら、それは徒労でしかない。すべての善書はみなそうであって、今はただ『蓮花筏』等についてのみ述べたのは、実は頤道居士および汪女史を尊重しているからである。民国二十六年二月十六日、北平にて。

附記

二日前張香濤〔之洞〕の言う試帖詩の四宜六忌を調べようとして、『輶軒語（ゆうけんご）』を取り出してみると、「語行第一」に「学を講じて誤りて迷途に入るを誡む」という項が目に入った。その一説に云う。

昨日省城である男が自分の著した本を持ってやって来た。『陰隲文』『感応篇』、世俗の道流であるいわゆる『九皇経』『覚世経』と、『大学』『中庸』をこきまぜて引用し、性理を言うかと思えば、たちまち易道を言い、神霊果報を言うかと思えば、たちまち丹鼎符録を言う。卑俗が雑揉し、まるで狂ったようで、大いに人心風俗を害するから、その場で痛斥して帰らせた。明理の士は急ぎ猛省すべきで、これがすなわち俗語に言う魔道であって、仏・道の二氏とは関係ないことを知らねばならない。

又その第三節に云う。

士人は科挙に追われているから、往々にして喜んで『陰隲文』『感応篇』の二書を語る。二書の意図は愚人たちを感化することにあって、もとより天下に害はない。しかしながら二書の言うところは大まかな要務でしかないのに、今の世俗はこれを奉じてただその枝葉末節のことに営々として心を砕いているのは、まことにけしからぬ。

『輶軒語』（だがこの名称は元来の『発落語』のよさには及ばない）は、光緒元年〔一八七五〕に成り、今を去ることもう干支一回りである。張君は清末の新党の中にあってそれほど優れてはいないが、今その言葉を読んで、多くが現今の大人先生の言えない、あるいは知らないことであることに、感嘆を禁じえない。ここにその「魔道」に関する一部を引いたのは、大いに徳は孤ならずの喜びがあったからだが、喜びはまたまさに懼れをも呼ぶのである。二月二十六日、又記す。

一九三七年二月二十八日刊『中央日報』『秉燭談』

＊1　善書　儒仏道をこきまぜ、因果応報を説く民間信仰の書。『太上感応篇』や『陰騭文』などがその代表。

＊2　『蓮花筏』　国内にないもよう。陳文述（一七七一―一八四三）、字は雋甫(せんほ)、号は雲伯、退庵、頤道居士など。浙江銭塘の人。清の詩人。本書「筆記を語る」参照。

＊3　汪允荘　一七九三―一八三九、名は端、允荘は字、又の字は小韞(しょううん)。振綺堂汪氏の家系、浙江銭塘の人。陳文述の息子斐之の妻となる。『自然好学斎詩鈔』十巻があり、『元明逸史』という小説もあったがこれは自分で焼却したと言われる。選詩に『明三十家詩選』初集・二集がある。

＊4　陳希夷・邵康節　いずれも宋人、希夷は陳摶、道士。康節は邵雍、字は尭夫。象数の学つまり易占をよくし、官に就かず布衣で通した。著作に『伊川撃攘集』『先天図』などがある。

＊5　慧業の文人　慧業はもと仏教用語で、空理に達していながら善行を行うことを意味する。謝霊運が「得道はすべからく慧業の文人〔生まれながらに文才を持つ人〕を要すべし」と言ったことを誤用だとする。

＊6　張士誠　元末反旗を翻し、呉王となったが明の徐達に捕らえられ、自殺する。その支配地を張呉と言う。

103　『太上感応篇』

最近何種か天津の総集を買い、郭師泰編の『津門古文所見録』四巻を手に入れたのは、すこぶる嬉しい。巻一に董梧侯の著「重修天津文昌廟碑記」があり、そこに云う。

世に伝わる『帝君陰隲文』は、大なるものはみな六経の滓（かす）であり、小なるものは老婦の行う仁の如きもので、応報多端、義も理も分析することはできない。

編者の注に云う。

背徳の人を見るに、福沢を願って、わたしは『陰隲文』を数百遍暗誦できますと言ったり、わたしは『陰隲文』を何百部も配ることができますと言う。この記はまさにこうした連中への真っ向からの棒喝である。

『輶軒語』を案ずるに、巻一に〝学を講じて誤りて迷途に入るを誡む〟という一条があって、云う。

ある男が自分の著した本を持ってやって来た。『陰隲文』『感応篇』、世俗の道流であるいわゆる『九皇経』『覚世経』と、『大学』『中庸』をこきまぜて引用し、……大いに人心風俗を害するから、その場で痛斥して帰らせた。

これらの人々の意見はみなはっきりしていて得がたい。読書人は科挙に懸命であるので、往々にして迷いがちである。尊崇するものが、世俗のいわゆる〝四書五経〟のほかに、〝感応〟〝陰騭〟〝明経〟の三書がある。恵定宇*の如きですら免れなかったのだから、ほかは知るべしである。董君は文昌は祀ってもよいが、文は唱える必要はないと考える。その見識のあることたぶん張香濤〔之洞〕に劣らないであろう。

ただわたくしは『太上感応篇』を読み返して、譴責の辞がないわけではないが、その烏煙瘴気がまだそれほどひどくないと思った。篇中いろいろな善行が列記してあり、それを行える者が善人で、そのご利益のうち〝福禄これに随う〟の一句だけがやや俗人の羨望をそそるに足り、帰結は神仙になることである。つまり天仙か地仙になりたい者は若干の善行をし、悪をなした罰はそれがご破算になるということである。ここからこの文の中心思想はもともと長生であることが分かる。けだし道士の正統であって、それほど間違ってはいない。その後士人の歪曲を経て、善行を以て科挙の合格を掠め取る手段となり、そしてその事がまた読経・牛肉の禁止・敬惜字紙などの瑣末な行為に限られ、そこでますます云うに足りぬ卑陋なことになった。わたくしはもとから仙人になりたいという興趣はないが、人情から言えば、人が北斗を拝み、長生きを願うのを見れば、それは了解できる。もしこれによって立身出世を願うとなれば、むろん気に入るわけがない。もとの言い伝えということになれば、北斗は銓衡の事務〔人事〕は取り扱わない、それはまた別の件である。

一九四〇年一月一日刊『庸報』『薬堂語録』

＊ 恵定宇 恵棟（一六九七―一七五八）、号は松崖。清の経学者、散文作家。『太上感応篇注』二巻があり、『粤雅堂叢書』二集に入っている。

104 戒律を読む

わたしが仏経を読んだ最初は三十年余り前である。南京水師学堂のころの古い日記を繰ると、光緒甲辰（一九〇四）十一月の項に云う。

〃九日、午後城南より帰りに延齢巷を経て、経二巻を買い、夕方学堂に戻る〃。

また云う。

〃十八日、城南に行きて書物を買う、また西方引導図四尺一枚〃。

〃十九日、『起信論』を読む。また『纂注』十四頁〃。

最初に買った仏経は、確か一つは『楞厳経』、もう一つは『諸仏要集経』と『投身飼餓虎経』など三経同巻のものだったと思う。二度目は金陵刻経処に行って教えを乞い、最もよいのは浄土宗をやることで、『起信論』を手始めにするということだったので、その時買ったのがたぶん論および注疏だったのだろう。大きな図はあるいは西方浄土への憧れだったのかもしれない。しかし『起信論』を読んでもよく分からず、浄土宗もちっとも好きになれない。その意味は分かったように思うけれども。民国十年北京で春から秋まで半年病気をし、また仏経を買ってきて暇つぶしをした。その時読んだのはみな小乗の経で、その後は大乗の律であった。『梵網経』の菩薩戒本およびその他を読んで、感動した。特に賢首の「疏」[*1]は最も愛読する本である。巻三の盗戒の注に云う。

『善見』に、空中の鳥を盗む、左の翅から右の翅まで、尻尾から頭まで、上下もそうで、重罪を得ると云う。この戒によれば、たとい持ち主がなくとも、鳥自身が主人で、それを盗むのはみな重罪である。

わたしは七月十四日の「山中雑信」四〔晨報社版『自分の畑』〕の中で、〃鳥自身が主人だという言葉の精神はなんと広大深厚なことか、けれどもなんで鳥かごをふらさげた友人たちに理解できるだろうか〃と書いた。又食肉戒を挙げて、

もし仏子〔菩薩〕がわざと肉を食らった場合――一切の肉は食らうことはできない。そもそも肉を食らう者は大慈悲という仏性の種を断つのであり、一切の衆生はそれを見て捨て去る。そのために一切の菩薩は一切の衆生の肉を食べることはできず、肉を食らえば無量の罪を得る。――わざと肉を食らう者は、軽垢の罪〔重大な戒に対すれば軽いけれども汚れた罪〕を犯す。

と言った。「野菜を食べる」という小文でこう述べたことがある。〃『旧約』の「利未記」を読

んで、それから大乗小乗律を読むと、そこに述べてあることはずっと合理的なように思う。そして上の食肉戒の措辞がとりわけ好きで、実際明智通達で、古今及ぶものがない〟。これは民国二十年の冬に書いて、「山中雑信」とすでに十年の隔たりがあるが、この意見はずっと変わっておらず、ただその間に又小乗律を読んだから、仏教の戒律については更に興味と敬服を感じている。小乗律の重要な部分はすでにみな重刊されていて、それぞれの経典流通処でも売っているが、書目のこの部分の前には必ず一行小文字の注意書きがあって、〝在家の人は読むなかれ〟と言う。わざわざ尋ねてやるのも具合がよくないと思うが、決して自分が割りを食うのを畏れているのではない。ただ明らかに人に規律違反をさせようとするのは失礼なことだと思うだけだ。結局一つ方法を思いついて、梁漱溟先生に頼んで、わたしのために買ってもらうことにした。果たせるかなまもなく『四部律蔵』が一部、全部で二十冊が送られてきた。しかしその後梁先生が北京を発たれたので、今度は徐森玉先生に頼んで、次々と相当量買い込み、自分でも厰甸で少し集めた。『薩婆多部毘尼摩得勒伽（さつばたぶびにまとろが）』十巻〔大正大蔵第二十三巻〕、『大比丘三千威儀』二巻〔大正大蔵第二十四巻に所収〕、いずれも明刊本であるが、こうして手に入れたものである。『〔周作人〕書信』の「兪平伯君に与うる書三十五通」の十五に云う。

〝一昨日二人の女史のために字を書きましたが出来が悪いので、昨日の午後琉璃厰へ行って書き直しのために六吉宣紙を買い、ついでに露店を見て、『薩婆多部毘尼摩得勒伽』一部を買いました。全部で二冊十巻、崇禎十七年八月の刊刻です。この書名は一切有部律論と訳せるそうです。そこで論じているものにきわめて面白いものがあります。たとえば巻六の一節、厠（かわや）はどうか。比丘が厠に入る時には、まず指を弾いて音を立て、中の人に知らせる。入ろうとする時には、ちゃんと着物をはしょって、ちょうど真ん中に身を置き、出ようとするものは出し、出ようとしないものは無理に出してはいけない。古人の質朴なところは至って愛すべきであります〟。時に民国十九年二月八日、つまり本を買った翌日である。しかしこのほかにもよい文章はまだ多い。同じ巻に類似した事を述べて云う。

おならはどうか。おならをするときは音を立ててはならない。

小便はどうか。比丘は所構わず小便をしてはならない。決まった所に穴を掘るべきである。

唾はどうか。唾を吐くとき音を立ててはならない。長老の前で唾を吐いてはならない。浄地で唾を吐いてはならない。食事のとき唾を吐いてはならない。もしどうしても我慢ならないときは、そっと立ち去って、ほかの人を悩ませないようにする。

ほかの人を悩ませないようにするというこの言葉は最も気に入っている。仏教の偉大な精神の表れで、まさに中国の〝恕〟の道である。また歯木〔小枝の先を嚙んで柔らかくし歯ブラシ用に使う〕についてもある。

歯木はどうか。歯木は大きすぎても小さすぎてもよくない。長すぎても短すぎてもよくない。上等は指十二本の長さ、下等は六本。長老の前では歯木を嚙んではならない。避けるべき場所がある三事は、大小便と歯木を嚙むことである。浄処、樹下、壁のそばで歯木を嚙んではならない。

『大比丘三千威儀』巻上に云う。

楊枝を使うに五つのことがある。一は、切り取るのに決まった長さがある。二は、割るには決まったやり方がある。三は、嚙む部分は三分を越えてはならない。四は、歯を梳くのに真ん中を三度嚙み切る。五は、柳の汁は目を洗う用にすべきことである。

金聖歎が書いた施耐庵『水滸伝』序に、〝朝日が初めて昇り、蒼蒼涼涼たる気分、顔を洗い、頭巾を着け、食膳を進め、楊木を嚙む〟というのは、つまりここから出たのであるが、ただ義浄は楊枝の説に大反対で、『南海寄帰内法伝』巻一「朝に歯木を嚙む」の項に云う。

〝歯木を知らない者はない。名づけて楊枝と言う。西国には柳樹はまったく稀で、訳者はその名を伝えたが、仏の歯木の樹は実は楊柳ではない。那爛陀寺でこの目で親しく見たから、他に証拠を取らなくても、聞く者はあれこれ迷いはしない〟。義浄師の言葉はきっと間違いないだろうが、たいていは周松靄（しゅうしょうあい）が『仏爾雅』[*2]巻五で云うように、〝こちらでは竭陀羅木がないので、多くは楊枝を使う〟ので、訳者はそれでそう言ったので、やや真を失しているけれども、まだその通俗に従ったままでであろう。今でも日本の俗語では歯ブラシを楊枝と言い、小さいのを爪楊枝と言う。中国では僧も俗もともにこれを使わないから、その名前は世間ではとっくに伝わらなくなった。

『摩得勒伽』は劉宋の僧伽跋摩の訳だが、『三千威儀』は後漢の安世高の訳し、僧祐は訳者の名を失すと言う。だが要するに六朝以前の文章である。巻下の舎後に行く二十五事も便所に関するものだが、文が繁冗なので全部は引用できないが、十一の大いに咽んで真っ赤になってはならない、十七の尻拭きわらで地面に絵を書いてはならない、十八の尻拭きわらを持ち出して壁に絵や文字を書いてはならないなど、みなとても面白い。いま簡単なのをいくつか引いてみる。

肉を買うに五つのことがある。一は、もし肉が完全に切れていないのを見たらすぐ買うべきではない。二は、人がすでに切って余っていたら買うべきである。三は、もし肉が少なければ、全部買い占めてはいけない。四は、もし肉が少なければ、濫りに銭を余計出して買ってはならない。五は、もし肉がもうなくなっていても、たくさん買うはずだったと言ってはならない。

人に薪割りをさせるに五つのことがある。一は、道でやらせない。二は、まず斧の柄がしっかりしているかを見る。三は、葉がついた薪〔原文は青草薪、不明、仮の訳としておく〕を割らせてはならない。四は、濫りに塔の用材を割ってはならない。五は、乾燥した場所に積むこと。

「厠で書を読む」でこう言ったことがある。

〝たまたま大小乗の戒律を読んで、インドの先賢は十分綿密に人生のさまざまな方面について気を配ったと思われ、非常に感服した。厠に入ることだけについて言っても、『三千威儀』には〝舎後に行くものに二十五事あり〟と列挙しているし、『摩得勒伽』六には〝風下（おなら）は云何（いかん）？〟から〝籌草〔糞かきべらと尻拭きわら〕は云何？〟まで全部で十三条、『南海寄帰内法伝』二には第十八〝大小便の事〟一章があり、いずれも細かい規定がある。あるものは厳粛なうちにユーモアがあり、読んでいて思わず五体投地したくなる〟。わたしはまた『談龍集』でアラビアのナフザウィ上人の『香しき園』[*3]とインドのコッコカ師の『*Art Amatoria*』について語った。中国の古語によればいずれも房中術の書であるが、これがまたとてもまじめなのである。〝彼はあまり雅訓ならざる話を始める前に、恭しく祈りをささげ、大悲大慈の神よ彼に恩を垂れ給えと呼ばわる。これは確かに明朗朴実な古典精神で、愛すべきことである〟。大小便から薪割り、肉の買い方まで（小乗律では食肉を禁じていない）、一方では性交のことまで、これは仏教外の人がやることだけれども、いずれもみな委曲を尽くしており、しかもまた人情物理に合っているのは、まことに得がたく貴重なことである。中国はこうした精神に欠けており、今ではわが同胞はおそらく世間で最も礼を知らぬ人間の一種であろう。何かというと仁義礼智を口にしながら、その心の内のいかんを問うまでもなく、日常の挙動を見るだけで、人情物理を顧慮しないことが分かるのである。古書を調べると、かつてはなかなかよい例があった。たとえば『礼記』の二篇「曲礼」には、戒律と対比できるかなりのものがある。凡そ長者のために掃除するの礼の一節、凡そ食を進めるの礼の一節など、いずれも面白い。中に云う。

飯を丸めてはいけない。飯を器に捨ててはいけない。音を立てて汁を吸ってはいけない。舌打ちして不味そうに食べてはいけない。骨をむしゃむしゃ齧ってはいけない。魚肉を皿に戻してはいけない。骨を犬にやってはいけない。

この用心はほとんどみな〝ほかの人を悩ませないようにする〟ためだから、評価できる。『僧祇律』に〝大きくてもいけないし、小さくてもいけない。淫女が二粒三粒口にするようにして食べれば、美味しかろう〟と云うのは、またとても面白い別の言い方で、まさに補い合うことができる。喪にあるの礼の一節もよい。後の文に云う。

隣りに不幸があれば、穀物を搗くのに歌を歌わない。部落に死者が出れば、通りで歌わない。墓に行くのに歌わない。哭する日には歌わない。見送りは小道でしない。葬送はぬかるみを避けない。

こうした文章を読むと、古人の神経の細やかさと感情の深さが今の人間よりも過ぎることはあっても及ばざるなきことがよく分かる。『論語』巻四に孔子のことを記して云う。

〝先生は喪ある者のそばで食事をして、いまだかつて腹いっぱい食べられたことはない。先生はその日が哭の日であれば歌われない〟。実に上文の実行にほかならない。別の面からこの意味を明らかにした者に陶淵明がある。「挽歌の詩」第三首に云う。

向来に相送るの人、各自その家に還る。親戚あるいは余悲あるも、他人亦た已に歌う。

これは決して単に達観の語ではなく、実は世情をうまく言っているのである。「亦た已に歌う」というのはつまり哭の日に歌わないという別の言い方であり、たぶん葬送から戻って一、二日経ち、歌っても構わなくなったのであろう。陶公のこの語は〝日暮れて狐狸冢上に眠り、夜闌けて児女灯前に笑う〟[*4]という感情とはそれほど同じではないが、人に対して何の不満もないように見える。ただ衒いなくこうした情況は自然な人情であることを述べたまでで、少し寂寥が感じられて、それもこの詩のよいところである。陶詩を読んで礼の意味が分かり、また小乗律に引っ張られ、大いにまとわりつかれた感があるが、わたしはこうした思想を愛していることを表しただけで、古今中印を問わず、等しく喜んで礼賛するのである。民国二十五年四月十四日、北平苦茶庵にて。

一九三六年九月刊『青年界』第十巻第二期　『風雨談』

＊1　賢首の「疏」　賢首とは法蔵（六四三―七一二）のことで、華厳宗の第三祖。疏は『梵網経菩薩戒本疏』六巻、大正大蔵第四十巻所収。
＊2　『仏爾雅』　八巻、清・周春撰。国学扶輪社排印本あり。
＊3　『香しき園』　本書「『香しき園』」および「再び『香しき園』を談ず」の項を参照。
＊4　〝日暮れて〟の詩　宋・高菊澗「清明」詩。

105 『経律異相』を読む

梁の宝唱編の『経律異相』[*1]を見るに、巻四十八「禽畜生部」十の〝千秋〟の項に、『婆須蜜経』第八巻を引いて次のように云う。〝千秋は人面鳥身、子を生むとその子は母を害す。また羅漢果[*2]を学びえた。畜生にはこの智慧および尊卑の思想がなく、五逆の罪を受けない〟。中国の旧説では、鳥獣のうちの不孝者はふくろうと破鏡である。破鏡はどんな物か分からないが、ふくろうは世の中にたくさんいて、小鳥や鼠などを呑み込むだけで、ほかの鳥を食べることはできないが、長らく母を食うという汚名を被せられた。人面鳥身の千秋もその同類だろうか。インドの事はよくは分からないが、ただその物情を体験観察し、許可と禁止は理に合っており、先賢の博大の精神は想像するに余りがある。中国の儒者は人間と禽獣の区別に厳格であるが、物情の観察、許可と禁止など、これらについてはまたすこぶる曖昧模糊で、和尚たちに恥ずるところが多い。(三月九日朝)

一九三八年三月九日『晨報』『書房一角』

*1 『経律異相』 五十巻。経蔵・律蔵の中から奇異な事柄についての記事を集めた書。『法苑珠林』のような仏教の類書。『大正大蔵』第五十三巻に収録。

＊2　羅漢果　修行の結果学ぶものがなくなり最高位に達すること、したがって世の尊敬を得る。

106　仏経

この時期に、青年にお経を唱えろと勧めたら、人からやっつけられるばかりか、話をしている自分でさえあまり妥当だとは思わない。だがここで言うのはお経を読むのであって、決して念仏誦経するのではないから、当然何の問題もない。お経はもちろん仏教の聖典であり、同時にまた一部の書物でもあるから、われわれがそれを書物として見るのは、われわれにとって有益でもある。『旧約』はユダヤ教・キリスト教の聖書であって、われわれ無縁の人間は読まなくてもよさそうであるが、やはりそうではない。巻頭の「創世紀」は神が天地を創造するのを述べる。

> 神言給ひけるは、地は青草と実蓏（たね）を生ずる草蔬（くさ）と、其類に従ひ果を結びみづから核をもつところの果を結ぶ樹を地に発出（いだ）すべしと、即ち斯（かく）なりぬ。地青草と其類に従ひ実蓏を生ずる草蔬と、其類に従ひ果を結びてみづから核をもつところの樹を発出せり、神これを善と観給へり。

この一説はもしそれが事実だと言えば、たいてい科学的常識のある人なら必ずしも承認しないだろうが、伝説として見るとき、これはなかなか面白い。文章もまずくない。中国の盤古の物語は、まるで斧を持って鉱山を掘るようだし、まだほかに女媧が石を焼いて天を補修した事もある。どのように聞こうと童話のようでしかないが、そのために人は捨て去るに忍びず、縉紳先生はなんとも言えないが、だからどうにか残って流伝している。喜んで聞く人があれば、また重複を厭わず語る人もいる。お経の中の物語もまさしくそうで、それは『旧約』よりも宗教味が少なく、中国のよりもっとうまく語られ、もっと文学趣味に富んでいる。わたしが人にお経を読めと勧めるのは、こうしたわけだからである。中国の文人の著作は、私見によれば、唐以前の文章思想にはいずれも本来の特色があり、その気象も喜ばしいものが多いのだが、宋以後はよくない。別に抹殺できないその他の長所もあるのだけれども。総じてわたしは両晋六朝の作品はかなり好きなのだが、ただこの時期三百年間の著作は多くはない。となればお経の一部をここに入れれば、かなり賑やかになるし、合理的なことでもある。わたしはかつてこれらの訳文を、文情ともに優れたものが多く、鳩摩羅什（くまらじゅう）が最も著しいと称揚したことがある。そうした駢文散文を併用した文体は当然新しい需要によって興った。だが古い文章の能力をものの見事に利用して新しい考えを表現したのは、実に意義のある一つの成果であった。お経の中のすべての思想は、当然仏教精神であって、一目見ただけでそれが外来の宗教であり、われわれとあまり関わりがないことが分かるが、凡人には分かりにくい深甚な意味を離れて、ただ大乗菩薩の救世済度の大願と高徳を読み取り、その偉大なところは儒家の言う堯・禹・稷の精神と根本は同じだということを感じ取れば、読み終わって感激するだろう。その力は経書よりもずっと大きいようだ。『六度集経』に云う。

衆生攘攘たり、その苦無量、吾当に地と為るべし。旱の為には潤と作り、湿の為には筏と作る。飢えたるに食らわせ、渇えたるを漿やし、寒きに衣せ、熱きを涼さしむ。病の為には医と作り、冥の為には光と作る。若し濁世顛倒のとき有らば、吾当に中に仏と作り、彼の衆生を度うべし。

ここは理を説きながらよく美と和合して一緒になり、このように見事に述べているのは、まことに得がたいことである。また考えを物語に託するものもあり、こういうのは容易に教訓勧戒の旧套に落ちるが、質朴で美しく書いてあれば、嬉しく思われ、たとい重複や類似していても、嫌にならない。唐以前の志怪を読むようなのもあり、唐代の伝奇文もごく少数が比肩しうるのみだ。こうした書物は本来少なくないが、長篇や全体に偈を使っているのはあまりよろしくない。だいたいが『百喩経』のような譬喩経、『雑宝蔵経』『賢愚因縁経』『六度集経』などが閲読に最適である。読めばきっと何かの益があるとは保証しかねるが、要するに兪理初の言う愚儒の愚書を読むよりはずっとよい。個人の経験から言うと、四十年前に読んだ『菩薩投身飼餓虎経』は、今でも時々思い出すし、忘れたことはない。以前雑書を乱読していた時、プラトンがソクラテスの死を記したのや、トロイアの女たちの悲劇、それに近代の人の著作を読んで、よく似た感動を何度も経験したが、今度のはどうも特別深くかつ長持ちがする。しかも穏やかであり、興奮するのでなく慰めに近い影響を及ぼす。これが宗教文学の力だろう。わたしは宗教は分からないけれども。『菩薩投身飼餓虎経』を思い出すとき、しばしば『中山狼伝』*を連想する。これには作者の名がなく、わたしが『程氏墨苑』の中で見つけたのは、宋の謝枋得と題してあり、また『八公遊戯叢談』では唐の姚合と題してあった。たぶんいずれも仮託であろうが、文章は思いのほか面白く書けている。この文章を見ても慰めは得られないが、やはり役には立つ。これと上に述べたお経とはまさに両面であるが、われわれが一緒に繋げて考えると、まるで一服のうまく組み合わせた薬を飲んだように、苦いけれども病気には効くのである。

〔一九四四年十二月〕二十九日。

一九四五年一月十三日刊『新民声』『立春以前』

＊『中山狼伝』　明の馬中錫の作とされる。戦国の趙襄子が中山で狩を行い、狼を射て矢は当たるが、狼は逃げて、東郭先生に救われる。襄子が去ると、狼は恩を忘れて東郭先生を食おうとするが、ある老人によって罠に掛けられて殺される。伝説を元に寓言小説にしたもの。中山狼の話は有名で多く芝居にもなっている。

107　「鬼神論」を読む

偶然『鈍硯卮言』一冊を買うことができた。道光戊申〔二十八年、一八四八〕と署す前書きがあり、元和の銭綺の自序である。案ずるに張星鑒の『迎蕭楼文集』に「懐旧の記」があり、その第二条が銭君のことを記していて、『左氏伝』を好み、『左札』七巻を著し、又明末の遺事に詳しく、『南明書』三十六巻を著し、さらに数学を治め、『蘇城日晷〔日時計〕表』一巻を作り、咸豊八年〔一八五八〕に亡くなり、年六十一であったと云う。張君は陳碩甫の門下から出、漢学を治め、その文は博雅を宗とし、昭明をたっとび、銭綺の遺集を読んで、心からそれを愛した。「懐旧の記」には、その録するところ全部で十人、みな文章学行のわたしにとって有益な人であると云う。これから推せば、銭君もまた非凡な人であろう。『卮言』を読めば四分の三がみな天文地理を語ったもので、三十九篇の中で理解できるのは僅かに十篇ほどで、どうもがっかりした。その中で「鬼神論」は、なかなか面白い。たったの千三百言だが、情理兼ね具わり、多くは得られない作である。たとえばその篇首に云う。

> 鬼神は人の心に生ずるとは、自ずから不易の論である。人の心に何か尊敬するものがあれば、天地五祀の神となり、人の心に何か愛するものがあれば、祖父眷属の鬼神となり、人の心に何か畏れるものがあれば、妖異厲悪の鬼神となる。けだし人と物はみな陰陽とい

う二つの気によって生まれ、それが死ぬと魂気は陽に帰り、形魄は陰に還り、すでに散じた者はまた合することができるから、鬼神などというものはどうしてあろうか。しかしながら人の心は至って霊妙であって、心に結ぼれたものは、形がないのに形があるように思われ、声がないのに声があるように思われる。古の聖王は人の心によって祭祀を作り、人の忍びない心、敢えてせざる心として、無形無声の中になおその敬愛と畏れをこめて、生成の徳に報い、孤独を厳しく防いだのである。

又云う。

古より今に至るまで、鬼物に仕えるまつりの供物もしばしば変遷がある。誰がいったいそれをやるのか。人がやるのである。考えてみるに冥衣や紙銭などのものは果たして役に立つのだろうか。ならば金銀はみな外側だけで中は空虚であり、冥衣はみな表だけがあって裏がない。冥衣や紙銭は果たして無用なのだろうか。ならばどうして冥衣や紙銭を求め、ある者は夢に見たからと言ったり、ある者は呪い師が言ったからと云うのであろうか。けだし人の心が役に立つと考えると、そこで始めて使う者が出てくるのだろう。古は神仙の説はなかった。秦の始皇が方士を信じ不死の薬を求めてから、いわゆる十洲三島ができ、いわゆる尸解(しかい)昇天から、符禄こっくりさんなどの諸術などができ、時に霊異を現した。古は地獄輪廻の説はなかった。天竺より仏法が中国に入ってから、死んで生き返り冥土の事を云う者や、よそに転生して前生の事を記憶している者、あるいは活閻羅や走無常が出てくる。ただ人の心によって生じるから、変幻が多端になり世にしたがって増えてくる。……若者が騒いでいる場所では、祀廟の霊験はあらたかではなく、愚賤な者が懸命に祈れば、木石も霊異を現す。凡そこれらの事で、人がやらないものはない。人がやるから鬼神がそれに応ずるのである。まことに鬼神は人の心に生ずるのである。ことわざに、陰陽は曖昧を恐ると言う。この言葉はまったく慎重ではないが、至って理屈が通っている。人の心に鬼神がなければ、鬼神もついにないのである。

その結論に云う。

　要するに鬼神は人の心に生ずるから、ないと言って退けることはできないし、またあると言って頑張ることもできない。ないと言って退ければ、祭祀では誠心を尽くせない。あると言って頑張れば、呪い師に惑わされる。孔子は、鬼神の徳たるや、それ盛んなる哉と言われ、又民の義を務め、鬼神を敬してこれを遠ざくと言われた。これはよく鬼神に仕えることができるという意味であり、鬼神の情況を知っているということである。

案ずるに焦理堂の『易余籥録』巻十に、明の王子充の撰した「御史厳天祥の墓銘」の、傅説の祠の傍で鬼を見た事を記したのを引き、論じて云う。

　鬼神はもともと人とは遠いが、人が日に日にそれに近づくと、鬼もまた人に近づく。だから禍福祥不祥の霊は、必ずふだんから鬼物を信じている人に出るのである。それを遠ざければ現れなくなる。孔子のいわゆる鬼神を敬してこれを遠ざくとは、ただ虚に惑わされないというだけではない。だからそれと親しくするのもそれと諍うのもともにダメである。

これが遠ざくのと敬するのとが相関係する所以である。

これと上文とは相俟って互いに意味を明らかにしている。禍福祥不祥の霊が、必ずふだん鬼物を信じる人に出るとは、つまり上文に云う、愚賤なものが懸命に祈れば、木石も霊異を現すことである。俗諺に言う、陰陽はただ曖昧を恐るとは、これを遠ざくれば現れないという反面を言っている。また疑心暗鬼を生ずとは、つまり正面からの説明である。これと親しむのもこれと諍うのもともにダメだとは、上文に云う、ないと言って退けるのもいけないし、あると言って頑張るのもいけないのである。意見は正に同じなのである。

鬼神は人の心に生じる。これはもともとごく普通のことである。しかしわたしはすこぶる嬉しく思う。なぜならわたしの考えと合致するからである。十年前わたしは「鬼の生長」（『夜読抄』）と題する小文を一篇書き、そこで言った。

わたしは鬼を信じないが、鬼の事を知るのは好きだ。これは一大矛盾である。わたしは人が死んで鬼になるのを信じないけれども、鬼の後ろに人がいることは信じる。何が二気の良能かは分からないが、鬼が生きた人間の喜惧願望の投影であることは間違いないだろう。陶公は千古に鷹揚な人であるが、その『神釈』に、尽きるはずのものは尽きなければならず、何の遠慮も要らないと云い、「挽歌に擬するの辞」には、語らんと欲するも口に音なく、視んと欲するも眼に光なし、昔は高堂の寝にありしも、今は荒草の郷に宿ると云う。陶公ですら生死についてなお未練があったのであろうか。彼がこのように云うのは文詞の上ではもとより大いに情致があるが、生前の感覚で死後の境遇を推想するのは、正にまた人情の常で、自然なものである。凡人はもっと生に執着し、自分および親族の者がふうっと消え去ることを、信じることができずまたそれが消え去ることを信じたいとも思わない。だからいろいろ想像して、きっとずっと存在し続けるだろうと考える。その存在の仕方は人々や地方、各自の好みによってさまざまに違うが、わざとなところがなく自然の発露である。われわれが人が鬼の話をするのを聞くのは、実はその心を語っているのを聴くに等しいのである。

のちにまた「鬼を語る」〔『苦竹雑記』〕という文でも言っている。

われわれは鬼の状態と生活を知るのが好きである。文献やら風俗やらいろんな方面から探すのは、ふだん知りにくい人情を理解するため、言い換えれば鬼の中にいる人のためにほかならない。

鬼の中にいる人というのは、つまり鬼神、および鬼神に仕えるまつりの供物である。神仙の説や、地獄輪廻の説などが生ずる人の心がそれである。ハリスン女史の著『ギリシア神話論』の序論に、実に要領よく述べられた一句がある。

神々こそは人間の欲望の表れであり、追い払ったり招き寄せたりする儀式によって投影された結果である。

わたしが述べたのは鬼の方だけで、今はそれだけで満足だが、神の方もある。銭君の挙げたのは敬と愛と畏れで、鬼神のよって起こった理由を述べて、とても十全だが、わたしが述べた一節は愛に属する部分だけであり、これはいま現在に関する方便な言い方にすぎない。実は最も重要なのを言えば、やはり畏れが第一で、最後は愛、敬は中間に介在するだけで、徹底して言えば敬畏でなければ敬愛で、単なる敬はほとんどないと言ってよい。人間の大欲は生と生を生むことであり、凡そこれに対して妨害をするものは何とかして防禦しなければならない。もし利益があるなら極力奉迎すべきで、宗教の根本意義は邪を追い福を入れることでしかない。いわゆる追い払ったり招き寄せたりする儀式であって、つまり鬼は外、福は内の二語に尽きる。呪い師が自力でやる時は、これらはやりやすいが、祝詞を唱える人が入った場合は他力によることになり、お告げを受けて進止を決める際には、かなり確信が不足する。叩頭して祈願するのと供え物をして赦しを乞うてもどの道その結果は測りがたい威力から出るのだから、やはり畏れを主とするのである。福を呼び込む時は一種の呪力を持っているように見えるが、表門を開いて金儲けの神さんをお迎えするとしても、ご降臨あそばすかどうかは分からない。又世人は金儲けを重んずるけれども、火の神を敬する場合はとても敬虔で、これはとても面白いことだ。上に述べた愛より生じた鬼神も、つまり古人の云うその親を死なさないという気持ちで、きわめて人情に富んでいるが、ずっと後になって起こった事で、かつ愛は畏れにはかなわない。それは往々にして儀式の中に儼存している。けだし眷属は親しいけれども、その鬼は恐ろしいのであろう。田舎の教養ある家では出棺の時、今でも碗皿を割ることを忘れないし、送葬から帰ると火煙をくぐるのは、みな死者に対する恐怖の表れである。世間の高級な宗教での無形の神への敬と愛は、わたくしは信仰なく知ることができないが、もし凡民の俗信ならとても面白く、暇があってたくさんの資料を集め、整理して端緒を開くならば、喜ばしい事である。小さいころ念仏ばあさんが、あの世の豆腐干（ドウフウガン）〔固豆腐に香料を加え煮た後、干すか燻製にしたもの〕は一つ二百文だというのを聞いて、すこぶるおかしく面白く思った。その時は彼女の根拠を訊きはしなかったけれども、あの世の物価がきわめて高いという意味はむろん理解できた。あの世の人でも豆腐干を食べるのだから、他の物でもきっとそうだろう、その様子はこの世とあまり違わないはずだということも推し量れた。特に豆腐干を持ち出してハムとかピータンと言わなかったところは、念仏ばあさんの本領であって、これまたはなはだ面白い。こうした小さな事が、わたしには心性を高談するより興味があって意義があって、いささか心を砕いて考察を加えるに値すると思われる。古人の詠史詩に、蒼生を問わずして鬼神を問うと云う*。漢の宣帝の事はしばらく措くとしても、鬼神はもともと蒼生と密接な関係があって、適当に語りさえすれば、これは民間の苦しみを諮問するのと同じ効果がある。われわれは鬼神を敬してこれを遠ざけるが、鬼神の問題については注意して考察を加えるべきである。そこにはけだし人の心の機微が存在するからである。民国甲申〔三十三年〕五月十六日、北京。

一九四四年五月十六日『苦口甘口』

＊ 古人の詠史詩　李商隠の「賈生」詩を言う。「憐れむべし夜半虚しく席を前め、蒼生を問わず鬼神を問う」。賈生とは賈誼のことで、長沙から呼び返された賈誼は、漢の文帝から鬼神の事を訊かれた。次の「宣帝」はしたがって「文帝」の誤り。

第一巻あとがき

中島長文

読書人について、周作人はかなり後になってからであるが、次のように言っている。「一口に読書人といっても、そこにはかなりの違いがある……書物を読んでもそのまま〔著者に〕お返ししてしまうのはごく普通のことで、彼はただ拳法の型を一通り盗んでも、跟いていって弟子になることはない。却って師匠の手の内を見破って、不敬のそぶりを見せることも往々である。区別するために、われわれはこの新しい一派を知識階級と言い、古いのは士大夫と言う」（本書「古い書物を読む」一九四九年）。古い読書人、つまり士大夫はどうだったのか。士大夫はむろん権力機構の中枢から末端までを担い、人民を支配する階級である。したがって読書人といえば支配階級を意味した。彼らはどんな書物を読んだのか。唐代に科挙によって士を取る制度になってからは、国家は一貫して四書五経つまり儒家思想を金科玉条として奉戴したから、読む本と来てはまず四書五経に決まっていた。そして科挙試験の答案の手本である八股文に試帖詩であった。彼らは拳法の型を徹底的に叩き込まれ、師匠について弟子となり、終生師説を墨守し尊崇するというのが、基本的な態度であった。全国の村々の村塾や街の家塾で、読書人になるべく子どもたちが頭を振り振り経典の文句を朗誦暗記するのである。今でも学習勉強することを「念書」と言うのはその名残で、「念」とは「唸」、つまり声を上げて唱えることである。かくて科挙試験に合格するためだけに本を読むという読書人がごろごろするようになった。そして一般的には彼らが墨守する思想はむろん道学思想である。

清朝が破綻して、辛亥革命で崩壊してから、民国の建設が始まり、政治面ではその後の混乱が長引くが、文化的には学制の改革や文学革命、続く新文化運動で大きく局面が展開した。周作人らはその急先鋒となって、科学的知識と人道的見地——のちに彼はそれを物理と人情という古典の言語によって定式化するのであるが——から古今中外の書物を批判的に読むという立場を打ち出し、新しい知識階級を作るべく文化界を精力的に牽引した。『自分の畑』をはじめ次々と文集を出版し、散文の名家としても名を上げ、民国の文壇の重鎮となった。ずっとのちに日本の中国侵略が東北三省だけでなく全土に拡大し、周作人が日本の協力者になると、彼の評判はむろん地に落ちたが、それまでは兄の魯迅とその声望を二分するだけの地位を確立していた。その啓蒙主義的（時期をどこで区切るかという問題はあるが）文章は外国人であるわれわれが今読んでもなんの違和感もない。むしろ五四運動から百年経つ今でも中国人の宿弊に対しては有効ではないかと思われる。それはともかく、彼は日本の協力者になって囂々たる非難をよそに、筆を折ることはしなかったし、日本の敗戦後、国民党政府治下の法廷で、〝漢奸〟つまり売国奴と断罪されて下獄した期間（一九四五年十二月—四九年一月）を除いて、人民共和国成立後も文章を書き続けた。その結果は今世紀に入って出版された膨大な『周作人散文全集』全十四巻（二〇〇九年、鍾叔河編訂、広西師範大学出版社）となった。

そうした著作の中から、直接書物に関する文章を集めて、彼が古今東西の書物をどう読んだか、どう読むべきかと考えたかを示す選集が出た。早くから周作人の著作を収集してきた鍾叔河氏が編んで、一九八六年に湖南の岳麓書社から出版された『知堂書話』上下二巻である。これはのちに構成を変えて中国人民大学出版社から改訂版が出ている。本書はこの『知堂書話』を参考に、増訂し編成を変えて翻訳したものである。

中国の学者が古来どういう形で自分の学問を表現したか、つまりどういう文章のスタイル、文体を取ったのか。簡単にいうと、まず第一は経典（経典化された書物、詩文をも含む）に注釈をつけることである。これは文体としての名はないが、つまり経典の解釈学である。「〇〇注」や「〇〇疏」ということになる。ついでは論・弁、論は「〇〇論」という題で多くは史論になって評論に傾きがち、弁は事柄について弁別争論するもの。そして書説、これは書簡の形をとり、「××を論じて〇〇に与える書」などと題する議論・論文である。以上、注釈の他はたいていが個人の文集に収録されるのが普通。そして雑記、名のとおり中身は雑多で、それが散文であるところから筆記とも言う。『四庫全書総目提要』では「雑家」の「雑考・雑記」の部類に入るもので、学術的随筆とでも言うか、特に宋以後はこうした形を取るものが多くなる。たとえば呉曾『能改斎漫録』、洪邁『容斎随筆』、王応麟『困学紀聞』などから、清の顧炎武

『日知録』、それに周作人の推奨する兪正燮『癸巳類稿』『癸巳存稿』、郝懿行『曬書堂筆録』などみなこの部類である。これらは詩文集には入らず、別に単行されるのが普通である。周作人は旧来の随筆・筆記と民国の雑感文の類は種類が違うと言うが、内容はともかく、その人間の学問・教養を端的に表すということでは、周作人自身の著作集はどれも旧学の表現様式からすれば、明らかに伝統的な形を受け継いでいる。ただそこに彼の言う文学の趣味が加味されて、人をして読まざるを得なくさせる文章力というか文章のうまさが際立っていることである。それは彼が兪正燮や郝懿行の文章に認めていることでもある。本書の書名を『読書雑記』とした所以である。蛇足だが「書話」というのは、「詩話」や「文話」に倣ったのであろうが、ごく新しい語彙である。

時代が大きく変わる時には、しばしばルネサンス型の人物が出る。最近では銭鍾書が博識で知られるが、周作人もそういう型の人物なのであろう。彼の読書の範囲は驚くほど広い。その広大な範囲を便宜的にいくつかの分野に区切ったが、当然いくつもの分野にわたる性質の文章にも事欠かない。幸いなことにそうした事態に、彼の学問と教養について、彼自身が示した見取り図がある。「わたしの雑学」と題する二十章の文章である。「雑学」とはむろん謙遜の辞であって、彼の全学問、全教養を自ら整理したもので、ほとんど自伝と言ってよい。彼の個々の文章を読むばあいに、先立って頭に入れておいてよい、彼の著作についての格好の読書指南だと考えたので、本書の巻頭に掲げることにした。自伝と言ったのはこの文章が書かれた時期が一九四四年五月から七月にかけてであることも一因である。そのころ彼はすでに傀儡政府の教育督辦、日本なら文部大臣という要職からは外されていたけれども、華北政務委員会の委員であったから、世界大戦の動向が分からなかったわけはないだろう。中国大陸では日本の大陸打通作戦で中国側は混乱し依然劣勢にあったが、西太平洋ではすでに開戦の翌年から米軍は反撃に転じ、一九四四年二月にはマーシャル群島に上陸、トラック島を空襲、六月にはマリアナ沖海戦での大勝利と、着々と歩を進めるのに対して、日本の旗色は完全に悪かった。日本の敗北が現実のものとなれば、自分の身がどういうことになるかぐらいはよく分かったはずだ。今でも秦檜の像があれば小便をひっかけられるほどの国柄である。そういうわけでこの文章は彼自身の文学的・学問的生涯の整理という意味を持っていたのではないか。ただ最終章では倫理の自然化と道義の事功化（周作人の当時の主張）こそ〝雑学〟の帰結であると言い、そして最後に「こうした思想経路の簡略図は、わたしを攻撃する人に提供して、わたしの拠点のありかを知らせ、進攻するための参考と準備に当てるには十分だと思うが、わたしの友人にしてみればこれはおそらく何の役にも立たない」と言うのはどういうことだろうか。手の内を見せるのが目的ではなかったのか。「わたしを攻撃する人」とは誰なのか、「わたしの友人」とは誰なのか。彼にはこう言わざるを得なかったものがその心中にあるのだろうが、わたしには読み取れない。彼は兄魯迅との不和について、対日協力について、言えば野暮になると言って口をつぐんできた。しかしこれを言えば野暮になるではないか。最後の一行がなければこの文章はよほどすっきりしたものになったはずだ。上手の手から水が漏れたか。この一行でこの文章はほんとうに「愚人の告白」になってしまったのではないか。ともかく、わたしにはこのことは記憶しておくべきことのように思われる。

話は遠くへ行ってしまった正伝に戻らなくては。本巻はその読書指南の「わたしの雑学」に続いて、彼の読書の態度が比較的よく伺われる文章をまとめて読書論とした。彼の文章は全体から言えばどれ一つとしてどこかで書物に関わらないものはないと言えるだろうが、ここはすこし無理をしてまとめてみた。読書論と言っても抽象的なそれではなく、あくまで具体的な一つ一つの書物に即してのそれであることは、本書を一読されれば了解いただけると思う。そしてわたしの感じでは読書論ということで、禁書や書誌までも含めてよいかと思っている。いったいに周作人の文章は、二十年代までを除いて、あまりに時代の現実というか、その時の政治や社会など著者の生活の背景になっているものが、文章の前面に出ない。そのことが三十年代以後の彼の文章に落ち着きと余裕を与えているのかもしれない。著作の年代順に読んでいっても、たとえば公安・竟陵派の文章を持ち上げたときも、対日協力者になったときも、日本の敗戦で下獄してその後出獄したあとも、人民共和国になってからも、あまり注意しなければ、ほとんど断絶感なく読んでしまえる。対日協力者になったときなど、全国の文化人の非難を浴びながら、彼は書くことを止めなかったのだけれども、その前後の文章を読んでみても、そこに乱れというか動揺というか、そういうものが微塵も感じられない。これが文章の力量（今しばらくそうしておく）かと唸るほどである。書物についての文章は、対象が書物というういわば過去を固定したものであるだけに、他の文章以上に時の現実を排除しようと思えばすることができるだろう。本巻の書誌に並べた文章は多くが四十年代前半のものである。それらで周作人は手に入れた稀覯の書について得得として（？）語っている。そのころ上海では鄭振鐸らが日本軍のしらみ潰しの家捜しを警戒して、あらゆる抗日の書物や雑誌をせっせと暖炉の火にくべていた（『書物を焼くの記』岩波新書）。また一方日本軍の侵略のため、インフレで食えなくなった人々は二束三文で持っている古書を売りに出した。こうして江南の書香の家からは秘蔵の書物が流れ出し、それが杭州の古書店から売りに出される。周作人はそのころ度々杭州から古書を買っている。したがってその書がどういう理由で市場に流れ出たかについても見当がつかなかったはずはない。しかしそれらの文章には戦火の影すらなく、平和な時代に書かれた書物の解題だと言っても誰も怪しまないだろう。見事というほかないが、彼がどんな気持ちでこれらの文章を書いたのか、想像することはできない。

　その後は科挙、歴史・地理、神話伝説・宗教だが、これらは相互にそれなりの繫がりはあるけれども、ここに入れたのは主に紙幅の関係からである。なかで神話はそれまで神話という概念のなかった中国にそれを輸入し、中国神話学の礎石を定めたのは周作人であり、実質的な研究はないけれども、彼はその草分けといえる。その後の中国神話学の展開については、その方面に疎いのでなんとも言えない。

最後に周作人その人の生涯については、銭理群『周作人伝』（華文出版社、日本語訳は森雅子訳が『颷風』に連載中、八割はすでに掲載済み）をお勧めする。銭氏は著名な魯迅研究家でもあるが、早くから周作人に着目し、『周作人論』ほかいくつも周作人に関する研究書がある。一九八〇年代後半からは禁区（専制国家には禁区という触れてはならない領域がある。清朝なら皇帝の諱、現代なら漢奸などはその代表例）が突破されたのか、周作人ブームが起き、いくつもの周作人伝が書かれるようになった。銭氏はその遥か以前から当時において見ることのできた周作人の全著作を渉猟し、この伝記を書き上げた。その行論は公平かつ精確だと思う。

日本人の著作では木山英雄氏の『周作人「対日協力」の顛末』（二〇〇四年、岩波書店）を挙げねばならない。関係者への聞き取りから始まって、周辺資料の綿密な読み込みに基づき、周作人の心理の襞にまで分け入って、周作人とともに悩みつつ彼の形象を浮き彫りにしてみせた、得難い労作である。また木山氏には周作人『日本談義集』（二〇〇二年、平凡社東洋文庫）がある。本書『周作人読書雑記』にも日本書は相当数あげてあるが、『日本談義集』は日本文化全般への言及を網羅したものであり、『顛末』と併せ読まれるとよいと思う。

二〇一七年十一月十七日、木旗閬堂にて。

中島長文（なかじまおさふみ）
1938年生まれ。京都大学文学部卒業。元神戸市外国語大学教授。専攻、中国文学。《飇風》同人。著書に、『ふくろうの声 魯迅の近代』（平凡社選書）、茅盾主編『中国の一日』（共訳、平凡社）、魯迅『中国小説史略』（訳注、平凡社東洋文庫）など。

周作人読書雑記 1（全5巻）　東洋文庫886

2018年1月25日　初版第1刷発行

訳注者　中島長文
発行者　下中美都
印刷　創栄図書印刷株式会社
製本　大口製本印刷株式会社

発行所　電話編集 03-3230-6579　〒101-0051
営業 03-3230-6573　東京都千代田区神田神保町3-29
振替 00180-0-29639　株式会社 平凡社
平凡社ホームページ http://www.heibonsha.co.jp/

ISBN 978-4-582-80886-5
NDC 分類番号924.7　全書判（17.5 cm）　総ページ448

《東洋文庫の関連書》

- 20 明夷待訪録〈中国近代思想の萌芽〉 黄宗羲 著／西田太一郎 訳
- 24 中国笑話選〈江戸小咄との交わり〉 松枝茂夫・武藤禎夫 編訳
- 130 天工開物 宋應星 撰／藪内清 訳注
- 151 中国社会風俗史 尚秉和 著／秋田成明 編訳
- 245 清代学術概論〈中国のルネッサンス〉 梁啓超 著／小野和子 訳注
- 329 道教 アンリ・マスペロ 著／川勝義雄 訳
- 460 漢書五行志 班固 撰／冨谷至・吉川忠夫 訳注
- 470 科挙史 宮崎市定 著／礪波護 解説
- 485 東洋文明史論 桑原隲蔵 著／宮崎市定 解説
- 493 古代中国研究 小島祐馬 著／本田濟 解題
- 497 中国神話 聞一多 著／中島みどり 訳注
- 515 魏書釈老志 魏収 撰／塚本善隆 訳注／竺沙雅章 解説
- 518 詩経国風 白川静 訳注
- 557 559 支那史学史 全二巻 内藤湖南 著／吉川忠夫 解説
- 618 619 中国小説史略 全二巻 魯迅 著／中島長文 訳注
- 635 636 詩経雅頌 全二巻 白川静 訳注
- 661 中国人の宗教 M・グラネ 著／栗本一男 訳
- 686 688 689 列女伝 全三巻 劉向 著／中島みどり 訳注
- 701 日本談義集 周作人 著／木山英雄 編訳
- 716 718 中国における近代思惟の挫折 全二巻 島田虔次 著／井上進 補注
- 764 増補 明代詩文 入矢義高 著／井上進 補注
- 843 845 847 849 851 世説新語 全五巻 劉義慶 撰／井波律子 訳注
- 861 西湖夢尋 張岱 著／佐野公治 訳注